붉은 꽃 페르난디

2

월강 장편소설

붉은 꽃
페르난디
2

위즈덤하우스

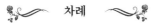 **차례**

그녀가 떠난 자리

탕!

순식간에 열린 현관문은 부서질 듯한 소리를 내며 벽에 부딪혔다.

루이스는 가장 가까이에 열려 있는 자신의 방으로 니안을 밀어넣으며 뛰어들었다. 간발의 차로 남자가 덮치기 전 방문을 잠글 수 있었다. 루이스는 정신없이 침대 시트를 걷어내며 길이를 가늠하더니 옷장에서 가벼운 옷들을 마구잡이로 끄집어냈다.

그사이 현관문을 닫고 빗장을 채운 남자는 유유히 방문 앞으로 다가왔다.

"어, 엄마……."

잔뜩 긴장한 루이스를 보며 니안의 목소리가 불안으로 떨렸다.

루이스는 마치 준비라도 해 온 것처럼 신속하고 빠르게 위기에 대처하고 있었다.

그녀는 옷장에서 끌어낸 옷들로 급하게 매듭을 지으며 다다다 쏘듯이 말하기 시작했다.

"어서 이것들을 다 연결해. 여긴 3층이니까 이 정도면 땅에 닿을 수 있을 거야. 무사히 땅에 닿으면 뒤도 돌아보지 말고 멜드린이 자주 가는 '그랑데 펍'으로 달려. 멜드린이 거기 있으면 바로 이리로 보내고, 만약 없으면 거기 주인인 매튜 옆에 꼼짝 말고 붙어 있어. 절대 너 혼자서는 여기 돌아오면 안 돼. 알겠니?"

쾅! 쾅!

방문을 열기 위한 남자의 노력이 시작됐다.

문이 부딪치는 소리가 날 때마다 놀란 심장이 튀어나올 듯이 벌떡거렸다. 아무리 빨리 손을 놀려도 굼뜨게만 느껴져 루이스는 답답해 미칠 지경이었다.

그래도 1층까지 닿을 만한 끈은 니안의 손이 보태지자 금세 완성이 되었다. 루이스는 끈의 한쪽 끝을 침대 다리에 묶고 다른 쪽 끝은 창문 밖으로 던져 늘어뜨렸다.

"빨리 가!"

"어, 엄마는요?"

창틀 밖으로 하반신을 내밀며 니안이 불안한 눈으로 루이스를 바라봤다.

"같이 가시는 거죠?"

"멍청한 소리 하지 말고 빨리!"

니안은 허벅지 안쪽과 발목에 힘을 주고 줄에 매달렸다. 하지만 내려가기는커녕 가만히 매달려 있기도 버거웠다. 잔뜩 힘을 주고 있는 얼굴과 팔로 피가 몰려 그대로 터질 것 같았다.

간신히 아래로 조금씩 움직이는데 루이스가 창문에 상체를 내밀고 말했다.

"옳지, 니안. 그렇게 쭉쭉, 쭉쭉 내려가!"

니안이 축축해진 눈을 들어 루이스를 바라보았다. 그 바람에 잠시 움직임을 멈추자 루이스가 눈을 부라리며 소리쳤다.

"멈추지 마! 나 보지 말고 움직여!"

움찔 놀란 니안이 다시 고개를 숙이고 조금씩 아래로 내려갔다.

"그래, 그렇게 계속 움직이면서 들어. 니안, 명심해! 무슨 소리가 들려도 절대, 절대 다시 올라오려고 하면 안 돼. 죽을힘을 다해 내려가고, 땅에 닿는 대로 뒤도 돌아보지 말고 뛰어. 알겠지?"

"엄마도 같이 가실 거잖아요."

니안이 다시 루이스를 올려다보며 소리쳤다. 줄을 잡은 손이 파들파들 떨렸다. 목소리도 떨렸다. 그 와중에 쾅쾅 부서질 것 같은 문소리는 계속 들려오고 있었다.

"멈추지 말라니까! 빨리 안 내려가면 내가 줄을 끊어 버릴 거야.

농담 아니야!"

"엄마!"

"나 기다리지 말고 발이 땅에 닿는 대로 뛰어. 혹시라도 다시 올라왔다간 절대…… 절대로 가만 안 둬! 그랬다간 넌 내 손으로 죽여버릴 거야, 알겠어? 펍에 도착해서 멜드린 만나기 전까지 결코 집에 돌아와선 안 돼. 명심하라고!"

눈을 부라리며 야멸차게 쏘아붙인 루이스는 그대로 드르륵 창문을 내려 닫았다.

니안은 야속하게 쾅 소리를 내는 창문을 올려다보았다.

눈물이 쏟아질 것 같았다. 니안이 다시 올라올 생각을 못 하도록 일부러 창문을 닫은 게 분명했다. 울컥 치받히는 무언가를 억지로 삼키며 니안은 내려가는 데 온 신경을 다 쏟았다.

세 가구가 사는 다세대 주택의 각 세대는 모두 2층 구조로 되어 있어, 루이스의 방과 거실이 있는 1층은 건물의 3층에 해당했다. 아직 어리고 힘없는 니안도 조금만 애를 쓰면 손쉽게 땅에 닿을 수 있는 높이였다.

니안이 2층을 지나 1층 창가에 다다랐을 때 방문 부서지는 소리가 났다.

그 소리가 어찌나 큰지 어깨가 덜덜 떨렸다.

뒤이어 창가에서 몸싸움을 벌이는 격하고도 짧은 움직임이 느껴졌다. 그리고 니안의 발이 마침내 땅에 닿았을 땐 드르륵 소리를 내며 루이스 방 창문이 열렸다.

그 소리에 놀라 올려다본 그곳엔 배달부 유니폼을 입은 남자가 살기 어린 눈으로 자신을 내려다보고 있었다.

쿵.

집 안쪽 어디선가 또다시 문 부서지는 소리가 났다. 거리가 멀어 둔탁하게 들렸지만 1층 밖까지 들리는 것으로 봐선 엄청난 소리임이 틀림없었다. 남자의 고개가 안쪽으로 휙 돌아가는 게 보였다.

니안은 그대로 골목 밖으로 내달렸다. 공포는 미친 듯이 심장을 두드려 대고, 루이스를 남기고 온 죄책감은 눈물이 되어 나오려 했다.

'이제 너도 알게 됐듯이 난 왕자의 유모다. 내게 친자식이 있었대도 왕자보다 우선할 수는 없어.'

'……네.'

그 이후 끝맺지 못했던, 루이스의 회한에 젖은 듯한 목소리가 뛰는 니안의 머릿속에서 어지러이 메아리쳤다.

'그렇다고 내 친자식이…….'

"친자식이 뭘요? 그래서, 뭘요?"

마침내 참던 눈물이 터져 나왔다. 무너진 둑처럼, 와르르, 걷잡을 수 없이.

"그래서 뭐 어떻다고요?"

가슴이…… 터져버릴 것만 같았다…….

데릭이 마차에서 내린 후 로렌이 얼굴을 새빨갛게 달군 채 에이든에게 따졌다.

"오빠, 어떻게 그런 말을 할 수가 있어?"

"뭘?"

에이든이 시큰둥하게 물었다.

"로렌이 마음에 들지 않으면 다른 여자라도 사귀라니? 오빠가 돼서 도와주지는 못할망정 찬물을 끼얹어?"

에이든의 표정이 못마땅하게 변했다.

"너도 봤잖아. 데릭이 너한테 아주 깍듯하기만 한 거."

"그게 뭐? 데릭은 예의 바른 신사라서 그래."

그러자 발끈한 로렌을 대하는 에이든의 말투가 제법 어른스럽게 변했다.

"그런 걸 바로 착각이라고 하는 거야. 도대체 틈이 없어. 아벨 백작 얼굴을 봐서 상대는 해주는데 아무래도 너한테 마음이 없는 거야. 오히려 잘됐어. 안 그래도 황제 폐하께서 황태자 전하의 짝으로 널 염두에 두고 계시잖아. 이런 가난한 남작가의 안주인보다는 황태자비가 되는 편이 훨씬 나아. 미래의 황후잖아."

"그건 아직 정해지지도 않았잖아. 그렇게 따지면 오빠도 마찬가지 아니야? 아무리 봐도 니안은 오빠한테 관심이 없던데? 완전 오빠 혼자 난리 치고 있는 걸로 보인다고."

로렌에게선 쉽게 물러설 기미가 보이지 않았다. 발갛게 달아오른 얼굴로 반박하는 로렌에게 에이든이 하하 어이없는 웃음을 터트렸다.

"니안이? 설마! 내가 꽃 꽂아줄 때 수줍게 웃는 거 너도 봤잖아."

"뭐래? 데릭이 델쿤 열매 따다 줬을 때 더 활짝 웃던데! 눈까지 반짝반짝 빛내면서. 으익, 정말 이상한 남매야!"

그때였다. 심상치 않은 소음이 들려온 것이.

에이든은 뾰로통하게 입술을 내밀고 투덜거리는 로렌에게 조용히 하라는 의미로 검지를 제 입술에 갖다 대었다.

"쉿! 잠깐만!"

그에 로렌도 긴장하고 숨을 죽였다.

데릭이 막 올라간 계단 통로를 타고 쾅쾅거리며 들려온 것은 누군가 부술 듯이 문에 몸을 던지는 소리였다. 이상한 낌새를 느낀 에이든이 이제까지와는 다른 진지한 얼굴로 로렌에게 당부했다.

"나 올 때까지 꼼짝 말고 여기서 기다려. 절대 마차에서 내리지 말고. 알았지?"

로렌은 겁먹은 얼굴로 얼결에 고개를 끄덕여 보였다.

마차 문을 열고 튕기듯 뛰어나가는 에이든의 몸짓이 무시무시할 만큼 빨랐다. 3층 높이의 계단도 단숨에 올라갔다. 그런 에이든이 마침내 계단에서 맞닥뜨린 것은 데릭이 제 집 현관으로 보이는

문에 미친 듯이 몸을 부딪치고 발길질을 하는 것이었다.

문을 부수려고 하는 것 같았다. 에이든이 두세 계단씩 뛰어오르며 물었다.

"데릭! 무슨 일이야?"

그러나 데릭은 대답하지도, 멈추지도 않았다. 그저 이성의 끈을 놓은 얼굴로 계속해서 문만 들이받을 뿐.

결국, 에이든도 합세했다. 묻고 따질 상황이 아니었다.

데릭이 저토록 사색이 되어 제집 문을 부수려 할 때는 무슨 일이 생긴 게 분명하다. 더구나 저 문 안쪽엔 니안이 있잖아!

에이든의 힘까지 보태지자 문짝은 큰 소리를 내며 금세 떨어져 버렸다. 부서진 잔해를 거칠게 밀어내며 데릭이 안으로 뛰어들어 갔다. 너덜거리도록 부서진 방문 너머로 우편배달복을 입은 낯선 남자가 서 있었다. 남자는 데릭과 눈이 마주치기가 무섭게 창문 밖으로 몸을 던졌다.

"이봐!"

데릭은 소리를 지르며 창가로 날듯이 뛰어갔다.

그가 창문 밖으로 얼굴을 내밀었을 때, 남자는 이미 줄을 잡고 아래로 미끄러지듯 내려가는 중이었다.

데릭이 있는 힘껏 줄을 위로 잡아당겼지만 남자는 이내 훌쩍 땅바닥으로 뛰어내리더니 골목 끝을 향해 달아났다.

"니안……. 니안이 그리로 갔어……."

침대에 기대앉은 갈색 머리의 중년 여자가 배를 움켜쥐고 갈라진 목소리로 말했다. 다친 그녀의 모습에 잠시 머뭇대던 데릭이 그 말이 끝나자마자 창문 밖으로 주저 없이 몸을 던졌다.

"야, 데릭!"

에이든이 데릭을 부르며 창틀로 달려들려고 하자 바닥에 쓰러졌던 여자가 에이든의 바지 자락을 붙잡았다.

"잠깐……."

그 역시 뒤쫓고 싶은 마음이 굴뚝같았지만, 그녀는 금방이라도 숨이 넘어갈 것처럼 헐떡거렸다.

잡힌 옷자락에 붉은 피가 스며드는 것이 보였다.

에이든은 걱정스러운 얼굴로 그녀 옆에 무릎을 꿇고 앉았다. 그제야 상처가 위험할 정도로 깊다는 것을 깨달았다. 그녀가 배를 막고 있던 손을 떼자 칼에 찔린 상처가 드러났다. 이렇게 큰 상처를 입은 줄은 몰랐는데! 숨을 몰아쉴 때마다 울컥울컥 피가 흘러나왔다.

에이든의 얼굴이 심각한 빛을 띠고 굳었다. 그는 조심스럽게 여자를 바닥에 눕히곤 떨어진 옷을 뭉쳐 피를 토해내는 상처를 꾹 눌렀다.

"니안…… 니안을 찾았어."

"네?"

"그놈이…… 니안을 찾았다고……."

여자가 힘겹게 말했다. 가만히 있어도 숨 쉴 때마다 쏟아지는 피의 양이 상당한데, 말까지 하니 출혈은 더욱 심해졌다.

아, 제발…… 지혈이 될 때까지만이라도 아무 말도 하지 말았으면.

"쉬이…… 말하지 마세요. 말씀하시면 피가 더 나요. 상처가 꽤 깊어 보여요. 1층에 마차가 있으니 제가 의사 선생님께 모셔다드릴게요."

에이든이 간절히 말했지만, 그녀는 도리질을 치며 그의 옷에 필사적으로 매달렸다. 파리한 얼굴 위로 갈색 머리칼이 흔들렸다.

"틀렸어요……."

"아뇨, 포기하지 마세요."

이 처음 보는 여자에게 살 수 있을 거라는 용기를 주고 싶었다. 하지만 마음속에선 그녀의 생존에 대한 확신은 오히려 빠르게 줄어들고 있었다.

지혈을 위해 상처를 짓눌렀던 옷 뭉치가 금세 미지근한 붉은 피로 흥건하게 젖어버렸다. 빨리 피가 멈추지 않으면 의사에게 가기도 전에 죽을 터였다.

아니, 어쩌면 지금 당장…….

에이든의 옷자락을 붙든 루이스의 손에 더욱 힘이 들어갔다. 헐떡이며 띄엄띄엄 이어지는 목소리가 애절했다.

"아니야, 내 말…… 내 말…… 들어요. 꼭, 전해줘요."

어쩌면 이것이 이 여자의 유언이 될지도 몰랐다.

"네, 말씀하세요."

에이든이 안타까운 목소리로 대답했다.

"데릭이 아니라…… 니안을 찾았어요. 아까 그 남자…… 처음부터 니안을…… 찾아왔어요. 멜드린…… 멜드린에게 니안을…… 맡겨요. 결혼…… 데릭 졸업 전에…… 약혼이라도 꼭 시켜야 한다고……."

데릭이 졸업하기 전에 결혼이나 약혼을 시켜야 한다고?

에이든은 전혀 기대하지도 못했던 전개에 둥그렇게 눈을 키웠다. 어떤 운명 같은 것이 느껴지는 순간이었다.

에이든의 목소리가 자기도 모르게 결연해졌다.

"니안은 제가 지킬게요, 부인. 아벨 백작님께 니안을 소개받은 에이든이라고 합니다. 데릭의 친구이고요. 제가 꼭 책임지고 니안을 지켜낼게요. 결혼 이야기도 되도록 빨리 진행하겠습니다. 그러니 니안 걱정은 하지 마세요."

"하아……."

그제야 여자의 창백한 입술 사이에서 안도의 한숨이 흘러나왔다. 한때 필시 누구보다도 아름답고 우아했을 갸름한 얼굴에는, 자상의 고통 때문인지 깊은 주름이 파였지만, 눈빛만큼은 무거운 짐을 덜어버린 듯 평온한 빛을 띠었다.

"에이든……."

"네!"

자신의 이름이 불리자 에이든이 더욱 목소리에 힘을 주었다.

"데릭에겐 과업이…… 있어요. 졸업하면 길렘……으로 직접 찾아가라고 해요. 아르모트…… 소식을 알, 수도 있고, 비자금…… 위치도…… 알 방법이 있을지 모르니까. 멜드린에게도 꼭…… 그렇게 말해……줘요. 그러려면, 니안이…… 결혼해야…… 그래야 데릭이…… 자유롭게 떠날 수…… 있으니까…… 꼭, 부탁…… 해요."

갈색 머리 여인이 애원하듯 들어 올린 손을 에이든이 꼭 잡았다.

"네, 걱정하지 마세요, 부인. 그대로 꼭 전하겠습니다. 니안도 제가 꼭 책임지겠습니다."

"고마워요……."

그녀의 얼굴에 희미한 미소가 떠올랐다.

"이제 말씀…… 그만 하세요."

그녀가 정말로 죽을 것만 같아 에이든은 진심으로 걱정스러웠다. 하지만 여인은 말을 멈추지 않았다.

"니안에게도…… 전해줘요. 내 친자식이라도……."

"네?"

"내 친자식이라도…… 너보다 먼저일 순 없었다고……."

"네?"

"진……심이라고……."

어느덧 여인의 양 볼을 타고 눈물이 줄줄 흘러내리고 있었다.

"니안…… 부탁해요. 행복하게…… 데릭이 자유로울…… 수…… 있게……."

"네, 네. 걱정하지 마세요, 부인. 걱정하지……."

툭.

그 순간, 에이든의 손을 잡은 여인의 손이 맥없이 바닥으로 툭 떨어졌다.

"……마세요."

에이든의 말끝에 힘이 빠졌다.

말이 채 끝나기도 전에 여인은 죽어버렸다. 에이든은 제 손안에서 검붉게 물들어 버린 옷 뭉치를 내려다보며 털썩 주저앉고 말았다. 사람이 죽어가는데 아무것도 하지 못했다는 사실에 충격이 컸다. 마음 깊숙이 무력감이 느껴졌다.

'친자식이라도 너보다 먼저일 순 없었다니!'

그녀가 남긴 그 말은 그의 머릿속을 몹시도 혼란스럽게 했다.

그렇다면 니안은 친자식이 아니란 말인가? 그럼, 데릭과 니안의 관계는?

"친남매가…… 아니다?"

에이든이 어처구니없다는 표정으로 힘없이 중얼거렸다간 고개를 세차게 흔들었다.

'그럴 리가 없어. 그럴 리가 없다고.'

귀에 익은 목소리가 들려온 것은 바로 그때였다.

"맙소사! 오빠!"

로렌이었다. 그녀가 옷과 손에 피를 묻힌 채 시체 앞에 앉은 에이든을 보고 놀라 소리쳤다.

"이게 대체 어떻게 된 거야?'

그러자 정신을 차린 에이든에게서 그 어느 때보다 날카로운 억양이 튀어나왔다.

"로렌! 내가 마차에서 꼼짝하지 말라고 했잖아."

그가 이렇게까지 불퉁해진 것은 신경이 예민해진 탓이었다.

꽤 그답지 못한 모습이었다. 하지만 방 안의 끔찍한 광경에 넋이 나가버린 로렌은 에이든의 날 선 말투에 기분 나빠 할 겨를이 없었다.

"오빠! 대체 이게…… 이게 어떻게 된 거야? 주…… 죽은 거야?"

에이든이 여전히 날카롭게 소리쳤다.

"로렌, 거기 그렇게 서 있지 말고 지금 바로 마차로 돌아가. 그리고 경비대에 신고해. 르윈느 남작가에 자객이 들었다고!"

골목을 뛰어가는 니안은 앞이 하나도 보이지 않는 듯한 착각에 사로잡혔다. 그것이 철철 흘러내리는 눈물 때문인지, 공포와 충격

때문인지는 알 수가 없었다. 숨을 헐떡이며 아무런 계산도 없이 본능만으로 그랑데 펍을 향한 길을 내달렸다.

뒤죽박죽인 머릿속에서도 또렷이 떠오르는 건 멜드린을 찾으라는 루이스의 말뿐이었다.

그녀의 목소리가 다시금 니안의 머릿속에서 메아리쳤다.

"무사히 땅에 닿으면 뒤도 돌아보지 말고 멜드린이 자주 가는 '그랑데 펍'으로 달려!"

니안은 남겨두고 온 루이스가 걱정이 되어 미칠 것만 같았다.

'엄마는 어떻게 되는 거지? 내가 멜드린 아저씨와 돌아갈 때까지 제발 엄마가 무사해야 할 텐데!'

하지만 그런 걱정은 오래가지 못했다. 바로 뒤에서 살기를 뿜으며 다가오는 자객의 존재가 느껴졌기 때문이었다.

아르본 숲을 뛰어다니며 다졌던 달리기 실력이지만, 자객을 따돌리는 건 역부족이었다. 남녀 사이의 현저한 체력 차이가 느껴지는 순간이었다.

"꺄악."

결국, 주택가를 거의 벗어난 한적한 골목 끄트머리에서 니안은 자객에게 붙잡히고 말았다. 뒤에서 뻗어온 우악스럽고 거친 손이 니안의 머리채를 낚아채어 잡아당겼다. 입도 가로막았다. 숨이 턱 끝까지 찬 와중에 입이 막혀버리니 금방이라도 정신을 놓아버릴 것만 같았다. 살인자의 완력에서 벗어나고자 발버둥 치는 통에 더욱 고통스러웠다.

자객의 얼굴이 니안의 귓가에 바싹 다가왔다.

"죽어줘야겠어, 니안 페르난디 르윈느. 황실을 위해!"

낮고도 음습한 목소리.

여러 개의 물음표가 니안의 머릿속에 떠올랐다.

황실을 위해서라니! 왜? 황실과 내가 무슨 상관이 있다고!

'설마 데릭 때문인가? 아니면…… 언니?'

소피아가 황후가 되었다는 사실은 니안도 알고 있었다. 하지만 그렇다고 이제 와 그녀가 자신을 죽이러 사람까지 보낼 이유가 없잖은가.

그때 시린 칼날의 느낌이 목덜미에서 느껴졌다.

니안은 두 눈을 질끈 감았다. 제 힘으로는 도무지 남자의 완력에서 벗어날 수 없다는 사실을 절감했다.

'아아, 끝이구나.'

이해할 수 없는 커다란 소리가 들려온 것은 바로 그 순간이었다.

빠드득!

언젠가 들어본 적이 있는 끔찍한 소리. 아득한 과거에 기억 속에 새겨져 버렸던 바로 그 소리.

언제지? 언제 들어봤지?

그런 의문도 잠시, 이상한 일이 이어지는 바람에 니안은 더욱 어리둥절해졌다.

진즉 목을 긋고도 남을 시간임에도 칼끝은 니안의 목덜미 한 점에서 멈춘 채 부들부들 떨리고만 있었다.

잠시 살갗을 뚫을 듯 힘이 들어간다 싶었으나 그뿐이었다. 자객의 손에 쥐어진 칼은 살을 더는 깊이 뚫지 못하고 불안하도록 심하게 흔들거렸다가는 힘없이 천천히 옆으로 이동하기 시작했다. 하얀 목덜미에 빨간 실선이 비뚤게 그어졌다.

강하게 입을 막고 있던 남자의 손에서도 점점 힘이 빠지고 있었다.

크르르르.

으르렁거리는 소리와 동시에 눅눅하고 뜨거운 수증기가 니안의 뒤통수를 덮쳤다. 지독한 냄새도 함께였다.

짐승! 크고 사나운 그 어떤 짐승!

조금 전 자객의 칼날에서 느꼈던 두려움과는 또 다른 차원의 공포가 니안의 전신을 휘감았다. 목에 그어진 상처에 아픔조차 느끼지 못할 정도였다.

빠드드득.

한 번 더 그 소리가 귓가에 울렸을 때, 니안의 목에 닿아 있던 칼날은 맥없이 땅바닥에 떨어지고 말았다.

챙그랑.

칼이 바닥에 떨어지는 소리가 서늘한 공기를 갈랐다. 니안의 입을 막았던 손도 스르르 미끄러졌다. 순식간에 벌어진 일이었으나,

영원처럼 긴 시간 같았다.

니안은 땅에 떨어진 공처럼 남자의 속박에서 튕겨 나왔다. 그리고는 상황을 확인하려 몸을 돌렸을 때…….

"엘……카트?"

니안의 입술을 뚫고 신음 같은 단어가 흘러나왔다. 하얗게 질린 얼굴로 주춤주춤 물러나는 모양새가 쓰러질 듯 위태로웠다. 짐승과 눈이 마주치는 순간, 흐르는 계곡을 역류하는 연어처럼 기억이 빠르게 과거의 한 점으로 거슬러 올라갔다.

아르본 시내로 이사하고 나서 처음 가보게 된 중앙 성전.

그것은 몹시도 웅장하고 아름다웠다.

외벽은 천사와 성인, 악마 등 갖가지 부조로 섬세하게 장식되어 있었고, 원형 기둥이 양쪽으로 늘어선 내부는 돔형의 천장까지 까마득하게 높아 보였다.

정면 상단에는 불을 내뿜는 용이 묘사된 커다란 스테인드글라스가 있었는데, 햇살을 받아 총천연색으로 빛나는 모습이 성전 내부를 오묘하고 신비로운 분위기로 만들어 주었다.

늘어선 기둥 안쪽 벽면에는 고대 역사가 기록된 웅장한 그림들이 줄을 지어 걸려 있었다.

니안은 그림의 아름답고 세밀한 묘사에 감탄하며 그 앞을 천천히 이동했다. 그러다 우뚝, 그녀의 발걸음을 붙잡는 그림과 마주쳤다.

"이건……."

고대 마수와의 전쟁 모습이 담긴 명화.

사람의 열 배쯤은 되어 보이는 시커먼 괴물이 병사뿐만 아니라 민간인까지 잔인하게 물어뜯으며 학살하는 내용이었다.

차원이 나뉜 후로 사람들의 뇌리에서 거의 사라져버린 마수들.

니안은 마수의 이마에서 번득이는 다섯 개의 눈을 유심히 들여다보았다.

두 개의 커다란 붉은 눈 사이에 작은 눈 세 개가 노랗게 빛나고 있었다. 작은 눈동자의 노란 빛이 기괴하면서도 몹시 뜨거워 보였다.

분명 실제로 본 적이 있는 짐승이다.

왜, 어째서? 아르본 숲의 그 짐승이 이 그림 속에 있는 거지?

"엘카트입니다."

갑자기 들려온 남자 목소리에 니안이 고개를 돌렸다.

갈색 로브를 걸친 흑발의 젊은 남자.

니안은 그림에 정신이 팔려 남자가 다가오는 것도 몰랐다. 부끄러움으로 얼굴이 붉어졌다. 남자의 차림새로 보아 성전에서 기거하는 성직자임이 틀림없어 보였다.

"엘……카트요?"

니안이 조심스럽게 물었다.

"네. 붉은 용의 심복으로 불리죠. 마수들 사이에서는 서열상 가장 상층부에 속하는 사나운 짐승입니다. 인간뿐 아니라 웬만한 마수들까지 몽땅 잡아먹는다고 하죠."

니안이 다시 그림으로 시선을 돌렸다.

평상시엔 까맣게 잊고 있던 기억. 아르본 숲 연어 계곡에서 마주쳤던 짐승의 강렬한 이미지는 그녀의 머릿속에 각인된 채 지워지지 않고 있었다. 그 이미지가 니안의 발을 그 그림 앞에 붙잡아두었다.

기억 속 그 짐승이 바로 저 그림 속 마수라고 소리치고 있었다.

'말도 안 돼.'

니안은 기가 막히다는 얼굴로 고개를 저었다. 남자는 아랑곳하지 않고 이야기를 계속했다.

"엘카트는 붉은 용의 비늘에서 태어났다고 하는 전설 때문인지 본능적으로 붉은 용을 따랐다고 해요. 하지만 세상에서 용이 사라지자 제멋대로 날뛰며 인간들을 해치기 시작했답니다. 그런 엘카트를 따라 모든 마수가 다 인간을 공격했죠. 그것이 고대 신화 속 '마수 전쟁'의 시초입니다."

니안의 초록 눈동자에 호기심이 떠올랐다.

"용…… 붉은……용이요?"

"네."

남자의 차분한 갈색 눈동자에 은은한 웃음이 어렸다.

용 역시 신화 속에만 남아 있는 존재지 아무도 그것을 본 사람이 없었다. 믿을 만큼 제대로 된 기록도 거의 없었다.

자신의 가문인 페르난디 가를 사람들은 붉은 용의 후손이라고는 했지만, 그것이 진실인지 알 수도 없는 노릇이었다.

그저 단순히 대를 이어 내려오는 붉은색 일색의 외모 때문에 붙여진 이야기일지도 모른다. 그나마 자신에게는 해당되지 않는 이야기지만…….

그렇다고 페르난디가 사람들에게 용처럼 영험한 동물과 연결 지어 생각할 만한 특별한 힘 따위가 있었나? 그것도 아니었다.

"그런데…… 용은 왜 사라진 거죠?"

니안이 다시 물었다.

"정사(正史)에는 뚜렷이 남은 기록이 없습니다. 하지만 '그렇다더라.' 하는 이야기는 있죠. 극소수의 사람들에게만 전해 내려오는 야사(野史)……."

궁금했다. 용이 다 사라져버린 이유가.

어쩌면 니안 자신에게 내재되어 있을지도 모르는 붉은 용의 기운 때문인지도 몰랐다.

"알려주세요, 궁금해요."

니안이 적극적으로 눈을 빛내자 남자는 흡족한 얼굴로 입가의 미소를 더욱 선명히 했다.

"용은 영험한 동물인 만큼 자손이 매우 귀합니다. 뛰어난 마법 능력을 지닌 데다 수명이 몇백 년이나 되기 때문이죠. 그렇게 수명이 긴 데 번식까지 활발하면 세상은 금세 용으로 가득 차 버리겠죠? 그래서 아마 신께서도 용의 번식을 그리 힘들게 만드셨던 모양입니다. 용들은 천성이 자유분방해 얽매이는 걸 싫어하다 보니 대부분은 가정을 갖지 않고 세상을 떠돌다 영면에 들었다고 하더군요. 워낙 개체 수가 적은 데다 정착하지도 않고 떠돌아다니니 적절한 시점에 적당한 이성(異姓)의 용을 만나기도 쉽지 않았고요. 무엇보다⋯⋯."

그가 수줍게 눈을 내리깔았다.

남자치고는 무척 긴 속눈썹이었다. 의미심장하게 말끝을 흐리며 지그시 내리뜨는 눈매는 단정하고도 차분했다.

"사랑에 있어서는 외골수일 정도로 순정적이었다고 합니다. 한번 이성에게 마음을 주면 죽을 때까지 쉽게 변하지 않았다고 해요. 문제는 그들 대부분이 인간의 모습으로 인간들 틈바구니를 여행하고 있었다는 거죠."

"그게⋯⋯ 무슨 상관인데요?"

니안이 궁금증을 참지 못하고 묻자 그가 기다란 속눈썹을 들어 올리며 방긋 미소 지어 보였다.

"인간과 사랑에 빠졌다는 뜻입니다."

크르르.

다시금 낮게 울린 짐승의 소리에 니안은 퍼뜩 정신을 차렸다.

이마에 박힌 다섯 개의 눈동자!

번득이는 짐승의 눈동자 안에 자신의 얼굴이 반사되어 비치고 있었다. 입이 다물어지지 않았다. 지금 눈앞에 있는 거대한 짐승은 당시 성전 벽화에서 봤던 엘카트가 분명했다.

이게 정말 현실일까?

대체 사라져버린 고대 마수가 왜, 아르본 숲도 아닌 이 수도에?

피와 침이 범벅되어 뚝뚝 흐르고 있는 짐승의 입가에는 목이 거의 뽑혀버린 자객의 목덜미가 물려 있었다.

부러져 괴이하게 꺾인 목 아래로 금방이라도 분리될 것처럼 아슬아슬하게 매달려 있는 몸뚱이는 소름 끼치도록 끔찍한 형상이었다.

니안은 숨을 들이켜며 주춤주춤 물러섰다. 여전히 자신을 주시하는 엘카트의 집요한 시선과 천천히 벌어지는 아가리를 마주하면서. 말할 수 없는 공포로 온몸이 뻣뻣해져 왔다.

그 순간 짐승의 벌어진 이빨에 물려 있던 몸통이 땅바닥으로 뚝 떨어져 내렸다. 인간이 아니라 한낱 고깃덩어리 같았다.

니안은 제게 고정된 듯 꽂힌 엘카트의 날카로운 눈동자에서 다음 타깃이 자신이라는 사실을 직감했다.

'도…… 도망쳐야 해.'

그러나 등을 돌리면 발을 떼기도 전에 저 자객처럼 목이 뜯겨 뽑히고 말 것이다. 애당초 엘카트를 마주했을 때부터 달아날 방법 따위는 없었다.

짐승의 근육이 공격할 태세를 갖추고 툭툭 불거졌다. 니안은 체념한 채 질끈 눈을 감았다.

"그만둬!"

다급하고도 단호한 외침이 울려 퍼졌다.

언제나 니안에게 힘을 주던 익숙하고도 강인한 목소리.

"데릭!"

니안의 두 눈이 번쩍 뜨였다.

어떻게 이 시간에 그가 여기에 있는 거지?

입술을 가르고 그의 이름이 터져 나오자 왈칵 눈물이 쏟아지려 했다.

데릭의 외침에 니안을 향해 팽팽하게 당겨졌던 짐승의 근육은 다른 모양으로 일그러졌다. 고개도 거칠게 홱 돌아갔다. 짐승이 '쿵' 하고 내뿜는 콧김은 끓는 주전자가 뿜어내는 수증기만큼이나 뜨거워 보였다.

"데…… 데릭……."

그러나 안도감도 잠시, 짐승과 대치한 그의 모습을 보고 나니 몇 배는 더 큰 불안감이 몰려왔다. 니안의 흔들리는 동공이 데릭의 양손을 향했다.

없다! 아무것도!

데릭에게는 무기라고 불릴 만한 것이 전혀 들려 있지 않았다. 심지어 나무로 된 막대기조차도.

맨손이라니! 맨손으로 대체 왜, 무슨 배짱으로 이 무시무시한 짐승의 주의를 끈 거냐고! 그저 날 구하기 위해?

금방이라도 멈춰버릴 것처럼 심장에 욱신거리는 통증이 몰려왔다.

데릭은 제 몸이 뜯어 먹히는 동안 니안이 도망칠 수만 있다면 기꺼이 자신을 던질 사람이었다. 그렇게 무모할 수 있는 사람이었다.

지금과 같은 절체절명의 순간은 자신의 존재 자체가 그에게 오히려 독이 되는 이유였다. 그에게 죄를 짓는 기분이었다.

그러나 무슨 이유에서인지 데릭은 당당했다. 전혀 기가 눌리지 않았다. 오히려 당장에라도 엘카트를 집어삼킬 것처럼 기세등등했다.

크아앙!

엘카트와 데릭 사이로 데니펫이 털을 세우며 끼어들었다. 전혀 예상치 못한 또다른 전개였다. 놀란 니안에게서 비명이 터졌다.

"데니펫, 안 돼. 네가 상대할 수 있는 게 아니야!"

획.

데니펫이 이빨을 드러내며 엘카트를 향해 작디작은 몸을 허공으로 날렸을 때였다.

데릭의 눈동자에서 눈부신 빛이 발했다. 전신에서는 푸른 기운이 뿜어져 나왔다. 엘카트를 향해 공중으로 솟구친 데니펫도 푸른 화염에 휩싸이며 수백 배로 몸집이 불어났다. 촘촘하고 부드럽던 까만 털은 돼지 털보다 뻣뻣하고 성긴 털로 자라났고, 시커먼 속살엔 흉측한 주름이 가득했다.

똘망똘망하게 빛나던 까만 눈동자가 흰자위를 완전히 가리며 붉게 변하는 순간, 미간 사이에서 노란색 눈동자 세 개가 번쩍 눈을 떴다.

또 하나의 엘카트!

모습을 바꾼 데니펫은 눈앞의 엘카트에게 덤벼들었다. 니안은 뒷걸음질 쳐 벽에 바짝 붙어 섰다.

숨이 막혔다. 두 마리의 거대한 엘카트가 한 몸처럼 엉겨 붙어 엎치락뒤치락 격렬한 싸움을 벌이자 좁은 골목은 금방이라도 터져 나갈 것만 같았다.

서로가 서로를 물어뜯으며, 날카로운 이빨이 번뜩이는 두 엘카트의 아가리는 똑같은 빛깔의 피로 물들었다.

그 와중에 니안의 눈에 선명히 들어오는 그것!

단 한 마리 엘카트 목덜미에만 새겨진 선명한 붉은색 인장!

니안의 시선이 그 인장에서 떨어질 줄 몰랐다. 오로지 그것만이 똑같이 생긴 두 마리의 엘카트를 구분할 수 있는 유일한 단서였다.

'데니펫도 같은 위치에 작은 흉터가 있었는데……'

너무 작아서 평상시엔 부드러운 털 속에 묻혀 잘 보이지 않던 붉은 흉터. 그러자 한 가지 가정이 머릿속에 떠올랐다. 심장도 더욱 거세졌다.

'데니펫이…… 엘……카트?'

두근, 두근, 두근.

지키고자 하는 마음은 탐하는 마음보다 더 간절하다. 그리고 그 간절함은 극적인 순간에 마법과도 같은 힘을 발휘한다.

니안은 지금 이 순간이 바로 그런 순간이 아닐까 생각했다. 떨리는 초록 눈동자가 짐승 목덜미의 붉은 인장에서 떨어져 나와 여전히 푸른빛에 휘감겨 있는 데릭을 향했다.

이 기적은…… 어디서 비롯된 걸까?

누구의 염원으로 일어난 걸까?

나? 데니펫? 데릭?

그것도 아니면 루이스?

비슷한 덩치와 힘을 가진 두 마리의 엘카트는 얼핏 봐서는 누가 우위에 있는지 가늠할 수가 없었다. 하지만 시간이 흐를수록 더욱 집요해지는 것은 목덜미에 화인을 가진 쪽이었다. 그 집요함이 힘의 우위를 갈랐다. 승패를 나눴다.

화인을 가진 녀석의 날카로운 송곳니가 상대 목덜미의 급소를 정확히 꿰뚫는 순간, 비등한 힘으로 겨루던 상대는 곧 패배자로 전락했다. 급격히 기가 꺾였다.

커헉, 커헉, 커헉······.

땅바닥에서 목을 내어준 채, 받은 숨을 몰아쉬며 거칠게 오르락 내리락하던 엘카트의 가슴은 이내 움직임을 멈추었다. 하지만 목을 문 녀석은 여전히 도륙의 흥분이 가라앉지 않는지 쉬이 상대의 목덜미를 놓지 못했다.

"너······ 너······."

니안의 입술에서 떨리는 목소리가 새어 나왔을 때, 목을 물고 있던 엘카트의 다섯 눈동자가 커다랗게 뒤루룩 구르며 니안을 향했다. 글썽이는 눈으로 그 다섯 눈을 마주하니 녀석이 그제야 흥분을 가라앉히고 물고 있던 엘카트의 목을 내려놓았다.

한쪽 뒷다리가 찢어져 피가 흐르고 있었다. 자리에서 일어나 니안에게 다가오는 녀석이 다친 다리를 절뚝였다.

니안의 초록 눈동자는 마치 지진이라도 난 것처럼 흔들렸다.

"데니펫······ 데니펫이니?"

니안이 바들바들 떨리는 한쪽 손을 내밀자 화인을 가진 엘카트가 부드럽게 커다란 머리를 들이밀었다. 니안은 거칠고 주름진 녀석의 검은색 피부를 사랑스럽다는 듯 쓰다듬었다.

"데니펫······."

그 순간 새까맣게 잊었던 기억 하나가 뇌의 저편에서 물안개처럼 부옇게 일어났다.

눈부시게 화창한 어느 가을날의 아르본 숲. 연어가 파도치듯 뛰어오르던 계곡. 그 사이를 정신없이 달려오던 붉은 곰과 그 곰을 쫓아와 단번에 숨을 끊어버리던 시커먼 짐승. 그리고 데릭을 구하고 싶다는 간절한 바람이 기도처럼 터져 나오던 순간 자신의 몸을 휘감던 강렬하고 뜨거운 기운. 짐승의 목덜미를 향해 번개처럼 뻗어 나가던 붉은 불꽃.

타들어 가던 짐승의 목에서 풍기던 기억 속 매캐한 냄새가 현실인 것처럼 니안의 코끝을 스쳤다.

그랬다. 그 짐승의 목덜미에 새겨지던 선명한 불꽃 문양의 낙인은 지금 눈앞에 있는 엘카트 목덜미에 문양과 같은 위치, 같은 모양이었다.

"너였구나……. 그리고 계속 날 따라다녔구나……. 너였구나……."

왜냐는 질문 따위는 떠올릴 수도 없었다. 그저 눈물만 흘러나왔다. 한결같이 제 곁을 지켜준 충직한 데니펫에 대한 고마움이기도 했고, 감동이기도 했다.

"벤저민 할아버지의 강아지를 해쳤던 게 아니라 지켜준 거였지? 네가…… 다른 무언가로부터……."

데니펫이 커다란 머리를 니안의 손바닥에 비벼댔다. 그리고 그저 작은 동물에 불과하던 녀석을 본래의 엘카트 모습으로 돌려놓은 것은…….

"데릭……."

경이로 가득 찬 니안의 눈동자가 뚫어지라 자신을 바라보고 있는 데릭을 향했다.

지금의 그는 진정한 멜롯의 후계자였다.

그날 밤, 푸른 안광에 푸른 오라를 뿜어내며 늑대를 조종하던 그의 모습은 환상이 아니었다. 조금 전에도 그가 데니펫을 조종해 또 다른 엘카트의 공격으로부터 니안을 구해냈던 것이다. 그 순간 니안의 손바닥에서 붉은 빛이 발하더니 그곳에 머리를 비벼대던 데니펫의 몸을 휘감았다. 녀석의 몸통은 눈 깜짝할 새 줄어들더니 이내 족제비와 같은 작고 귀여운 모습으로 돌아왔다.

니안은 와락 데니펫을 끌어안았다.

"고마워……. 정말 고마워……."

눈물이 멈출 줄을 몰랐다. 그런 니안에게로 데릭이 뚜벅뚜벅 걸어왔다. 그 어느 때보다 당당하고 강인한 모습이었다.

다가온 데릭은 데니펫을 품은 니안을 힘차게 당겨 안았다. 뜨겁고 강렬한 포옹이었다. 그의 입술 새로 낮고도 애틋한 음성이 흘러나왔다.

"니안…… 무사해 줘서…… 고마워."

아아…… 이 모든 것이 바로 데릭이 지휘한 거였구나. 하지만 대체 어떻게? 어떻게 한 거지?

정확한 원인은 알 수는 없으나 그가 한 것만은 분명했다.

내 생명의 은인.

나의 오빠, 나의 데릭.

니안이 안긴 그의 품은 그 어느때보다 뜨겁고도 단단했다.

"하필이면 그런 마지막⋯⋯."

루이스의 시신을 앞에 둔 멜드린의 후회 어린 오열은 차마 눈 뜨고 볼 수 없을 만큼 참담하고 또 참담했다.

"마지막으로 한 말들이 그렇게 잔인한 말뿐이었다니⋯⋯."

그는 루이스의 죽음에 대한 화살을 자신에게 돌리고 있었다.

늦가을의 바람이 부는 흐린 오후.

가족들은 성전 뒤에 있는 작은 공동묘지에 루이스를 묻었다. 퍼석하게 말라버린 낙엽들이 바람을 타고 날아와 그녀의 무덤 주변에 거칠게 부딪쳤다.

비석에 새겨진 이름은 헬레나 페르난디.

그것이 죽은 그녀의 공식적인 이름이었다.

10년이 다 되어가도록 그 이름으로 살았고, 채 본래 신분을 되찾기 전에 안타까운 죽음을 맞이하였기에 루이스라는 이름은 가족들의 메시지가 담긴 짧은 문장에만 간단히 들어가 있을 뿐이었다.

루이스의 무덤 앞에 선 니안과 데릭은 검은 장례용 복장을 한 채 비석을 끌어안고 오열하는 멜드린을 참담한 심정으로 바라보았다.

지금껏 살면서 단 한 번도 본 적이 없던 눈물이었다.

멜드린은 마치 평생을 참았던 눈물을 루이스를 위해 다 흘려보내려 작정한 사람 같았다. 머리가 희끗희끗해지기 시작한 남자의 회한 섞인 눈물은 보는 이의 가슴을 칼로 후비는 듯했다.

"오빠……."

손수건으로 눈가를 훔치던 니안은 옆에 선 데릭의 손을 살며시 잡았다.

눈물 한 방울 흘리지 않는 그였지만, 그의 손은 손바닥 살갗을 뚫을 정도로 힘주어 꽉 쥐어 있었다. 그 모습이 안타깝고 안쓰러웠다. 다른 이는 몰라도 니안만은 알 수 있었다. 그가 무덤덤한 얼굴을 가장하고 속으로는 자신을 할퀴며 괴로워하고 있다는 것을…….

실제로 데릭은 니안을 구하기 위해 죽어가는 루이스를 버려뒀다는 죄책감을 떨치기 어려웠다. 루이스가 그토록 자신을 위해 희생하며 평생을 바쳤는데, 아이러니하게도 죽어가는 그녀의 곁을 지킨 건 아무 상관도 없는 남, 에이든이었다.

그리고 그 에이든은 지금, 니안의 약혼자를 자처하며 이곳에 함께 있었다.

"니안……."

무덤 앞에서 고인과 마지막 작별 인사를 하고 돌아설 때에 에이든이 니안을 불렀다.

예기치 않게 사랑하는 사람과 헤어지는 일은 아무리 겪고 또 겪어도 쉬이 적응되지 않는 일이다.

니안도 그랬다. 그녀는 통통 부은 눈으로 에이든을 돌아봤다.

눈물에 젖은 얼굴로 수수한 장례용 드레스를 입은 니안은 그 모습조차 청순하고 아름다웠다. 에이든은 상심으로 축 늘어진 니안의 손을 살포시 잡아 올렸다.

"부인께서 니안에게 남긴 말이 있어요."

그 말은 마차를 향해 걷던 데릭의 귀에까지 들렸다. 우뚝 그의 발걸음이 멈추었다. 뒤를 돌아보는 그의 눈에 니안의 손을 잡은 에이든이 보였다. 데릭의 미간이 못마땅한 빛을 띠고 와락 구겨졌다.

"어머님께서 이렇게 전해 달라고 하셨습니다. 내 친자식이라도……."

그의 말에 니안의 초록 눈동자가 기대와 두려움으로 떨렸다.

"내 친자식이라도…… 너보다 먼저일 순 없었다고…… 진심이라고……."

그 말에 니안은 머리를 한 대 맞은 듯 정신이 멍해졌다.

곧 간신히 말라붙었던 눈물이 왈칵 다시 쏟아졌다. 소리를 내며 울음을 터트리는 니안을 에이든이 꼭 당겨 안았다.

"그리고 저한테 당신을 부탁하셨어요. 과업을 이뤄야 하는 데릭을 위해 졸업 전에 약혼하기를 원하셨습니다. 니안 양의 상황이 진정되는 대로 곧 예를 갖춰 정식으로 프러포즈하겠습니다. 이제 제게 마음껏 기대십시오. 제 가슴과 어깨는 언제든 당신을 향해 열려 있으니까요."

'저 개새끼가!'

화난 얼굴로 이를 악문 데릭이 니안과 에이든에게로 성큼성큼 걸어왔다. 낙엽을 품은 쌀쌀한 바람이 곱슬거리는 그의 금빛 머리카락을 신경질적으로 흩트리고 있었다. 그는 에이든에게 안겨 있는 니안의 어깨를 잡아 제 품으로 잡아당겼다. 순식간에 벌어진 일이라 에이든은 속수무책으로 니안을 빼앗겨버렸다.

놀란 니안의 눈이 휘둥그레졌다. 데릭이 호전적인 태도로 에이든을 향해 말했다.

"여자 마음이 약해 있을 때를 이용하다니 비겁하군. 그런 이야기는 나중에 해, 에이든."

에이든으로서는 그렇게 평정심을 잃고 화를 내는 데릭은 처음 보았다. 그가 아는 데릭은 웬만하면 격한 감정을 드러내지 않는 스타일이었으니까.

에이든은 당황한 나머지 얼굴을 붉혔다. 갑작스레 팽팽하게 당겨진 분위기에 니안은 저도 모르게 가만히 침을 삼켰다.

"불쾌했다면 미안하다."

에이든이 평정심을 찾으려 애쓰며 사과했다.

'그래. 장례식장에서 작업 거는 것처럼 보였겠지. 무례하게 말이야. 그럴 수 있어.'

그래도 지나쳤다.

니안의 문제에 있어서 데릭의 반응은 언제나 과했다. 백번 양보해 그가 여동생을 몹시 아끼는 오빠라는 점을 고려하더라도 에이든을 향한 그의 경계는 항상 지나쳤다.

'내 친자식이라도…… 너보다 먼저일 순 없었다고…….'

니안이 친자식이 아니라는 헬레나 페르난디 부인의 말이 다시금 머리를 스쳤다. 그러자 가만히 있을 수가 없었다.

"데릭!"

니안을 다독이며 마차로 향하는 데릭을 에이든이 불렀다.

데릭은 우뚝 걸음을 멈추었지만, 에이든을 돌아보지는 않았다. 어쩔 수 없이 에이든은 데릭의 뒤통수에다 대고 말을 해야 했다.

"상황이…… 적절치 않았다는 건 인정한다. 하지만 너희 어머니 유언이셨어. 니안의 약혼과 결혼까지……. 그 말씀을 전해야 했다."

"……."

데릭은 대꾸 없이 다시 발걸음을 떼려 했다. 그러자 그의 발길을 붙잡듯 에이든이 조급하게 말을 이었다.

"너한텐 졸업 후 길렘으로 떠나라고 하셨어. 그게 뭔지는 모르지만, 아르모트와 비자금을 찾으라고. 떠나는 네 마음이 가벼울 수 있게 내게 니안을 책임져 달라고 하셨어. 그리고 난 그 부탁을 받아들였어. 네가 뭐라고 하든 난 반드시 약속을 지킬 거야."

굳센 의지가 느껴지는 말이었다.

니안은 루이스의 무덤 앞에서 벌어지는 두 남자의 기 싸움에 상당한 불편함을 느꼈지만, 도무지 끼어들 수가 없었다. 팽팽하게 당겨진 신경은 끊어질 것처럼 위태로웠고, 분위기는 살벌했다.

데릭의 품에서 니안은 숨을 죽인 채 정면을 바라보고 서 있는 그를 올려다보았다. 표정이 얼음처럼 차가웠다. 턱 근육이 긴장된 것으로 보아 끓어오르는 화를 애써 참고 있는 게 분명했다.

혹시 싸움이라도 나면 어쩌나 걱정스러웠지만, 데릭은 그렇게 무분별한 사람은 아니었다.

"나중에 얘기하자, 에이든."

그가 무겁게 일갈하고는 그대로 니안을 당겨 안으며 마차로 향했다.

집으로 돌아가는 내내 멜드린, 데릭, 니안은 아무 말도 하지 않고 서로 다른 곳을 응시한 채 생각에 잠겼다. 심리적 대립이나 갈등은 차치하고, 루이스는 그들에게 기둥처럼 중요하고도 의미 있는 존재였다.

그리고 그런 루이스를 잃은 상실감은 말로 표현하기 어려울 정도로 컸다.

밤이 되자 모두가 잠을 이루기 힘들었다. 멜드린은 식탁에 앉아 새벽까지 위스키와 르비앙을 홀짝였고, 니안과 데릭은 각자의 방 침대에 누운 채 잠들기 위해 오랜 시간 애를 써야 했다.

니안은 새벽녘에야 간신히 잠이 들었다.

꿈속에서 그녀는 자객이 들어왔던 날의 루이스 방으로 돌아갔다. 루이스와 함께 정신없이 침대 시트와 옷을 연결해 밧줄을 만들었고, 그녀만 놔두고 창문 밖으로 도망쳤다.

그 이야기의 결말을 뻔히 알고 있기에 머릿속으로는 그러면 안 된다고 스스로에게 소리쳤지만, 꿈 속 자신에게까지 그 의지가 전달되지는 않았다. 창문이 닫히고, 몸싸움이 벌어지고 쓰러지는 루이스의 모습이 창문 안쪽으로 희미하게 비쳐 보였다.

"아아아악!"

데릭의 방으로 니안의 비명이 들려온 것은 새벽 깊은 시간이었다.

그때까지 잠들지 못하고 있던 데릭이 바람처럼 일어나 니안의 방으로 달려갔다. 침대에 앉은 니안이 창문으로 스미는 어스름한 달빛을 받으며 격렬히 제 가슴을 치고 있었다.

"니안! 니안!"

데릭은 니안의 이름을 부르며 침대로 달려갔다.

그러곤 그녀의 어깨를 잡아 자신의 품으로 잡아당겼다. 제 가슴을 다 부숴버릴 듯 두들겨대던 니안의 주먹이 그의 품에 가로막혀 더는 움직이지 못했다.

니안의 입에서 기다렸다는 듯 오열이 터져 나왔다.

"흑······ 오빠······ 오빠······."

"그래, 그래. 나 여기 있어. 이제 괜찮아······ 괜찮아······."

데릭이 니안을 꼭 끌어안으며 위로했다. 비명을 듣고 올라온 멜드린은 문가에 기대어 선 채 그 모습을 아련한 눈으로 바라보았다.

'루이스······ 저것 봐. 저 둘을 좀 보라고.'

둘이 끌어안고 있는 모습은 마치 한 폭의 그림처럼 아름다웠다.

그러자 데릭이 과업에 몰두할 수 있도록 니안을 결혼시키고 싶어 했던 루이스가 떠올라 가슴이 미어지는 것 같았다.

'꼭 그래야만 할까? 꼭? 정말 나까지 그러기를 바라?'

루이스는 죽었지만, 여전히 그녀의 뜻을 거부하고 싶어 하는 제 심장이 밉고 또 미웠다.

침대에 걸터앉아 서로를 안고 위로하는 둘을 보는 것이 힘들었다. 외면하고 싶었다. 그에게는 루이스의 뜻을 거부하는 것도, 데릭과 니안을 억지로 떼어 놓는 것도 모두 회피하고픈 쓰린 현실일 뿐이었다.

'식탁으로 돌아가 술이나 더 마셔야겠군.'

그가 조용히 몸을 돌렸다. 아래층으로 향하는 발걸음이 무겁기만 했다.

"니안…… 꿈 꿨어?"

데릭이 조용히 묻자 니안은 그의 가슴에 머리를 박은 채 아기처럼 고개를 끄덕였다.

"이젠 괜찮아. 내가 옆에 있잖아. 응?"

"오빠…… 가지 마……. 응? 가지 마……."

"응. 안 가. 걱정하지 말고 어서 자."

떨어지지 않으려는 니안 때문에 데릭은 그녀를 안은 채 침대에 나란히 누웠다.

어렸을 때는 종종 한 침대에서 같이 잠들곤 하던 니안과 데릭이었다. 어느 순간부터 노발대발 화를 내는 루이스 때문에 자연스럽게 그만두게 되었지만…….

울음이 잦아들자 데릭의 팔을 베고 누운 니안이 속삭이듯 중얼거렸다.

"엄마만 남겨두고 도망치는 게 아니었어."

그러자 데릭이 부드러운 목소리로 그녀를 위로했다.

"그랬으면 너도 죽었을 거야. 루이스는 엄마로서 당연한 선택을 한 거야."

"나는 그런데도 엄마한테 날 사랑하냐고 따졌었어. 사랑은 말로 하는 게 아닌데……."

"진짜 부모와 자식 간에도 그런 거로 싸워. 괜찮아."

"그게 엄마랑 앉아서 한 마지막 대화였다는 게 너무 가슴이 아파."

니안이 울먹거렸다.

"나도 루이스의 마지막을 생각하면 가슴이 아파. 하지만 어쩔 수 없다고 생각해. 그러니까 죄책감 느끼지 마."

"그래도 심장이 답답해서 터질 것 같아. 꿈속에서도 자꾸 그날의 일을 반복해. 속으로는 이러면 안 되는데 하면서도, 똑같은 일을 계속……. 아무리 이야기를 바꾸려 해도 결국 엄마가 나 때문에 죽어."

그러자 데릭이 니안의 머리를 가만히 쓰다듬었다.

"니안, 엄마가 죽은 건 너 때문이 아니야."

"나 때문이야. 그 사람은 날 찾아온 거야. 그 사람이 날 쫓는 걸 막으려고 몸싸움을 하다가 그렇게 되신 거야."

"니안……."

의미심장한 목소리에 니안이 고개를 들어 데릭과 눈을 맞췄다.

창문을 통해 들어오는 푸른 달빛이 엘카트를 물리칠 때의 오라처럼 그의 몸을 신비하게 감싸고 있었다.

"엄마를 죽인 건 네가 아니라 그 자객이야. 그놈이 나쁜 놈이고, 이 불행에 모든 책임이 있어. 원망하고 미워해야 할 사람은 네가 아니라 그놈이라고. 그러니까 더는 자신을 상처입히지 마. 넌 엄마가 목숨으로 지켜냈을 만큼 소중한 사람이니까. 널 아껴, 니안."

데릭과 눈을 맞추는 니안의 눈동자가 속절없이 흔들렸다. 따뜻한 그의 품에 안겨 있으니 마치 제 모든 죄가 사하여지는 기분이었다.

니안은 차오르는 감동을 참지 못하고 그의 목을 끌어안았다.

"가지 않을 거지? 내가 잠들 때까지 옆에 있을 거지?"

"그래. 잠들 때까지…… 아니 잠들어도 옆에 있을게. 그러니까 걱정하지 말고 이제 눈 감아. 악몽 꾸지 말고 편히 자."

그가 제게 안겨드는 니안을 꼭 당겨 안으며 등을 토닥였다.

그래서였을까?

니안은 오래지 않아 고른 숨을 내쉬기 시작했다.

'대체 이게 얼마만이지? 니안과 나란히 한 침대에서 잠을 청하는 게……'

정말 오랜만이었다. 가슴으로 행복감이 밀려드는 것은 예전과 같았지만, 지금은 어릴 때에는 느끼지 못했던 뚜렷이 다른 감정이 하나 있었다.

주체할 수 없는 욕망.

분명 위로하기 위해 니안을 안았을 뿐인데 온몸의 피가 용암처럼 들끓었다. 루이스의 부재가 마음속 방어선을 허물어뜨렸는지, 그 어느 때보다 갈증이 심했다.

저를 향해 누운 니안의 여리고 가는 목덜미가 창문으로 새어 들어오는 달빛을 받아 하얗게 빛났다. 검은 머리카락 몇 가닥이 땀에 젖어 달라붙은 목덜미에서는 그 어느 때보다 고혹적인 향기가 났다. 그대로 입술을 내려 키스를 하고, 귓불을 핥고 싶을 만큼. 마치 한 마리 짐승이 된 것만 같았다.

그런 제 심정을 아는지 모르는지 니안은 그저 편안하게 눈을 감고 달콤한 숨을 뿜어냈다.

데릭은 자신의 욕망을 누르고 또 누르다 하얗게 밤을 지새우고 말았다. 그가 피로를 이기지 못하고 간신히 잠이 들었을 땐, 어스름하던 달빛이 사라지고 희미하게 동이 터오던 무렵이었다.

니안은 창문 틈으로 쏟아져 들어오는 햇빛에 눈이 부셔 잠에서 깨어났다. 그러자 제일 먼저 눈에 들어온 것은 정신을 잃듯 곤히 잠들어 있는 데릭의 얼굴이었다.

그녀는 데릭의 품을 벗어나 몸을 일으켰다. 하얀 베개 위 흐트러진 금발 머리 위로 아침 햇살이 더욱 화사하게 부서졌다.

지그시 감고 있는 긴 속눈썹마저 금빛으로 반짝거렸다.

굴곡 하나 없이 반듯하게 솟아오른 콧날, 날렵하지만 남자다운 턱선, 부드럽게 부풀어 오른 입술.

아, 저 유혹적인 입술…… 입술…….

나의 천사가 언제 이렇게 커다란 남자로 변했을까.

블룸 홀 복도 천장의 한 귀퉁이에서 칼과 방패를 들고 하늘로 도약하던 꼬마 천사의 모습은 온데간데없이 사라지고, 그에겐 이제 아름답고 늠름한 사내의 형상만이 남아 있었다.

저 황금빛 머리카락을 한 번 만져봤으면!

고고한 산처럼 오만하게 솟은 콧날도 한 번 쓰다듬어 봤으면!

부드럽게 부풀어 오른 저 입술에 키스할 수만 있다면!

니안의 손이 홀린 듯 데릭의 머리카락을 향해 뻗었다.

그가 깊이 잠들어 있는 동안 도둑처럼 몰래, 정말 아주 살짝, 만 져만 보려고 했다. 가느다란 손가락이 파고들자 곱슬거리는 금빛 머리카락은 잘 자란 덩굴손처럼 자연스럽게 휘감겼다. 손의 움직임에 따라 마디 사이의 연한 살을 쓸며 빠져나간다. 깃털처럼 부드럽고, 웃음이 나올 만큼 간지러우며, 전율이 흐를 만큼 짜릿한 느낌이었다.

바보 같은 데릭.

이렇게 자기 머리를 갖고 놀고 있는데 아무것도 모른 채 자고 있다니. 소리 죽여 키득거리느라 니안의 어깨가 작게 들썩였다.

이제 그녀의 손가락은 더 대범해졌다.

상아색의 곱고 여린 손가락은 어느새 머리카락을 벗어나 유연하게 솟아오른 그의 콧날을 따라 물처럼 흘러내렸다. 그러다 콧망울에 도달했을 땐 잠시 멈춰 서서 바르르 손을 떨었다.

니안은 주저하는 얼굴로 데릭의 부풀어 오른 입술을 내려다봤다.

그것은 꼭 유혹하는 것처럼 부드럽고 도톰하며 더없이 말랑해 보였다. 달콤한 향기마저 나는 듯했다.

어찌나 골똘히 보고 있었는지 자신의 얼굴이 그에게 점점 다가

가는 것조차 느끼지 못했다. 그녀의 붉은 입술이 긴장으로 살짝 벌어졌다. 꿀꺽 침이 넘어갔다.

니안은 코끝에서 손가락을 떼어내어 데릭의 입술을 향해 천천히 내렸다. 차마 키스는 할 수 없었지만, 아침 햇살을 받고 부풀어 오른 도톰한 입술은 만져라도 보고 싶을 만큼 유혹적인 것이었다.

그리고 마침내, 그녀의 손가락이 입술에 내려앉는 찰나, 번쩍, 데릭이 눈을 떴다.

"아……."

새파랗게 달구어진 눈동자와 마주치자 니안은 저도 모르게 한숨 같은 탄성을 내뱉었다.

화르르 온몸에 불이 붙는 것 같았다. 부끄러워 숨고 싶었으나 너무 놀라 움직여지지 않았다.

니안은 눈도 깜빡이지 못하고 숨도 쉬지 못한 채 뚫어지라 데릭의 눈동자만 바라보았다. 마치 우주가, 온 세상이, 온통 시리도록 푸른 로열블루색으로 가득 찬 것만 같았다.

1초?

3초?

5초?

짧고도 긴 시간이었다.

대체 시간은 어떤 속도로 흐르고 있는 거지?

니안이 간신히 정신을 차리고 손을 떼어내려 하자 데릭이 덥석 그녀의 손목을 잡았다. 덕분에 그의 입술이 니안의 손바닥 안에서 뭉그러졌다. 그가 상체를 일으키며 내뱉는 날숨에 손바닥이 뜨겁고 간지러웠다.

"잘 잤어?"

데릭이 니안의 손바닥에 깊숙이 키스하곤 다정하게 물었다. 니안은 대답할 수 없었다. 그의 눈동자에 주술이라도 걸린 것처럼 눈을 돌리지도 못했다.

야릇하고도 무거운 침묵이 이어졌다.

이대로 가다간 창피함에 온몸이 다 녹아 소멸해버릴지도 모르겠다는 생각이 들었을 때 즈음, 데릭은 니안의 손을 살며시 내려놓더니 그녀의 한쪽 뺨으로 손을 뻗었다. 뺨에 닿은 손은 부드럽고 따뜻했다. 얼굴을 붉힌 채 멍하니 넋을 놓고 있는 니안이 귀여운지 그가 옅은 미소를 지어 보였다가 천천히 얼굴을 가까이 했다. 그것이 뭘 의미하는지 모르지 않았다.

키스!

그의 얼굴이 다가올수록 심장은 놀람과 기대로 미친 듯이 날뛰기 시작했다. 저도 모르게 숨이 빨라지고 스르륵 눈이 감겼다. 그리고 마침내…….

"……!"

노래하는 종달새가 있었다면 이 순간에 울었을 텐데!

데릭이 뿜어내는 숨은 향기가 되어 니안의 숨으로 넘어왔다.

맞닿은 입술로 전해지는 것은 갓 따온 꿀처럼 달디 단 넥타.

9년을 억눌렀던 사랑의 감정은 좌절과 슬픔 같은 현재의 감정과 한 덩어리가 되어 니안의 심장에 정체 모를 회오리를 일으켰다. 벅차고 행복한 만큼, 슬프고 서러웠다.

'오빠가 나한테 남자였던 것처럼, 나도 오빠에게 여자였던 걸까?'

혼자만의 감정이 아니었던 거야?

'이렇게 좋은데…… 이렇게 원하는데…… 어떻게 우리가 남매가 될 수 있지?'

니안의 복숭앗빛 뺨을 타고 흘러내리는 눈물 한 방울이 아침 햇살을 받아 은빛으로 아름답게 반짝거렸다.

니안은 아무렇지 않은 척 주방으로 내려와 아침 식사 준비를 했다. 주방에 내려왔을 때 가장 먼저 눈에 띈 것은 술병과 술잔을 앞에 놓고 식탁에 엎드려 잠든 멜드린의 초췌한 모습이었다.

그전까지 멜드린은 자유분방하긴 했어도 흐트러진 적은 단 한 번도 없었다. 그만큼 루이스의 죽음이 그를 힘들게 한 것이 분명했다.

사랑이란 꼭 말로 전해야만 알 수 있는 건 아니다.

지금껏 루이스를 대하는 그의 말과 행동에서는 그녀에 대한 사랑이 뚝뚝 묻어났다. 그는 진심으로 루이스를 사랑했다.

니안은 아까 침실에서의 키스를 떠올리며 가만히 자신의 입술을 손가락으로 훔쳤다.

그렇다면…… 데릭은? 그도 날 사랑할까?

지금껏 데릭이 자신에게 던져온 눈빛은 오빠와 남자의 묘한 경계에 있었다. 자신 역시 그 이상의 선을 넘는 감정을 표현해본 적이 없었다. 그러자 어릴 때부터 루이스로부터 지겹도록 들었던 말이 떠올랐다.

'니안, 데릭은 네 오빠야. 너희 둘은 부모는 달라도 법적으로 완전한 남매라고. 그러니 행여라도 오빠를 상대로 이상한 상상하면 안 돼. 연애나 결혼 같은 거 말이야. 오빠를 상대로 그런 생각을 품는다면 그것 자체가 죄야, 죄. 아주 큰 죄!'

그런데 그와 키스를 해버렸다. 그를 향한 마음도 쉬이 멈출 수가 없었다. 루이스는 죽었지만 그녀가 남긴 말 만큼은 그녀의 뇌리에 뚜렷이 박혀 있었다.

니안은 식탁에 엎드려 잠들어 있는 멜드린을 가만히 바라봤다.

후견인인 아벨 백작은 자신과 에이든을 연결해줬으며, 루이스는 에이든에게 자신을 부탁한 채 죽었고, 에이든은 유언을 지키겠다며 자신과의 결혼을 원하는데 니안은 오늘 아침 데릭과 키스를 했다.

'이제 어떻게 해야 하는 거지?'

그런데도 가장 신경이 쓰이는 것은 데릭의 마음이었다.

그의 진심.

'그는 어떤 마음으로 내게 키스를 했던 걸까?'

대체 이토록 어마어마한 일을 겪고도 겨우 생각하는 것이 그런 것이라니.

니안은 작게 고개를 흔들고는 멜드린을 어깨를 흔들었다. 그에 게서 피곤에 전 신음이 흘러나왔다.

"이렇게 주무시면 몸 상한다고 말씀드렸잖아요. 방으로 들어가 서 주무세요. 아침 준비되는 대로 불러드릴게요."

간신히 고개를 든 멜드린이 마른 손으로 퍼석한 얼굴을 쓸며 힘 겹게 말했다.

"이런 모습을 자꾸 보여서 미안하구나, 니안."

"전 선생님 마음 충분히 이해해요. 그러니 미안해하지 마세요. 그보다 몸이 상하실까 봐 걱정돼요. 아침 식사가 준비될 때까지 조금이라도 침대에서 편히 주무세요."

때마침 데릭이 1층으로 내려왔다. 말끔하게 옷을 갖춰 입은 데 릭은 단정하고 품위 있어 보였다.

그의 푸른 눈동자와 눈이 마주치자 니안은 저도 모르게 얼굴을 붉히며 시선을 내렸다. 그는 아무 말도 하지 않고 다가와 멜드린 을 부축해 식탁에서 일으켰다.

"방으로 모셔다드릴게요."

니안은 그와 눈을 마주치지 않으려 어색한 표정으로 주방 조리대로 몸을 돌렸다. 되도록 그의 생각을 하지 않고 수프를 끓이고 야채와 고기를 요리하는 데 집중하고 싶었다. 하지만 식사 준비를 돕겠다며 주방으로 나온 데릭 때문에 정신이 혼미해질 지경이었다.

'어쩌면 좋지?'

이제 집 안에서 마주치는 그는 '오빠'가 아니라 신경 쓰이는 '남자'가 되어 버렸다.

음식을 하느라 부엌을 오가는 와중에도 자신의 등 뒤에 따라붙는 그의 시선에 뒤통수가 뜨거웠다.

"나 혼자 할 수 있어. 그냥 방에서 좀 쉬어."

니안은 그에게 눈도 돌리지 않고 요리에 집중하는 척 말했다.

"아니야. 괜찮아. 같이 하면 더 빨리 끝낼 수 있잖아."

돌아온 그의 목소리는 생각보다 평안했다. 식탁 위에 나이프와 포크를 놓는 소리가 들려왔다.

'이런 바보. 결국 나만 이렇게…… 어쩔 줄 몰라 하는 거야?'

식탁 세팅을 하느라 마주치는 손끝에서, 왔다 갔다 스치는 어깨에서 니안은 말로는 표현할 수 없는 떨림을 느꼈다. 그와 눈이라도 마주칠라치면, 심장은 중력을 이기지 못하고 나무에서 떨어지는 사과처럼 발끝으로 쿵 추락하곤 했다. 그러면 동시에 온몸으로 뜨거운 전율이 퍼져나갔다. 걷잡을 수가 없었다.

'단 한 번의 키스에…….'

스스로가 한심했다. 키스를 하고 나서 데릭은 아무것도 자신에게 약속한 것이 없는데. 그저 바다처럼 깊은 눈으로 자신을 물끄러미 바라보고 미소 지었을 뿐인데. 그가 자신을 믿고 사랑하고 아끼는 것은 알고 있었지만, 그건 어디까지나 여동생으로서일 것이었다.

어떠한 서약도 없는 충동적인 키스 한 번으로는 법적인 남매라는 현실을 넘어서까지 그에게 여자가 될 거란 확신을 가질 수가 없었다.

'아…… 난 미쳤나 봐. 미친 게 분명해…….'

가뜩이나 벌어진 일들의 규모가 어마어마해서 생각할 것들도 많은데 이 시점에 사랑놀이라니.

하지만 아침 식사 내내 데릭과 마주 앉은 니안으로서는 그에 대한 생각을 피해갈 수는 없었다. 한편으로 생각해보면 그가 자신에게 어떠한 약속을 한다 해도 몹시 곤란하기는 마찬가지 아니던가.

그것은 바로…….

'에이든…….'

……그 때문이었다. 그를 떠올리자 작게 한숨이 흘러나왔다.

'에이든은 정말로 나와 결혼할 생각인 걸까? 그가 진짜로 내게 프러포즈를 해오면 나는 어떻게 해야 하지? 아벨 백작님과 루이

스를 생각해 그 청혼을 받아들여야겠지? 그러면 데릭은 또 어떻게 나올까?'

일단은 너무 큰 일이 많이 벌어졌으니 결혼 따위는 생각할 수조차 없다고 못을 박아야 할 것 같았다. 지금 당장은 누가 자신을 죽이려 했는지 알아내는 것이 급선무였으니까.

식사가 거의 끝나갈 무렵, 옷을 갈아입고 세수를 해 조금은 말끔한 얼굴이 된 멜드린이 말했다.

"장례도 끝났으니, 오늘은 조의를 표해주신 분들께 감사 편지라도 드려야겠구나. 그러니 식사 끝나고 모두 좀 보자꾸나."

"네."

니안과 데릭이 동시에 대답했다. 멜드린은 둘 사이에 흐르는 어색하고 묘한 긴장감을 느꼈지만 침묵했다.

그 역시 이 이상한 남매의 처리를 어떻게 해야 할지 확신이 서지 않았기 때문이었다. 그것보다 먼저 고민하고 해결해야 할 일이 너무도 많았다.

대체 누가, 왜, 어떤 의도로 니안에게 자객을 보낸 것인지, 이 일이 황태자 헤이드와 관련이 있는 것인지 아닌지, 니안과 데릭이 만났다는 엘카트는 어떤 이유로 죽었으며, 왜 그것이 이 수도 아르본에 모습을 드러냈는지 말이다.

이러한 문제들은 니안과 데릭의 머릿속에서도 수많은 물음표를 만들어 내고 있었다. 그리고 이런 혼란을 겪는 사람은 비단 이들뿐만은 아니었다.

엘카트의 사체를 발견한 뒤부터 아르본, 아니 쿠커스 황국 전체가 패닉에 빠졌다. 전설 속에서만 등장하던 짐승이 버젓이 수도인 아르본 외곽에서 발견되다니.

그동안 아르본 숲에서 사라지던 사람들이 무엇을 맞닥뜨렸던 건지 모든 사람이 알게 된 사건이었다.

오스만은 이 소문을 막으려 함구령을 내렸지만, 결국은 알음알음 사람들의 입에서 입으로 빠르게 퍼져나갔다.

사람들의 두려움과 공포는 현 황실에 대한 기대치만을 높여 놓았다. 과연 오스만 황제는 천여 년 만에 등장한 마수를 어떻게 처리할 것인가. 어떻게 백성들을 마수의 위협으로부터 안전하게 보호해줄 것인가.

이 일로 황후 소피아가 받은 충격과 스트레스는 말로 표현할 수가 없었다.

그녀는 엘카트에게 희생된 자가 자신이 니안에게 보낸 자객이라는 것을 알고서 경악했다. 그제야 마지막 붉은 꽃의 능력이란 고대 마수와 관련 있다는 사실을 짐작할 수 있었다.

'그럼…… 그 엘카트와 자객을 물리친 게 설마 니안?'

멧드라하가 죽어버린 지금, 소피아는 그 물음에 대한 답을 어디서도 얻을 수가 없었다.

황국 안의 예언가나 점술사는 오스만에 의해 몽땅 처형되어 씨가 마른 지 오래였으니까.

불안한 백성들이 멜롯 황실 가에 마수에 대한 해결책을 바라는 만큼, 소피아에 대한 오스만의 기대도 나날이 커졌다. 그래도 서두르거나 재촉하지 않는 것은 참으로 소피아에게 다행스러운 노릇이었다.

그것은 아마도 오스만에게 소피아가 붉은 꽃이라는 확신이 있었기 때문이었을 것이다.

결정적인 순간 분명 소피아는 멜롯가뿐만 아니라 만천하에 자신의 능력을 보여주리라. 이 모든 문제를 단번에 해결해 내리라.

아르본에 마수가 등장한 지금, 그날이 머지않은 것임이 틀림없었다. 천하가 오스만의 손에서 공고히 다져질 게 분명했다.

이러한 기대 덕분에 오스만은 수도 아르본에 마수가 출몰했다는 소식에도 크게 동요하지 않았다.

피식, 느긋한 그의 입가에 탐욕스러운 미소가 번졌다.

하지만 소피아는 달랐다.

그녀는 오스만이 아무것도 묻지 않고 재촉하지 않는 것이 불안했다. 분명 자신을 향한 기대치가 훨씬 올라가 있다는 것을 느낄수가 있었는데도.

황제와 함께 하는 저녁 식사 시간이었다.

소피아는 상석에 앉은 오스만이 조용히 손을 뻗어 빵을 집는 모습을 바라보았다.

그가 집어 든 빵을 잘게 뜯어 입에 넣고 우물우물 씹는 동작조차 마치 자신을 비난하는 것처럼 보여 머리가 돌 것만 같았다. 그러다 슬쩍 눈이 마주치는 바람에 흠칫 어깨를 떨었다.

'왜 너는 아직 아무런 능력을 보여주고 있지 않지?'

오스만은 아무 말도 하지 않았지만 소피아에게는 마치 그런 환청이 들리는 듯한 착각이 들었다.

'이러다 정신병에 걸릴 것 같아.'

그 순간 식탁 시중을 들던 하녀가 그녀의 글라스에 포도주를 따르다 살짝 흘리고 말았다. 오스만을 향해 예민하게 곤두서 있던 신경은 일순 하녀에게로 쏠렸다.

"저…… 정말 죄송합니다, 황후마마. 제발…… 선처를……."

하녀가 얼굴을 새빨갛게 붉히며 어쩔 줄 몰라 했다. 들고 있던 냅킨으로 붉게 물든 테이블을 서둘러 두들기는 하녀의 손길엔 당황과 두려움이 묻어났다.

소피아는 그런 그녀의 손을 짜증스럽게 노려보았다. 답답해 빨라지는 호흡에 가슴마저 거칠게 오르내렸다.

"다음부터는 조심하겠습니다. 황후…… 아아악!"

하녀의 입에서 자지러지는 비명이 울렸다. 소피아가 샐러드용 포크로 그녀의 손등을 내리찍은 거였다. 오스만이 고개를 돌렸다. 그 소리에 오스만이 고개를 돌려 바라본 곳에는 고통스러워하는 하녀와 쌔씸하다는 얼굴로 포크가 찍힌 손등을 노려보고 있는 소피아가 있었다.

'성질 한번 고약하군······.'

오스만은 그리 생각하면서도 슬쩍 입꼬리를 올렸다.

'그래도 착한 척 명청한 것보다야 백번 낫지.'

소피아는 한쪽 입가에 걸린 그의 미소와 뿌듯한 눈빛을 확인하고는 홀가분한 얼굴이 되었다. 무릎 위에 올려놓았던 냅킨을 집어 테이블 위에 올려놓고는 자리에서 일어섰다.

"폐하, 먼저 일어서는 저를 용서하십시오. 입맛이 없어서요."

그녀는 정중하게 드레스 자락을 붙잡고 살짝 고개를 숙였다. 오스만은 자신에게 간섭하지 않는 이상 소피아가 무슨 짓을 해도 관대한 편이었고, 오늘 역시 다르지 않았다. 딱히 그의 심경에 변화가 없단 뜻이었다.

그는 인사하는 소피아에게 그저 무심한 얼굴로 턱만 간단히 끄덕여 보였다.

소피아는 다친 아이를 치료하려는 하녀들의 부산한 움직임을 뒤로하고 식당을 빠져나갔다. 그래도 죽지 않은 게 어디냐며 위로하는 다른 하녀들의 목소리에 코웃음을 치면서. 그런데도 가슴속에 치미는 울화를 견디지 못해 그녀는 종일 방 안에 처박혀 시녀와 하녀들에게 히스테리를 부려댔다.

"내가 분명히 이 장식품 내다 버리라고 했지?"

"하지만 황후마마, 그것은 오랜 적대국이던 겔파고의 왕비가 화해의 뜻으로 황후마마 앞으로 보내온 선물이 아닙니까? 항상 방 안에 놓고 겔파고가 보여준 호의와 우정을 되새기겠다고 편지를 보내셨으니 버리게 되면…… 겔파고의 사신이 지난달 출발했다고 하니 곧 도착할 것입니다. 행여 오해를 사게 될까 봐 우려되옵니다."

전속 시녀 로라가 곤란한 얼굴로 말했다.

"그럼 어디 안 보이는 곳에다 치워버려. 꼴도 보기 싫으니까. 아, 그리고 드레스도 다 버려. 이거…… 이거…… 이거……."

옷장 앞으로 간 소피아가 걸린 드레스 중 마음에 들지 않는 것들을 꺼내 우악스럽게 바닥에 던져버렸다.

그 안에는 두 달 후 있을 오스만의 황제 즉위 10주년 기념식을 위해 미리 맞춰둔 새 드레스까지 포함되어 있었다.

"저, 황후마마 그러면 황제 폐하의 즉위 기념식엔 어떤 드레스를……?"

로라가 상기된 얼굴로 물었다.

"새로운 재단사를 찾아. 지금까지의 스타일과는 완전히 다른. 그리고 나를 훨씬 더 젊고 화사하게 보이게 만들 사람으로 말이야."

그렇게라도 갑갑한 마음을 풀어야겠으니까…….

도도하게 팔짱을 낀 소피아의 눈동자가 음산하게 빛났다.

메이 아멜리아의 장미향 부티크.

"뭐라고?"

메이는 린다의 보고를 받고 믿을 수 없다는 듯 두 눈을 깜빡거렸다.

린다는 데릭과 니안이 부티크에서 옷을 사간 후 조용히 숨어 그들의 동향을 살피던 감시책이었다.

"정말 족제비 하나가 엘카트로 변했고, 그걸 조종한 게 데릭이었다고?"

"그렇게 보였습니다. 말씀드렸다시피 제가 나서려던 순간 데릭 도련님의 몸에서 푸른빛이 흘러나오고……."

"됐어. 그 정도면 충분해. 어떤 상황인지 알고도 남겠어."

메이는 기쁨을 감출 수가 없었다. 그녀는 서둘러 비밀의 방으로 달려가 문을 잠그고 마정석 앞에 섰다. 비밀의 방은 여전히 알 수 없는 신기한 물건들로 가득했고, 보라색 쿠션에 놓인 마정석 역시 신비한 보랏빛을 뿜어내고 있었다.

그녀는 마정석을 통해 알을 불러냈다. 그녀가 알이라고 부르는 사람이 바로 아르모트라는 사실은 현재 아르모트의 곁에서 수발을 들고 있는 심복 외에는 알지 못했다.

메이는 린다에게 들었던 모든 이야기를 아르모트에게 전했다.

"자객만 죽지 않았더라면 정말 좋았을 것을. 그래야 그가 왜 왕자의 집에 침입했고, 배후에 누가 있는지 알 수 있었을 텐데."

아르모트가 아쉽다는 투로 말했다.

"저도 그 점이 정말 아쉬워요. 하지만 짐작은 가능하죠. 그날 그 시간은 왕자가 집에 돌아올 시간이 아니었다는 점, 그 자객이 황태자가 아니라 니안을 찾아왔다는 점 들을 고려하면…… 아무래도 소피아가 무언가를 깨닫게 된 게 아닌가 싶네요."

"그렇겠지? 황제가 만약 헤이드의 존재를 알았다면 그런 식으로 조용히 처리하려고 하진 않았을 거야. 그냥 병사들을 보내 잡아들이면 그만이니까. 그리고 지금껏 또 다른 자객을 보내지도 않고 추이를 지켜보고 있지도 않았겠지."

"그렇다면 역시 뒤에 있는 건 황후겠군요."

"지금으로써는 그게 가장 설득력 있어."

"그럼 황후는 어디까지 알고 있는 걸까요? 황태자의 존재까지 알고 있을까요?"

"그건 나도 모르겠군. 황태자의 존재를 알아도 진짜 붉은 꽃이 그의 옆에 있는 이상 황후가 황제에게 사실을 고해바치긴 곤란하겠지. 그럼 자신이 가짜라는 게 들통 날 테니까."

"네……."

"그런데 정말 놀랍군. 엘카트가 아르본에까지 출현하다니."

"차원의 경계에 생기는 구멍이 저쪽 세계 문지기들이 다 알아낼 수 없을 만큼 마구잡이로 열리고 있다는 뜻이겠죠. 확실히 통제력을 잃은 거예요. 이제 다량의 무고한 희생은 피할 수가 없게 됐네요."

"멜롯가의 힘이 헤이드에게서 발현됐고, 그가 그 힘을 조종할 수 있다면 이 문제가 해결되는 건 시간문제가 아닌가?"

"아직 그의 힘이 어디까지 미칠지 범위가 확실치 않아요. 그리고 무엇보다 중요한 건 붉은 용이에요. 그녀가 확실하게 각성을 했다면 엘카트가 그녀를 못 알아보고 공격하진 않았겠죠."

"붉은 용을 데려오면 자네가 좀 더 빨리 그녀를 각성시킬 수 있겠나?"

"아니요. 용은 제가 통제할 수 있는 범위의 대상이 아녜요. 헤이드라면 가능하죠. 인간이니까요. 마법사마다 가진 능력이 다르긴 하지만 마력을 운용하는 원리는 같거든요. 하지만 그전에 반드시 붉은 용이 먼저 각성을 해야 해요."

"그래도 본인의 정체를 깨닫고 각성 의지를 갖게 되면 좀 달라지겠지. 둘 다 조금 더 성장할 때까지 기다리려고 했는데 그럴 수가 없게 됐군. 이젠 정말 그들을 데려와야겠어. 그나저나 루이스가 죽다니…… 황실에 정말 헌신적인 여자였는데……."

"그래서 부티크와 제 이름으로 루이스의 장례식에 꽃과 조의금을 보내려고 해요. 그들이 놀랄 만큼 충분히 많이요. 더불어 주변이 정리되는 대로 한번 방문해 달라고 메시지를 넣어볼까 하는데 어떻게 생각해요?"

"좋은 생각이야. 대화를 나눠보면 왕자가 어디까지 얼마나 알고 있는지 알게 되겠지. 그가 알고 있는 부분에서부터 하나씩 일을 시작하면 될 테고."

"멜드린은 어떡하죠? 루이스가 없는 현재로서는 그가 보호자나 다름없으니 그를 먼저 만나 볼까요?"

"아니. 왕자는 이미 성인이야. 왕자의 의사가 먼저야. 그가 마음을 정하고 나면 멜드린은 따를 수밖에 없어. 멜드린을 먼저 만났다간 그의 의지에 따라 우리 뜻이 왜곡되어 전달될 수도 있고."

"그럴 수도 있겠네요."

"일단 왕자와 붉은 용부터."

"네, 잘 알겠어요."

메이가 쾌활하게 대답했다.

"알……?"

"응?"

"조금만 참아요. 곧 왕자를 만나게 해 드릴게요."

이어진 그녀의 다짐은 결연하기만 했다. 그것만이 자신을 구해 보호해 줬던 아르모트의 은혜에 대한 보답이었기 때문에…….

장례식에 찾아준 사람들에게 감사 편지를 준비할 때에 이르러서야 니안과 가족들은 고민에 빠졌다.

　도대체 메이 아멜리아라는 여자를 어떻게 대해야 할까? 고맙다고 인사를 하고서 보내온 거액을 넙죽 받아야 할까? 아니면 마음만 받겠다며 정중히 거절해야 할까? 이 여자가 이토록 큰돈을 조의금으로 내놓은 이유는 무엇일까?

　그들은 메이 아멜리아가 보내온 조의금과 편지를 식탁 위에 올려놓고 한참을 고민해야 했다.

　"메이와의 인연이라고 해 봐야 옷을 사러 갔던 단 한 번뿐인데…… 대체 이 여자는 우리 근황을 어떻게 알고 꽃과 조의금을 보내왔을까요?"

　데릭이 얼굴 가득 의심의 빛을 떠올리며 말했다. 하지만 멜드린은 평상시의 그답게 조금은 덜 진지한 모습으로 이 상황을 받아들였다.

　"이래서 일류 샵이라고 하는 건가? 고객 관리가 남다른 것 같긴 하구나."

　그가 메이의 편지를 흔들어 보이며 농담조로 말했다.

　"깜짝 놀라긴 했어요."

　니안이 고개를 끄덕였다. 그녀는 되도록 데릭 쪽은 바라보지 않으려 노력하면서 이야기를 이어가고 있었다. 물론, 데릭은 그런 그녀가 못마땅했지만, 딱히 내색할 수도 없었다.

멜드린 역시 그 둘 사이에 흐르는 기묘한 긴장감을 눈치채고는 있었으나 모르는 척 평이하게 대화를 계속했다.

서로에 대해 말 못 할 감정을 속에 품은 대화치고는 주제도, 내용도 상당히 진지하고 심각했다.

메이의 이상한 행동에 의심을 지우지 못한 데릭이 묵직한 어투로 이야기했다.

"하지만 단순히 고객 관리라고 하기에는 금액이 너무 커요. 뭔가 다른 이유가 있는 것 같아요."

"내 생각도 그렇긴 하다, 데릭. 편지에는 위로와 함께 방문을 원한다고 했으니, 어쨌든 한번은 가봐야 답을 알 수 있겠구나."

멜드린의 말에 니안이 대답했다.

"그럼 이 돈은 일단 가져가야겠죠? 덜컥 받기엔 부담스러울 정도로 큰 금액이고, 또…… 혹시라도 불순한 의도라도 있다면 당장 돌려줘야 할 테니까요."

그녀는 흘끗 데릭을 훔쳐보았다간 조심스럽게 말을 이었다.

"오늘 오후에 오빠와 함께 아멜리아의 샵에 방문해볼게요."

겸사겸사 잘됐다. 언젠가는 그와 단둘이 이야기를 해야 할 순간이 온다. 그렇다면 차라리 멜드린이 없는 밖이 나을지도 모른다고 니안은 생각했다.

멜드린이 고개를 끄덕여 보였다.

"그래, 오전 중에 연락을 넣고 오후에 가보는 게 좋을 것 같다."

"네."

'하, 다행이다.'

니안이 옅게 안도의 미소를 짓는 순간, 데릭에게서 단호한 반대가 이어졌다.

"나만 다녀올 거야. 넌 집에 있어, 니안."

그제야 니안의 눈동자가 데릭을 정면으로 향했다. 마주한 시린 눈동자는 그녀에게 절대 안 된다고 강력하게 호소하고 있었다.

'또 내 안전이 걱정되는 거겠지…….'

니안은 한숨을 내쉬며 멜드린 옆에 놓인 커다란 검을 내려다봤다.

자객이 다녀간 뒤로 두 남자는 니안의 신변을 지키는 데 온 신경을 집중하고 있었다. 문밖에는 에이든이 보내준 개인 호위 검사까지 있었다.

에이든은 사고 이후부터 줄곧 자신이 사는 저택에 와 있으라고 권했지만, 데릭이 딱 부러지게 거절했기에 취해진 조치였다.

"왜? 또 위험하다고?"

"그래. 엘카트도 엘카트지만 누군가 널 노리고 있으니까. 그리고 우리는 그게 대체 누구인지 아직 알아내지 못했고."

"아무리 자객이 날 노리고 찾아왔었다고 해도 이건 말이 안 돼. 장 보러 가는 것도 오빠랑 선생님이 번갈아 다녀오잖아. 언제까지 집 밖에 못 나가게 할 건데?"

"안전한 곳으로 집을 옮길 때까지."

"하…… 못 말려……."

니안이 다시금 길게 한숨을 쉬고는 말을 이었다.

"좋아. 백번 양보해서 장 보는 건 그렇다고 쳐. 하지만 이건 다른 문제야."

"내가 보기엔 다를 게 전혀 없는데."

"달라. 예의의 문제니까. 그리고…… 메이가 원하는 건 오빠만이 아니잖아. 나도 함께야."

설전이 시작되자 조금 전까지 그를 어떻게 대해야 할지 모르겠다던 니안의 고민은 머나먼 지구 밖으로 날아가 버리고 말았다. 오로지 그를 설득해 메이를 만나러 가야 한다는 생각만이 가득해졌다.

그녀가 멜드린의 손에 들린 편지를 가로채어 한 구절을 읽어 내려갔다.

"장례가 끝나고 마음에 여유가 생기시면 모쪼록 저희 가게를 한번 방문해 주십시오. 부디 도련님과 아가씨가 함께 오시길 간곡히 부탁드립니다. 봐! 이렇게 적혀 있잖아."

니안이 데릭의 코앞으로 편지를 들이밀었다. 그러자 데릭도 지지 않았다.

그로서는 메이 아멜리아가 어떤 사람인지 확신이 서지 않는 상황에서 니안을 그곳까지 데리고 간다는 것 자체가 꺼림칙하고 걱정스러웠기 때문이었다.

"그쪽은 엄마가 돌아가신 것만 알지 누군가 널 죽이러 찾아왔었다는 사실은 모르잖아. 그러니까 그렇게 편지를 보낸 거지. 내가 가서 사정을 말하고 양해를 구할게. 그러니까 넌 멜드린 선생님하고 그냥 집에 있어."

그는 이제 대놓고 니안의 보호자처럼 굴고 있었다. 니안은 괜한 부아가 치밀었다.

"그래, 집! 집으로 왔지. 다른 데도 아니고 집! 그런데도 자꾸 집에만 있으라고?"

그녀 역시 지지 않겠다는 의지가 확고해 보였다. 당연한 걸 요구하는데도 떼쓰는 어린아이처럼 취급당하고 싶지 않았다. 그녀는 설득조로 말을 이어갔다.

"오빠 말처럼 아멜리아 양은 사건의 내막도 잘 몰라. 그러니까 이렇게 큰돈을 냈을 때 오빠와 내가 함께 방문해 달라는 부탁쯤은 당연히 들어줄 걸로 기대했을 거라고. 아무리 양해를 구한다 해도 내가 안 가면 너무하다고 생각할 수도 있고, 우리가 모르는 곤란에 처할 수도 있어. 무엇보다 오빠, 아멜리아 양이 왜 우리한테 이렇게 큰돈을 보냈는지가 정말 궁금해. 궁금해 죽겠어. 둘이 같이 오라면서 '모쪼록'이라든가 '간곡히' 같은 단어를 쓴 걸 봐 봐. 나한테도 중요한 용건이 있는 게 분명하다고."

"니안!"

데릭의 눈썹이 못마땅한 빛을 띠고 밀려 올라갔다.

"데릭, 제발……. 메이의 본래 의도를 알아내려면 그녀가 원하는 대로 나와 오빠가 함께 가는 게 맞아. 오빠만 가서는 그 여자가 사실대로 말을 안 할 수도 있어. 오빠가 뛰어난 검술사인데 뭐가 걱정이야? 오빠가 날 지켜주면 되잖아. 엘카트가 걱정되면 데니펫도 데려가고. 나 역시 직접 듣고 싶어. 대체 그 여자가 왜 이 돈을 보내왔는지. 왜 나와 오빠의 방문을 기다리고 있는지 말이야."

게다가 루이스의 죽음으로 친엄마로부터 생활비를 받을 방법도 사라져버리지 않았던가.

니안은 엄마의 편지를 찾으려고 루이스의 방을 샅샅이 뒤졌지만, 끝끝내 찾지 못했다. 따라서 그녀가 어디에 있는지 알 길도 사라졌다.

루이스는 멜드린에게 헬레나의 편지를 들킨 이후로 어디론가 그것들을 몽땅 감춰버렸다. 게다가 니안이 기억하는 한, 집으로 자신이 모르는 편지가 온 적은 단 한 번도 없었다.

지금 유추할 수 있는 건, 루이스가 엄마와 연락을 취하는 방법으로 집 주소가 아닌 우체국 사서함을 이용해왔으리라는 것이었다.

"그리고 엄마와 연락이 끊어져 버렸어. 이제 생활비 들어올 곳도 없어졌잖아. 솔직히 이 돈, 신경 쓰여. 정당한 돈이라면 받아도 나쁠 건 없잖아."

루이스가 모아둔 돈이 있기에 한동안은 괜찮겠지만 오래가진 못할 터였다. 메이는 분명 르윈느 집안의 이런 어려움을 알고 있음이 분명했다. 그렇지 않고서야 거액을 조의금으로 내며 찾아오라고 할 리가 없었다.

"돈이 신경 쓰인다니! 그런 식으로 말하지 마, 니안. 꼭 루이스 같잖아."

멜드린에게서 커다랗게 큼큼거리는 소리가 터져 나왔다.

니안과 데릭이 흠칫하며 입을 다물고 말았다. 그는 크게 숨을 한 번 들이쉬었다간 팔짱을 꼈고, 잠시 무언가를 고민하는 듯 시간을 끌다가 간신히 입술을 뗐다.

"오랜만이구나, 너희 둘 이렇게 티격태격하는 모습을 보는 게. 꼬꼬마 때 이후론 거의 못 본 것 같은데. 내가 모르는 사이에 둘 사이에 무슨 일 있었니?"

그러자 싸우느라 잊고 있던 아침의 키스가 떠올랐다. 니안의 얼굴이 불붙은 것처럼 화르르 얼굴이 달아올랐다.

"무…… 무슨 일이라니…… 그럴 게 뭐가 있어요?"

니안은 이렇게 얼버무리며 데릭을 흘긋 쳐다보았다. 분명 그도 당황했을 거라고 생각했건만 그는 평소와 다름없이 태연하기만 했다.

'세상에! 뻔뻔하기도 해라!'

정말 그에겐 그 키스가 별 의미 없던 거였을까? 그냥 순간의 충동으로 우연히 일어난 사고 같은 거였을까?

"그래도 죽은 루이스를 나쁘게 말하진 말아줬으면 좋겠구나."

다행히 멜드린은 어색한 니안의 반응에도 별다른 내색을 하진 않았다. 그저 루이스를 부정적으로 빗댄 것에 대한 주의만 주었을 뿐. 그리고 늘 그렇듯, 니안의 편을 들어줬다.

"데릭, 나도 걱정되긴 하다만 니안의 말도 맞다. 네 검술 실력을 믿으마. 그러니 아멜리아의 샵에는 니안과 함께 다녀오는 게 어떻겠니?"

멜드린이 이렇게 나오니 데릭도 더는 고집을 부리지 못했다. 그는 깊은 한숨을 내쉬곤 걱정스러운 얼굴로 니안을 바라보았다.

니안이 부끄러움을 참고 걱정하지 말라는 듯 어설프게 웃어 보이자 그는 어쩔 수 없다는 듯 고개를 절레절레 흔들고 말았다.

되도록 귀족다워 보이는 옷을 입고 니안과 데릭은 집을 나섰다. 데니펫도 함께였다.

서민들이 모여 사는 골목을 빠져나와 대로를 따라 조금만 걸어 내려가면 시내로 가는 마차를 탈 수 있었다. 좁은 마차 안에 마주 보고 앉아 있자니 괜히 쑥스러워 니안은 창밖만 내다보았다. 아무렇지 않은 척하려 해도 그 순간 자신의 모든 것들이 부자연스럽게 느껴졌다. 죽을 것만 같았다.

한참의 어색한 침묵 후, 데릭이 니안을 불렀다.

"니안."

"응?"

대답하는 니안의 목소리는 평이했지만, 그를 돌아보지는 못했다.

"나 좀 보지."

"응?"

니안이 마지못해 데릭을 향해 고개를 돌렸지만, 여전히 시선은 피한 채였다. 그러자 그가 피식 웃음을 흘리곤 따뜻한 목소리로 다시 말했다.

"나 좀 보라고."

니안은 몰래 침을 한 번 꿀꺽 삼키고서야 간신히 그의 얼굴을 바라볼 수 있었다. 역시나 가장 먼저 들어오는 것은 빠져버릴 것만 같은 바다빛의 푸른 눈동자였다. 얼굴이 차츰 더워지는 것을 느끼며 니안이 물었다.

"왜?"

"……."

데릭이 말없이 손을 내밀었다. 마치 잡으라는 듯.

머뭇거리며 두어 번 눈을 깜빡이던 니안이 조심스럽게 그가 내민 손에 자신의 손을 살포시 올려놓았다. 데릭은 조용히 그 손등을 잡아당겨 자신의 입술에 가져다 대었다.

촉.

보드랍고 도톰한 입술이 붙었다 떨어지는 압력에 니안의 심장이 두방망이질을 시작했다. 입술이 떨어져 나갈 때 만들어 내는 작은 소리가 바퀴 소음이 공명하는 마차 안에 작고도 선명하게 울렸다.

키스를 하는 동안 손등을 음미하듯 지그시 내리깐 눈은 정중하고도 고결해 보였고, 이후 그녀를 올려다보는 눈은 가시를 품은 장미처럼 위험하고도 매혹적이었다.

"사랑해, 니안."

그의 말에 그에게 손이 잡힌 쪽의 어깨가 경련하듯 덜덜 떨렸다.

"동생 말고…… 여자로……."

니안의 입술이 저도 모르게 벌어졌다.

"단 한 번도…… 동생이었던 적 없었어. 진심이야. 그러니까…… 그렇게 부끄러워하거나 두려워하지 마, 제발……."

"……."

"피하지도 마. 네가 그러면…… 내가 더 다가갈 수가 없잖아."

그의 마지막 말은 마치 가슴을 후비듯 아프게 전해졌다.

맙소사, 데릭…….

니안은 멍하니 입을 벌린 채 흔들리는 동공으로 그의 새파란 눈동자만 뚫어지라 바라봤다.

꿈에 그리던 말을 이렇게 쉽게 그에게 듣게 될 줄은 몰랐다.

아침의 키스는…… 장난이 아니었다…….

숨이 막힐 것만 같다.

그래도…… 그래도…….

무슨 말을 해야 할 것 같은데 생각이 나지 않았다. 그의 고백이 떨 듯이 반갑고 기쁘면서도 두려웠다. 어릴 때부터 들어오던 루이스의 세뇌 때문인지도 몰랐다.

아니, 어쩌면 이제는 알아버린 황태자라는 그의 본래 신분 때문인지도.

한참을 대답하지 못하고 눈동자만 떨고 있는데, 데릭이 또다시 씨익 입가에 미소를 띠었다.

"대답이 없다는 뜻은 날 받아들이겠다는 의미로 봐도 될까?"

하지만 니안의 입에서는 여전히 아무것도 말이 되어 나오지 않았다. 그의 고백을 받아들이고 싶지만, 그래서는 안 될 것 같기도 했고 말로 대답하는 게 창피하기도 했다.

그렇다고 거절을 하는 건 그녀가 원하는 게 아니었다. 그런 니안의 마음을 알아채기라도 한 것처럼 데릭이 은근한 목소리로 낮게 속삭였다.

"그럼…… 한 번 더 키스할게. 싫으면…… 말해."

덜컹.

그 순간 마차가 크게 흔들렸다. 그가 니안의 손을 제 쪽으로 힘주어 잡아당겼고, 반동으로 몸이 앞으로 획 쏠렸다. 그러자 마치 계산이라도 되어 있었던 듯 니안의 입술은 그의 입술 위에 정확히 내려앉았다.

"하아……."

누군가의 숨결이 이렇게 향기로울 줄이야. 다른 이의 입술이 이토록 달콤할 줄이야. 마차가 굴러가는 바퀴 소음이 이렇게 아름다운 음악일 줄 몰랐다. 좁고 불편한 공용마차 안이 이토록 아늑할 줄도 몰랐다.

하루에 두 번이나 그와 키스를 하다니.

그리고, 그 두 번의 키스는 완벽하게 느낌이 달랐다.

아침의 키스가 느린 위로였다면, 지금의 키스는 격한 사랑의 표현이랄까.

'사랑…….'

취한 듯 가슴속으로 그 말을 되뇌는데 그가 입술을 붙인 채 부드럽게 속삭였다.

"그럼…… 이제 허락한 거다, 응?"

얼굴을 붉힌 니안이 눈을 감은 채 작게 고개를 끄덕였다.

그때 마차가 속도를 줄이더니 천천히 움직임을 멈추었다.

"다 왔습니다."

무심한 마부가 큰 소리로 말했다. 깜짝 놀란 니안이 황급히 데릭에게서 떨어져 나왔다. 당황한 얼굴로 마주한 그의 입가가 촉촉하게 젖어 있는 것이 보였다. 순수하기만 하던 새파란 눈동자에는 뜨거운 불꽃이 엉켜 있었다.

'아…… 내가 무슨 짓을 한 거지?'

그녀는 아무 말도 하지 못하고 도망치듯 마차에서 후다닥 뛰어
내렸다. 데릭이 마부에게 마차 삯을 지불하고 그 뒤를 쫓듯이 따라
내렸다.

내리자마자 눈앞에 보이는 것은 예전과 똑같이 화사하고 세련
된 분홍색 간판이었다. 니안은 방금 전에 있었던 일로 두근대는 심
장을 가라앉히려 숨을 크게 쉬며 그 간판을 바라보았다.

아멜리아의 장미향 부티크.

'오빠를 대상으로 딴생각을 하는 것은 죄야, 죄! 아주 큰 죄!'

호랑이 같던 루이스의 목소리에 이어 감미롭던 그의 속삭임이
다시금 머릿속을 점령했다.

'그럼…… 이제 허락한 거다. 응?'

결국, 자신은 그 질문에 고개를 끄덕이고 말았다.

'아아, 안 돼. 복잡하게 생각하지 마. 지금은 메이를 만나러 왔으
니까 그 일에만 집중하자.'

그때 등 뒤로 바싹 다가서는 데릭이 느껴졌다. 그의 커다란 손이
니안의 한쪽 어깨를 살포시 감쌌다. 예전에는 아무렇지도 않은 일
상 중 하나였는데, 이제는 그 손길조차 신경이 쓰이고 가슴이 철렁
했다.

"그럼, 들어가 보자."

데릭은 마치 아무 일도 없었다는 듯 평상시의 목소리로 말했다. 어쩐지 그런 그의 태도에 안도감이 느껴지는 건 왜일까? 괜히 다행스럽달까.

안으로 들어간 메이의 샵은 클로징을 준비하고 있었다. 한낮의 마감이라니. 아멜리아의 장미향 부티크가 오픈한 이래 평일 중간에 가게 문을 닫는 일은 처음이라며 직원들이 수군거리는 소리가 작게 들렸다.

'설마…… 우리 때문에?'

그때 메이의 화사한 목소리가 들려왔다.

"어서 오세요, 르윈느 가의 도련님. 그리고 아가씨."

그들이 돌아본 곳에 여느 때와 같이 밝고 환한 얼굴의 메이가 서 있었다.

"그냥 데릭과 니안이라고 불러주세요."

니안이 쑥스러운 목소리로 말했다.

"상냥하시기도 해라. 그럼 송구하지만 그렇게 하도록 하겠습니다."

"이렇게 일찍…… 가게 문을 닫으셔도 되는 건가요?"

데릭이 의아한 얼굴로 물었다.

"네, 그럼요. 저한테는 두 분이 더 중요한 손님이니까요. 당연한 일이에요."

환한 그녀의 얼굴을 보면서도 데릭과 니안은 마주 웃을 수가 없었다. 도무지 그녀가 왜 이토록 자신들에게 지나친 친절을 베푸는지 알 수 없었기 때문이다. 솔직히 부담스러웠다. 니안이 멋쩍은 표정으로 얼굴을 붉혔다.

"아, 저희는 그저…… 어머니 장례식에 보내 주셨던 꽃과 조의금에 감사 인사를 드리려고 들른 것뿐입니다."

"네, 알고 있어요. 저 역시 두 분이 약속대로 함께 방문해 주신 것에 대한 정성을 보이고 싶은 것뿐이랍니다. 엘카트의 사체가 발견된 이후 세상이 하도 흉흉해져서요. 여기까지 오시느라고 정말 고생 많으셨어요."

메이는 마감으로 어수선한 매장을 가로질러 안쪽에 자리한 휴게실로 그들을 안내했다. 예전 피크닉 드레스를 사러 왔을 때 옷을 고르던 곳이라 익숙한 기분이 들었다. 그들이 소파에 앉자, 직원 하나가 기다렸다는 듯 따끈한 차를 내왔다.

"됐어, 이제 그만 퇴근해."

차를 내려놓는 직원에게 메이가 작게 속삭였다. 그러자 어린 직원이 곤란한 표정을 지어 보이며 말끝을 흐렸다.

"하지만 손님이 오셨는데……."

"괜찮아, 이제부터 나 혼자 접대할 수 있으니까. 가 봐. 매장에 한 명도 남지 말고 모두 퇴근하라고 전해줄래?"

"네, 아멜리아 양."

그녀는 데릭과 니안을 향해 "좋은 시간 되세요." 하고 꾸벅 인사를 하곤 금세 사라졌다.

직원이 나가고 문이 완전히 닫힌 것을 확인한 후에야 메이는 데릭과 니안에게로 환한 얼굴을 돌렸다.

남색이 도는 짙은 머리카락과 청회색 눈동자가 여전히 산뜻하고 아름다웠다.

"전에 말씀하신 피크닉 파티는 어떠셨나요?"

그녀가 눈을 반짝이며 활기찬 목소리로 물었다.

"덕분에 즐거운 시간을 가질 수 있었어요. 감사해요."

니안이 다소곳이 고개를 끄덕이며 대답하자 메이가 손을 내저었다.

"무슨 말씀을…… 저희 매장 드레스를 이용해주셨으니 오히려 제가 더 감사하죠."

그러자 이번에는 데릭이 정중히 나섰다.

"메이 아멜리아 양, 저희 어머니 장례식에 보내주신 꽃과 조의금 진심으로 감사드립니다. 하지만 겨우 한번 고객이 된 인연으로 받기엔 너무 큰 금액이라는 생각이 드는군요. 전에 제 옷도 선물로 주시고, 조의금도 이렇게 넘치게 주시니…… 솔직히 말씀드리면 순수한 호의라 느껴지기보다는, 혹시 저희에게 무언가 다른 것을 기대하고 계신 것 아닌가 하는 생각을 지울 수가 없었습니다."

분명 이런 이야기가 껄끄러울 법도 하건만, 메이는 전혀 개의치 않는 얼굴로 대답을 이었다.

"그런 생각이 드실 법도 하죠. 제가 보낸 조의금은 보내는 입장에서도 부담이 느껴질 만큼 큰 금액이었으니까요."

"그런데 어째서 저희에게 그런 큰돈을 보내신 거죠?"

그러자 메이가 의미심장한 눈빛으로 생긋 웃어 보였다.

"사실은 그런 생각 하시라고 일부러 그랬습니다."

니안과 데릭의 눈이 커졌다.

역시 무언가 다른 의도가 있었어! 혹시 뭔가를 알고 있는 건가?

위기를 느낀 데릭의 어깨에 바짝 힘이 들어갔다.

"역시 그렇군요. 하지만 뭔가 의도가 있다면 저희는 그 호의를 받기 어려울 것 같습니다만."

"받으셔도 됩니다. 왜냐하면, 그건 원래의 주인에게 돌려드린 것뿐이니까요."

"원래의 주인이라니?"

경계를 품은 데릭의 말끝이 짧아졌다.

"말 그대로예요. 그 돈의 주인은 제가 아니라 도련님이시거든요."

갑자기 미소를 지우고 진지해진 메이의 얼굴에 허리에 찬 칼집을 잡은 데릭의 손에 힘이 들어갔다. 메이의 시선이 그 손끝에 닿았다 떨어졌다.

"아하하, 제가 오히려 놀라게 해 드렸나 보네요."

메이가 다시 본래의 쾌활한 얼굴로 웃어 보였다.

"그렇게 긴장하지 않으셔도 돼요. 전 아무 짓도 하지 않아요. 할수도 없고요. 그러니 편히 들어주세요. 이제 다 말씀드릴게요."

메이는 이렇게 부드럽게 말을 끝맺고는 조심스럽게 자리에서 일어났다. 니안과 데릭은 갑작스럽게 일어난 그녀를 의아한 눈으로 올려다보았다. 메이는 잠시 데릭과 눈을 맞췄다간 이내 공손하게 내리떴다.

머리카락과 같은 짙은 남빛의 속눈썹이 가지런히 눈 밑으로 깔렸다. 그녀의 손가락이 드레스 자락을 펼쳐 잡더니 황제 앞에서 보여야 할 경의를 표했다. 그녀는 천천히 고개를 숙였다.

"정식으로 인사 올립니다. 아르모트의 오랜 친구이자 차원의 경계를 넘어온 문지기 마법사 메이 아멜리아가 이 세계의 진정한 주인이신 헤이드 오스왈드 멜롯 황태자 전하께 진심으로 경의를 표합니다."

충격으로 데릭의 얼굴이 얼어붙었다. 너무 놀라 숨소리조차 낼 수가 없었다.

'니안조차 아직 내 정체에 대해 모르는데!'

그는 니안이 자신의 전 신분을 이미 예전에 알게 되었다는 사실을 모르고 있었다. 아이러니하게도 그래서 그 순간 가장 신경 쓰이는 것이 의심스러운 메이의 정체가 아니라 니안이 받을 충격이었다.

하지만 그 사실을 미리 알고 있었던 니안으로서는 충격을 받기보다 당황스러웠다.

'어떻게 해야 하지? 시치미를 떼야 하나? 그냥 당연하다는 듯 받아들여야 할까?'

데릭에게는 자신이 그의 본래 신분을 알고 있다는 사실을 말하지 않았다. 그리고 그 사실에 부담을 느끼고 있다는 것도.

제삼자를 통해 데릭이 '황태자 전하'라고 지칭 받는 것을 들으니 그가 정말로 자신과는 비교할 수 없을 정도로 고귀한 신분이라는 게 실감 났다. 이젠 정말 대놓고 그를 받아들이기가 어렵게 됐다.

그의 신분을 알고도 그를 탐낸다면, 모두가 자신을 염치없는 여자라고 손가락질할 테니.

어쩌면 데릭조차도.

그녀는 어떻게 해야 할지 몰라 얼굴을 붉힌 채 멍하니 메이를 바라보았다.

잠시의 침묵 후 여전히 충격에 싸인 데릭이 띄엄띄엄 말문을 뗐다.

"뭔가…… 오해를 한 것 같은데…… 난 르윈느 가문의 데릭 에드워드다. 나는…… 당신이 말하는 사람이 아니야."

"헤이드 전하, 경계하실 필요는 없습니다. 말씀드렸다시피 저는 아르모트의 오랜 친구입니다. 그날 저희 샵에 옷을 사러 오셨을 때 이미 알아보았습니다."

"뭘…… 어떻게 알아보았다는 거야? 내가 보기엔 당신이 날 다른 사람과 착각한 것 같은데."

그러자 메이가 얼른 덧붙였다.

"멜롯 가의 외모, 붉은 용과 함께 있는 청년이라면 의심할 여지가 없으니까요."

붉은 용!

그것은 페르난디 가의 상징이 아니던가. 그리고 니안은 그 붉은 용의 후손이라는 증표를 갖지 못해 집안에서 쫓겨났다. 그런데, 붉은 용…… 붉은 용이라니!

옷을 사러 왔을 당시 데릭과 함께 있었던 사람이라곤 니안뿐이었다. 떨리는 목소리로 니안이 물었다.

"붉은 용이라니…… 그게 무슨 뜻이죠?"

메이의 깨끗하고 선명한 청회색 눈동자가 조용히 니안을 향했다.

"제게는 이곳에는 없는 신비한 능력과 도구들이 있답니다. 예를 들면…… 용이 나타나면 반응하는 마법의 돌이라든가…… 하는 거요."

그녀가 의미심장하게 자신의 귀걸이를 살짝 쓰다듬고는 손을 내밀었다. 마치 자신의 손을 잡으라는 듯.

니안이 미심쩍은 표정으로 그 손을 잡았다. 그러자 메이가 니안의 손을 잡아당겨 자신의 귀에 가져다 대었다.

지이잉.

손끝으로 전해지는 옅고도 정확한 진동. 그녀의 귀걸이 끝에 걸린 보석이 몸을 떨고 있었다.

"헉…… 이게 뭐죠?"

니안이 놀라 숨을 들이켜며 물었다.

"용안석이랍니다. 용을 알아보는 능력이 있는 신비한 보석이죠. 그리고 니안 양은 이 세상에서 사라졌다가 천 년 만에 다시 나타난 유일한 용…… 영험한 힘을 가진 붉은 용입니다."

그 말에 놀란 데릭의 턱이 떡 벌어졌다. 니안 역시 이 어이없는 진실에 그만 할말을 잃고 말았다. 오로지 메이만이 지금 이 순간이 몹시 즐겁고 흥미롭다는 듯 눈을 반짝이며 미소 짓고 있을 뿐이었다.

모종의 만남

최근 빌리어드 베오만은 더욱 골치가 아팠다.

그는 황국 최고의 무역상으로 서쪽 제도에서의 독점 사업권을 갖고 있었는데, 최근 수입을 시작한 물품의 유통과정에서 어려움을 겪고 있었기 때문이었다.

3년 전 정체를 알 수 없는 짐승의 잦은 습격으로 아르본 숲이 폐쇄됐다.

상인들에게는 두 개의 선택지가 주어졌다.

아르본 산을 빙 돌아 내륙으로 가는 방법과 바닷길로 지방 항구를 통해 유통시키는 방법. 두 가지 다 아르본 숲길에 비하면 썩 좋은 선택은 되지 못했다.

아르본 산을 돌아가는 것은 거리가 멀어 시간과 경비가 세 배로 소요되었고, 항구로 들어가려면 몰리는 배와 열악한 시설로 하역을 위해 줄을 서야 했기 때문이었다.

그래도 항구를 이용하는 편이 육로보다는 3~4일 정도 시간을 단축할 수 있었기에 그는 줄 서는 불편함을 감수하면서까지 상품 유통에 선편을 이용해왔다.

문제의 발단은 서쪽 제도에서 개발되어 들어오는 향신료, 브람.

이 향신료가 황국에서 큰 인기를 끌면서 수요가 대폭 늘어났다. 서쪽 제도에서 벌어지는 사업은 베오만 가에 우선권이 있었으므로 그는 최대한 다른 이들과 수익을 나누지 않으려고 수입량을 최대로 늘렸다.

문제는 브람이 쉽게 변질된다는 점이었다. 최초 멋도 모르고 엄청난 양을 욕심내어 쿠커스까지 싣고 왔다가 지방 항구에서 제때 하역하지 못해 3분의 1 정도를 폐기하면서 이미 상당한 손해를 봤었다.

'아벨 백작이 조금만 융통성이 있었어도……'

그는 아쉬움에 입맛을 다셨다.

처음에는 막대한 자본력으로 뇌물을 써 우선 하역권을 따내면 되겠거니 했다. 하지만 전국 항구 이용에 관한 모든 관리와 책임은 대대로 아벨 백작이 영주로 있는 디올란 가에 있었고, 아벨 백작은 보기 드물 정도의 청렴한 원칙주의자였다. 그에게는 편법이나 뇌물이 절대 통하지 않았다.

그나마 다행인 것은 그가 연로하고 후계가 없다는 것이었다.

하지만 지금으로 봐서는 그가 죽어도 상황이 나아질 것 같지가 않았다. 그가 죽고 나면 그 권한이 황실로 귀속될 줄 알았건만, 백작 사후 사업자를 지정하는 권한도 디올란 가에 있었던 것이다. 원래 개국공신에게 주어졌던 이 특혜는 그렇게 몇 개의 가문을 거치며 대를 이어오고 있었다.

"아벨 백작을 뵈러 왔네만……."

"죄송하지만 약속을 취소하셔야 할 듯합니다. 백작 나리께서 갑자기 건강이 악화되셔서 만나 뵙기가 어렵게 되었습니다."

'능구렁이 같은 늙은이 같으니라고.'

그렇게 욕을 하며 발길을 돌려야 했던 게 대체 몇 번이나 되던가.

'젠장맞을 하역 때문에…….'

빌리어드 베오만은 몇 번이고 아벨 백작을 찾아가 인간적인 친분을 쌓으려고 애를 썼다. 그러나 그의 의도를 훤히 꿰뚫어 보고 있던 아벨은 일정 거리 이상은 곁을 내어주지 않았다.

그런데도 빌리어드가 집요하게 찾아오자 나중에는 건강을 핑계로 몇 번이나 그와의 면담을 회피했다.

"여보…… 이것 보세요. 정말 희한한 일이군요. 아벨 백작이 우리 아이들 앞으로 초대장을 보내왔어요."

어느 날, 그의 아내 카트린느가 의아한 얼굴로 아벨 백작 발신의 피크닉 파티 초대장을 건네받았을 때까지만 해도 그가 무슨 생각을 하는 것인지 이해할 수가 없었다.

'망할 늙은이. 뜬금없이 에이든과 로렌을 자기 집에서 열리는 파티에 초대하다니. 대체 무슨 꿍꿍이지?'

그러나 그 의문은 파티가 열린 후 아이들과의 저녁 식사 자리에서 쉽게 풀려버렸다.

"오늘 아벨 백작님이 후견인으로 있는 영애를 소개받아 무척 즐거운 시간을 보냈습니다. 백작님께서 이 일과 관련하여 의논하실 것이 있다며 아버님을 뵙길 청하더군요. 몸이 안 좋아 외출이 불가하니 아버님 시간 나실 때 저택에 한번 방문해 주십사 요청하셨습니다."

나이프를 움직이며 고기를 썰던 빌리어드의 손이 우뚝 멈췄다.

"아벨 백작이 네게 아가씨를 소개해 줬단 말이냐?"

"네. 젊은이들만 불렀으니 당연한 일이겠죠."

에이든이 선해 보이는 보라색 눈동자를 빛내며 차분히 대답했다.

'아니, 아니야……. 젊은이들을 불렀기 때문에 너한테 아가씨를 소개해준 게 아니라 그러려고 젊은이들만 부른 거야.'

즉, 다른 젊은이들은 이 만남을 성사시키기 위한 들러리였다는 뜻이다. 문득 그가 돌봐주고 있다는 아가씨에 대해 사교계에 떠

돈다는 소문이 떠올랐다. 언젠가 로렌이 한 사교 파티장에 다녀온 후 했던 이야기였다.

'아빠, 아벨 백작님이라고 아세요? 그분이 후견인이 되어준 영애가 오늘 데뷔를 했는데 엄청난 미인이래요. 작은 사교 클럽에서 메인 무대로 소문이 올라온 건 참 드문 일이죠?'

빌리어드는 헛기침을 한 번 하고 나서 아무렇지 않은 척 다시 고기로 시선을 돌렸다.

"그럼, 아벨 백작이 사교계에 데뷔시켜 주고 파티를 열어준다는…… 바로 그 아가씨냐? 꽤 미인이라던……."

"네, 맞습니다. 알고 보니 장학생으로 유명한 아카데미 동문의 여동생이었어요."

이 음흉한 늙은이가? 대체 어떤 후진 상품을 내게 떠넘기려는 수작이지? 빌리어드는 못마땅함을 애써 감추며 심드렁하게 물었다.

"그렇군. 어느 가문이더냐?"

"르윈느 남작 가입니다."

그는 어디선가 들어본 듯한 '르윈느'라는 이름에 이맛살을 찌푸렸다. 그러나 아무리 생각해도 기억나질 않았다.

자신의 부인인 카트린의 친정 성이 '르윈느'라는 것은 9년 전 그녀를 가문의 가정교사로 처음 만나 이력서를 받았을 때 이후론 다시 들은 적이 없기 때문이었다. 만약 그 자리에 카트린느가 있었다면 몹시 놀라 나이프를 떨어뜨렸을지도 모르지만, 그녀는 마침 귀부인 모임에 참석하느라 자리를 비운 상태였다. 덕분에 그는 '르윈느'라는 이름과 자신의 부인인 카트린느를 연관 지어 생각하지 못했다.

"전혀 모르겠군."

빌리어드가 중얼거렸다.

"네, 거의 알려지지 않은 가문이라서요."

"듣던 대로 그렇게 대단한 미인이더냐?"

"네?"

"그 아가씨 말이다. 백작이 소개해 줬다는……."

"네……."

빌리어드는 대답하는 에이든의 귓불이 발그레하게 붉어지는 것을 예리하게 포착했다. 그러자 기가 막히기도 하고, 뿌듯하기도 해 헛웃음이 나왔다.

'다 컸군. 남자라면 당연히 아름다운 여자에게 끌리는 법이지.'

그가 물이 담긴 글라스를 입에 가져다 대며 말했다.

"진짜 마음에 들긴 했나 보구나."

그 말에 에이든이 큼큼 멋쩍게 기침했다. 얼굴은 이제 걷잡을 수 없을 만큼 빨갛게 달아오르고 있었다.

"알겠다. 조만간 백작을 한번 방문하도록 하마."

눈치 빠른 빌리어드는 아가씨를 소개해 줬다는 에이든의 말에 백작의 의도를 금세 알아차릴 수 있었다.

그리고 며칠 후 방문한 디올란 저택에서 그는 오랫동안 염원해 왔던, 한편으론 에이든과의 대화 이후 예상해왔던 답을 얻었다.

집사의 안내를 받아 도착한 서재에서 아벨 백작은 낙엽보다도 더 마르고 가벼워 보이는 몸을 힘겹게 소파에 묻은 채 그에게 제안했다.

"알다시피 제겐 자식이 없습니다, 후작. 그 아이를 제 아이로 생각하고 돌보고 있으니 좋은 가문으로 시집 보내고 싶은 욕심이 어찌 없겠습니까? 가문은 한미해도 인품도 외모도 뛰어난 아이입니다. 후작께서 그 아이를 장자의 짝으로 받아주신다면 원하는 바를 얻도록 해 드리지요. 제가 죽고 나면 쿠커스의 모든 항구에 대한 관리 권한과 책임을 넘겨 드리겠다는 말씀입니다. 제가 그 아이에게 지참금으로 마련해줄 것은 그것밖에 없으니까요."

아벨은 거기서 그치지 않고 말을 덧붙였다.

"그리고…… 그 아이의 오라비도 아주 훌륭한 인재이지요. 아드님께 말씀을 들으셨다면 그 아이가 지금 왕립 아카데미에서 장학생으로 수학하고 있다는 사실을 알고 계실 것입니다. 그리고 후작께는 혼기가 거의 찬 따님도 있지요. 부디 둘 다 받아주십시오."

곤란한 제의였다. 에이든 하나만이면 몰라도 로렌까지 원하다니. 게다가 로렌은 현 황제인 오스만이 탐내고 있지 않은가.

오스만이 로렌의 짝으로 들이밀고 있는 황태자 로이드는 마음에 들진 않지만, 그렇다고 대놓고 황제의 뜻을 무시할 수도 없는 노릇이었다.

'혹시, 로렌의 혼사를 거절한다고 마음이 변하거나 하지는 않겠지?'

그는 애써 초조함을 감추며 조심스럽게 말했다.

"그것은 어렵겠습니다, 백작. 로렌은 이미 황실의 청혼을 받은 상태라서요."

물론 누가 되었든 자식의 결혼 상대로는 귀족 집안과 연을 맺고 싶었지만, 로렌 하나라도 황실과 혼인을 맺게 된다면 그걸로도 욕망은 충분히 충족될 터였다.

빌리어드에게 있어서는 그 문제보다 당장 아벨 백작의 제안을 받아들임으로써 얻게 될 이익이 더 중요했다. 하지만 뼛속까지 장사치였던 빌리어드는 호락호락하게 그 자리에서 아벨 백작의 제안을 받아들이진 않았다. 백작 쪽에서 먼저 제안을 해 온 이상 칼자루는 자신이 쥐고 있다는 판단이 들었다.

'그동안 당한 것까지 느긋하게 조련해줘야지.'

그는 그저 긍정적으로 생각해보겠다는 애매한 답과 함께 여유 있는 미소를 지어 보였다.

"에이든에게 혼담이 들어왔소."

빌리어드가 그 이야기를 꺼냈을 때 카트린느는 잠자리에 들기 위해 거울 앞에서 머리를 빗질하고 있었다. 그녀가 깜짝 놀라 침대에 앉은 빌리어드에게로 몸을 돌렸다.

"정말요?"

기대와 불안이 뒤섞인 표정. 그런 그녀가 사랑스러워 빌리어드가 슬쩍 미소를 지어 보였다. 카트린느가 우려 섞인 목소리로 말을 이었다.

"물론 에이든이 성인식을 넘기긴 했지만 그래도 한 가정을 책임지기에는 아직 좀 이르지 않을까요?"

베오만 가의 장남인 에이든을 탐내는 가문은 많았다. 베오만 가는 비록 평민 출신이긴 하나 쿠커스에서는 제일가는 부호인 데다가 황실의 총애로 후작 작위까지 받은 가문이니까.

'베오만'은 유례없이 파격적인 신분 상승을 이뤄낸 대단한 이름이었다. 그 가문의 안주인은 부와 권력이 동시에 따라오는 복권이었다. 카트린느는 남편의 야망이 얼마나 큰지 알고 있기에 에이든의 혼처만큼은 시간을 두고 심혈을 기울여 고를 줄 알았다.

그런데 아직 아카데미 졸업도 채 하지 않은 아이에게 결혼 이야기라니. 어지간히 마음에 드는 혼처가 아니라면 결코 그에게서 먼저 나올 수 없는 이야기였다.

"이야기가 잘되면 우선 약혼부터 시키고, 결혼은 에이든이 졸업하는 대로 진행해도 나쁘지 않겠지. 남자란 자고로 자기 가족을 거느리면 그만큼 빨리 성숙하는 법. 딱히 이르다고는 생각하지 않소."

"그럼 대체…… 우리 에이든과 연이 닿은 운 좋은 아가씨가 누구죠? 어느 집안 아가씨예요?"

카트린느가 여전히 미색을 간직한 녹색 눈동자를 빛내며 빌리어드에게 물었다.

"집안은 별 볼 일 없소. 대신 뒤에 아벨 백작이 있으니 괜찮을 거요. 지금 그가 후견인이거든. 게다가 이 혼담을 받아들임으로써 우리가 얻게 될 이익도 만만치 않고."

아, 그럼 그렇지!

카트린느가 씁쓸하게 웃었다. 에이든의 혼인이 그의 사업에 적지 않은 이익을 가져다줄 것이 분명했다.

"이익도 좋지만, 무엇보다 중요한 건 에이든 마음이요. 전 에이든이 정말 사랑하는 사람과 결혼했으면 좋겠거든요."

걱정이 담긴 카트린느의 말에 빌리어드가 너털웃음을 터뜨렸다.

"그거라면 걱정 안 해도 될 것 같소. 에이든 녀석, 벌써 푹 빠진 모양이던데?"

"네? 언제 말씀 나누셨어요?"

"지난번 아벨 백작 피크닉 파티에 다녀온 이후에 말하더이다. 백작 소개로 한 아가씨를 만났는데 아주 즐거웠다고. 얼굴까지 새빨갛게 붉히고선…… 허허허."

그제야 카트린느가 감격에 겨운 표정으로 두 손을 입술에 가져다 댔다.

"아, 정말 다행이에요. 그래서…… 대체 누구죠? 그 행운의 아가씨가?"

빌리어드의 얼굴에 뿌듯함이 번져나갔다.

"르윈느 남작 가의 영애라고 하더군. 이름이 니안……이라던가?"

기대와 흥분으로 상기되었던 카트린느의 얼굴이 순식간에 얼어붙었다. 환하던 미소에는 생기가 사라지고, 입술에 닿았던 손끝은 파르르 떨렸다.

"뭐…… 뭐라고요?"

카트린느가 믿을 수 없다는 표정으로 다시 물었다.

"르윈느 남작 가라고 했소. 아, 물론 당신이 충격을 받은 것도 이해는 해. 작위도 작위지만 한 번도 이름을 들어본 적이 없을 테니."

"아니…… 이름이……."

"니안. 중간 이름은 모르겠고 니안이라고만 들었소. 엄청난 미인이라 이미 사교계에는 소문이 났다고 하던데. 그 아가씨 이름을 들어본 게요?"

너무도 충격을 받아 어떻게 해야 할지 알 수가 없었다. 머릿속이 새하얗게 비어버렸다.

어찌 되었든 그의 반응으로 보아 남편이 자신의 처녀적 성을 잊어버렸다는 사실만큼은 확실히 알 수 있었다. 안 그랬으면 망해 버렸다는 친정 가문에 어떻게 남은 아가씨가 있는지 물어왔을 테니까.

'하, 하지만 금방 알게 될 거야.'

들키는 건 시간문제다. 그가 '르윈느'는 잊어버렸어도 결혼 전 남편 성인 '페르난디'는 기억하고 있을 테니까. 니안의 중간이름은 전남편의 성인 '페르난디'.

카트린느는 갑자기 이는 어지럼증과 구토증을 참으며 죽을힘을 다해 미소를 지어 보였다.

"에이든이…… 마음에 들어 한다니…… 정말 다행이네요. 그래서 당신은, 이 혼담을 받아들이려고요?"

"특별히 문제 될 건 없어 보이니 그럴 생각이오. 아, 물론 그전에 니안이라는 아가씨를 좀 만나봐야겠지. 과연 얼마나 아름답고 총명한 아가씨인지. 적당한 때를 봐서 당신이 가볍게 티 타임에 초대하면 어떨까 싶은데……. 당신이 먼저 보고 내게 어떤지 얘기해 주구려."

그러나 결국 카트린느는 니안을 부르지 못했다. 도저히 용기가 나질 않았다.

이제 와 기껏 나타난 모습이 자신이 결혼할 남자의 새엄마가 되어 있는 모습이라니. 얼마나 어이가 없고 기가 막힐까.

그렇다고 남편에게 그 아이가 전남편과 자신의 딸이라는 사실도 말하지 못했다. 이러지도 저러지도 못하고 시간만 보내고 있던 어느 날, 빌리어드가 다시 물었다.

"그 아가씨는 만나봤소?"

"네?"

"니안 말이오."

"아……."

그녀는 당황한 나머지 들고 있던 작은 수틀을 떨어뜨리고 말았다. 그녀가 황급히 허리를 숙여 수틀을 집어 들려고 하는데, 빌리어드가 먼저 허리를 굽혀 그것을 집었다. 둘은 수틀을 집으려던 자세로 눈이 마주쳤다. 얼굴이 너무 가까운 나머지 카트린느는 당황해 흔들리는 눈동자를 감출 수가 없었다.

"왜 그렇게 불안해하지?"

그가 이해할 수 없다는 눈빛으로 카트린느에게 물었다.

"네? 제가요?"

그가 먼저 수틀을 들고 천천히 일어났다. 카트린느가 그의 시선을 슬쩍 피하면서 그가 건네는 수틀을 받았다. 그가 걱정스러운 얼굴로 물었다.

"무슨 일이오? 나한테 뭐 감추는 거 있소?"

카트린느가 경기하듯 깜짝 놀라며 손을 저었다.

"그…… 그럴 리가요. 요즘 다시 빈혈기가 도져서…… 좀 어지러워서 그랬어요. 쓰러질 것 같아서."

그러자 그의 시선이 코르셋으로 꽉 조여진 그녀의 허리에 닿았다.

"이젠 건강을 생각해서 좀 편하게 생활하는 게 좋겠소. 난 상관없으니."

"네?"

"좀 느슨하게 삽시다."

빌리어드가 단단한 그녀의 허리에 손을 얹으며 이마에 입을 맞췄다. 그제야 카트린느의 입에서 안도의 한숨이 흘러나왔다. 다행히 의심하지는 않는 모양이라 생각하며 카트린느가 미소 지었다.

"……네 ……그래야겠어요……."

"그리고 에이든의 결혼은 정말 중요한 일이니…… 컨디션이 좋아지는 대로 그 아가씨를 꼭 만나보기를 부탁하오."

"네……."

이제 더는 피할 수가 없다.

'어쩌지? 루이스한테 이 사실을 말하고 어떻게든 혼담을 피하게 해 달라고 부탁해야 할까? 그래, 어쩌면 루이스도 이미 알고 있을 거야.'

그녀는 고민 끝에 익숙한 사서함 주소로 편지를 보냈다.

매달 생활비를 보내는 루이스의 사서함 주소.

내용은 니안의 상대가 자신이 재혼한 남자의 아들이라는 점을 밝히고 이 혼사를 멈춰 달라고 부탁하는 것이었다.

'어떻게든 니안을 만나는 걸 뒤로 미뤄야 할 텐데…….'

순간 핑곗거리 하나가 머릿속을 스쳤다. 그녀는 남편의 기분이 좋아 보이는 때를 골라 조심스럽게 말을 꺼냈다.

"그 아가씨를 만나는 일은 생각을 해 봤는데요, 다음 달에 제 생일이 있으니까 그날 자연스럽게 부르는 게 어떨까 싶어요. 한 번도 본 적이 없는데 티 타임에 초대하면 일부러 선을 보려고 부른 티가 너무 나서 부담을 느낄 것 같거든요."

"그럴 수도 있겠군. 그럼 그날 나도 자연스럽게 보면 되겠네."

그가 고개를 끄덕이며 흡족해했다.

하루하루가 지날수록 카트린느는 피가 마르는 기분이었다. 자신의 생일인 D-day가 그 어느 해보다 빨리 다가오는 기분이었다. 야속할 정도였다.

생일파티 초대장은 카트린느가 직접 작성해서 에이든에게 주었다. 에이든과 로렌은 니안과 데릭을 파티에 초대하게 된 사실을 몹시도 기뻐하며 학교로 돌아갔다.

그리고 또다시 주말 귀가 날이 되었고, 카트린느는 아이들이 도착할 시간에 맞춰 1층에서 기다렸지만, 그들은 예상 도착 시각을 한참이나 넘겨서야 집에 돌아왔다.

현관문이 열리자마자 로렌이 뛰어들어와 문 앞에 서 있던 카트린느에게 어린아이처럼 와락 안기며 울먹거렸다.

"어머니…… 오늘 정말 무서운 것을 봤어요."

카트린느는 여느 때처럼 자상한 손길로 로렌의 등을 두드렸다.

"대체 무슨 일이니, 로렌? 뭘 봤길래?"

마침 에이든도 현관을 통해 안으로 들어오는 중이었다. 카트린느는 해답을 바라는 눈으로 뒤를 이어 들어오는 에이든의 얼굴을 바라봤다. 그의 안색도 몹시 좋질 않았다. 입술도 바짝 말라 있었다.

막연한 불안감이 운명처럼 밀어닥쳤다. 그에게서 낮고도 허스키한 음성이 흘러나왔다.

"니안의 어머니께서 오늘 돌아가셨어요. 그래서 파티 초대장을 전달하지 못했어요."

"뭐…… 뭐라고?"

카트린느의 기다란 속눈썹이 믿기지 않는다는 듯 빠르게 깜빡거렸다. 심장이 주저앉는 것만 같았다. 에이든이 말을 이었다.

"오늘 초대장을 직접 전달하려고 마차로 데릭을 집까지 데려다줬거든요. 그러다 괴한이 침입한 것을 알게 됐어요. 저희가 문을 부수고 구하러 들어갔을 땐 이미 칼에 찔리셔서……."

카트린느는 저도 모르게 손으로 입을 가렸다. 가슴속에서 용암처럼 솟구치는 감정을 참기가 버거웠다. 심장이 미친 듯이 방망이질을 해댔다.

"그…… 그럼, 니안은? 니안은 다치지 않았니?"

"네. 창문으로 탈출했더라고요. 데릭이 뒤따라가서 무사히 니안을 데리고 집으로 돌아왔어요."

"아아…… 맙소사."

그 순간 안도의 한숨과 함께 카트린느의 눈에서도 눈물이 흘러나왔다.

희한한 일이었다. 니안이 다치지 않고 무사히 살아서 기쁜 만큼 루이스의 죽음에 대해선 죄책감이 느껴졌다. 분명 루이스의 죽음은 카트린느 자신과는 아무 상관도 없음에도…….

에이든은 서로를 끌어안고 눈물을 흘리는 로렌과 카트린느를 넓은 가슴으로 품으며 말했다.

"그래도 다행인 건 제가 니안 어머니의 임종을 지킬 수 있었다는 거예요. 그분께서 돌아가시면서 제게 니안을 잘 돌봐 달라고 간곡히 부탁하셨어요. 그래서 약속했어요. 반드시 제가 책임지겠다고. 꼭, 결혼도 하겠다고요."

그가 간절한 얼굴로 카트린느와 눈을 맞췄다.

"어머니, 전 니안을 사랑해요. 처음 본 순간부터 반했어요. 남자이자 신사로서 제가 고인에게 한 약속을 지킬 수 있도록 제발 도와주세요."

그녀의 초록 눈동자가 속절없이 요동쳤다.

카트린느는 알 수 있었다.

비통하게 토해내는 에이든의 말엔 한 치의 과장이나 거짓이 없다는 것을. 절절한 진심이 담겨 있다는 걸.

그녀는 니안의 어머니로 산 세월보다 에이든의 어머니로 산 세월이 더 길었다. 그가 안쓰럽고 안타까웠다. 자신 때문에 이 결혼이 깨진다면 에이든이 얼마나 좌절을 할지 상상만 해도 가슴이 아팠다. 니안에게도 죄스러웠다.

'니안이 내 얼굴을 기억할까? 내가 자기를 버리고 이 집에서 다른 아이들을 키웠다는 사실을 알면 얼마나 상처가 클까. 그러고도 에이든과 결혼을 하려 할까?'

만약 니안도 에이든을 사랑한다면, 그래서 그와 결혼하고 싶어 한다면, 그녀는 이제 어떤 희생을 치를 각오가 되어 있었다.

'내가 쫓겨나는 건 상관없어. 하지만 니안이 전남편과의 사이에서 낳은 딸이라는 걸 알고도 빌리어드가 니안과 에이든을 결혼시키려고 할까? 대체 니안을 받아들이는 조건으로 아벨 백작으로부터 받기로 한 대가가 뭘까?'

그 대가의 크기에 따라 빌리어드의 결정이 달라질 게 뻔했다.

입술을 깨무는 카트린느의 얼굴에 비장함이 어렸다.

너무나 많은 이야기를 알게 된 하루였다.

메이를 만나고 집으로 돌아가는 마차 안에서 니안과 데릭은 한참이나 말을 잃고 생각에 잠겼다.

'검은 머리카락이라도 괜찮아, 니안. 대신 엄마가 붉은 리본을 달아줄게. 그럼 네 머리도 페르난디의 상징처럼 붉은색이 되잖니. 명심하렴. 넌 분명 페르난디의 핏줄이야. 하늘에 맹세해. 언젠가는 진실이 밝혀져 페르난디의 정식 막내딸로 인정받는 날이 올 거야.'

니안의 머리에 붉은 리본을 달아주며 엄마는 그렇게 말하곤 했었다.

'엄마 말이 사실이었어. 엄마는 진짜로 결백했던 거야.'

데릭도 메이와의 대화를 곱씹고 있었다.

'……용……신화에 나오는…… 그 용 말씀하시는 거예요?'

데릭이 믿을 수 없다는 표정으로 다시 묻자 메이가 빙긋 웃으며 고개를 끄덕여 보였다.

'네. 사실 저도 페르난디 가의 마지막 붉은 꽃이 검은 머리에 녹색 눈동자를 가진 소녀일 거라고는 생각하지 못했어요. 당연히 페르난디 가문의 사람들은……'

"붉은색 곱슬 머리카락에 적안이어야 하지."

정적을 깨고 갑작스럽게 들려온 말에 니안이 고개를 돌렸다. 기다란 손가락으로 턱을 감싸 쥔 데릭이 니안에게 눈을 맞춰왔다.

"너희 집안 말이야. 페르난디. 외모 대신 용의 능력을 물려받았다는 메이의 말…… 어떻게 생각해?"

"난 잘 모르겠어. 믿기 힘든데…… 맞는 것 같기도 하고……"

"기억이 났어? 연어 계곡의 일……"

데릭이 조심스럽게 물었다.

"응."

니안이 작게 고개를 끄덕이며 말을 이었다.

"꼭 그게 아니더라도 며칠 전 엘카트로 변한 데니펫을 다시 족제비 모습으로 돌려놨잖아. 그때 내 손에서 나오던 붉은 불꽃…… 확실히 그건 보통 사람이 할 수 있는 일은 아닐 거야."

그녀가 데릭의 눈을 똑바로 마주했다.

"오빠는 언제부터 알았어? 오빠한테 특별한 능력이 있다는 걸? 그때…… 그 늑대 사건?"

"맞아."

그가 고개를 주억거렸다.

"루이스가 절대 너한테 말하지 말라고 했어. 내 능력 자체가 멜롯 가의 핏줄이라는 증거니까. 그때는 네가 알아봐야 좋을 게 없다고 생각했거든. 틈틈이 혼자 있을 때 동물들을 움직이는 연습을 했어. 처음에는 잘 안 됐지만, 나중에는 꽤 먼 곳까지 통제할 수 있었지."

"그래서 언젠가부터 우리 집 근처에 늑대나 곰이 오지 않던 거구나."

니안이 중얼거렸다.

"응. 사나운 짐승들은 계곡 너머에만 있도록 했으니까."

"어쩐지 이상했어. 특히 빨래하러 갔을 때. 왜 건너편에 있는 곰들은 내가 있는 쪽으로 한 번도 넘어오질 않을까……. 나중에는 나 같은 작은 여자애한테는 원래 관심이 없나 보다 하고 생각했는데……."

"……."

그의 파란 눈동자가 알 수 없는 의미를 담고 그녀를 똑바로 직시했다.

"그럼…… 하아……."

니안이 탄성을 지르며 얼굴을 양손으로 감싸며 고개를 숙였다.

그다. 그가 그런 거였다.

그가 그렇게 열심히 그녀를 지켜주고 있었던 것이었다.

그 사실을 깨닫고 나자 밀려드는 감동에 눈물이 나올 것만 같았다. 그녀가 웅얼거리듯 말을 쏟아냈다.

"이제 알겠어. 나무 열매나 나물을 따러 갔을 때, 실제 내가 딴 것보다 훨씬 많은 양이 바구니에 담겨 있던 것도, 물고기를 잡을 때 이상하게 내 그물에 물고기가 더 많이 걸리던 것도, 벌집을 건드렸을 때 벌들이 날 공격하지 않은 것도……."

손을 떼어 낸 니안의 얼굴은 말로 표현하기 힘든 감동으로 가득했다.

"그게 다……."

데릭은 아무 말도 하지 않았다. 그저 의미심장한 눈으로 지그시 니안을 바라보기만 할 뿐.

"오빠가 그런 거였어……"

돌이켜보니 그랬다. 늑대 사건 이후 니안이 외출할 때는 루이스가 뭐라고 하거나 말거나 항상 데릭이 따라왔다. 그때는 그냥 자기랑 노는 게 좋아서 따라다니는 줄 알았는데…… 그런데 그게 아니었던 거다.

"날 보호하기 위해서……"

니안은 차마 말을 끝맺지 못했다. 데릭과 마주한 녹색 눈동자가 눈물을 쏟아낼 것처럼 흔들렸다. 마차 안으로 스며든 햇살에 눈가가 보석처럼 반짝거렸다.

니안의 얼굴을 감상하듯 가만히 바라보던 데릭이 말문을 뗐다.

"조금 더 커서는 꼭 따라다니지 않아도 되었어. 보이지 않는 곳까지도 통제할 수 있게 되었거든. 정말 위험한 것들은 이미 다 치워놓기도 했고……"

그는 지금껏 니안이 알던 것보다 훨씬 더 정성스럽고 철저하게 그녀와 가족을 지켜왔다. 그런 그의 노력까지는 알지 못했다.

니안은 그에게 몹시 미안했다. 천진하기만 했던 자신이 한심해 부끄러웠다.

"그럼…… 데니펫은? 데니펫이 우리와 함께 살게 한 것도 오빠야?"

"아니. 데니펫은 자기가 알아서 잘하던걸? 물론 시험 삼아 움직여본 적은 있지만…… 딱히 데니펫에게 조종 마법을 건 적은 없어."

"그런데 어떻게 엘카트로 모습을 바꾼 거야? 오빠도 알고 있었어? 데니펫이 연어 계곡의 그 엘카트였다는 걸?"

"사실은……."

그가 깊이 한숨을 내쉬었다.

"아르본 숲에 살 때, 엘카트를 한 번 더 마주친 적이 있어, 니안. 나 혼자 있을 때."

니안의 눈이 휘둥그레졌다.

"정말? 언제?"

"계곡 사건 이후, 너랑 루이스가 잠들고 나서 나 혼자 숲에 들어가 마법을 연습할 때. 내가 밤에 몰래 집을 빠져나갈 땐 데니펫이 늘 따라왔어. 그날도 그랬고."

니안은 믿을 수 없었다. 그렇게 오랫동안 함께 살면서, 그가 혼자 밤에 빠져나가는 것을 단 한 번도 알아채지 못했다니. 니안의 입이 떡 벌어졌다.

"그리고…… 딱 한 번…… 연습을 끝내고 집으로 돌아오는 데 엘카트를 다시 마주쳤어. 그때까지만 해도 데니펫이 엘카트일 거라고는 생각하지 못했어. 그것과 싸우려고 내가 아는 숲속의 짐승들을 불러모으는 데 싸움이 될 만한 녀석들은 너무 멀리 있었고, 주변엔 작은 동물들밖에 없었지. 생쥐나 새 같은……."

데릭은 일단 잠을 자지 않는 새들부터 일제히 모았다. 그것들이 엘카트의 시야를 가리는 동안 그는 집과 반대 방향으로 뛰었다. 집으로 갔다가는 니안과 루이스까지 위험에 처할 테니까. 하지만 인간계에 속한 작은 짐승들이 엘카트를 붙잡아두는 건 한계가 있었다. 눈앞의 새들을 몽땅 떨어뜨리고, 엘카트는 순식간에 데릭을 따라잡았다.

"그때, 데니펫을 안고 있었는데 녀석이 뒤쫓아오는 엘카트를 향해 무척 사납게 으르렁거렸어. 하지만 데니펫처럼 작은 동물이 그런 마수와 싸움이 될 리가 없잖아. 속으로 정말 간절히 바랐던 것 같아. 이 데니펫이 저 엘카트처럼 커다란 마수였으면 얼마나 좋을까…… 아니 내 편이 되어 줄 엘카트면 얼마나 좋을까……."

그렇게 바라면서 데릭은 자기도 모르게 온몸의 오라를 끌어내어 회전시키고 있었다. 그리고 그런 바람과 함께 마력이 일정 힘에 도달했을 때 기적이 일어났다. 데니펫이 엘카트로 변한 것이었다.

"그…… 그럴 수가……."

니안이 말을 잇지 못했다.

"이후엔 네가 골목에서 봤던 것과 비슷해. 다른 점이 있다면 그때는 데니펫이 상대를 죽이진 않았어. 그냥 싸워서 쫓아버렸지. 나도…… 목덜미에 새겨진 붉은 흉터 때문에 그게 연어 계곡의 그 엘카트였다는 사실을 알게 된 거였어. 그래서인지 데니펫은 엘카트로 변하고 나서도 내가 통제할 수 있었어. 그냥 마주친 엘카트와는 다르게 말이야. 그때, 네 힘을…… 막연하게 깨닫게 된 것 같

아. 하지만 오해는 하지 마. 그래서 내가 네게 고백한 건 아니니까."

니안은 아까 아멜리아의 샵에서 메이와 나눴던 대화를 다시금 머릿속에 떠올렸다.

"만약…… 만약…… 당신 말이 사실이라면 제가 페르난디 가문의 핏줄이 맞는 거네요?"

자신이 붉은 용이라는 메이의 말에 니안이 떨리는 목소리로 물었다.

"네. 사실 저희도 페르난디 가의 마지막 붉은 꽃이 검은 머리에 녹색 눈동자를 가진 소녀일 거라고는 생각하지 못했어요. 당연히 페르난디 가문의 사람들은……."

그때 데릭이 말허리를 자르고 들어왔다. 조금 전 마차에서처럼.

"붉은색 곱슬 머리카락에 적안이어야 하죠."

그러자 메이가 깊게 숨을 내쉬며 말을 받았다.

"네…… 그렇죠. 그래서 전 당연히 현재의 황후인 소피아가 붉은 꽃일 거라고 생각했어요. 오스만도 분명 그 예언을 알고 있었을 거예요. 그러니 반란에 성공하자마자 소피아부터 궁으로 데려갔겠죠. 그래서 직접 만나 확인해보려고 했어요."

"예언……이라고요? 무슨 예언이요?"

니안은 이해가 되질 않아 눈썹을 살짝 찌푸렸다. 그러자 메이가 방긋 미소를 지으며 대답했다.

"페르난디의 마지막 붉은 꽃을 꺾는 멜롯 가의 후손이…… 향후 300년간 대를 이어 쿠커스를 통치한다는 예언이요."

마치 니안의 생각을 읽은 듯 데릭이 다시 말을 이었다.

"난 그런 예언 따위 들어본 적도 없었어."

다소 억울해 보이는 그의 표정에 니안이 품, 웃음을 터트렸다.

"알아."

그의 진심은…… 이제 의심하지 않았다.

엘카트는 본능적으로 붉은 용을 따른다고 했다. 그 이야기는 예전에 성전에서 만났던 남자도 얘기해준 적이 있었다.

하지만 니안의 경우 아직 용으로 각성하지 못한 상태라 엘카트가 알아보지 못하고 공격을 한 것 같다고 메이는 말했다. 그리고 붉은 용과 엘카트의 관계를 이렇게 정리해줬다.

"엘카트는 마수 중에서도 먹이사슬 최상층에 있는 포식자예요. 그런 엘카트가 붉은 용은 주인처럼 섬겨요. 그리고 붉은 용이 엘카트의 몸에 용의 화인(火印)을 남기면 엘카트는 붉은 용과 영혼이 통하는 자도 섬기게 됩니다. 그리고 니안과 영혼이 통하는 사람은 지금 헤이드 황태자님이시죠. 그런데 공교롭게도 헤이드 님에게는 동물을 조종하고 통제하는 능력이 있네요. 자, 그럼 어떤 일이 벌어질까요?"

"내가…… 엘카트들에게 화인을 찍어주면…… 데릭이 그 엘카트들을 자유자재로 움직일 수 있어……."

니안이 넋이 빠진 얼굴로 중얼거리자 메이가 상큼한 목소리로 말을 받았다.

"맞습니다. 그렇게 되면 헤이드 님께서 황위를 물려받아야만 하는 당위성이 만천하에 증명되는 셈이죠. 오스만은 더는 황제 자리를 유지하기 힘들 테고요. 그가 그 사실을 받아들이지 않는다면 헤이드 님은 엘카트를 등에 업고 적은 병력만으로도 그를 굴복시킬 수 있게 됩니다. 엘카트를 이길 황실의 병사란 없을 테니까요."

거기까지 생각했을 때 데릭이 입술을 뗐다.

"무엇보다 내가 다행이라고 생각하는 건……."

그의 푸른 눈동자가 한결 부드러운 빛을 뿜어냈다.

"차원의 경계가 무너져도 이제 사람들을 안전하게 보호해줄 수 있게 되었다는 거야. 너랑 내가…… 함께……."

그의 말에서 떨림이 전해졌다. 니안의 심박수도 빨라졌다. 그녀가 조용히 마지막 말을 되뇌었다.

"……함……께?"

"그래. 너와 내가 함께 말이야."

그가 빙긋 미소를 지어 보였다. 데릭에게서 참으로 오랜만에 보는 환한 미소였다.

피웅. 화살이 날아가는 고음이 날카롭게 공기를 갈랐다. 동시에 거대한 엘카트 한 마리가 훌쩍 몸을 날렸다. 메이가 분한 목소리로 중얼거렸다.

"빗나갔어!"

"메이, 뒤쪽이야! 뒤를 봐!"

단번에 사람 키의 세 배를 뛰어넘을 정도로 도약이 가능한 엘카트였다. 메이의 화살을 피해 몸을 날렸던 엘카트는 어느 틈에 그녀의 뒤쪽에 가 있었다. 메이의 시선이 날카롭게 뒤를 돌았다.

마법사 부대 5사단 15연대 소속의 메이는 최전방인 차원의 경계를 지키는 문지기 중 하나였다. 드문 일이긴 했지만, 마수 중 가장 강력한 마나를 보유한 엘카트는 간혹 그 힘으로 차원의 경계를 뚫고 인간 세계로 탈주하곤 했다.

그녀는 전투병으로 마나 전이력이 있는 복원병들이 차원의 경계에 난 구멍을 메우는 동안 엘카트가 인간계로 넘어가지 못하도록 이쪽 세계에 잡아두는 것이 역할이었다.

"아앗, 안 돼."

그러나 메이를 다시 공격할 거라는 예상과 달리 엘카트는 차원의 경계 장막을 따라 도주를 시작했다. 최근 파악이 다 힘들 정도로 장막에 구멍이 뚫리곤 했다. 대를 거듭하며 내려온 마수와의 전투에 싸울 수 있는 마법사들이 얼마 남지 않았다.

언젠가부터 남은 마법사 전체가 차원의 경계 쪽으로 완전히 이주해 와 사력을 다해 장막을 사수했지만, 점점 힘에 부치고 있었다.

"도망치고 있어."

전투병 1이 소리쳤다. 그는 조금 전 엘카트에게 다리 한쪽을 물렸다. 전투병 2는 엘카트와 부딪혀 날아가면서 덩굴잡이 식물에 떨어져 빠져나오지 못하고 있었다. 전투병 3과 4는 죽었다. 총 다섯 명의 전투병 중 엘카트를 뒤쫓을 병사는 현재 메이밖에 남질 않았다.

녀석이 차원 안쪽이 아니라 장막을 따라 도주했다는 것은 어디로든 틈이 보이면 뚫고 밖으로 나가겠다는 강력한 의지다.

분명 어디선가 또 구멍이 뚫려 저쪽 세계 동물의 살 냄새가 풍겨오는 게 분명했다. 그것이 엘카트의 식욕을 자극하는 것이리라. 마수는 먹이로 인간계의 동물을 더 선호하니까.

탁탁탁탁, 휘익.

엘카트가 구멍을 통과해 저쪽 세계로 넘어가는 것이 보였다. 한 번도 인간계로는 가본 적이 없지만, 그녀는 머뭇거릴 수가 없었다.

저쪽 세계의 사람들은 엘카트를 막아낼 힘이 없다. 그들이 안전하게 살아가도록 마법 세계를 유지하는 것이 어릴 때부터 귀에 못이 박이도록 들어온 자신들의 사명이었다. 메이는 주저 없이 엘카트를 쫓아 차원의 문을 넘었다.

코끝으로 스미는 낯선 풀의 향기. 마법 세계의 공기보다 훨씬 건조하고 청량한 공기였다. 그러나 엘카트가 지나간 자리에는 이곳의 공기와는 어울리지 않는 이질적이고 음습한 향이 남았다. 메이는 그 향을 쫓아 엘카트의 뒤를 쫓았다.

크아아앙.

"아아악!"

엘카트가 영악하리만치 머리가 좋다는 사실을 간과했다. 그것은 메이가 쫓아오는 길목에 숨었다가 쫓아온 그녀를 불시에 습격했다. 그녀의 연약한 몸통이 엘카트의 아가리에 깊숙이 물렸다.

"흡…… 으윽……."

'아, 끝이다.'

엘카트의 날카롭고 긴 송곳니에 배가 꿰뚫리는 순간 메이는 생각했다.

그때였다. 호전적으로 보이는 한 남자가 나타난 것이. 흐릿해져 가는 시야로 보이는 낯선 갑옷 차림의 남자.

'뭐 저런 전투복이 다 있지……?'

혼미해져가는 정신에도 그런 어처구니없는 생각을 했더랬다. 마나를 운용해야 하는 마법사들의 전투복이 질기고 활동적인 옷감으로 되어 있다면 마법이 없는 세계의 병사들은 자신을 보호할 것이 두꺼운 가죽과 금속밖에 없었다.

그런 옷을 입고 있는 남자의 모습이 메이에게는 꺼져가는 제 목숨마저 잊을 만큼 낯선 충격이었다.

그가 칼을 빼 들었다. 한눈에 봐도 마나 따위는 실려 있지 않는 평범한 검이었다.

'아아, 안 돼. 저런 검으로는 엘카트를 물리칠 수가 없어.'

남자를 도와주고 싶었다. 마력은 없었어도 한눈에도 그가 꽤 유능한 검사라는 것은 알 수 있었다.

'저 칼에 마나만 실을 수 있다면……'

그러나 마나 전이는 그녀의 주 기술이 아니었다. 아예 안 되는 건 아니지만, 훈련을 받을 때도 잘 발현되지 않던 능력이었다. 더구나 지금은 엘카트에게 몸통을 꿰뚫리지 않았던가. 원활한 마나 운용이 힘든 상황이다.

남자가 엘카트에게 검을 겨누며 몸을 날렸다. 녀석은 메이를 물고 있던 터라 그의 검을 정확히 피하지 못했다. 남자의 검이 엘카트의 목을 꿰뚫었고, 녀석은 그 충격으로 물고 있던 메이를 놓쳐 버렸다. 피투성이가 된 그녀의 몸이 인정사정없이 땅으로 팽개쳐졌다.

"으흑……"

그녀의 입에서 억눌린 신음이 터져 나왔다. 남자는 엘카트의 목덜미에 꽂아 넣었던 검을 야무지게 비틀어 뽑아냈다. 보통의 짐승이라면 그 정도에 치명타를 입는 게 정상이었다. 그러나 엘카트는 검이 뽑혀나가자마자 정상으로 돌아왔다. 그가 꿰뚫었던 목의 상처가 순식간에 아물었다.

"이…… 이게 어떻게 된 일이지?"

남자가 충격을 받은 듯 어리둥절한 표정을 지었다.

'역시나. 무리였어.'

메이의 입에서 신음인지 웃음인지 분간하기 힘든 바람 소리가 터져 나왔다.

"마력……."

죽을힘을 다해 쥐어짜는 메이의 목소리에 남자가 당황한 듯 눈동자를 굴렸다.

"뭐……?"

"마력 없는 무기로는 마수를…… 죽일 수…… 없어요……."

메이가 숨이 넘어갈 것 같은 목소리로 말했다. 남자의 동공이 거세게 흔들렸다.

"마수?"

그가 막 공격 태세를 갖춘 엘카트를 황망한 시선으로 바라봤다. 투툭 불거지는 근육이 흉측한 살갗 위로 도드라졌다. 처음 보는 짐승이긴 했다. 그렇다고 마수라고 생각하진 못했다.

마수라면 전설 속에나 등장하던 짐승이 아니던가?

엘카트가 날카로운 이를 드러내고 그를 향해 도약했다. 남자는 운동신경이 꽤 좋았다. 마법사가 아닌데도 재빠르게 녀석의 공격을 피했다. 아슬아슬하긴 했지만 평범한 사람이라면 쉽지 않은 일이었다.

'저 사람이라면……'

이 엘카트가 여기 세상을 혼란에 빠트리는 것을 막을 수 있을지도 모른다.

점점 더 남자가 뛰어난 무인이라는 확신이 들었다. 그는 엘카트의 공격을 피하면서도 몇 번이나 반격을 가해 엘카트를 찔렀다.

그러나, 역시 마력이 없는 검으로는 녀석을 해칠 수 없었다. 아무리 깊숙이 검을 찔렀다가 빼내어도, 녀석의 상처는 거짓말처럼 다시 아물었으니까.

메이는 피를 쏟는 배를 움켜쥐고 간신히 상체를 일으켜 앉았다. 일어서서 할 수 있으면 더 좋겠지만, 몸이 따라주질 않았다. 그녀는 혼미해져 가는 정신을 간신히 다잡으며 남은 힘을 다해 기운을 끌어모았다.

'기회는 딱 한 번……'

두 번의 마력 운용은 무리일 것이다. 체력이 버티질 못할 게 분명했다. 마침내 몸 주위로 보라색의 기운이 피어올랐을 때, 그녀가 남자를 향해 힘겹게 소리쳤다.

"이쪽으로…… 검! 제게 검을 닿게 해주세요!"

미꾸라지처럼 쏙쏙 빠져나가는 남자 때문에 약이 오른 엘카트가 무턱대고 앞발을 휘두를 때, 남자가 훌쩍 도약했다간 메이 옆에 착지했다.

"검이라니?"

설명할 시간이 없었다. 엘카트의 서늘한 시선이 그들을 향하고 있었다. 메이는 남자가 검을 움켜쥔 팔에 제 왼손을 올려놓았다. 지그시 눈을 감고 마력 전이를 위한 주술을 재빠르게 외웠다.

파지지직, 팟!

그녀를 감싸고 있던 보라색 기운이 전류와도 같은 스파크를 일으키며 남자의 팔로 흘러들어 갔다. 검 끝까지 차오른 보라색 기운이 더욱 밝은 빛을 발하는 순간…….

'성공인가?'

벼락을 맞은 듯한 고통이 그녀의 몸을 관통했다. 남자의 입에서도 신음이 흘러나왔다.

"크흑!"

아마 그가 느끼는 고통이 메이가 느끼는 고통의 몇 배일 게 분명했다. 마력을 지녀본 적 없는 평범한 인간에게 마력 전이는 커다란 충격이기 때문이었다.

"심장! 이대로 심장에 꽂아요! 할 수 있죠?"

남자가 신음을 흘리며 고개를 끄덕였다.

엘카트가 마지막 도약을 시도했다. 그것이 그들을 향한 최후의 일격이라는 걸 두 사람은 본능적으로 깨달았다.

몸을 일으킨 남자가 허공에 뜬 엘카트를 향해 검을 찔러넣는 순간, 메이의 눈앞이 캄캄해졌다. 쿵…… 둔탁하게 바닥으로 떨어지는 소음을 느끼며 그녀의 의식이 점점 멀어졌다.

"이제…… 정신이 좀 듭니까?"

남자의 낮은 저음에 메이가 눈을 떴다.

"여기가 어디죠?"

막사의 침상 위에서 힘겹게 고개를 돌리며 메이가 물었다.

"여기는 쿠커스 황국의 국경 지역, 한스넬입니다."

"한스넬…… 쿠커스…… 쿠커스라고요?"

그의 말이 믿기지 않아 메이가 두 눈을 깜빡였다. 쿠커스라면 어린 시절 마법 학교에서 배웠다. 차원의 경계 넘어 자신들이 소속되어 살던 고향. 지금은 평범한 인간들의 나라가 되었다던가.

"그런데, 내가 왜 여기에……."

그제야 생각이 났다. 엘카트를 쫓아 차원의 문을 넘던 일과 엘카트의 아가리에 배를 꿰뚫린 채 생사의 갈림길에 있을 때 나타난 낯선 남자……. 메이가 남자의 얼굴을 확인하려 다시 한번 눈을 깜빡거렸다.

"당신은…… 아까……."

그였다. 그 이상한 전투복을 입고 자신을 살려줬던 남자. 그가 옅게 미소를 띠더니 말을 이었다.

"아까가 아니라 3일 전입니다, 레이디."

레이디…… 레이디란다, 이 남자가. 마법 세계에서는 거의 사용하지 않는 호칭이었다. 마법 세계에서 '레이디'란 단어가 의미하는 것은 연약하고 제힘으로 스스로를 지키지도 못하며 남에게 민폐만 끼치는 거추장스럽고 걸리적거리는 존재일 뿐이었다.

무릇 마법사란 남자든 여자든 병사가 되어야 했다. 마법 부대 소속의 강인한 병사. 그래야만 마수들 틈에서 살아남고 차원 너머의 평범한 백성과 조국을 지킬 수 있게 된다.

그런데, 이 남자…… 지금 나보고 레이디라고 했어.

어쩐지 간질간질한 그 말에 메이의 심장이 쿵덕거렸다.

"덕분에 살았습니다. 제가 감사 인사를 드리기 전에 먼저 정신을 잃으셔서 이제야 인사를 전하게 되었군요. 진심으로 감사합니다. 덕분에 괴수를 물리치고 목숨을 건질 수 있었습니다."

그의 말과 눈빛에서 진득한 진심이 묻어났다.

메이는 그제야 찬찬히 남자의 얼굴을 살폈다. 잘생겼다 할 수는 없었지만, 남자다움이 묻어나는 매력 있는 얼굴이었다. 그의 생김 새에서도 타고난 전사의 기운이 묻어났다.

"저야말로 진심으로 감사드립니다. 죽을 뻔했는데 그쪽이 나타나 준 덕분에 살았습니다."

메이는 그에게 자신이 누구인지, 어디서 어떻게 이쪽으로 오게 되었는지, 그리고 그들이 마주쳤던 짐승이 무엇인지를 상세히 설명했다. 남자가 무척 놀랐음은 말할 필요도 없었다.

"그럼 그 모든 전설이, 단순한 전설 이상이었다는 말입니까? 용과 마수까지도?"

"이곳에서는 그 이야기들이 전설입니까?"

"네. 아무것도 정확한 것은 없어요. 아무도 본 사람이 없으니까요. 그저 대를 이어 내려오는 전설일 뿐입니다. 신화 같은 거요."

"그렇군요. 저희는 차원이 나뉜 이후에도 계속 마수들과 싸우며 살아왔기 때문에 그 이야기들을 전설로 치부한 적이 없었는데…… 이곳은 확실히 평화로웠던 모양이네요."

메이가 씁쓸한 미소를 지어 보였다.

"그것을 진실로 믿기에는 너무 오랜 시간 그쪽과 접촉이 없었습니다. 누구도 이야기 속에 나오는 짐승과 마법사를 보고 듣지 못했으니까요. 그런데, 그 모든 게 사실이라니…… 이렇게 당신의 능력을 직접 본 저도 믿기가 힘듭니다."

"그럼 당신이 마주친 짐승이 뭐라고 생각하셨습니까?"

"네, 물론 이해할 수 없었습니다. 그래도 엘카트라니…… 아마 이쪽 세계에서 엘카트의 모습을 정확히 아는 사람은 중앙 성전의 성직자들 말고는 없을 겁니다. 학교에서 그냥 지나가며 봤던 고대 동물의 그림을 누가 그렇게 기억하겠습니까? 그나마도 교육을 받지 못한 사람이 백성의 절반이 넘습니다. 교육은 주로 귀족과 돈

많은 상단의 자녀들에게나 주어지는 혜택이니까요."

메이로서는 조금 이해하기 힘든 내용이었다. 그녀가 살던 마법 세계는 신분제가 없었다.

삶이 끝나는 순간까지 마수와 싸워야 하는 것이 그들의 숙명이 었기에 강한 마력을 지닌 사람이 가장 존경받는 구조였다. 위대한 마법사란 신분 따라 태어나는 것이 아니라 신의 축복으로 어느 가정에서든 나올 수 있는 거니까.

'천년의 세월이 두 세계를 이토록 다른 모습으로 진화시키다니…….'

생각에 잠긴 메이에게 남자가 물었다.

"그럼 이제 어떻게 돌아갑니까?"

솔직히 메이도 그 방법은 알 수가 없었다.

마력이 거의 없는 이쪽 세계에서는 차원의 경계가 보이지 않았다. 설사 볼 수 있다 해도 경계를 뚫을 방법은 알지 못했다. 마법사들은 어릴 때부터 구멍을 메우는 법만 배워왔지, 뚫는 법은 배우지 못했으니까.

절망적인 얼굴이 되어 메이가 남자에게 말했다.

"일단 지금으로써는 돌아갈 방법을 모르겠습니다. 제가 정신을 잃은 지 3일이나 되었다면 이미 저쪽 세계의 복원병들이 구멍을 메웠을 테니까요. 엘카트는 인간계의 약한 동물을 사냥해 먹는 것을 좋아하니 이쪽으로 넘어온 엘카트가 또다시 차원의 경계에 구멍을 뚫어 저쪽으로 돌아가는 일은 없을 거예요. 결국, 전, 이곳에 발이 묶이게 되었군요."

그러자 남자가 한결 따뜻한 어조로 말했다.

"전 아르모트라고 합니다. 아르모트 라이비스타. 황실 기사단의 기사단장이죠."

그는 최대한 메이를 편안하게 해주려고 노력하며 조심스럽게 말을 이었다.

"지금 저희 세계에서는 마법을 배척하고 있습니다. 제대로 된 마법사들은 모두 차원 너머에 있는 탓이겠지요. 이곳에서 마법사라고 불릴 만한 사람은 대부분 점을 치는 점술가나 사기꾼뿐이거든요. 제 생각엔…… 아멜리아 양도 자신의 능력을 밝히신다면 딱히 다른 취급을 받진 못할 것 같습니다. 오히려 그 능력에 겁을 먹은 사람들이 해코지하려 할 수도 있고요. 제가 도울 테니 차라리 마법사인 걸 숨기고 지내는 건 어떻습니까? 제가 수도인 아르본으로 돌아가게 되면 아멜리아 양도 함께 모시고 가 황제 폐하를 직접 알현시켜 드리겠습니다."

그렇게 메이는 그의 도움으로 목숨을 건진 것도 모자라 마법사 신분을 감추고 안전하게 이쪽 세계에 적응할 기회를 얻었다.

아르모트에 대한 그녀의 신뢰가 그 누구보다 두터울 수밖에 없었던 이유였다. 하지만 아르본으로 돌아가 황제를 알현하게 해주겠다던 그의 약속은 지켜지지 못했다.

그들이 돌아가려고 했던 황실은, 오스만의 반란으로 영영 사라져버렸으므로…….

아멜리아의 샵에서 있었던 일을 모두 들은 멜드린은 매우 놀라워했다.

"아르모트를 찾았다고?"

"네. 심지어 메이의 방에서 대화도 나눴어요."

"아르모트가 9년 동안이나 정찰을 나갔던 한스넬에 머무르고 있을 줄은 생각도 하지 못했는데……."

멜드린이 침음을 흘렸다.

"메이의 말로는 저주에 걸린 것 같다고 했어요. 그곳의 한 동굴에서 한 발자국도 나올 수 없다니까요."

멜드린이 심각한 얼굴로 물었다.

"메이가 마법사라면서 그 저주는 풀 수 없는 거냐?"

"네. 마력을 사용하는 자기네들의 마법 원리와는 근본부터 달라서 손쓸 수가 없었다고 해요."

멜드린이 고민스러운 표정으로 제 턱을 문질렀다.

"그것 참…… 신기하고도…… 걱정스럽구나."

"아르모트는 니안을 죽이려고 한 자객의 배후에 황후가 있다고 생각해요. 오스만이라면 굳이 그렇게 힘들게 일을 처리할 필요가 없으니까요. 그냥 잡아들이면 되잖아요."

니안의 언니인 소피아가 황후가 되었다는 것은 가족 모두가 알고 있던 사실이었다. 어차피 니안과 니안의 어머니를 쫓아낸 이복 자매였기에 신경 쓰지는 않았었는데……. 데릭의 말에 멜드런이 심각한 얼굴로 팔짱을 꼈다.

"하지만 만약 그가 붉은 꽃의 예언을 알고 있고, 그래서 소피아를 황후로 맞은 거라면……."

"황후로서는 니안이 없는 편이 낫겠지. 그래야 나중에 자신이 진정한 붉은 꽃이 아니라는 사실이 들통나더라도 오스만이 어쩌지 못할 테니까."

그러자 니안이 말했다.

"메이는 다른 가능성에 관해서도 이야기했어요. 예언에는 그저 페르난디의 마지막 붉은 꽃이라고만 했으니, 제가 죽으면 소피아 언니 자신이 붉은 꽃이 될 것으로 생각하고 있을지도 모른다고요."

다시 데릭이 말을 받았다.

"그래서 아르모트는 우리가 집을 정리하고 한스넬로 자신을 만나러 왔으면 해요. 그곳에서 비자금을 찾아 다시 아르본으로 돌아오면 메이가 그동안 준비한 거처로 들어가는 거죠. 지금 집은 이미 황후가 알고 있으니까요."

"그럼, 그동안 니안은 어디에서 지내지?"

"니안은……."

데릭의 파란 눈동자가 의미심장한 빛을 띠고 니안을 향했다.

"저와 함께 한스넬로 가야 해요."

멜드린의 눈이 휘둥그레졌다. 데릭이 말을 이었다.

"저희 둘 다, 아직 능력을 완전히 통제하지 못하거든요. 연습이 필요해요. 한스넬에 다녀오는 동안 엘카트를 마주칠 수도 있으니 그 기간을 최대한 능력 훈련의 기회로 삼으려고요. 그래서 경로도 일부러 아르본 숲길을 통과하는 걸로 정했어요. 그곳에 엘카트들 이 자주 출현하니까요."

그러자 멜드린의 인상이 심각하게 구겨졌다. 걱정하고 있는 것 이 분명했다.

니안이 달래듯 편안한 목소리로 멜드린에게 말했다.

"지금 무슨 생각하시는지 알아요. 걱정하시는 거죠? 너무 위험 할까 봐. 하지만 제가 동행하는 편이 오빠에게도 더 안전해요. 제 가 엘카트에게 화인을 찍어야만 오빠가 조종할 수 있으니까요. 화 인을 찍는 일은 제가 제 능력을 모를 때도 해냈던 일이에요. 지금 은 왜 해야 하는지 아니까 더 잘할 수 있을 거예요. 그러니 너무 걱 정하지 마세요."

멜드린을 향한 니안의 미소는 평화롭고 부드러웠다.

마치 아버지처럼 믿고 따랐던 보호자 멜드린의 마음을 위로해

주려는 듯이…….

❦

"데릭!"

데릭의 기숙사 방문이 부서질 듯 거칠게 열리며 에이든이 뛰어들어 왔다. 전속력으로 달린 듯 숨소리가 거칠었다.

"자퇴서를 냈다는 게 사실이야?"

에이든의 시선이 데릭의 침대 위에 놓인 커다란 짐 가방에 시선이 닿았다. 믿기지 않는다는 표정으로 보라색 눈동자에 불안을 가득 담은 에이든이 말했다.

"너…… 진짜구나."

데릭은 그런 에이든을 무시하곤 더욱 손놀림을 부지런히 했다.

"데릭!"

에이든이 소리쳤다.

"왜? 왜지? 곧 방학이고 몇 달만 있으면 졸업인데!"

"너한테 일일이 설명할 수 없어, 에이든. 개인적인 사정이야."

에이든은 냉담하게 말하는 데릭을 바라보며 입술을 깨물었다. 마음속에 있는 질문을 해도 될지 잠시 고민해야 했다.

"혹시…… 학비나 생활비 때문이면……."

"그런 거 아니야."

데릭이 날카롭게 말을 잘랐다.

"그럼 이유가 뭔데?"

"네가 상관할 바 아니야."

데릭이 가방을 닫으며 냉정하게 말했다.

"데릭! 니안도 네가 이런 식으로 학교를 그만두는 걸 원하지 않을 거야."

"니안은 동의했어."

에이든은 알 수 없는 불안감에 휩쓸렸다. 혹시라도 데릭이 사실이라고 인정할까 봐 차마 묻지 못한 사실이 머릿속에 떠올랐다.

루이스가 죽기 전 니안에게 전해 달라던 그 말.

루이스는 니안이 분명 자신의 친자식이 아니라고 했다. 데릭과 니안은 친남매가 아닌 것이 분명하다. 그러나 도무지 확인할 용기가 나지 않았었다. 그냥 모르는 척 덮어두는 것이 더 나을 거라고 애써 무시하고 회피해왔는데…….

에이든은 진짜 묻고 싶은 질문은 꿀꺽 넘긴 채 큰 소리로 물었다.

"학교 그만두면 뭘 할 건데? 졸업 후 황실 기사단 지원하려던 것 아니었어?"

"아니야. 나는 따로 할 일이 있어."

뚜껑을 닫고 막 가방을 집어 들려는 데릭의 어깨를 거칠게 붙들며 에이든이 따지듯 물었다.

"혹시 나 때문에 그래?"

"그럴 리가……."

"그런데 왜?"

"너 때문이 아니고 나 때문이야."

"그럼, 말해 봐. 대체 학교까지 그만두고 뭘 하려는 건지."

데릭이 한숨을 내쉬었다.

"에이든, 너와 나는 갈 길이 달라. 니안도 마찬가지야. 그러니 우리 어머니 유언은 잊어버려. 내가 르윈느 가문의 장남으로서 하는 말이야. 하지만, 그동안 네가 우리 남매에게 보여줬던 호의는 잊지 않을게. 이런 말 하게 돼서 정말 미안하다."

"……."

에이든이 말없이 주먹을 불끈 쥐었다. 데릭이 말을 이었다.

"네가 곤란하지 않도록 아벨 백작님께는 말씀을 잘 드릴게. 그러니……."

"말해줘!"

에이든이 결의에 찬 얼굴로 데릭의 말을 잘랐다.

"왜 나를 니안으로부터 밀어내는지."

"……."

"분명 내가 부족해서는 아니야, 그렇지? 내가 미친놈이 아닌 이상 그쯤은 말하지 않아도 느낄 수 있었어. 그러니까 진실을 말해. 왜 내가 안 되는지."

"에이든. 세상엔 남한테는 말할 수 없는 사정이란 게 있는 거야."

데릭은 침대 위에 놓인 커다란 가방을 들고 문가로 향했다. 결국, 에이든이 참지 못하고 소리쳤다.

"니안이 네 친동생이 아니어서?"

데릭의 발걸음이 우뚝 멈춰졌다.

"니안을 여자로 보고 있는 거지? 여동생이 아니라."

"……."

"그래서 니안 옆에 다른 남자가 있는 걸 참을 수 없는 거지? 그래 봐야 가질 수 없다는 걸 뻔히 알면서! 니안이 됐든 네가 됐든 둘 중 한 명의 출생 기록이 바뀌지 않는 이상 그런 일은 불가능해!"

데릭이 천천히 뒤를 돌았다. 더없이 냉정하고 차분한 얼굴이었다.

"그래서 내 신분을 되찾으려고. 니안에게도 니안의 이름을 돌려줄 거야. 우리가 본래의 자리를 찾으면 자연스럽게 해결될 일이야."

에이든의 눈이 휘둥그레졌다.

역시 맞았다. 니안을 여자로 보고 있었던 거였다. 그런데 본래의 신분이라니? 니안뿐 아니라 데릭에게도 다른 신분이 있단 말인가?

"에이든…… 니안과 나 사이엔 네가 절대 이해할 수 없는 사연이 있어. 일반적인 남매들이 가지는 그 이상의 무엇. 넌 상상할 수도 없는 그런 일들. 그걸 네가 깨겠다고? 정말 그게 가능하리라 생각해? 넌 니안을 사랑할 수는 있지만, 이해할 수는 없어. 그리고 진실을 알아도 네가 어찌할 수 있는 부분은 없을 거야."

에이든과 눈을 맞추는 그의 눈빛은 단호했다.

"넌 니안을 감당하지 못해, 에이든."

데릭은 다시 몸을 돌려 뚜벅뚜벅 방문을 빠져나갔다. 에이든이 그런 데릭의 등 뒤에 대고 소리쳤다.

"이 거만한 이기주의자! 그러니까 진실을 말하라고! 내가 니안을 감당할 수 있는지 없는지 판단해보게. 왜 날 네 멋대로 평가하는 건데? 왜 마음대로 결론을 내느냐고?"

데릭이 다시 걸음을 멈추고 뒤를 돌았다. 화가 났는지 새파란 눈동자가 아까보다 더욱 시리게 빛났다.

"왜냐고? 넌 베오만 가의 장자니까. 유일한 후계자니까. 넌 그 모든 걸 포함해서 네 목숨까지 니안을 위해 걸 수 있어? 모두 버릴 수 있어?"

"뭐어?"

"넌 절대 하지 못해, 에이든. 일단 너희 부모님부터 반대하실 테니까."

"부모님은 이미 찬성하셨어."

"당연하지. 그분들은 아직 아무것도 모르시니까. 당신들의 귀한 아들이 죽을 수도 있다고 해봐! 그래도 과연 이 결혼을 허락하실지!"

"도대체 무슨 소리야?"

이후 데릭은 다시는 뒤를 돌아보지 않았다. 에이든은 당장 뒤쫓아가 데릭의 멱살을 붙잡고 얼굴에 주먹질하고 싶은 욕망을 간신히 억눌렀다. 니안과 결혼하기 위해 도대체 뭘 어떻게 증명해야 하는데? 목숨을 걸 수 있냐고? 대체 왜? 그냥 결혼 적령기의 남녀가 만나서 결혼하려는 것뿐인데!

이해하지 못하는 것이 당연했다. 그는 니안이 절반의 용이라는 사실을 알지 못하니까. 인간과 용은 결합할 수 없다. 그게 자연의 섭리였다. 데릭 역시 메이를 통해 알게 된 진실…….

에이든은 아무것도 하지 못하고 두 주먹만 쥔 채 이를 악물었다. 친오빠가 아니라면 그의 의견 따위는 중요하지 않다, 그렇게 생각하면서…….

집을 빼는 일은 어렵지 않았다. 소박한 세간을 정리하는 것도 쉽게 해결되었다.

새로 이사 올 사람들이 니안의 가족들이 쓰던 물건들을 그대로 쓰겠다고 했다. 한스넬로 출발하기 전까지 당분간 메이의 집에 지내면서 준비할 예정이었다. 그리고 아르모트를 만나고 돌아오면 그녀가 마련해 준 새 거처로 들어가면 된다. 꼭 가져가야 할 물건들만 가구 속에서 빼내는데, 에이든이 찾아왔다.

"에이든, 자네가 어쩐 일인가?"

"소식도 없이 불쑥 죄송합니다. 니안에게 저희 어머니의 생신 파티 초대장을 전하려고 왔습니다만."

자객 사건이 터지는 바람에 전달하지 못했던 초대장이었다. 에이든의 새어머니가 정성 들여 손수 작성한 편지.

"겸사겸사 니안도 보고 말이지?"

멜드린이 사람 좋은 미소를 지어 보였다. 그의 농담이 부끄러워 에이든이 멋쩍게 웃었다.

"네. 니안 집에 있습니까?"

"있네. 어서 들어오게."

멜드린으로서는 에이든에게 야박하게 굴 수가 없었다. 그는 아이들이 주체적인 인생을 살아가도록 옆에서 돕기만 하기로 했으니까.

"앉게."

멜드린이 자리를 권했다. 에이든은 어수선한 집안을 불안한 눈으로 훑으며 자리에 앉았다.

"혹시…… 이사라도 가십니까? 아니면 어디 멀리 여행이라도?"

"아…… 둘 다라네. 데릭에게 이야기 듣지 못했나?"

"네."

별일 아니라는 듯 그는 "아아." 소리를 내고는 웃었다. 그가 니안을 부르러 2층으로 올라간 사이, 에이든의 심장은 불안한 소리로 뛰기 시작했다.

"안녕하세요, 에이든."

그러다 계단을 내려오는 니안의 모습에 넋을 잃었다. 수수한 드레스를 걸쳤지만 화사한 꽃 같았기 때문이었다.

데릭을 바라볼 때만큼은 아니었지만, 호의가 담긴 그녀의 미소는 에이든의 심장을 휘저어놓기 충분했다. 큼큼, 어색한 기침을 하고 에이든이 자리에서 일어났다. 그리곤 품에 있던 초대장을 꺼내어 니안에게 내밀었다.

"다음 주말에 우리 집에서 파티가 있습니다. 저희 어머니 생신이시거든요."

니안의 얼굴에 난감함이 번지는 것을 에이든은 놓치지 않았다. 하지만 모른 척했다. 초대장을 열어보는 그녀의 손짓이 조심스러웠다.

"아……."

진한 분홍빛 입술에서 짧은 감탄사가 흘러나왔다.

가볍게 펄이 들어간 보라색 편지지에 정성 들여 눌러 쓴 글씨. 정갈하고도 아름다웠다. 마치 연애편지처럼 은은한 라벤더향도 풍겨 나왔다. 에이든이 뿌듯한 얼굴로 말을 이었다.

"어머니께서 니안 양을 꼭 초대하고 싶다고 직접 작성하신 초대장이에요. 사람을 보내는 것보다는 제가 직접 전달하는 편이 나을 것 같아 이렇게 찾아왔습니다."

니안의 이마에 살짝 주름이 잡혔다.

'하지만 다음 주면……'

아르본에 없을지도 모른다. 아마 한스넬로 가는 길 위에 있겠지.

'뭐라고 해야 하지?'

니안이 머뭇거리는 사이, 벌컥 현관문이 열렸다.

"짐 정리는 얼마나 되었어요?"

밝고 경쾌한 목소리였다. 에이든이 뒤를 돌았다. 그의 눈에 가벼운 외출복 차림의 메이가 눈에 들어왔다.

"어…… 당신은……."

"어머, 베오만 가의 도련님 아니신지요?"

에이든의 말이 채 끝나기도 전에 메이가 먼저 아는 척을 했다. 그녀가 예를 갖추며 인사했다.

"귀하신 도련님께서 이곳엔 어쩐 일이십니까?"

"마치 자기 집처럼 이야기하는군, 아멜리아."

에이든의 말투가 어딘지 마뜩잖았다.

에이든은 로렌과 어머니 등쌀에 못 이겨 함께 아멜리아의 샵에 간 적이 있었고 메이는 눈썰미가 좋아 샵을 찾는 대부분 귀족 얼굴을 정확히 기억하고 있었으니, 둘 다 단번에 서로를 알아볼 수밖에 없었다.

"당신이야말로 여기는 무슨 일이지?"

르윈느 가는 메이 아멜리아가 직접 치수를 재고 가봉을 하러 올 만큼 돈이 많거나 지위가 높은 가문이 아니었다. 그걸 에이든도 잘 알고 있기에 그토록 의심스러운 눈빛을 하고 있을 수밖에 없었다. 집에 들어올 때 메이의 말투는 가족처럼 친밀했다. 귀족과 드레스 샵 주인 사이에 오갈 말투가 아니었다.

"제가…… 여기 도련님, 아가씨와 개인적인 친분이 있습니다. 그래서 가족처럼 모시고 있죠."

"가족…… 당신이?"

메이 아멜리아. 고급 귀족들을 상대하는 호화로운 드레스 샵의 주인. 그런 메이가 뒤에 있었다? 잠시라도 데릭이 학교를 그만둔 이유가 혹시 돈 때문이 아니었을까 생각했던 자신이 한심해 코웃음이 나올 지경이었다. 더구나 그는 장학생이기까지 했다. 돈이 없어 학교를 그만둘 리가!

"어머니께서 돌아가신 후 거처를 옮기신다 해서 도와 드리려 찾아왔습니다."

"거처를 옮……."

에이든의 미간이 확 구겨졌다.

"……그렇군."

에이든이 멜드린에게 물었다.

"데릭은 집에 없습니까?"

"잠시 외출했네."

멜드린이 곤란한 눈으로 니안의 손에 들린 편지지를 훑으며 말했다.

"후작 부인께서 직접 쓰셨다고?"

"네, 그렇습니다."

멜드린 역시 편지지에 담긴 정성을 충분히 느낄 수 있었다.

그런데 왜? 뭔가 좀 어색했다. 제 아들과 이제 막 혼담이 오가기 시작한 생면부지의 아가씨에게 보냈다고 보기에는 들인 정성이 지나치다 느껴지는 편지였다.

'저 글씨체…… 이상하게 낯이 익는데…….'

그가 묘한 기시감에 머리를 갸우뚱했다.

'이상하군.'

그때 아멜리아가 끼어들었다.

"파티 초대장인가요?"

"네."

니안이 고개를 끄덕여 보였다.

"아, 저 초대장이 도련님께서 이곳에 오신 이유로군요."

그녀가 예의 그 상냥한 미소를 방긋 지어 보이며 말했다.

"그럼…… 니안 아가씨께 제가 멋진 드레스를 골라 드려야겠네요. 파티 성격에 맞게……. 무슨 파티인지 여쭤도 될까요?"

"내 어머니의 생신 파티야."

에이든이 굳었던 표정을 풀며 말을 이었다.

"아멜리아가 니안 양을 도와준다면 더할 나위 없이 기쁘겠군. 당신 감각이야 워낙 명성이 높으니까."

"여부가 있겠습니까. 니안 양처럼 아름다운 아가씨를 꾸미는 일은 제게도 큰 즐거움이랍니다."

"그렇다면 다행이고."

니안의 아름다움에 대한 이야기를 듣고서 그제야 에이든의 얼굴에 흡족한 미소가 번졌다. 그가 니안을 향해 살짝 고개를 숙여 보였다.

"그럼 기쁜 마음으로 파티 날을 기다리고 있을게요, 니안."

"하지만……."

니안이 막 거절을 하려는 찰나, 멜드린이 슬며시 니안의 팔을 잡아당기며 말을 가로챘다.

"다시 연락하겠네, 에이든."

"네, 그럼……."

공손히 인사를 마친 에이든이 집을 빠져나가자 니안이 기다렸다는 듯 멜드린에게 말했다.

"선생님, 파티가 열릴 즈음에는 저흰 이미 아르본을 떠나 있을 거예요."

"그건 조금 더 대화를 나눠보고 결정하는 게 어떻겠니?"

"왜요? 그때까지 시간을 끄느니 차라리 지금 거절하는 편이 에이든에게도 더 나을 텐데요.”

니안의 눈동자가 불안하게 흔들렸다. 멜드린은 아직 진실을 모르고 있다. 그녀가 크게 한숨을 내쉰 뒤 입술을 열었다.

“선생님, 용과 사람은 결합할 수 없어요!”

“그게 무슨 말이냐?”

멜드린의 눈이 커졌다.

“용과 결합하는 순간 인간이 죽는다고요. 제가 에이든과 결혼하면, 에이든은 죽을 수도 있어요. 그래서 전, 누구와도 결혼하지 않겠다고 마음을 먹었어요. 에이든은 베오만 가를 이를 유일한 후계예요. 저와 결혼했다가 잘못되기라도 하면……”

니안은 차마 말을 끝맺지 못했다.

아르본 시내의 중앙 성전, 엘카트의 그림 앞에서 만났던 성직자와의 대화가 회오리처럼 니안의 머릿속에 들이닥쳤다.

“용은 영험한 동물인 만큼 자손이 매우 귀합니다. 뛰어난 마법 능력을 지닌 데다 수명이 몇백 년이나 되기 때문이죠. 그렇게 수명이 긴데 번식까지 활발하면 세상은 금세 용으로 가득 차버리겠죠? 그래서 아마 신께서도 용의 번식을 그리 힘들게 만드셨던 모양입니다. 거기다 천성이 자유분방해 얽매이는 걸 싫어하다 보니 대부분은 가정을 갖지 않고 세상을 떠돌다 영면에 들었다고 하더군요. 워낙 개체 수가 적은 데다 정착하지도 않고 떠돌아다니니 적절한 시점에 적당한 이성(異姓)의 용을 만나기도 쉽지 않았고요. 무엇보다……."

눈을 내리까는 순간 길게 드리워지던 속눈썹, 한없이 단정하고 차분하던 눈매, 검은 곱슬머리를 덮은 갈색 로브 아래로 흐르던 남자의 낮은 목소리는 니안의 머릿속에서 에코가 되어 메아리처럼 윙윙 울려대고 있었다.

"……사랑에 있어서는 외골수일 정도로 순정적이었다고 합니다. 한번 이성에게 마음을 주면 죽을 때까지 쉽게 변하지 않았다고 해요. 문제는 그들 대부분이 인간의 모습으로 인간들 틈바구니를 여행하고 있었다는 거죠."

"그게…… 무슨 상관인데요?"

니안이 궁금증을 참지 못하고 묻자 그가 방긋 미소 지어 보였다.

"인간과 사랑에 빠졌다는 뜻입니다."

"네?"

선뜻 이해되지 않아 니안은 살짝 미간을 찌푸렸다.

"인간과 용은 결합할 수가 없습니다. 결합하는 순간, 용의 강한 마력을 이기지 못하고 인간이 목숨을 잃게 되거든요. 하지만 용들은 번식이 가능한 반려를 찾는 대신 자신이 사랑하는 인간을 택했죠. 몇백 년이나 되는 제 수명에 비해 찰나와도 같은 짧은 시간만을 살다 가는 그 인간을요……. 그들은 그렇게 제 인생의 유일한 사랑을 그리다 외롭게 홀로 사라져 갔다고 합니다."

당시 니안은 그 이야기를 그저 전설일 뿐이라 여겼다. 자신과는 전혀 상관없는 전설. 그래서 그냥 쉽게 잊어버렸다. 아멜리아의 샵에서 자신이 용의 능력을 물려받았다는 사실을 다시 듣기 전까지는 말이다. 연이어 그날의 대화마저 떠올랐다.

"황제가 용의 마음을 얻었던 시대에는 태평성대가 이어지고, 그러지 못한 시대에는 인간과 마수 사이에 전쟁이라 불릴 만큼 생존을 위한 격렬한 전투가 벌어졌죠. 초기에 인간과 마법 세계가 하나였어도 유지될 수 있었던 이유는 용의 개체 수가 많기 때문이었어요. 비교적 황제와 연이 닿는 붉은 용을 만나기가 쉬웠으니까요. 하지만 차원의 경계가 생기기 직전에는 용이 거의 사라져버려서 멜롯 가도 마수들을 어쩔 수가 없었던 거예요. 그리고 보다 못한 원로 마법사들이 최후의 수단을 선택하게 되죠."

"차원의…… 경계……?"

메이의 설명에 데릭이 홀린 듯 중얼거렸다. 그녀가 수긍하곤 다시 빠르게 말을 이었다.

"네. 남은 마법사들의 모든 능력을 동원해 모든 마력을 한쪽 차원에 몰아넣고 봉인했어요. 마력을 가진 모든 것들이 저쪽 세계로 빨려 들어갔죠. 마법사 자신들 조차도요. 이 세상에는 평범한 자들만이 남았고, 저쪽 세상에서는 마법사들과 마수들의 전쟁이 이어졌어요. 마법사들은 차원의 경계가 무너지지 않게 봉인을 유지하면서 마수들과 싸워야 했어요. 하지만 그것도 이젠 한계에 다다른 거예요. 저쪽 세계에 그 봉인을 유지할 수 있을 만큼 마법사가 남지 않았거든요. 자꾸만…… 구멍이 뚫렸어요. 경계를 지키는 마법사들이 구멍이 발견될 때마다 임시로 막기를 거듭했지만…… 점점 감당할 수 없을 정도가 되어가고 있어요."

"그럼, 당신은……?"

"전 차원의 경계를 지키던 문지기 중 하나였답니다."

믿을 수 없는 이야기였다. 마법 세계가 전설이 아니라 진짜였다니. 데릭이 이해할 수 없다는 듯 목소리를 높였다.

"이해가 안 돼. 이 세계를 유지하는 데 용이 그렇게 중요한 존재였다면 왜 황실은 페르난디 가문처럼 용과 피를 섞지 않은 거지? 멜롯 가의 누군가가 용의 혈통을 이어받았으면 되는 일이었잖아."

"그건……."

데릭과 니안을 번갈아 보는 메이가 눈꼬리가 안타깝게 주저앉았다.

"인간과 용은 몸을 섞을 수 없어요. 몸을 섞으면 용의 강한 마력을 이기지 못해 인간이 죽거든요. 페르난디 가문은 아주 특이한 경우예요. 마침 최초의 페르난디가 용의 마력을 견디며 기적적으로 씨를 뿌리고 죽었고, 마침 용이 그 단 한 번으로 임신했어요. 페르난디 가는 인간의 씨를 받은 붉은 암컷용의 후예예요. 이후에는 외모만 붉은 용을 따랐기에 인간과 결합을 해도 아무 이상이 없었죠. 하지만 니안은……."

메이의 깊은 청회색 눈동자가 니안을 향했다.

"외양이 아니라 능력을 물려받았으니⋯⋯ 니안과 몸을 섞는 인간은 죽을 수도 있어요."

그 순간 시간이 멈춘 듯했다. 수 초간 니안은 메이의 말뜻을 헤아려야 했고, 데릭은 몹시 충격을 받은 듯 멍한 표정을 지으며 할 말을 잊어버렸다.

"그⋯⋯ 그럼 니안은⋯⋯ 평생 혼자 살아야 한다는 말이야?"

데릭이 더듬거렸다.

"가설이에요. 그럴 수도 있다는 거죠. 어딘가에 또 다른 용이 남아 있다면⋯⋯ 인간보다는 그를 만나는 게 더 안전하긴 하겠죠."

메이의 대답에 데릭이 화가 나 소리쳤다.

"말도 안 돼. 용은 이미 천 년이나 모습을 드러낸 적이 없어. 반려인 용을 찾지 못하면 죽을 때까지 아무도 없이 살란 말이야?"

회상을 마친 니안은 그 진실의 잔혹함을 털어버리려는 듯 빠르게 고개를 저었다. 멜드린이 걱정스러운 얼굴로 말문을 뗐다.

"그렇다면 큰일이구나. 내 생각에는 에이든이 그날 네게 정식으로 청혼하려는 것 같은데. 자기 어머니 생신날 네게 청혼을 한다는 건 분명 그쪽 집안에서도 널 받아들이는 데 동의를 했단 뜻일 테고. 에이든의 아버지가 네 얼굴 한 번 보지 않고 결혼을 허락했다니⋯⋯ 아무래도 그쪽 가문과 아벨 백작 사이에 우리가 알지 못하는 모종의 거래가 있는 것 같다. 즉, 네 말 한마디로 쉽게 무를 수 있는 혼담이 아니란 뜻이지. 네가 그의 청혼을 거절하면 아벨 백작이나 빌리어드 후작이 아주 곤란해질 수도 있어."

갑자기 니안의 가슴에 답답한 통증이 몰려왔다. 어디론가 달아나고픈 충동이 솟구쳤다.

"그러면 한스넬로 떠나는 일정을 더 앞당길까요? 차라리 제가 사라지면……."

"도망친다고 해결되는 건 아무것도 없어요."

메이가 끼어들었다.

"이런 문제가 있을 줄은 까맣게 몰랐네요. 니안의 결혼이라니……."

그녀의 깊은 한숨에 멜드린이 민망한지 어깨를 으쓱해 보였다.

"니안의 결혼은 루이스가 죽기 전 강력하게 추진하고 있던 일이었으니까."

메이가 진지한 어투로 빠르게 말을 받았다.

"아벨 백작을 먼저 만나 보셔야 할 것 같아요. 멜드린 당신도 같이요. 법적으로는 아벨 백작이 후견인이라 니안의 결혼에 대한 결정권을 갖고 있지만, 실질적으로는 당신이 보호자잖아요. 찾아뵙고 이 결혼을 정리하고 한스넬로 떠나는 게 맞지 싶어요. 한스넬에 영원히 머무를 수는 없어요. 데릭의 복위를 위해서는 아르본으로 바로 돌아와야 한다고요."

"만약 아벨 백작이 거절하면? 귀족 가문 사이의 약속은 구두라 해도 천금보다 더한 무게를 가지고 있어. 아벨 백작과 빌리어드 베오만이 꼭 결혼을 시켜야겠다고 하면 니안으로서도 어쩔 도리가 없다고. 더구나 루이스가 그렇게 간곡히 부탁하고 죽었기 때문에 백작으로서는 이 결혼에 책임을 느끼고 계실 거야. 본인 건강이 악화되기 전에 서둘러 마무리 지으려 하실 게 뻔해."

"안 돼요. 에이든에게 그런 위험을 지게 할 순 없어요."

니안의 목소리가 떨렸다.

"나랑 결혼하면…… 죽을 수도 있잖아요."

"안 죽을 확률도 절반이나 있어요."

메이가 단호하게 말했다.

"죽고 살 확률은 어차피 똑같은 절반이에요. 그러니까 일단 그런 건 접어두고 니안의 마음이 어떤지부터 말해 봐요. 니안은 에이든이 마음에 들어요? 결혼하고 싶을 만큼?"

아니, 그렇지 않다. 에이든은 분명 좋은 사람이고 매력적인 이성인 건 확실하지만, 사랑과는 거리가 멀었다.

그녀가 사랑하는 사람은 데릭, 그것만큼은 절대불변의 사실이었다. 니안이 힘겹게 말문을 뗐다.

"에이든은 좋은 사람이에요. 인간적인 호감도 느끼고 있고요. 하지만 사랑은 아니에요. 에이든과 결혼하고 싶지 않아요, 메이."

이 말을 하는 순간 목구멍으로 서러움이 북받쳐 니안은 꿀꺽 침을 삼켜야 했다. 단 한 번도 입 밖으로 내뱉지 못했던 진심이었다. 그동안 아무도 자신에게 진지하게 이것을 물어주는 사람이 없었기 때문이었다.

니안의 커다란 눈동자에 투명한 막이 차오르자 메이가 다가와 그녀를 꼭 끌어안았다.

"괜찮아요, 니안. 누구나 자신이 사랑하는 사람과 결혼할 권리가 있어요. 니안이 원치 않으면 하지 말아야죠. 너무 걱정하지 말고, 이 문제를 어떻게 풀어나갈지 우리 같이 고민해 보도록 해요, 네?"

하지만 니안의 가슴에 차오르는 답답함은 쉬이 가시지 않았다. 에이든과의 결혼 문제를 해결한다고 해도 데릭과도 이어질 수 없긴 마찬가지였으니까.

그나마 혼혈인 덕에 온전한 용처럼 오래 살지 않을 확률이 있어 다행이다 싶었다. 데릭이 먼저 죽고, 남은 길고 긴 생 동안 그만을 그리며 살아야 하는 시간은 얼마나 끔찍할까. 인간과 사랑에 빠졌던 용들은 그 고통의 세월을 어떻게 견뎠을까. 차라리 언니나 오빠처럼 외모만 닮은 거였다면 정말 좋았을 텐데. 모두가 행복했을 텐데.

원망과 서러움은 멈출 줄을 모르고 니안의 가슴에 아픈 상처를 쉼 없이 새겨나가고 있었다.

피할 수 없다면 정면돌파

베오만 저택을 나서는 카트린느의 모습은 평상시와는 조금 다른 모습이었다. 가지고 있는 드레스 중 가장 수수한 것을 입고 저택을 나선 그녀는 집에서 멀리 떨어지지 않은 대로에서 어두운 푸른색 로브로 몸과 얼굴을 가렸다.

델피안 광장을 따라 번화가 쪽으로 한참을 걸어 내려간 그녀가 한 공용 마차에 몸을 실었다. 베오만 가가 소유하고 있는 전용 마차만 해도 세 대는 되는데 아는 사람이 봤다면 참으로 수상한 일이 아닐 수 없었다.

"그리아트 34번가로 가 주세요."

마차에 올라타자마자 카트린느가 말했다. 그녀는 언젠가 에이든이 적어준 집 주소를 들고 니안을 찾아가는 길이었다.

마차는 빠른 속도로 도로를 달려 오래지 않아 목적지에 도착했다. 다 왔다는 마부의 말에 카트린느는 마차 창문을 통해 허름한 다세대 건물을 슬픈 눈으로 주욱 훑었다.

막상 찾아오긴 했는데 차마 집 안으로 올라갈 수는 없었다. 카트린느는 에이든이 안전 문제로 니안에게 개인 호위기사를 붙여 줬다는 사실을 잘 알고 있었다. 그뿐만 아니라 가족들이 니안을 집 밖에 홀로 나다니지 못하게 한다는 것도.

그때, 골목 끝을 서성이는 열 살 남짓의 작은 소년이 눈에 들어왔다.

"여기서 기다려주세요."

그녀는 운임의 몇 배나 되는 금화 한 닢을 마부에게 건네며 부탁했다. 그리곤 얼굴을 로브 안쪽에 더 깊숙이 묻으며 마차에서 내렸다.

"애, 꼬마야."

카트린느가 허름한 옷을 입고 있는 소년에게 다가가 다정하게 불렀다.

"이 쪽지를 저기 이층집에 있는 니안이라는 누나한테 전해 줄래?"

은화 한 닢과 작은 쪽지를 내밀자 놀란 소년의 동공이 커다래졌다.

"이 쪽지만 잘 전달하고 돌아오면 은화 한 닢을 더 줄게."

그 말에 신이나 세차게 고개를 끄덕인 소년은 쪽지를 들고 쏜살같이 니안이 사는 주택으로 달려갔다. 잠시 후 칭찬을 바라는 얼굴로 돌아온 소년에게 은화 한 닢을 더 쥐어준 카트린느는 서둘러 마차로 돌아왔다.

공동 현관문을 거칠게 열고 뛰어나온 소녀. 아니, 젊은 아가씨란 편이 맞다.

윤기가 흐르는 칠흑 같은 긴 머리카락, 상앗빛 피부, 빛나는 초록색 눈동자. 카트린느는 단번에 그녀가 니안임을 알아볼 수 있었다.

니안은 아까 카트린느가 보낸 쪽지를 한쪽 손에 구겨 쥔 채 무언가를 다급히 찾느라 이리저리 고개를 돌리고 있었다. 카트린느가 얼른 마차 문을 활짝 열고 소리쳤다.

"니안!"

니안의 고개가 빠르게 마차 쪽으로 휙 돌았다. 카트린느는 그제야 로브를 뒤로 살짝 젖혀 자신의 얼굴을 드러내 보였다.

너도 날 금방 알아보겠지? 내가 널 이렇게 빨리 알아본 것처럼.

"니안, 어서 타렴."

카트린느를 발견한 니안의 눈동자가 반짝 빛을 발했다. 그녀는 주저하지 않고 달려와 마차에 올라탔다. 카트린느가 얼른 마차 문을 닫으며 마부에게 소리쳤다.

"지금 출발해요. 시내를 벗어나 외곽의 한적한 공터로 가주세요."

그러자 떨떠름한 대답이 돌아왔다.

"마님, 시내를 벗어나면 엘카트가 나타나도 아무도 도와줄 사람이 없습니다요. 그래서 요즘은 외진 곳에 잘 가지 않는뎁쇼."

그의 목소리에서 막연한 두려움과 공포가 느껴졌다. 하지만 지금은 그런 것을 따질 때가 아니었다.

"오래 있지 않을 거예요. 금화 한 닢을 더 드리죠. 그러니 그리로 가주세요."

"알겠습니다……."

그가 마지못해 끙 소리를 내며 채찍을 휘둘렀다. "이랴." 하는 소리와 함께 마차 바퀴가 구르기 시작하자, 카트린느가 안도의 한숨을 내쉬며 머리에 쓰고 있는 로브를 젖혔다.

"니안……."

"엄마……."

아무리 오랜 시간이 흘렀어도 엄마의 모습은 쉽게 잊을 수 있는 것이 아니었다.

니안은 카트린느가 그랬던 것처럼 단번에 제 엄마를 알아보았다. 나이가 좀 들긴 했어도 그녀는 니안이 기억하는 모습 그대로였다. 미색마저 여전했다.

"엄마…… 너무 보고 싶었어요."

니안이 엄마 품으로 몸을 던지며 소리쳤다.

"아아, 니안. 엄마도 정말 보고 싶었단다."

카트린느가 니안을 꼭 끌어안았다. 간절한 목소리가 터져 나왔다.

"미안해…… 정말 미안해, 니안. 엄마가 너무 오랫동안 널 버려놨구나. 엄마 원망 많이 했지?"

"이젠 괜찮아. 엄마가 멀리 떠나 있으면서도 날 잊지 않았다는 걸 알게 됐으니까. 최근에야 알게 됐어요. 엄마가 그동안 한 번도 거르지 않고 내 양육비를 보내왔다는 걸. 날 잊지 않고 계속 기억하고 있었다는 걸……."

니안의 목소리가 격하게 떨렸다.

"돌아오고 싶었지만…… 정말 오고 싶었지만…… 널 키우려면 돈이 필요했고, 거기에 충분한 돈을 벌려면 너와 떨어져 일해야 했어. 그러다 재혼을 하게 됐단다. 그땐…… 내가 직접 버는 것보단 능력 있는 남자와 결혼하는 게 더 안정적으로 너와 바델의 생계비를 확보할 수 있는 길이라고 생각했어. 그래서 더 올 수가 없었어. 정말…… 정말 미안해, 니안."

카트린느의 격양된 목소리가 불안하게 흔들리고 있었다.

"그래도 중간에 한 번쯤은 보러올 줄 알았어요. 그런데 오지 않아서…… 엄마가 날 잊어버린 줄 알고 너무 슬펐어."

"남편에게 네 또래의 자식이 둘이나 있었어. 그 아이들을 돌봐야 했거든. 게다가 결혼 후 바로 외국으로 떠났다가 돌아온 지 얼마 되지 않았어. 니안, 변명처럼 들리겠지만, 엄마는…… 내가 그 아이들을 사랑으로 잘 키워주면 너도 다른 누군가에게 그만한 사랑을 받으며 자랄 수 있을 거라 생각했단다. 그래서 너에게 줄 수 없는 사랑을 그 아이들에게 쏟아부으며 키웠단다. 그런데…… 역시 가슴이 아픈 건 어쩔 수가 없구나. 정말 미안하다, 니안……."

니안이 젖은 눈으로 카트린느의 얼굴을 부드럽게 쓰다듬었다.

"맞아요. 그래서 저도 좋은 분들 만나서 잘 자랐어요. 그러니 너무 죄책감 느끼지 마세요. 그래서, 행복……한 거죠? 고생 같은 거 안 하고 잘살고 있는 거죠?"

니안이 묻자 카트린느가 크게 고개를 주억거렸다.

"아아, 다행이야. 정말 다행이에요……."

"재혼한 남편이 가정적인 데다 아주 큰 부자야. 아르본에 있는 사람이면 누구나 알 만한…… 너도 아는 사람이고."

니안의 눈이 커다래졌다.

"내가 안다고요? 누군데?"

카트린느가 잠시 뜸을 들이다 결연한 얼굴로 대답했다.

"베오만. 빌리어드 베오만……."

"……."

"니안. 내가 바로 에이든과 로렌의 새엄마란다."

니안은 그만 말문이 막혀버렸다.

어떻게, 세상에 이런 일이 있을 수가 있지? 어떻게 내 엄마가 에이든의 새엄마일 수가 있지?

놀란 눈으로 자신을 바라보고 있는 니안에게 카트린느가 조심스럽게 말을 이었다.

"사실은, 그래서 이렇게 찾아왔어. 너와 에이든의 혼담 때문에."

그 순간 니안은 자신에 대한 어머니의 진심을 의심하지 않을 수 없었다. 자신이 보고 싶어서 찾아온 것이 아니라 이 혼담 때문에 찾아왔다는 뜻으로 들렸기 때문이었다. 그래서 할 말이 얼른 생각나지 않았다.

그런 갈등을 알아챈 걸까? 잠시 주저하던 카트린느가 조심스럽게 말문을 뗐다.

"니안…… 에이든을 사랑하니?"

"……."

니안은 더욱 말이 나오지 않았다. 에이든의 결혼과 관련된 일이라면 할 말이 너무 많아 무슨 말부터 꺼내야 할지 몰랐다. 카트린느가 그런 니안의 표정을 살피며 계속 말을 이었다.

"나도 처음에 에이든의 결혼 상대가 너라는 사실을 알고 몹시 놀랐어. 남편은 내게 딸이 있다는 사실을 모르거든. 그러니 네가 내 딸이라는 사실은 꿈에도 모르고 있어."

"그럼…… 저를 말리러 오신 건가요? 에이든과 결혼하지 않게?"

"아니야!"

카트린느가 단호하게 부정하며 니안의 손을 꼭 잡았다. 투명한 막으로 가득 찬 그녀의 초록 눈동자가 간절한 빛을 띠고 니안을 향했다.

"파티가 열리는 날 내가 에이든의 새엄마라는 사실을 네가 알게 되면 많이 당황할 것 같았어. 그래서 미리 말해주려고. 내가 현재 에이든의 엄마고 절대로 너희들의 결혼에 방해되고 싶은 생각이 없다는 걸 말이야. 그러니까 나 신경 쓰지 말고 너희들 원하는 대로 했으면 좋겠다고……."

"……."

"니안…… 에이든은 정말 좋은 아이야. 10년 동안 그 아이가 자라는 모습을 가까이서 지켜봤어. 사교적이고 쾌활하면서도 다정다감하지. 만약 네가 에이든과 결혼한다면 그 아이는 분명 훌륭한 남편이 되어줄 거야. 분명 널 아주 행복하게 해줄 거야. 내가 보장할 수 있어. 그리고 무엇보다…… 에이든은 진심으로 널 원한단다."

아아, 이건 또 무슨 소리란 말인가. 대체 10년 만에 나타난 엄마가 내게 지금 무슨 이야기를 하는 거지? 이젠 친엄마가 아니라 시어머니로 함께 살자고 말을 하는 건가? 그게 가능하다고 생각하는 건가?

"네 마음은 어떠니, 니안. 너도 에이든과 같은 마음이니?"

"……."

니안은 카트린느의 속내를 가늠해보느라 입이 쉬이 떨어지지 않았다.

그녀가 자신보다 에이든을 더 아끼는 것 같아 속상하면서도, 자신이 에이든을 거절하면 엄마가 상처를 받을까 봐 걱정도 되었다.

하지만 곧, 마음을 정했다. 엄마의 진심이 무엇이든 자신이 솔직해야 한다는 걸. 니안은 꿀꺽 침을 삼켰다.

"엄마. 에이든이 좋은 사람인 건 저도 알아요. 하지만 난…… 에이든을 사랑하지 않아요. 그와 결혼하고 싶지도 않아요."

카트린느의 눈동자에서 반짝이던 무언가가 산산이 부서지는 것이 보였다. 대체 무얼까? 카트린느가 당황한 목소리로 말했다.

"니안, 나 때문에 그러는 거라면 그러지 않아도 돼. 정말이야. 엄마는 너희들의 행복이 더 중요……."

니안이 얼른 말을 가로챘다.

"그런 거 아니에요. 전 아직 결혼하기엔 나이도 어리고…… 마음에 두고 있는 사람이 따로 있어요. 그 사람을 두고 다른 남자와 결혼하고 싶지 않아서요. 이해해주세요."

"그럼…… 이 결혼을 거절할 거니?"

"네."

니안이 단호하게 대답했다.

"아벨 백작님께도 곧 이런 제 진심을 말씀드리러 갈 거예요. 그러니 엄마도 이 일로 걱정하지 않으셨으면 좋겠어요. 양육비 역시 이젠 안 보내주셔도 돼요. 저도 이제 다 컸고…… 앞으로는 다른 삶을 살아보려고 하거든요. 그냥 가끔 안부 편지만 보내주세요. 엄마가 건강하게 잘 계시다는 것만 알 수 있게……. 전 그걸로도 충분히 만족해요."

"엄마한테…… 많이 화났니?"

"그럴 리가요. 그런 거 아니에요."

카트린느는 서운함을 감출 수 없었다. 에이든이 마음에 들지 않는다는 것도 뜻밖이었고, 자신의 도움을 거절하는 것도 섭섭했다. 당황스러워 어쩔 줄 모르는 와중에 니안이 다시 말을 이었다.

"엄마, 나 엄마한테 사과할 것 있어요. 가끔은 나도…… 내가 진짜 아빠 딸이 아니지 않을까 의심하곤 했거든요. 하지만 이젠 알아요. 엄마가 결백하다는 걸. 내가 분명한 페르난디 가문의 딸이라는 걸. 그래서 엄마를 의심했던 내가 정말 바보 같고 엄마한테…… 미안해요."

니안이 고개를 들어 카트린느의 눈을 정면으로 바라보며 말했다.

"다른 사람은 몰라도 난 엄마를 완전히 믿어. 그러니 이제 그 일이 엄마한테 더는 상처가 아니었으면 좋겠어."

결국, 카트린느의 눈에 가득 차 있던 투명막이 한계를 버티지 못하고 넘쳐 흘렀다.

"그래…… 고맙구나."

카트린느가 양팔을 벌리자 니안이 그녀의 품 속을 다시 파고들었다. 그렇게 오랜만에 만났는데도 엄마의 품은 여전히 따뜻했다. 카트린느가 니안의 머리카락을 쓰다듬으며 물었다.

"그럼…… 우리 딸이 좋아하는 사람은 누굴까? 에이든 엄마가 아니라 니안 엄마로 묻는 거야. 상관하지 않을 테니 엄마한테도 좀 말해줄래?"

니안이 천천히 몸을 일으켰다. 그녀의 진심을 알아보려는 듯 카트린느를 향한 니안의 눈빛은 짙고도 깊었다. 분홍 입술을 뚫고 부드러운 목소리가 흘러나왔다.

"데릭 에드워드 르윈느. 지금 제 오빠요."

순간, 카트린느의 얼굴에 선명한 충격이 번져나갔다.

"루이스의…… 아들?"

아, 엄마는 데릭을 루이스 아들로 알고 있었구나. 니안은 조용히 고개를 끄덕여 보였다.

'이건 모두 내 잘못이야. 모두 내 잘못……'

카트린느는 자신에 대한 책망을 멈출 수 없었다.

신분에 따른 차별은 하지 않는다고 생각해왔는데 막상 니안이 출신도 불분명한 아이, 그것도 서류상 친오빠로 올라 있는 남자아이에게 마음을 빼앗겼다는 사실이 좌절스러웠다.

뻔히 남남인 걸 알기에, 그래서 실상 문제가 없다는 걸 알면서도 배덕감이 몰려왔다. 에이든이 니안을 사랑한다고 말했을 때보다 더한 배덕감이었다.

'차라리 상대가 에이든인 게 더 나을 뻔했어. 더구나 루이스는……'

카트린느는 젖은 뺨을 문질러 닦으며 애써 달아나려는 이성을 붙들었다.

"마음이 바뀔 가능성은 없는 거니?"

"없어요."

니안의 목소리에는 흔들림이 없었다.

"니안…… 아무리 그래도 서류상 네 오빠로 되어 있고 함께 자랐잖니. 혹시 둘 사이에 무슨 일이라도 있었던 거니?"

"일이라뇨? 그런 거 없어요."

"혹시…… 그 아이도 귀족 출신이니?"

"그건 왜 물으세요?"

"바델은 평민이 확실했어. 하지만 먼 친척이라며 날 만나러 왔던 루이스는 움직임이나 자태가 평민이라고 보긴 어려웠거든. 아주 잘 훈련된 귀족 예법을 지니고 있었어. 그런 루이스의 아들이라면 혹시 몰락한 귀족 출신이거나 혁명 때 살아남은 전 황실의 추종 세력일 가능성도 있어서 그래."

니안은 너무 놀라 심장이 쿵 내려앉는 기분이었다. 설마 자신이 데릭을 좋아한다고 했던 말 한마디로 카트린느가 여기까지 추측해 낼 줄은 꿈에도 몰랐기 때문이었다.

"저…… 저도 몰라요. 그냥 저와 같이 지금 귀족이면 된 거 아니에요?"

"니안. '르윈느'라는 성이 원래 내 친정 성이었던 거 알고 있니?"

"네."

"내 친정 가문은 몰락한 지 오래야. 루이스가 자신들의 신분 세탁용으로 내 성을 사용할 거라는 건 미처 몰랐어. 나는 네가 에이든과 결혼하게 되면 그 사실은 영원히 묻고 루이스와 데릭을 내 핏줄로 인정해줄 거야. 그렇지 않으면 너도 네 오빠인 데릭도 위험해질 수 있으니까. 하지만 너희 둘이 이어지려면…… 누군가 한 명은 신분을 바꿔야 해. 그게 너일 수는 없겠지. 페르난디든 르윈느든 양쪽 다 너와 혈연관계에 있으니까. 데릭이 르윈느 성을 가지고 있는 한 절대 이어지지 못해. 그럼 데릭이 신분을 바꿔야 한다는 건데……."

카트린느가 잠시 말을 끊었다가 다시 이었다.

"……그 과정에서 혹시라도 문제가 생길까 봐 무섭다. 오스만은 전 황실과 조금이라도 연관이 있으면 결코 그냥 놔두지 않아. 차라리 루이스가 진짜 바델의 먼 친척이라면 상관없겠지만……. 장담하는데 분명 그런 흔적 따위는 없을 거야. 바델에겐 가족이라 불릴 만한 사람이 한 명도 없었고, 내가 봤던 루이스는 분명 귀족이었어."

"전 데릭을 좋아한다고 했지, 데릭과 결혼하겠다고는 안 했어요,

162

엄마."

"하지만 데릭을 좋아하기 때문에 에이든과 결혼하고 싶지 않다고 했잖니. 궁극에는 데릭과 결혼하고 싶다는 뜻 아니니? 그럼 에이든 외에 다른 사람과는 결혼하겠다는 거니? 아니면 평생 혼자 살겠다고?"

니안은 그저 입을 떡 벌리고 말았다. 뭐라고 핑계를 대도 먹힐 것 같지가 않았다.

"만약 데릭과 결혼할 생각이 아니라면 이 결혼은 꼭 재고해보렴, 니안. 네게는 두 번 다시 오지 않을 좋은 기회야. 절대 나 때문에 포기하지는 말으렴."

"정말 엄마 때문이 아니에요."

"그럼 순간의 감정에 휘둘리지 말고 이성적으로 잘 판단했으면 좋겠다. 너에 대한 에이든의 마음은 진심이 분명하지만, 아버지인 빌리어드는 결코 감정에 이끌려 일을 결정하는 사람이 아니야. 그가 누가 봐도 기우는 이 결혼을 허락했을 땐 그 이상의 이득이 있기 때문일 거야. 네가 결혼하기 싫다고 해도 강행하려 할 게 분명해. 엄마는 너만 에이든을 사랑한다면 기꺼이 모든 걸 포기하려고 했는데…… 어쩌면 좋을지 모르겠구나."

걱정이 가득한 카트린느의 얼굴에 짙은 장막이 드리웠다.

오랜만에 다시 찾은 아벨 백작의 저택은 이전보다 더 음습해 보였다. 그가 죽고 나면 이 저택은 자선 단체에 기부되어 보육원으로 개조될 예정이었다.

차후 어린아이들이 들어오면 이곳도 생기를 되찾을 수 있게 될까?

니안은 씁쓸한 기분으로 멜드린과 함께 아벨 백작의 침실로 향했다. 그는 이제 서재에 내려와 손님을 맞을 수 없을 만큼 건강이 나빠져 있었다.

"그럼 평생 혼자 살 작정인 게냐?"

니안이 에이든 베오만과 결혼하지 않겠다는 말을 전했을 때 그가 다소 화난 목소리로 물었다.

"니안…… 서운한 말일 테지만 내가 죽고 나면 어느 가문에서도 널 원하지 않을 거야."

물론 백작의 말이 전적으로 틀리지 않는다는 건 멜드린도 니안도 잘 알고 있었다. 그가 병색 짙은 숨소리를 뿜어내며 계속 말을 이었다.

"혹시 따로 원하는 사람이 있는 게냐? 어느 가문인지 이야기를 해주면 내가 한번 알아는 보겠다만……."

"말씀은 감사하지만, 없어요."

"그렇다면 뭐가 문제냐? 베오만이 내게 몹시도 바라는 것이 있단다. 이미 그걸 넘기기로 하고 약속한 혼인이라 누구나 인정할 만한 정당한 사유가 아니면 혼담을 깨기가 곤란하다. 단순히 네가 결혼하고 싶지 않다는 이유로는 그를 설득하기가 어렵다는 뜻이다. 나 역시 널 이해하기가 힘들구나, 니안. 귀족 대부분이 가문에서 정하는 사람과 결혼하는 세상이야. 네 정혼자가 마음에 드는 사람이면 다행이지만 그렇지 않더라도 어쩔 수는 없는 게야. 나는 너를 위해 최고의 선택을 했다고 생각한다. 듣기에 그쪽 장자는 널 몹시 마음에 들어 한다고 하던데……. 니안. 아직 어리니 결혼하는 게 겁이 날 수도 있지. 또 더 나은 사랑을 만나게 되지 않을까 하는 기대가 있을 수도 있을 거고. 하지만, 그런 이유로는 결혼을 거절할 수가 없다. 마음에 들지 않아도 받아들이도록 해라. 분명 후회하지 않을 테니."

갑자기 백작에게서 기침이 터져 나왔다. 듣기에도 몹시 힘들어 보이는 것이 상태가 좋지 않았다. 그 바람에 무언가 반박하려던 니안은 입을 다물고 말았다.

"더는 말하기가 힘들어 그만 쉬어야겠다. 날 무시하는 게 아니라면 이 결혼에 더는 문제를 제기하지 않았으면 좋겠구나. 그만 가보거라."

이토록 단호하게 말하는 아벨 백작의 모습은 처음 보는 것이었다. 당황스러웠다. 니안은 새삼 그가 한 가문의 가주라는 사실을 실감했다. 마음에 불안한 파도가 일었다. 그를 설득하지 못한다면 빌리어드를 설득하는 일은 더욱 어려울 터였다.

'아아, 어쩌면 좋지?'

니안이 멜드린에게 난처한 눈빛을 보냈다. 멜드린도 난감하고 고민스럽기는 마찬가지였다. 그렇다고 니안의 정체를 밝힐 수도 없었다. 밝힌다 한들 믿어줄지도 의문이었다.

"백작님."

"아직도 할 말이 남았나?"

"네. 차마 드리지 못한 말씀이 있습니다."

힘없이 침대에 기대어 있는 그를 부축해 이불 속에 누이려던 간병인이 백작의 눈치를 살폈다. 잠시 기다리라는 듯 간병인에게 손을 내저었다.

"또 뭔가?"

그가 짜증 나는 투로 물었다.

"현재 빌리어드 베오만의 처가 아이들의 생모가 아닌, 재혼한 후처인 건 알고 계시죠?"

"선생님!"

깜짝 놀란 니안이 다급하게 멜드린을 부르며 팔을 잡았다. 이상한 낌새를 느낀 백작의 퀭한 눈동자가 그런 그들을 번갈아 훑었다.

"그랬던가?"

니안이 하지 말라는 눈빛을 강렬하게 쏘아 보냈지만, 멜드린은 아랑곳하지 않았다. 그는 제 팔에 올려진 니안의 손을 꼭 잡으며 빠르게 말을 이었다.

"사실…… 현재 그의 처가 니안의 생모입니다. 루이스가 아니라 베오만의 처인 후작 부인이 니안의 엄마란 말입니다. 그래도 이 결혼, 진행하시겠습니까?"

"선생님!"

니안이 나무라듯 소리쳤지만, 이미 뱉어진 말을 주워 담을 수는 없는 노릇이었다. 영혼이 빠져나간 것처럼 흐릿하던 백작의 두 눈이 놀라움으로 번득였다.

"뭐…… 뭐라고 했나?"

"빌리어드 베오만의 처이자 에이든 군의 새어머니인 카트린느 베오만이 실은 니안을 낳은 친어머니란 말입니다."

아벨 백작은 적잖이 충격을 받은 듯했다. 그의 어깨가, 팔이, 손이, 사시나무처럼 덜덜거렸다. 행여 잘못될까 걱정이 될 정도였다.

"이게 무슨 짓입니까? 백작님께서는 절대적인 안정이 필요하단 말입니다."

그의 간병인인 그레이스가 백작의 상태를 살피며 큰 소리로 나무랐다. 그러자 아벨 백작이 다시 손을 들어 보이며 그레이스의 말을 저지했다.

"그 이야기를…… 왜 이제 하는 건가? 그럼 내가 그쪽과 혼담을 진행하려 했을 때, 그때 이야기를 했어야 하지 않은가."

멜드린이 크게 한숨을 내쉬곤 난감한 얼굴로 대답했다.

"그때는 저희도 몰랐으니까요. 이 혼담이 진행되면서 알게 된 사실입니다. 에이든의 짝으로 니안의 이름이 오르내리면서 후작 부인도 알게 된 거고요. 어제 그분이 니안을 찾아왔기에 저희도 확인하게 된 사실입니다. 그동안은 니안의 어머니가 어디서 무얼 하고 있었는지 저희도 전혀 모르고 있었어요."

"이런 낭패가 있나! 이런, 이런……. 후작도 이 사실을 알고 있나?"

"모르는 듯합니다."

"그러면 자네는 지금 나보고 후작 부인의 과거를 후작에게 일러바치고 이 혼담을 깨라고 말하고 싶은 건가? 내게 그런 악역을 맡기고 싶어?"

"그럼 어떻게 하면 좋겠습니까? 다 같이 후작을 속이고 니안과 에이든을 결혼시키자는 말씀이십니까?"

"아니지, 아니지……. 이 결혼을 진행할지 안 할지는 그가 선택할 일일세. 하지만 내게 이 이야기를 하라는 것은 너무 잔인한 일이군. 차라리 후작 부인을 설득해 그녀 스스로 털어놓도록 하게. 나는 모른 척할 테니. 난 이 일에서는 전적으로 빌리어드의 뜻을 따르도록 하겠네. 그가 그의 처를 내치고라도 니안을 끝까지 받아들일지, 아니면 이 결혼을 포기하고 그의 처를 선택할지…… 그도 아니면 그의 처도, 니안도 둘 다 받아들일지……. 그건 전적으로 그의 선택에 달렸지 않겠는가? 으음…… 어떻게…… 어떻게 이런 일이……."

창백한 아벨 백작의 얼굴에서는 더욱더 핏기가 사라져 가고 있었다. 숨소리도 거칠었다. 그레이스 부인이 더는 못 참겠다는 듯 나섰다.

"아무래도 안 되겠어요. 두 분 다 나가주세요. 더는 백작님의 심경을 자극하지 말아 주세요."

그 말에 멜드린이 정중히 고개를 숙여 사과했다.

"정말 죄송합니다. 부디 몸조리 잘하시길 바랍니다, 백작님. 그럼 말씀하신 대로 후작 부인과 다시 논의해보고 결과를 말씀드리도록 하겠습니다. 가자, 니안."

"걱정 끼쳐 드려서 진심으로 죄송해요."

니안이 허리를 굽혀 백작의 뺨에 키스하곤 몸을 일으켰다. 둘은 서둘러 백작의 침실을 빠져나왔다.

녹색 융단이 깔린 계단을 빠르게 걸어 내려와 너른 홀을 지났다. 현관문을 통과해 계단 아래로 내려섰을 때야 멜드린이 우뚝 걸음을 멈추었다. 그가 듣는 사람이 없는지 주변을 살핀 후 니안을 돌아봤다.

"백작 말이 맞아. 아무래도 후작 부인을 다시 만나 이야기를 나눠 봐야겠다."

니안은 금방이라도 터질 것 같은 눈물을 삼키며 다소 격앙된 목소리로 말했다.

"거의 10년 만에 만난 엄마에게 그렇게 잔인한 선택을 강요하란 말씀이세요?"

"어쩔 수 없지 않니. 그럼 백작과 빌리어드에게 네가 반룡이라서 너와 결혼하면 에이든이 죽을지도 모른다고 말하란 말이냐? 정말 그렇게 하고 싶어? 그걸 설명하려면 메이의 이야기도 해야 할 테고, 그녀가 마법사라는 사실도 알려야 해. 그러다 보면 아르모트나 데릭의 이야기까지 해야 하는 순간이 올 거야. 게다가 빌리어드는 현 황실과 아주 가까운 사이다. 친 오스만파라고. 설사 메이나 데릭의 이야기는 어찌어찌 피해간다고 해도, 네가 붉은 용이라는 게 밝혀지면 빌리어드는 그걸 황실에 고할 게 분명해. 그럼 오스만이 널 어떻게 할 것 같니?"

멜드린은 목소리를 낮춰 강한 어조로 말을 몰아붙였다. 이전엔 본 적이 없는 심각한 표정이었다.

"니안, 지금으로써는 후작 부인 스스로 자신이 너의 생모임을 밝히고 이 결혼을 깨주길 바라는 수밖에 없어. 그녀의 희생 없이는 도저히 이 일을 해결하는 것이 불가능해. 후작 부인은 네 엄마니까 네가 페르난디의 핏줄로부터 외모가 아니라 능력을 물려받았다는 사실을 쉽게 이해할 거야. 그녀만이 널 위해 그 사실을 비밀에 부친 채 기꺼이 희생을 감수해 줄 유일한 사람이다."

멜드린이 비장한 얼굴로 니안의 어깨를 붙잡았다.

"니안! 정말 안 된 일이지만 다른 방법이 없을 것 같구나. 그게 모두에게 돌아갈 피해를 최소화할 수 있는 단 하나의 방법이야."

니안의 가슴에 답답함이 몰려왔다. 에이든과 결혼을 하든 안 하든, 이젠 엄마가 비밀을 드러내지 않고는 그 무엇도 해결되지 않는 상황이 되어 버렸다.

10년 만에 겨우 재회한 엄마에게 이렇게까지 부담을 주고 싶지는 않은데. 그때 타고 갈 마차가 도착했다. 니안은 멜드린과 함께 마차에 올라탔다. 하지만 한번 얼굴에 드리워진 그늘은 쉬이 사라지지 않았다. 텅 빈 녹색 눈동자가 슬픈 빛을 머금고 지나가는 창밖을 향했다.

'어떻게 해야 니안을 죽일 수 있지?'

소피아는 천천히 정원을 산책하면서 생각하고 또 생각했다. 이미 아름답게 피어 있는 꽃이라든가 놀라 달아나는 토끼 따위는 눈에 들어오지 않았다.

푸른 하늘에 떠 있는 구름이 깃털 구름인지 양떼구름인지조차 알 바 아니었다.

'베오만 가라······.'

첫 살해 계획이 실패로 돌아가면서 일이 아주 복잡하게 되었다.

꼬리에 꼬리를 물고 생각지도 못한 인물들이 줄줄이 달려 나온다.

소피아는 니안의 주변을 둘러싸고 있는 인물들에 대해 알아갈수록 기가 막혀서 혀를 찼다. 그중 가장 그녀를 기함하게 하였던 인물은 단연 카트린느였다.

'헬레나 페르난디가 카트린느 베오만이 되어 있다니!'

그녀는 어이없어서 혼자 코웃음을 터트리고 말았다. 뒤를 따르던 하녀들이 의아한 눈빛을 주고받았으나 어떤 소리도 내지 못했다.

소피아는 황궁 정원 안에 있는 화려한 무늬의 철제 벤치에 앉아 천천히 부채질을 하며 생각에 잠겼다.

"제 아내, 카트린느 베오만입니다."

서쪽 제도에서 아르본으로 돌아온 베오만이 처음 자신의 부인을 소개하던 날, 소피아는 소스라치게 놀랐다.

어떻게 그 얼굴을 잊을 수 있을까. 자신과 오라비 게오르가 그토록 증오해 마지않던 새엄마, 헬레나의 얼굴을. 이름을 바꾼 데다 오랫동안 서쪽 제도에 나가 살았기에 몰랐다. 그녀가 말로만 듣던 베오만의 재혼한 부인이었다는 사실을.

두 번 다시 마주치지 않기를 그토록 바랐건만 얄궂은 운명은 그녀를 자신의 눈앞에 다시 데려다 놓았다. 그것도 이젠 어찌하지도 못하게 황제의 총애를 받는 후작, 빌리어드 베오만의 부인으로.

황제와 베오만이 단순한 신뢰를 주고받는 사이였다면 처리도 훨씬 쉬웠을 것이다. 하지만 베오만 가는 황실 재정의 대부분을 지원하는 상인이었다. 황제가 평민 출신이던 그에게 황실의 주요 혈통에만 주어지던 '후작'이라는 작위를 이례적으로 내린 것만으로도 그가 황제에게 얼마나 중요하고 필요한 존재인지를 알 수 있었다.

소피아는 모르는 척 조용히 입을 다물기로 했다.

음모를 꾸며 그녀를 곤란하게 만든 뒤 베오만에게 버림받게 할 수도 있었지만 실패할 경우 위험부담이 너무 컸기 때문이었다.

당시엔 그게 자신을 위해서도, 이제는 베오만 후작 부인이 되어 있는 헬레나에게도 나은 선택이라고 생각했다. 헬레나 역시 황제의 절대적인 총애를 받는 황후와 척을 져서 좋을 것은 없을 테니. 그러니 오랫동안 자신의 모습을 드러내지 않았던 게 아니겠나.

그렇게 더는 자신의 전 새엄마와 깊게 얽히지 않길 바랐다.

'그 의붓아들과 니안의 혼담이라……'

자신이 보낸 자객이 실패한 후 소피아는 니안 주변의 모든 정보를 샅샅이 모았다. 그 과정에서 니안과 베오만의 장자 에이든 사이에 오가는 혼담에 대해서 알게 되었다.

'확실히 영악한 여자가 틀림없어. 자기뿐만 아니라 이젠 딸까지 베오만 가로 끌어들여 집안을 몽땅 집어삼키려는 수작이군. 내 아

버지나 빌리어드 베오만이나 여자 치마폭에 놀아나는 꼴이 어쩜 그렇게 똑같이 한심한지…….'

에이든이 니안에게 몹시 빠져 있으며 아벨 백작까지 얽혀 꽤 실현 가능성 있는 결혼 이야기가 오간다는 사실까지. 정말로 기함할 일이었다.

'니안 고 계집애가 완전히 베오만 가의 일원이 되기 전에 죽여야 하는데…….'

쉽지 않은 일이다. 살해가 실패한 후 주변에서 그녀를 너무 철저하게 지키고 있었다. 정체를 알 수 없는 오라비라는 작자는 황실 아카데미에서 손꼽히는 검술사인 데다 전직 황실 기사단 소속의 멜드린 하워드 경까지 니안과 함께 살며 그녀 옆을 지키고 있지 않은가. 베오만 가에서 붙여준 개인 호위기사는 또 어떻고.

전에는 자객 한 명으로 충분했던 암살이 이젠 떼로 몰려가지 않으면 힘들 지경이 되어버린 것이다.

'니안이 멜드린과 제 오라비와 떨어져 밖에만 나와준다면…….'

하지만 니안은 웬만해선 집에서 꼼짝도 하지 않았다. 누군가를 고용할 만한 형편이면 하녀 하나라도 첩자로 심어놓겠건만, 그들이 그 거지같은 평민 주택에서 지지리 궁상으로 사는 한 불가능했다.

'천상 일부러 니안 혼자 밖으로 꾀어내야 한다는 뜻인데…… 대체 어떻게?'

천만다행인 건 베오만 가에는 정보를 빼낼 첩자 하나 심는 것쯤은 일도 아니라는 사실이었다.

첩자의 보고에 따라 소피아는 빌리어드 베오만뿐만이 아니라 린덴 하우스 내 어떤 사람도 카트린느와 니안의 관계를 알지 못한다는 사실에 심증을 굳혔다.

빌리어드가 아무리 부와 명예에 눈먼 천한 장사치라고는 하나 가족만큼은 끔찍이 아끼고 있다는 사실을 잘 알고 있었다.

그런 그가 귀하디귀한 후계를 전처 소생의 딸과 아무렇지도 않게 결혼시키려 할 만큼 뻔뻔할 리가.

'설마 그 요부가 집안에서 혼담이 오가는 대상이 자기 딸이라는 걸 모르는 건 아니겠지?'

희박한 가능성이다. 니안은 이름을 바꾸지 않았으니까.

니안 페르난디 르윈느라는 이름은 세상에 둘도 셋도 없을 만큼 괴상하고 희귀한 이름이었다. 그러자 한 가지 가설이 떠올랐다.

'그렇다면 니안은? 결혼하려는 남자의 엄마가 실은 10여 년 전 자기를 떠났던 친엄마라는 사실을 알고 있는 걸까?'

그건 알 수 없는 일이다. 하지만 여기까지 생각이 미치자 한 치 앞도 구분할 수 없었던 뿌연 장막이 걷히는 듯한 기분이 들었다.

소피아의 입꼬리가 슬쩍 위로 올라갔다. 소피아가 자신의 전담 시녀인 로라에게 물었다.

"로라, 그래서 그 잘난 메이 아멜리아는 도대체 언제쯤 궁에 들어올 수 있다는 거지?"

"저번에 치수를 재어갔으니 곧 가봉하러 들어올 것입니다."

"그래?"

부채를 쥔 그녀의 손짓에 여유가 묻어났다.

아벨 백작의 저택에서 집으로 돌아가는 길.

도중에 예고도 없이 마차가 멈추어 버렸다. 급작스러운 일이었다. 그 바람에 관성을 이기지 못한 니안과 멜드린은 마차 안에서 맞은편 벽에 머리를 박을 뻔했다. 멜드린은 타고난 검술사의 본능으로 옅게 들려오는 칼바람 소리를 인지했다.

"무슨 일이죠?"

니안이 마부를 향해 물었으나 돌아오는 대답이 없었다. 궁금함을 이기지 못하고 니안이 막 몸을 일으키려는데, 멜드린이 그녀의 어깨를 꾹 내리누르며 말했다.

"여기 있어라."

"네?"

그가 왼쪽에 차고 있던 검 손잡이를 소리 나지 않도록 조심스럽게 빼냈다. 그예 갑작스레 몰려드는 긴장과 공포에 니안은 숨을 죽였다.

무슨 일이 생긴 게 분명하다.

그러나 마부석 쪽으로 난 작은 구멍으로는 무슨 일이 벌어진 건지 정확히 볼 수 없었다. 창밖으로 보이는 것도 풍경 외엔 아무것도 없었다. 그렇다고 누군가 마차 문을 억지로 열려고 한다거나 칼을 꽂아 넣는 일도 벌어지지 않았다.

잠시 후 멜드린은 마차 문손잡이를 조용히 움켜잡았다가는 순식간에 활짝 열어젖혔다.

"……!"

아무 반응이 없다.

그는 잠시 주저했다. 저들의 목적이 니안과 자신을 떨어뜨리는 것이라면 지금 칼을 들고 마차 밖으로 뛰어나가는 것이 의미가 있을지 쉽사리 판단이 서지 않았다.

그는 품에 품고 있던 단검 하나를 니안의 손에 쥐여주며 눈짓했다.

'누군가 공격하면 이걸 사용해라.'

목소리는 들리지 않아도 그의 눈은 그렇게 말하고 있었다.

아르본 숲에 있을 때, 멜드린은 간혹 니안에게 호신술을 알려주곤 했다. 숲속을 다니다 보면 위험한 상황이 생길 수도 있고, 운이 나쁘면 아르본 숲을 넘던 짐시나 떠돌이를 맞닥뜨릴 수 있다는 이유 때문이었다. 여자라도 최소한의 자기방어 정도는 할 수 있어야 한다며 그는 유용한 호신술과 단검 사용법을 알려줬다.

밀려드는 두려움을 애써 감추며 니안이 고개를 끄덕여 보이자 그 역시 알겠다는 눈짓을 보냈다. 그가 장검을 들고 밖으로 뛰어내리는 순간, 아니나 다를까 검을 든 괴한이 그를 공격했다.

동시에 마차의 반대쪽 문이 활짝 열리며 또 다른 괴한이 모습을 드러냈다. 그가 든 검의 검날이 순간 햇빛을 받아 번쩍였다.

"니안, 조심해!"

멜드린이 소리쳤다. 반사된 햇빛에 순간 눈이 부셔 눈살을 찌푸리는 찰나, 휙 바람을 가르는 소리가 니안의 귓속을 파고들었다. 위기를 감지한 그녀가 몸을 반대편으로 던졌다.

니안이 앉았던 의자의 쿠션을 뚫고 검 끝이 박히는 소리가 들렸다. 니안이 얼른 칼집에서 단검을 빼 들어 상체를 들이민 남자의 옆구리를 찔렀다.

"헉!"

남자가 거친 숨을 토해낼 때 니안은 검을 쥔 그의 손을 주먹으로 내리쳤다. 그가 검 손잡이를 놓친 찰나 그녀는 얼른 남자의 가슴을 발로 차냈다.

"윽!"

단말마와 함께 남자는 옆구리에 단검을 박은 채로 마차 밖에 나동그라졌다. 니안은 의자에 꽂힌 남자의 장검을 잡아당겼다. 다행히 검은 쉽사리 뽑혔다.

그 검을 들고 니안은 멜드린이 싸우고 있는 방향의 문으로 뛰어나갔다.

그러자 또 다른 남자가 공격해왔다. 이번에도 본능적으로 남자가 내리치는 칼을 들고 있던 검으로 받아냈지만, 힘이 달려서 남자가 내리치던 칼의 힘을 이기지 못하고 뒤로 엉덩방아를 찧고 말았다. 남자의 검이 하늘로 솟았다. 니안의 공포에 절은 눈으로 번쩍이는 검을 바라보았다. 막, 니안의 심장을 향해 내리꽂히려는 순간,

깡-

어느 틈에 다가온 멜드린이 그의 칼을 쳐냈다.

니안은 얼른 몸을 일으켰다. 멜드린과 남자 사이에 치열한 칼싸움이 벌어졌다. 고개를 돌려보니 처음 멜드린과 싸우던 최초의 남자는 시뻘건 피를 흘리며 길에 쓰러져 있었다. 목 뒤로 오소소 소름이 돋아났다.

니안은 재빨리 땅에 떨어진 검을 집어 들고 마차에서 조금 떨어졌다. 또 다른 괴한이 있을지도 몰랐다. 더구나 자신이 옆구리에 단검을 찔러 넣었던 남자도 죽을 정도의 상처는 입지 않았다. 심장이 미친 듯이 방망이질을 해댔다.

니안은 고개를 돌려 마부석을 올려다보았다. 마부는 자리에 앉은 그대로 왼쪽 가슴에서 피를 흘리고 있었다. 눈이 감겨 있는 것으로 보아, 그리고 미동도 않는 가슴의 움직임으로 보아 죽은 게 분명했다.

니안은 다시 마차 쪽으로 시선을 돌렸다. 자신의 공격으로 옆구리를 찔린 남자가 마차 건너편 문 너머 니안을 노려보는 것이 보였다. 그의 오른쪽 갈비 아래로 파고든 단검은 그대로 꽂혀 있는 채였다. 출혈을 지연시키기 위해 칼을 뽑는 대신 고통을 참기로 한 것 같았다.

두 번째 괴한마저 멜드린의 칼에 복부를 찔리며 땅바닥에 주저앉는 순간, 옆구리에 칼을 꽂은 채 니안을 노려보던 남자가 몸을 돌려 달아나기 시작했다.

"선생님. 저기 하나가 도망가요!"

니안이 소리를 질렀다.

멜드린은 죽은 남자의 몸에서 칼을 뽑아내 얼른 열린 마차 문을 통과해 나머지 한 명을 뒤쫓았다. 둘의 모습은 금세 우거진 숲 사이로 사라져 보이지 않았다. 하지만, 누군가 칼에 찔려 쓰러지는 소리만큼은 선명하게 들렸다. 긴장으로 니안의 호흡이 더욱 가빠졌다.

그리고, 곧 수풀 사이로 모습을 드러낸 것은……

"선생님!"

니안이 소리치며 마차를 돌아 멜드린에게로 뛰어갔다. 그가 속도를 줄이지 못하고 제게로 뛰어드는 니안을 끌어안았다.

"다친 데는 없니?"

"다친 데는 없으세요?"

동시에 같은 질문이 터져 나왔다.

"없어!"

"없어요!"

대답도 동시에 터졌다. 그제야 안도의 숨과 함께 긴장이 풀렸다. 니안의 눈에서 눈물이 새어 나왔다. 멜드린이 그런 니안의 머리를 꼭 당겨 안으며 말했다.

"하마터면 큰일 날 뻔했구나……. 다행이다. 정말 다행이야……."

방금 벌어진 일이 믿기지 않을 만큼 하늘은 더없이 푸르렀고, 햇살은 어느 때보다 밝고 화창한 순간이었다.

"무슨 일이 더 생기기 전에 얼른 집으로 돌아가자꾸나."

멜드린이 니안의 어깨를 감싸 안으며 마차로 향했다.

무언가 잘못되었다. 이런 식이면 곤란하다. 자신 때문에 무고한 사람들이 죽어가고 있었다. 처음엔 루이스, 이번엔 마부. 집으로 돌아오는 마차 안에서 니안은 입술을 깨물었다.

집으로 돌아왔을 때 데릭은 메이가 옆에 있는데도 아랑곳하지 않고 불같이 화를 냈다.

"그러게 내가 함부로 밖에 나다니면 안 된다고 했잖아!"

화를 참지 못한 데릭이 이번엔 멜드린을 향해 소리쳤다.

"선생님! 그래서 제가 차라리 선생님 혼자 다녀오시는 게 어떻겠냐고 했잖아요. 그런데 니안을 그렇게 데리고 가서서 꼭 이런 위험에 처하게 해야 했어요?"

"난 괜찮······."

그런 데릭을 말려보려 니안이 막 입술을 떼는데,

"네가 죽을 뻔했잖아!"

채 말이 끝나기도 전에 데릭이 버럭 소리를 질렀다.

'그러면 죽을까 봐 무서워 아무 데도 못 나가고 집 안에만 처박혀 있어야만 해?'

니안은 이렇게 맞받아치고 싶었지만 차마 말하지 못했다. 자신 때문에 소중한 목숨들이 죽어가고 있다는 사실이 새삼 상기되었기 때문이었다.

문득 이 일의 배후에 있는 게 황후이건 누구건 간에 과연 그에게는 인간의 목숨에 대한 최소한의 경외심이 있는 것인지 궁금해졌다.

니안은 멜드린을 흘긋 쳐다봤다. 그는 참담한 표정으로 테이블에 앉아서 고개를 숙이고 있었다. 그가 멜드린을 무섭게 몰아붙이고 있었으므로 니안은 차마 더 두고 볼 수가 없어 다시 말문을 뗐다.

"이렇게 무사히 잘 돌아왔잖아. 그랬으면 됐지."

"왜 나한테 말을 안 했어? 그랬으면 나도 같이 갔을 텐데. 만약 마차를 습격한 게 괴한이 아니라 엘카트였다면?"

"그럼…… 내가 또 데니펫으로 만들어버렸겠지."

일단 궁지에 몰린 멜드린의 편을 들어줘야 했기에 니안이 억지를 부렸다.

그러자 데릭이 기가 막힌다는 듯 커다랗게 헛웃음을 토해냈다.

"아직 네가 어떻게 엘카트를 데니펫으로 만들었는지 정확히 알지도 못하면서? 그랬다면 전에 골목에서 엘카트를 만났을 때도 했어야지. 그땐 못 했잖아."

"그건……."

결국, 말문이 막혀버리고 말았다. 어찌 됐든 자신 때문에 또 사람이 죽은 마당에 더 이상의 억지는 무리였다 싶었다.

그때 멜드린이 자리에서 일어났다. 그러곤 데릭 앞에 한쪽 무릎을 꿇고 고개를 조아렸다.

"잘못했습니다, 전하."

그러자 한껏 고조되었던 분위기가 얼음처럼 얼어붙었다. 그의 돌발 행동에 당황해 말을 멈춘 데릭이 멍한 얼굴로 무릎을 꿇은 그를 내려다보았다.

"잘못했습니다……."

"……."

"제가 아직도 전하의 보호자라 착각하고 있었던 모양입니다."

"서, 선생님!"

니안이 어쩔 줄 몰라 자리에서 몸을 일으키며 그를 불렀다. 그러나 멜드린은 흔들림 없는 목소리로 말을 이어갔다.

"제가 진즉 신하의 예를 갖췄어야 했습니다. 그랬다면 전하께서 하신 말씀을 기우가 아닌 명으로 받아들였을 텐데…… 이런 걱정을 끼쳐 드려 송구할 따름입니다. 죄송합니다. 다시는 이런 일이 없도록 하겠습니다. 벌을 주신다면 기꺼이 달게 받겠습니다."

"……!"

데릭의 얼굴이 여전히 벌겠다. 그는 기막히다는 표정만 지을 뿐 어떤 말도 하지 못했다.

스승이자 아버지처럼 따르던 그가 갑자기 신하의 모습으로 돌변하니 적잖이 당황한 것이 틀림없었다. 하지만 멜드린의 말에 틀린 구석은 없었다. 데릭 또한 저보다 나이 많은 자들의 복종과 조아림에 익숙해져야 할 테니까.

가만히 이 장면을 보고만 있던 메이가 나섰다.

"전하, 낯설겠지만 신하의 모습을 한 멜드린도 받아들이셔야 합니다."

차분한 메이의 목소리에 데릭이 곧 정신을 차리곤 더듬거리며 말문을 떼었다.

"아…… 알겠어요. 하지만, 아직은 멜드린 경의 이런 모습을 보고 싶진 않습니다. 당분간은 그간과 같이 다정하고 따뜻한 선생님이자 친구로 있어 주세요. 혹시나 다른 사람이 보는 곳에서도 실수하게 될까 걱정되니까요."

니안은 저도 모르게 꿀꺽 침을 삼켰다.

이 장면이 낯설기는 니안도 마찬가지였고, 자신 역시 멜드린처럼 해야 하는지 어떤지 판단이 서질 않았기 때문이다.

데릭이 한결 차분해진 목소리로 말을 이었다.

"충성의 맹세를 보려고 화를 낸 게 아니예요. 그저 앞으로 그러지 않겠다는 말씀이면 족합니다. 그리고, 니안!"

그가 쩔쩔매는 얼굴로 양손을 꽉 움켜쥐고 있는 니안을 향했다.

"너도 마찬가지야. 당분간은 그냥 지금처럼 편하게 대했으면 좋겠어. 최소한 두 사람은 말이지……. 일어나세요, 선생님."

그가 다소 속이 상한 얼굴로 눈을 내리깔며 말했다. 그에 멜드린이 조용히 자리에서 일어났다.

"오늘은 제가 지나쳤어요, 선생. 니안이 죽었을지도 모른다고 생각하니 이성을 잃었어요. 사과드릴게요."

"아닙니다, 전하."

"그냥 전처럼…… 대해주시기 바랍니다. 여긴 황궁이 아니니까요."

데릭이 꼿꼿한 자세로 테이블에 앉았다. 그제야 멜드린도, 니안도, 그리고 메이까지 다시 자리에 앉을 수가 있었다. 잠시 간의 침묵 후, 니안이 먼저 말문을 뗐다.

"오빠, 그렇다고 언제까지 숨듯이 갇혀 지낼 순 없어. 이렇게 나 때문에 사람들이 죽는 모습을 보고 싶지도 않고……. 이 상태에서 한스넬로 떠나는 건 무리야. 오늘 내가 아벨 백작 저택에 간 틈을 노린 걸로 봐서는 어디선가 우리를 감시하고 있는 게 분명하니까. 우리가 한스넬로 떠나면, 그들도 따라올 거야. 오히려 사람들 없는 곳에서 해치우기 더 좋다고 생각하겠지. 그런데도 우린 아직 이 일의 배후에 황후가 있다는 확실한 증거도 없잖아. 심증만 있고."

그러자 메이가 말을 받았다.

"황후의 얼굴을 보고 나면 뭔가 단서가 잡힐까 생각했었지만, 막상 만나고 나니 아무것도 얻은 게 없었어요. 일개 재단사로서는 치수를 재고, 옷을 만드는 것 이외의 것은 대화 나눌 일이 없으니까요. 한 가지는 확실하더군요. 황후는 용의 능력 따위는 갖고 있지 않다는 거요. 그저 예민하고 신경질적인 평범한 여자였어요."

메이가 한숨을 쉬었다. 그때 번득 니안의 머릿속에 스치는 한 가지 생각이 있었다.

"메이, 궁에 또 들어갈 일이 있나요?"

"네, 그럼요."

"메이 혼자 들어가는 건 아니죠?"

니안의 질문에 이상한 낌새를 눈치챈 메이가 의아하게 눈을 깜빡였다.

"네……."

"몇 명이나 같이 가나요?"

"옆에서 시중들 보조 한 명요."

잠시 고민하던 니안이 의지를 가득 담아 메이의 눈을 정면으로 바라봤다.

"그럼…… 이번엔 절 데리고 들어가요."

"뭐?"

"네?"

모두가 경악한 얼굴로 되물었다. 데릭은 간신히 가라앉혔던 피가 다시 거꾸로 치솟는 것 같았다.

"지금 무슨 말을 하는 거야? 널 죽이려는 게 황후가 유력한 마당에 네 발로 궁에 들어가겠다고? 진짜 죽여 달라고 사정이라도 하고 싶은 거야?"

"걱정 마. 언니는 절대 날 못 죽여."

"니안, 너 대체 무슨 말을 하는 거냐? 나도 이해할 수가 없구나."

기막힌 표정으로 멜드린이 물었다.

"오스만이 있는 궁에서는 날 함부로 죽이지 못할 거라는 거예요. 언니는 붉은 용의 능력이 어떤 건지 정확히 모를 테니까요. 거기서 날 해치려고 하다가 내가 사람들 앞에서 신비한 능력이라도 보이면요? 그래서 내가 예언의 붉은 꽃이라는 게 황제에게 알려지면요? 그러니까 지금처럼 오스만이 알지 못하는 곳에서 몰래 없애려 하면 모를까 궁 안에서는 절대 절 못 죽인다는 거예요."

모두 기가 막혀 어안이 벙벙한 표정이었다. 니안의 말이 어느 정도 설득력이 있기 때문이었다. 그 와중에 제일 먼저 이의를 제기한 것은 데릭이었다.

"그래도, 안 돼. 너무 위험해. 그건 도박이나 마찬가지야."

그러나 니안의 시선은 그런 데릭을 무시하고 메이에게로 향했다.

"메이, 혹시 데니펫을 원래의 엘카트로 돌려놓을 수 있는 건 데릭뿐이에요? 전 못 해요?"

"확신할 순 없지만 할 수 있을 것 같아요. 엘카트에게 화인을 찍었을 때 작은 생명체의 모습으로 변한다는 건 이곳에 와서 처음 접한 거였거든요. 제 생각엔 아마 화인을 찍을 당시 용의 어떤 강한 의지가 작용한 것으로 보이거든요. 그렇다면 다시 본래의 모습으로 돌려놓는 것도 그런 의지로 가능하지 않을까 싶어요."

데릭이 다시 말을 잘랐다.

"안 돼. 허락할 수 없어. 니안은 아직 단 한 번도 자기 의지로 힘을 조절해본 적이 없잖아."

"그래. 나도 전하의 생각과 같다, 니안."

또다시 무거운 침묵이 흘렀다. 고민하듯 눈을 내리깔고 입술을 잘근거리던 메이가 고개를 들었다.

"허락하시면 제가 마법을 좀 부릴 수도 있어요. 이곳 사람들은 마법을 사용할 줄 모르니 정 급하면 위기는 모면할 수 있을 거예요. 그리고……."

데릭을 향한 메이의 청회색 눈동자가 또렷하게 빛났다.

"사실 전 꽤 싸움에 능하답니다. 제가 차원의 경계를 지키던 문지기라는 말씀은 전에 드렸죠? 그게 어떤 일인지 상상은 잘 안 되시겠지만, 그래도 좀 더 말씀드리자면…… 전 차원의 경계를 넘으려는 엘카트를 상대하던 전투병이었어요."

메이를 바라보는 모두의 시선이 화등잔만 하게 커졌다.

"저…… 전투병? 지금 엘카트와 싸웠다고 말하는 거야? 죽이기도 했다고?"

"네. 당연히……."

메이가 살짝 눈을 내리깔았다가 다시 떴다.

"……죽이기도 했죠."

그 순간 메이의 눈동자에서 알 수 없는 빛이 번득였다. 지금껏 보아 왔던 메이의 상냥한 눈빛과는 완전히 다른, 날카롭고, 맹렬하고, 공격적인 그 무엇. 어쩌면 생명을 죽여본 자만이 가질 수 있는 살의와도 비슷한 것이었다. 짧은 찰나 니안은 등 뒤로 찌릿한 전류가 흐르는 기분을 느꼈다.

"물론 그건…… 최악의 경우지만요."

모두의 긴장을 느낀 걸까? 메이가 다시 방긋 익숙한 미소를 지어 보였다.

"만약 그런 일이 벌어진다면 황실 병사들에게 쫓길 각오를 해야겠죠? 어쩌면 대업을 이루는 그날까지 숨어 살아야 할지도 몰라요. 그러니 그런 일이 벌어지지 않기를 바라야죠."

하지만 데릭은 여전히 못마땅한 얼굴이었다.

"차원의 경계 너머는 이곳과는 분위기가 꽤 다르댔으니까 여자가 병사나 전사일 수 있다고 치자. 그래서 메이로도 충분히 널 지킬 수 있다고 말이야. 하지만, 니안! 네가 그런 위험을 무릅쓰고 황후를 만나 뭘 어쩌려는 건데? 득보다 실이 더 클 수도 있어."

"그럼 이런 무력한 상태로 한스넬로 향하자고? 그건 안 될 일이야. 또 누군가가 나 대신 죽을 수도 있어. 그게 오빠일 리가 없다고 어떻게 장담해? 나보고 나 때문에 오빠가 죽는 꼴을 보란 말이야? 아니면 다치는 꼴이라도?"

"그럼 어쩌자는 거니?"

멜드린이 물었다.

"담판을 지어야죠. 절대 다시는 절 죽일 생각을 하지 못하도록. 언니는 여기 있는 누구보다 제가 더 잘 알아요. 그러니 걱정만 하지 말고 절 믿어보세요. 자신 있어요."

니안의 눈동자가 특유의 영특함과 자신감으로 반짝거렸다.

'아, 저 눈빛!'

니안의 눈동자와 정면으로 마주친 순간, 과거의 기억 한 조각이 떠올랐다.

처음 본 여덟 살 니안의 눈동자 속, 마치 갓 잡은 물고기처럼 파닥거리던 총명함과 용기를. 함께 사는 동안 루이스와 자신 사이에서 차츰 사그라져 다신 볼 수 없을 거라 포기했던 그 믿을 수 없는 생동감을 말이다.

그녀가, 그녀 내면의 반짝거리는 지혜와 용기가 꿈틀거리고 있었다. 모든 것을 잃고 나락으로 떨어졌던 자신에게 힘을 주던 바로 눈빛으로.

데릭은 그 눈빛에 설득당하고 말았다. 그는 저도 모르게 고개를 주억거리는 자신을 발견했다.

"데릭!"

멜드린이 당황한 나머지 소리쳤다. 이런 상황에서 늘 니안을 편들어주던 건 멜드린이었는데, 지금은 둘의 입장이 뒤바뀌어 버리다니! 데릭은 멜드린을 향해 확신에 찬 눈빛을 쏘아 보냈다.

"그럼…… 믿어보죠, 선생님. 니안은 지금껏 단 한 번도 저희를 실망하게 해본 적이 없잖아요. 니안이 할 수 있다면 할 수 있는 거예요."

멜드린이 턱이 뚝 떨어졌다. 그는 아무런 반박도 하지 못한 채 동공만 불안하게 흔들어 보였다.

전에 없이 동요하는 멜드린을 향해 데릭이 위로를 건네듯 씨익, 미소를 지어 보였다. 그 역시, 자신에 찬 사람만이 보여 줄 수 있는 미소였다.

뒷마당에 있는 정원 테이블에 앉아 차를 마시며 카트린느는 고민에 빠졌다. 남편이 이 결혼을 허락하지 못하게 하는 방법은 뭐가 있을까?

에이든은 테라스를 지나다 홀로 사색에 잠긴 카트린느를 발견하곤 천천히 다가갔다. 그녀의 맞은편에 자리를 잡으며 그가 물었다.

"무슨 생각을 그리 골똘히 하세요, 어머니?"

꿈에서 금방 깨어난 듯한 몽롱한 눈동자가 에이든을 향했다.

"오, 에이든. 네가 오는 것도 몰랐구나."

그녀의 입가에 희미한 미소가 떠올랐다.

"고민이 있으면 말씀하세요. 혹시 알아요? 누군가에게 털어놓다 보면 아주 좋은 방법이 떠오를지도요."

"그럴까?"

카트린느가 찻잔을 입술에 갖다 대며 물었다. 조금은 회의적인 말투다. 하지만 에이든은 상관하지 않고 상냥히 말을 이었다.

"네. 저도 종종 경험하는걸요."

카트린느가 눈웃음을 머금은 에이든의 눈동자를 정면으로 바라봤다. 보라색 눈동자가 오늘따라 유난히 따뜻하게 빛나고 있었다. 에이든의 눈을 들여다보며 심호흡을 한 번 하고 나니 불안하게 일렁이던 가슴에 차츰 안정이 스며들었다.

"너처럼 다정다감한 남자를 갖게 될 여자는 정말 운이 좋구나."

"니안도 그렇게 생각해 주면 좋을 텐데요."

어느새 하녀 하나가 에이든 앞에도 차를 대령했다. 그가 우아한 동작으로 찻잔을 집어 들었다.

"마침 니안이 이사한 아멜리아의 집이 이곳에서 멀지 않아요. 이따 잠시 들르기로 했어요."

"야외로 함께 나들이라도 다니는 건 무리겠지?"

"네, 아마도요. 보여주고 싶은 것도 많고 함께 하고 싶은 것도 많은데……."

얼굴에 떠오르는 아쉬움과 걱정을 에이든은 숨길 수가 없었다. 도대체 누가 어떤 원한을 가졌길래 니안을 죽이려 하는 걸까. 언제까지 이렇게 숨죽이며 있어야 하는 걸까.

"감히 제 약혼녀를 죽이려 하다니. 누군지 밝혀지면 절대 가만두지 않을 거예요."

순하디순한 보라색 눈동자에 섬뜩하리만치 강렬한 적개심이 스쳤다. 지극히 짧은 찰나였지만 카트린느를 우려하게 하기엔 충분했다. 그녀의 얼굴에 다시금 어둠이 내려앉았다.

"경비대에서는 전혀 단서를 못 잡은 거니?"

"전혀요. 월급이 아까울 정도로요."

단호한 그의 목소리에 분노가 어려 있었다. 카트린느로서는 이토록 부정적인 감정을 드러내는 에이든의 모습은 처음이었다.

그녀가 조심스럽게 에이든의 마음을 떠보았다.

"에이든."

"네?"

"만약…… 니안이 널 원하지 않는다면 어떻게 하겠니?"

그러자 그가 말도 안 된다는 듯 너털웃음을 터트렸다. 한껏 눈치를 보며 조심했던 카트린느가 무색함을 느낄 정도로. 특유의 여유로움을 한껏 발산하며 에이든이 대답했다.

"안 좋아할 수가 없어요. 어머니 말씀처럼 전 따뜻하고 다정다감하니까요. 누구보다 잘해줄 자신 있어요."

"그래. 너라면 당연히 그렇겠지."

"두고 보세요. 아버지가 어머니께 하는 것보다 훨씬 잘할 테니까. 아마 샘나실 걸요?"

자신만만하게 밀려 올라간 입꼬리는 그를 한층 돋보이게 했다. 니안이 이런 에이든의 매력을 조금이라도 알아준다면 참으로 좋으련만.

"언제나 긍정적이고 자신감이 넘치는구나."

"그게 제 가장 큰 장점이라고 항상 말씀하셨잖아요."

"니안도 네 그런 점을 발견한다면 분명 너한테 빠져들 텐데……."

"어? 아니라고 생각하시는 거예요?"

"데이트는 좀 해본 거니?"

"솔직히 말씀드려요?"

"그래."

"데릭 녀석이 어찌나 철통같이 지키는지 틈이 없었어요."

"니안의 오빠…… 말이구나."

"네. 그리고 이후엔…… 아시잖아요."

습격 사건을 말하는 거다. 카트린느는 잠시 침묵했다. 가까운 곳에서 지저귀던 참새 몇 마리가 푸드덕 소리를 내며 가볍게 날아올랐다.

"에이든. 넌 정말 괜찮은 아이야. 사교계에서도 널 마음에 둔 귀족 아가씨들이 많다고 들었다. 조금만 눈을 돌리면 니안보다 훨씬 널 따르고 사랑할 여자를 찾을 수 있을 텐데, 그럴 생각은 없니?"

에이든이 의외라는 얼굴로 눈썹을 추켜올렸다.

"어머니도 니안의 가문이 마음에 걸리세요?"

카트린느가 웃으며 손을 저어 보였다.

"그럴 리가 있니. 난 누구보다 너와 로렌이 사랑하는 사람과 결혼하기를 바라. 그저 걱정되는 건…… 니안도 너와 같은 마음일까 하는 점이야. 물론 그렇다면 더할 나위 없이 좋겠지만…… 혹시 안 그럴까 봐……."

"……."

"다른…… 사랑하는 사람이…… 있을지도 모르고……."

묘한 낌새를 느낀 에이든이 찻잔을 테이블 위에 올려놓았다.

"어머니, 혹시…… 니안을 따로 만나보셨어요?"

잠시 머뭇거리던 카트린느가 작정한 듯 결연하게 대답했다.

"그래."

"절 사랑하지 않는다고…… 다른 사람을 마음에 두고 있다고 그러던가요?"

"그래……."

에이든은 그게 누구냐고 묻진 않았다. 말하지 않아도 충분히 알 것 같았으니까.

데릭 에드워드 르윈느. 그가 입을 꾹 다문 채 턱을 잘근거렸다.

안 될 일이다. 그가 친오빠가 아니라 하더라도 세상 사람들과 교류를 하며 아르본에서 살아가려면 절대 그 둘은 하나가 될 수 없다. 더구나 결혼에 대한 결정권은 후견인인 아벨 백작이 갖고 있지 않은가.

잠시 생각에 잠겼던 에이든이 말문을 열었다.

"귀족 가문 젊은이 중에 온전히 사랑하는 사람과 결혼하는 사람이 얼마나 될까요? 기왕이면 자기가 더 좋아하는 쪽보다 사랑받는 쪽이 낫지 않을까요?"

"그 이야기는 네게도 해당하는 것 아니니? 나도 네가 더 사랑받는 쪽이었으면 좋겠어."

"저는 괜찮아요. 제가 주는 쪽이 되는 게 훨씬 좋으니까요. 상대가 니안이라면요."

"그 아이가 원치 않아도?"

핵심을 빙빙 돌려가며 던지는 질문을 더는 참을 수 없어 에이든이 기어이 돌직구를 날리고 말았다.

"어머니는 제가 이 결혼을 하지 않았으면 싶으세요?"

자신의 눈을 도전적으로 똑바로 마주치는 에이든의 시선을 카트린느는 피하지 않았다.

"솔직히 말하면 그렇단다. 한쪽의 일방적인 사랑만으로는 수시로 찾아오는 결혼 생활의 고비를 넘기기 힘들거든."

에이든의 눈썹이 못마땅한 빛을 띠고 밀려 올라갔다.

"아버지도 그렇게 생각하세요?"

"아버지께는 말씀드리지 않았다. 알잖니. 아버지는 나와는 다른 관점에서 이 결혼을 보고 계시다는 걸."

"그럼 제게 이런 말씀을 하셔도 소용없다는 건 어머니께서도 잘 아실 텐데요."

"그래도 네가 마음을 돌리겠다고 하면 내가 이 결혼을 막기 위해 노력을 좀 해보려고. 그냥 놔뒀다가 네가 상처받게 될까 봐 엄마는 걱정이야."

에이든이 걱정스러운 목소리로 물었다.

"설마…… 이 일로 나중에 니안이 이 집에 들어왔을 때 힘들게 하거나 하시진 않으실 거죠?"

"절대 그럴 일은 없어."

카트린느가 딱 부러지는 목소리로 말했다. 그제야 그의 얼굴에 편안한 웃음이 피어올랐다.

"그럼 됐어요. 너무 걱정하지 마세요. 저희는 잘 살 테니까요."

평소의 낙천적인 얼굴로 에이든이 일갈했다. 카트린느는 그의
태도에서 더는 그의 마음을 돌리기 힘들다는 걸 깨달았다.

"니안에게 그런 무서운 일만 없었더라면 종종 둘이 밖에서 시간
을 보내도 좋으련만……."

"그래서 더더욱 빨리 제가 데려오고 싶어요. 제 그늘 밑에서 더
안전하게 보호하면서 둘만의 시간을 가질 수 있을 테니까요."

그때, 하녀 하나가 다가왔다.

"마님, 멜드린 하워드 경께서 찾아오셨는데요."

"멜드린?"

카트린느와 에이든이 동시에 되물었다. 그만큼 멜드린은 예상
치 못한 손님이었다. 둘의 의아한 시선이 부딪쳤다. 카트린느가 천
천히 하녀에게 말했다.

"그럼, 이리로 모시고 와. 차 한 잔 더 내오고."

"네, 마님."

멜드린이 이야기를 마쳤을 때 카트린느는 한동안 말없이 창문
밖만 응시하고 있었다. 에이든까지 밀어내고 단둘만의 독대를 요

청했기에 그녀의 개인 응접실로 자리를 옮긴 후였다. 그녀의 성격이 드러나는 아름답고도 아늑한 응접실이었다.

창가의 햇살을 맞고 선 카트린느의 애잔한 모습은 몹시도 아름다웠다. 그리고 니안과 무척 닮았다. 누가 보더라도 니안의 생모라는 사실을 인정할 수 있을 만큼. 베오만이 어째서 그녀를 탐냈는지 이해할 수 있을 만큼. 그래서 더 가슴이 아팠다.

이 얼마나 잔인한 부탁인가. 현재의 남편에게 여자로서 수치스러울 수 있는 과거를 밝혀 달라고 하는 것이.

한동안 아무 말도 못 하는 것을 보니 니안이 외모 대신 붉은 용의 능력을 물려받은 진정한 페르난디가의 후손이라는 사실이 그녀의 심경을 꽤 복잡하게 만든 것이 분명했다.

설마 거절하려나? 진짜로?

하지만 거절해선 안 된다. 그녀가 거절하면 도망치는 것 외에는 정말 방법이 없었다. 아니, 도망친다 한들 얼마나 버틸 수 있을지 알 수 없는 노릇이었다. 이미 니안을 죽이려는 누군가에게 쫓기는 처지가 아니던가.

그녀에게서 꽤 오랫동안 반응이 없자 멜드린도 차츰 초조해지기 시작했다. 이제 이 결혼을 깨줄 사람은 카트린느 외에는 없었기 때문이었다.

"충격이…… 크셨습니까?"

침묵을 견디지 못한 멜드린이 조심스럽게 물었다. 그녀에게서 희미한 웃음이 흘러나왔다.

"워낙 극적인 삶을 살다 보니 이젠 놀랍지도 않네요. 그저……
조금 슬플 뿐이에요. 그것도 모르고 오해를 받고, 버림을 받고, 그
아이와 내가 이렇게 가슴 아프게 오랫동안 떨어져 살아야 했다는
사실이……. 이런 게 아마 운명이란 거겠죠."

천천히 돌아선 카트린느의 눈가가 촉촉해져 있었다. 그런 그녀
의 심정이 절절하게 전해져 멜드린의 가슴도 아릿했다.

"그럼 부군께 이 결혼을 깨주십사 말씀해 주시겠습니까?"

"제가 니안의 생모임을 밝히고 반대한다 해도 그는 쉽게 이 일
을 멈추진 않을 거예요."

"그럼 어떻게 하면 좋겠습니까? 무슨 일이 있어도 니안의 정체
는 후작께 알려서는 안 됩니다. 이유는 조금 전 말씀 드린 대로 부
군이 현 황실과 너무 가깝기 때문입니다."

"무슨 말씀인지 충분히 이해했어요. 제겐 에이든도 니안도 둘 다
소중해요. 둘 다 다치게 할 순 없죠. 그러니 이 결혼은 반드시 깨도
록 하겠습니다."

"묘안이…… 있으십니까?"

멜드린이 낮은 목소리로 물었다. 약간의 긴장이 묻어나는 목
소리였다. 그에 대답하는 카트린느의 목소리가 상대적으로 차분
했다.

"묘안이랄 것까지는 없죠. 그저 순리를 따르려는 것뿐이니까요."

200

"무슨 말씀이신지?"

카트린느가 잠시 입술을 깨물었다가 말을 이었다.

"초조하시겠지만 절 믿어 달라는 뜻입니다, 멜드린 하워드 경. 부디 절 믿고…… 제 생일까지 기다려주시겠습니까?"

"생일이요? 그…… 파티가 열리는 날 말입니다."

멜드린이 의아한 표정으로 눈썹을 추켜 올렸다.

"네. 그리고 그날 제 파티에 니안을 보내주세요. 그러면 원하는 결과를 얻으실 수 있을 겁니다."

"어쩌려고 그러십니까?"

멜드린이 걱정스럽게 되묻자 카트린느가 피식 웃음을 터트렸다.

"지금 절 걱정하시는 건가요?"

"……."

차마 그 질문에 대답할 수가 없어 멜드린이 입을 꾹 다물었다. 걱정한들 자신이 어쩔 수 있는 것은 없었다. 솔직한 심정으로는 그녀가 어찌 되더라도 니안과 데릭만 다치지 않았으면 하는 마음이 더 컸다.

"니안이 상처받을까 봐 걱정하시는 거라면 이해합니다. 하지만 일이 이렇게 된 이상 모두의 상처는 각오해야 합니다. 남편도, 저도, 에이든도, 그리고 니안도…… 제가 최선의 결론을 끌어내겠어요. 그러니 그날 니안을 꼭 파티에 보내주세요."

비장한 각오가 엿보이는 말투였다. 그녀의 말이 맞다. 상황이 이리된 이상 아무도 상처받지 않고 일이 끝나기란 불가능하다. 그가 조용히 고개를 끄덕여 보였다. 그제야 카트린느의 얼굴에 미소다운 미소가 번졌다. 모든 것을 포기한 자만이 가질 수 있는 승리의 미소였다.

니안과 메이를 태운 마차는 이른 아침부터 황궁을 향한 대로 한복판을 달리고 있었다. 말발굽 소리가 유난히 도로를 크게 울리고 있었다. 황궁까지는 오랜 시간이 걸리지 않았다.

황후의 재단사 메이 아멜리아라는 이름이 견고한 황성의 문을 가뿐히 넘을 수 있도록 해줬다. 청동색의 육중하고 거대한 문이 낮은 비명을 지르며 열렸다가 닫혔다.

정문을 통과해 다시 속도를 올리기 시작하는 마차의 진동을 느끼며 니안은 흘끔 메이의 얼굴을 훔쳐보았다.

분명 이곳이 처음인 것은 니안인데, 이곳이 두 번째인 메이가 더 긴장한 듯 보였다. 시선을 느끼고 니안에게로 고개를 돌린 청회색 눈동자엔 걱정이 가득했다. 니안이 그런 그녀를 달래려는 듯 무릎 위에 단정히 놓인 그녀의 손을 잡았다.

"걱정하지 마세요. 다 잘 될 거예요."

부드럽게 흘러나오는 위로의 말엔 마치 힐링 마법이라도 걸려 있는 것만 같았다. 그러자 메이는 부정적으로 흐르던 생각이 곧 반대로 바뀌는 것을 느꼈다.

그래, 아무리 각성하지 못한 미숙한 어린 용이라 해도 용은 용이지. 그것도 마수들을 굴복시키는 능력을 갖춘 붉은 용. 미미한 마력을 운영하는 어쭙잖은 마법사와는 근본부터가 다르다. 그러니 믿자.

메이가 잡혔던 손을 뒤집어 니안의 손을 꼭 쥐었다. 강한 악력에서 그녀의 신뢰가 전해졌다. 니안의 얼굴에 옅은 미소가 떠올랐다.

황궁은 쿠커스 황국의 황궁답게 규모가 어마어마해서, 그들은 정문을 통과하고서도 한참을 더 달려서야 황후의 처소에 도착할 수 있었다.

"황후마마, 재단사 메이 아멜리아가 도착했습니다."

시녀의 보고를 받았을 때 황후는 응접실에서 막 손톱 단장을 마친 참이었다. 메이를 만나 드레스 가봉을 마치고 나면 시녀들과 함께 온실에 가 오늘 저녁 황제를 맞을 침실 꽃병에 새로 담을 꽃들을 직접 고를 예정이었다.

결혼한 지 10년이 다 되도록 아이가 생기지 않아 황제와의 밤은 소피아가 상당히 정성을 쏟는 시간이기도 했다.

"메이가 내 기분이 확 좋아질 만한 결과물을 가져왔으면 좋겠는데. 그래야 신이 나서 꽃도 잘 고르겠지."

그녀가 예쁘게 정돈된 손톱을 꼼꼼하게 살펴보며 거만하게 중얼거렸다.

"들어오라고 해."

메이가 앞장서고 니안이 고개를 푹 숙인 채 그 뒤를 따랐다. 황궁의 시녀들이 가봉할 드레스가 담긴 상자와 재봉 도구들을 들고 따라 들어와 테이블에 올려놓았다. 황후가 손쉽게 옷을 갈아입을 수 있도록 가림막이 설치되는 등 분주한 가운데 메이와 니안이 고개를 깊이 숙여 예를 갖춰 인사했다.

"아멜리아의 장미향 부티크에서 온 재단사 메이 아멜리아 인사드립니다. 지난번 재어간 치수대로 옷감을 마름질하여 바느질했사옵니다. 정확한 선을 살리기 위해 귀하신 몸에 손대는 것을 허하여주십시오."

"허한다."

소피아의 말이 떨어지기가 무섭게 가림막이 가려지고 시녀들이 달려들어 옷을 벗겨내기 시작했다. 마침내 얇은 속옷 한 장만 남았을 때 가림막이 치워지고 상자에서 드레스를 꺼내 든 니안이 앞으로 나섰다.

소피아는 그제야 메이의 뒤에 서 있는 보조 재단사에게 눈길을 주었다. 흑단 같은 새카만 머리, 상아색 피부, 그리고…… 초록색 눈동자.

"……!"

니안과 눈이 마주친 소피아의 눈이 휘둥그레졌다. 메이의 심장이 조마조마하게 졸아붙었다. 드디어 정면으로 운명을 마주하게 된 니안 역시 숨을 죽였다.

'만약 내 예상이 틀리면 어쩌지? 이곳에서 날 아는 체하고 당장 잡아들이라 불같이 화를 내면? 아니, 당장 죽여버리라고 하면?'

니안을 마주한 소피아의 충격은 예전 오스만과 함께 황궁에서 카트린느를 소개받았을 때와는 비교도 할 수 없을 정도로 어마어마한 것이었다. 새까만 동공이 확장되고, 놀란 적안이 바람 앞의 촛불처럼 속절없이 흔들거렸다. 그녀의 입술은 무슨 말인가 할 것처럼 달싹거렸지만 결국, 어떠한 소리도 토해내지 못했다.

'어째서 네가 여기에? 대체 무슨 배짱으로?'

의문과 두려움이 소피아에게로 동시에 밀어닥쳤다. 혹시라도 니안이 황궁에서 오스만과 마주치기라도 할까 봐 두려웠다. 한편으로는 괘씸하기 그지없었다. 내가 저를 죽이려 한 게 몇 번인데! 겁을 집어먹기는커녕 신분을 속이고 궁까지 들어와?

더 괘씸한 것은 메이였다. 첩자를 통해 니안이 메이의 집으로 이사 간 것을 알고 있는 황후였다. 아무리 간이 배 밖으로 나왔기로서니 메이가 니안을 궁에 데리고 들어올 줄은 몰랐다.

'설마 모르는 건가? 그 자객의 배후에 누가 있는지?'

방금 끝을 뾰족하게 다듬은 손톱이 꽉 쥔 주먹 속에서 손바닥을 파고들었다. 아픔과 함께 피부의 연약한 막이 손톱 끝에 파열되는 것이 느껴졌다.

'어째서 너는…… 어째서 너는…… 아직까지 살아서 내 앞길을 위협하는 거지? 소피아에게 니안의 존재는 10년 전보다 오히려 더한 위협이었다.

'저 파렴치한 것을 죽여야 해. 당장 죽여서라도 오스만의 눈앞에서 치워놓아야 해.'

하지만 어떻게? 무슨 핑계로?

드레스를 들고 선 니안의 입가에 해사한 미소가 걸렸다. 모르는 이의 눈에는 더없이 친절하고 순수해 보이는 그 미소가 소피아에게는 악마의 미소보다 더 잔인하고 끔찍하게 보였다. 잘 익은 복숭아보다도 더 진한 분홍빛 입술에서 상냥한 목소리가 흘러나왔다.

"황후마마, 제가 시중들겠습니다."

소피아가 거절의 뜻으로 얼른 손을 들어 보였다.

"됐어. 내 시녀들에게 맡겨."

그러자 이번에는 메이가 나섰다.

"황후마마, 먼 이국에서 수입한 고급 원단입니다. 아직 시침질만 되어 있는 상태라 비전문가가 만졌다가 행여 드레스 천이 상할까 걱정됩니다. 지금 망가지면 새로운 천을 공수해 오는 데 족히 두 달은 걸릴 테니까요."

"……"

"이 아이는 제 보조로 믿을 만한 아이이오니 그리 경계하지 않으셔도 됩니다. 혹시 아시는 얼굴인지요?"

그때 기회를 놓치지 않고 니안이 냉큼 말을 받았다.

"제 이름은……."

이름을 말하는 것 자체가 그녀에게 위협이 된다는 것을 잘 알고 있었다. 특히 그녀의 중간 이름은 페르난디. 황후 궁에서 일하는 사람이라면 누구나 그 성을 알고 있었다. 그 이름을 가진 여자는 이 세상에 소피아 한 명이어야만 했다. 소스라치게 놀란 소피아가 얼른 말을 막았다.

"네 이름은 되었다. 어서 옷이나 빨리 입히도록 해."

그렇게 말하는 소피아의 얼굴은 마치 죽을병이라도 걸린 것처럼 창백했다.

결국, 니안이 드레스를 들고 소피아에게 다가갔다. 아직 니안의 손이 닿지도 않았는데 그녀가 움직일 때마다 부는 작은 바람에도 소피아는 움찔움찔 몸을 떨었다. 치맛자락부터 상의까지 넓게 벌려 머리부터 드레스를 밀어 넣었다. 치렁대는 치맛자락에 소피아와 니안의 머리가 살짝 가려졌을 때, 바짝 머리를 붙인 니안이 소피아의 귓가에 나긋이 속삭였다.

"오랜만이야, 언니. 날 잊은 건 아니겠지?"

순간 소피아는 목덜미부터 등줄기까지 순식간에 소름이 쫙 돋아나는 것을 느꼈다.

반박할 틈도 없이 치맛자락이 목과 어깨, 허리를 지나 발아래까지 후루룩 흘러내리며 다시금 둘의 얼굴이 사람들 앞에 드러났다.

소피아의 얼굴은 전보다 더욱 창백하게 질려 있었고, 니안의 얼굴은 변함없이 평온했다. 흘러내리지 않게 허리춤을 움켜쥐고 땅에 닿은 치맛자락을 매만지던 니안이 상체를 일으켰다.

"황후마마, 이제 팔을 넣어 보세요."

소피아가 팔을 넣기 좋게 니안이 드레스의 어깨 부위를 벌리며 상냥하게 말했다. 소피아가 그곳에 팔을 끼워 넣자 귓가가 숨결이 닿을 만큼 니안의 얼굴과 가까워졌다. 니안은 그 순간을 놓치지 않았다.

시녀들이 보지 못하도록 입술을 소피아의 뒤통수에 숨긴 채 니안이 그녀에게만 들릴 정도의 작은 소리로 다시 속삭였다.

"보내준 선물은 잘 받았어, 언니. 덕분에 새엄마를 잃었지만."

소피아의 심장이 미친 듯이 방망이질을 시작했다. 혹시 시녀 중에 누가 들었을까 봐 몹시도 신경 쓰였다.

하지만 대부분 시녀는 눈도 맞추지 못한 채 고개를 숙이고 있었고, 오로지 시녀장인 로라만이 의아한 얼굴로 소피아의 표정을 살피고 있었다. 로라와 눈이 마주친 소피아가 저도 모르게 흠칫거리자, 로라가 걱정스러운 목소리로 물었다.

"황후마마, 어디 불편하십니까? 제가 도울까요?"

"괜찮아요. 저 혼자 충분히 할 수 있는 걸요."

니안이 싱긋 웃어 보이더니 등 뒤의 천을 잡아당기며 시침 핀을 꽂았다. 금방이라도 달려들 것 같았던 로라의 움직임이 그대로 멈추는 것을 보면서 소피아는 현기증을 느꼈다.

이 상태로 더 버티다가는 스트레스로 돌아버릴 것만 같았다.

등에 시침 핀을 꽂는 일이 끝나자 이번에는 메이가 황후에게 다가가 디테일한 라인을 잡기 시작했다. 전문가답게 빠르고 꼼꼼한 손놀림이었다.

니안이 그런 메이를 돕는 척 시녀 로라를 등졌을 때 소피아의 귓가에 또다시 살짝 속삭였다.

"그래서, 각성은 했어? 난 했는데."

그러곤 참을 수 없다는 듯 웃음을 터트리며 크게 말했다.

"어머, 황후마마. 몸매가 정말 아름다우세요. 황제 폐하께서 어찌 그리 마마를 아끼시는지 알 것 같아요."

그 소리가 믿어지지 않을 만큼 경쾌하고 해맑아서 소피아는 또다시 흠칫 놀라지 않을 수가 없었다. 자신이 소리를 지르면 두 눈만 멀뚱히 끔뻑거리며 말도 못 하던 꼬마 계집애가 어느 틈에 자라서 지금 자신을 농락하고 있었다.

소피아는 분해서 살며시 입술을 깨물었다. 그러지 않으면 평소 습관대로 화를 내며 폭주해버릴 것만 같았다.

"그러게요. 폐하께서는 정말 행복하시겠어요."

메이가 맞장구를 치며 빙긋 웃었다.

"니안, 여기 겨드랑이 밑을 좀 더 조여야 할 것 같아. 마마 팔을 좀 받쳐 줘."

"네."

예쁘게 대답한 니안이 또다시 시녀들 몰래 소피아에게 잔인하게 속닥거렸다.

"붉은 꽃이 가진 능력이 어떤 건지 궁금하지 않아, 언니? 난 지금 당장에라도 보여줄 수 있는데. 그러면 저 시녀들이 황제 폐하께 가서 뭐라고 고할까?"

소피아는 그렇게 참을성이 많은 여자가 아니었다. 니안이 소피아가 가장 두려워하는 것을 건드리자 결국 참지 못하고 터져버렸다.

"어휴, 다리 아파. 더는 못 하겠어. 쉬었다 해."

그녀는 짜증스러운 얼굴로 몸을 획 돌렸다. 테이블을 향해 걸어가는 그녀의 발걸음이 거칠고 위태로웠다. 그러더니 결국 가장 가까이에 있는 시녀 하나와 어깨를 부딪치고는 바로 옆에 서 있던 시녀장 로라의 발을 콱 밟고 말았다.

"앗······!"

"뭐야, 짜증 나게."

로라의 입에서 터지던 비명이 도로 목구멍으로 기어들어 가고 말았다. 소피아가 꽤 세차게 발을 밟았으므로 눈물이 나도록 아팠지만. 이런 상황에 괜히 큰 소리를 냈다가 어떤 봉변을 당할지 잘 알고 있기에 가능한 일이었다.

소피아가 신경질적으로 의자에 털썩 주저앉고는 부채를 활짝 폈다.

"후…… 더워. 도대체 드레스 가봉하는 일이 뭐 그리 대단한 일이라고 이렇게 잔뜩 모여 있어? 걸리적거려. 나가! 꼴도 보기 싫으니까, 다 나가 있으라고!"

소피아의 호통에 놀란 시녀들이 허둥지둥 방을 빠져나갔다. 그 와중에도 여전히 허리를 꼿꼿이 편 채 옆에 서 있는 로라를 향해 소피아가 더 큰 소리로 버럭 화를 냈다.

"로라! 너도!"

로라의 민망한 시선이 나란히 서 있는 니안과 메이에게 잠시 닿았다가 떨어졌다. 결국, 그녀도 문을 향해 몸을 돌리고 말았다.

탁.

접견실 문이 닫혔다. 방 안엔 메이와 니안, 그리고 황후 소피아만이 남아 있었다. 그러고 나서는 한참 동안 침묵이 이어졌다. 들리는 소리라곤 촐랑거리듯 거칠게 팔랑이는 소피아의 부채질 소리뿐이었다.

니안이 날듯이 가볍게 카펫 위를 걸어가 소피아의 맞은편 자리에 도착했다. 옆으로 넓게 퍼진 치맛자락을 살짝 들어 올린 채 꼿꼿한 허리로 의자에 앉는 모습이 도도하면서도 고아하기만 했다.

그 모습을 바라보는 소피아의 동공이 지진처럼 흔들렸다.

'확실히 똑같아. 그 빌어먹을 새엄마랑.'

창부 같은 싸구려 미모가 아니었다. 단아하고 고급스러웠다. 그 점만큼은 엄마와 똑 닮아 있었다. 하지만 니안에게는 제 어미 카트린느에게는 없는 카리스마가 있었다. 상대방의 기선을 먼저 제압하고 마는 강한 카리스마가. 카트린느가 인형처럼 예쁜 외모에 유약하기 그지없는 여자였다면 니안에게는 함부로 대하기가 힘든 도도함이 있었다.

소피아는 니안의 그런 점마저도 질투가 났다. 마치 강력한 반발력을 가진 용수철처럼 주먹으로 내리치면 더한 힘으로 팍하고 튀어 오를 것만 같은 드세고 강한 느낌.

아마 황후 자신이 보낸 자객의 손에서 니안이 두 번이나 빠져나갔기 때문일지도 몰랐다. 그래서 자연스럽게 드는 경계심과 경외감일지도…….

그런 니안의 기에 눌리지 않으려고 소피아는 안간힘을 쓰며 한쪽 입꼬리를 올리며 빈정거렸다.

"대단하네, 니안. 확실히 네 어미와는 다르구나. 내가 널 죽이러 자객을 보냈던 사실을 눈치챘으면서도 황궁까지 날 찾아오는 배짱이라니."

그러자 니안도 한결 여유로운 미소로 화답했다.

"언니가 왜 날 죽이려 했는지 알고 있으니까."

순간 소피아의 손에서 팔랑거리던 부채의 움직임이 멎어버렸다. 그녀가 탁 소리가 나게 부채를 접어 테이블 위에 올려놓으며 말했다.

"이유야 뻔하지 않아?"

"뻔한 이유라……."

니안이 여전히 비틀린 입매로 천천히 말을 이었다.

"……아직도 내가 페르난디 가문의 수치라고 말하고 싶은 거야? 난 이미 공식적으로는 페르난디 가문의 핏줄이 아니야. 알잖아. 가문의 족보에 이름도 올리지 못했다는 거."

"그럼에도 불구하고 여전히 네 중간 이름은 페르난디지!"

마치 징그러운 벌레라도 보는 것처럼 소피아가 경멸을 담아 니안을 바라보았다.

"그럼 중간 이름마저도 버릴게. 이름 같은 거, 내겐 이제 아무 의미 없거든. 의미 없기는 언니가 그토록 자랑스러워하는 붉은 머리와 적안도 마찬가지야."

니안의 이런 태도는 확실히 소피아의 감정을 건드렸다. 나름 비웃음으로 일관하려던 소피아의 인상이 팍 구겨져 버렸으니까. 그녀가 짓씹듯 낮고도 강렬한 어조로 내뱉었다.

"거만 떨지 마. 의미고 나발이고 어차피 누구 씨인지도 모르는 너 따위는 처음부터 갖고 태어나지도 못했던 거잖아. 더럽고, 불결하고, 수치스러워."

소피아의 입은 마치 말이 아니라 더러운 두꺼비나 토사물을 토해내는 것 같았다.

그러자 니안은 문득 궁금해졌다.

대체 언니의 저 역겨움은 어디서 기인하는 걸까? 진실을 부정하는 자신의 모순으로부터? 아니면 진짜로 날 부정의 씨앗이라 착각해서?

아니다……. 아무리 좋게 생각하려 해도 후자일 턱이 없었다. 그랬다면 자신을 죽일 필요도 없었을 테니까.

니안은 다시 천천히 자리에서 일어났다. 느린 걸음으로 황후가 앉은 의자를 빙 돌았다. 그 모습에 소피아는 묘한 압박감을 느꼈다. 니안이 마치 쐐기를 박듯 단정적인 어두로 말했다.

"페르난디 가의 마지막 붉은 꽃."

"뭐?"

당황한 소피아가 두 눈을 빠르게 깜빡거렸다. 옅은 미소를 입에 걸고 은근하게 목소리를 깔았다.

"……언니는 그 의미를 알아?"

"……."

"난, 알아. 왜냐하면……."

다시 소피아의 정면 앞에 선 니안이 한쪽 입꼬리를 위로 끌어당겼다. 승리를 확신하는 자신감 넘치는 얼굴이었다.

"……그게 나니까!"

콰당.

황후가 앉았던 의자가 큰 소리를 내며 뒤로 넘어갔다. 니안의 말이 끝나기가 무섭게 자리에서 벌떡 일어난 황후의 얼굴은 막 터진 화산에서 흘러나오는 용암처럼 순식간에 시뻘겋게 달아올랐다.

"드디어 네가 미쳤구나! 어디서 감히!"

그때였다. 니안의 드레스 안쪽에서 데니펫이 순식간에 튀어나온 것이. 생각지도 못했던 작은 생명체의 등장에 황후의 시선이 어리둥절한 빛을 띠고 도르륵 데니펫의 동선을 따라 굴렀다.

니안은 문을 잠그기 위해 뛰어가는 메이의 발소리를 들으며 눈을 감았다. 그리고, 떠올린 것은 단 하나의 간절한 바람.

엘카트!

붉은 기운이 니안의 온몸을 회오리처럼 휘감으며 피어올랐다. 길고 새카만 머리카락은 붉은 오라를 따라 활짝 떠올라 물결처럼 일렁거렸다. 한없이 여리고 순수해 보이기만 하던 녹색 눈동자는 자취를 감추고 불꽃 같은 붉은 빛만이 눈동자를 메웠다. 마치 타오르는 화염 속에서 만개한 꽃 같았다. 순간, 소피아의 놀란 동공이 극한까지 팽창했다.

크르르르.

순간 한 번도 들어보지 못한 무서운 짐승의 낮은 하울링이 시작됐다.

바닥에 내려섰던 작디작은 족제비 한 마리가 어느 틈에 무시무시한 괴물로 변한 것이었다. 네 발로 딛고 섰음에도 다섯 개의 눈이 달린 시커먼 대가리가 궁 응접실의 높은 천장까지 닿아 있었다.

생전 처음 보는 전설의 짐승, 엘카트!

소피아는 밀려드는 공포로 제대로 숨조차 쉴 수 없었다. 드레스 위로 드러난 가슴골이 금방이라도 숨이 넘어갈 것처럼 거칠고 빠르게 오르내렸다.

니안이 마치 불의 여신처럼 화염 속에 도도하게 선 채 말문을 열었다. 붉은 아지랑이를 뚫고 나오는 그녀의 목소리는 마치 이 세상 것이 아닌 것처럼 신비하게 들렸다.

"붉은 꽃. 그건 페르난디 가문으로부터 붉은 용의 능력을 물려받은 마지막 후예, 바로 나를 말하는 거야. 세상의 모든 마수를 발밑에 두고 군림할 수 있는 붉은 용 말이지. 그건 껍데기만 붉은색인 언니 같은 사람은 결코 가질 수 없는 힘이야."

소피아는 영혼이 빠져나간 듯한 얼굴로 바라만 볼 뿐 아무런 말도 하지 못했다. 니안이 말을 이었다.

"그러니 명심해. 또다시 날 죽이겠다는 헛된 욕망으로 내 주변 사람들을 다치게 한다면 절대 용서하지 않을 거라는 걸. 언니는 절대 날 죽일 수 없어. 붉은 꽃의 정체가 탄로 나 오스만에게 죽기 전에, 내가 보낸 엘카트에게 먼저 죽게 될 테니까. 병사들이 지키고 있으니 괜찮을 거라고?"

니안이 커다랗게 비소를 터트렸다.

"웃기지 마. 인간의 힘으론 엘카트를 물리칠 수 없거든. 그땐 황궁의 그 누구도 내 엘카트로부터 언니를 지켜주지 못할 거야."

엘카트의 소리가 밖으로 새어 나갔는지 놀란 하녀들이 쾅쾅 문을 두드리기 시작했다.

"황후마마, 무슨 일이십니까? 괜찮으십니까? 황후 마마!"

하지만 이미 메이가 문을 단단히 잠근 후라 그저 문고리만 달싹거릴 뿐이었다. 열쇠를 찾는 다급한 외침과 함께 분주한 발소리가 희미하게 들려왔다. 메이가 외쳤다.

"니안…… 이제 그만!"

절박한 목소리였다. 그제야 니안도 이쯤에서 멈춰야겠다고 생각했다. 소피아는 이미 놀랄 대로 놀라 눈은 휘둥그레져 있었고, 얼굴은 백지장 같았다. 금방 숨이 끊어져도 놀랍지 않아 보였다.

"데니펫!"

니안이 이름을 부르자 응접실 가득 들어찼던 거대한 엘카트는 금세 쪼그라들어 작은 족제비의 모습으로 돌아왔다. 그리곤 초조한 듯 제자리를 종종거리며 맴돌았다. 니안의 몸을 휘감았던 붉은 불꽃이 완전히 사라지자 데니펫은 기다렸다는 듯 니안의 치마 주머니 안쪽으로 몸을 던졌다.

쾅.

간발의 차이로 문이 열렸다. 쏟아지듯 시녀와 시종들이 방안으로 밀려들었다. 그중 가장 앞에 선 것은 역시 시녀장 로라였다. 그녀가 치마를 들고 뛰어들어오면서 애절한 목소리로 '황후마마'를 불렀다.

"황후마마, 괜찮으십니까? 대체 무슨 일이십니까?"

텅 빈 눈으로 테이블에 멍하니 앉아 있는 소피아를 로라가 이곳 저곳 살펴보더니 니안과 메이에게 따져 물었다.

"감히 재단사 주제에 황후마마께 무슨 짓을 저지른 거지? 대체 무슨 일이냐고?"

그제야 메이가 앞으로 나서 고개를 조아렸다.

"송구합니다. 갑자기 커다란 쥐 한 마리가 나타나서 황후마마께 서 몹시 놀라셨습니다."

"……쥐?"

로라가 어처구니없는 얼굴로 되물었다. 얼마나 청결하게 관리 되고 있는 황궁인데…… 쥐라니! 말도 안 돼!

"쥐…… 쥐라니?! 황궁에 쥐 따위는 없어. 그것도 황후궁에 서……. 게다가 밖으로 들려온 건 쥐가 찍찍대는 소리가 아니었단 말이다!"

그들이 무엇을 들었든 상관없다. 어차피 황후가 부정하면 끝이 니까. 니안이 공손하게 황후를 향해 얼굴을 돌렸다.

"마마의 시녀들이 잘못 들은 것 같습니다만. 안 그렇습니까, 황 후마마?"

소피아만이 알아챌 수 있는 의미심장한 눈빛을 보내며 니안이 고개를 숙였다. 그제야 정신이 든 소피아가 더듬거리며 말했다.

"벼…… 별일 아니었어. 신경 쓰지 마."

로라의 얼굴이 뜨악하게 변했다.

별일 아니라니! 분명 별일 아닌 게 아니었는데!

하지만 방에는 어떠한 이상한 흔적도 남아 있지 않았다. 분명 자신이 들은 소리는 거대한 짐승이 으르렁거림이었지만, 그걸 사실로 받아들이기엔 방 안의 모든 것들이 너무나 평온하게 놓여 있었다. 로라는 마치 귀신에 홀린 것 같은 기분이 되어버렸다.

그래, 그럴 리가 없지. 진짜 그런 짐승이 나타났다면, 그리고 그소리가 지금 한참 아르본에 흉흉하게 떠도는 소문의 주인공, 엘카트였다면 이렇게 방이 깨끗할 리가 없고, 살아남은 사람이 있지도 않을 테니까.

아니, 애당초 황궁, 그것도 황후의 공간에 아무런 흔적 없이 그런 짐승이 나타났다는 것 자체가 말이 안 됐다. 하지만 황후가 괜찮다고 하니 더는 미심쩍은 부분을 캐묻기가 어려웠다.

시녀들의 시중을 들으며 옷을 갈아입는 사이 소피아는 조금씩 안정을 되찾았다. 예상했던 대로 황후는 니안에 대해 어떠한 조치도 내리지 않았고, 둘은 무사히 궁을 빠져나갔다.

"충분히 놀란 것 같죠?"

흔들리는 마차 안에서 메이가 물었다.

"네."

니안이 생각에 잠긴 채 짧게 대답했다.

"이제 황후가 더는 자객 따위를 보내지는 않겠네요."

"확신할 수는 없어요. 이번 일로 겁에 질려 절 죽이는 걸 포기할지, 아니면 오기로라도 끝까지 절 죽이려 할지······."

"확실치도 않으면서 이 계획을 실행한 거예요?"

"아무것도 하지 않는 것보다는 나으니까요! 이제 제 목숨은 저만의 목숨이 아니잖아요."

니안이 희미하게 웃어 보였다.

다른 건 몰라도 이 한 가지만은 확실했다. 소피아는 자기 목숨만큼은 끔찍하게 아끼는 사람이라는 점이었다.

어린 시절 기억을 돌이켜봐도 소피아는 항상 그랬다. 다른 사람의 사정이나 안위는 안중에도 없었다. 오로지 자신의 감정, 자신의 상태, 자신의 건강에만 관심이 있었을 뿐. 10년이라는 세월이 흘렀어도 그 본성만큼은 쉽게 변하는 것 같지는 않았다. 오늘의 소피아를 보고 나니 더욱더 그런 생각이 들었다.

"어쨌든 언니에게 오스만보다 제 엘카트가 훨씬 더 위협적이라는 사실만큼은 확실히 주지시켰으니, 목숨이 아깝다면 이전처럼 함부로 행동하지는 못하겠죠."

니안을 바라보는 메이의 얼굴에 흐뭇한 미소가 걸렸다.

"네, 그러네요."

대로의 벽돌 위를 달리는 마차에서는 여전히 요란한 소리가 울려 퍼지고 있었다. 아침과는 또 다른 경쾌한 소리를 담은 채······.

4장

한스넬로 출발

언제나 예상이 맞아떨어지는 건 아니다. 늘 계획대로 일이 풀리지도 않는다. 노력 따위 하나 없이 벼락 맞을 확률의 극한 행운으로 황후의 자리에 오른 소피아는 비교적 예측하기도, 다루기도 쉬운 인물이라면, 빌리어드 베오만은 정반대의 인물이었다.

그는 노련함이 넘치는 닳고 닳은 상인으로, 평범한 사람이 그런 사람의 생각을 읽고 계산을 한다는 건 결코 쉬운 일이 아니었다.

그건 빌리어드와 10년 동안 한 침대를 써온 카트린느도 마찬가지였다.

"제가 바로 니안 르윈느 양을 낳은 친엄마란 말입니다."

파티장에, 그것도 빌리어드 베오만 후작의 부인 카트린느 베오만을 위한 무도회의 절정에 누구도 예측하지 못한 폭탄이 던져졌다.

"제가 바로 니안 르윈느 양을 낳은 친엄마란 말입니다."

이 폭탄 같은 말 한마디가 파티장 한복판에 던져졌을 때, 사람들은 격하게 동요했다. 무엇보다도 가장 믿고 싶어 하지 않은 사람은 단연 에이든이었다. 늘 순하고 상냥한 아들이기만 했던 그가 처음으로 발악하듯 반박했다.

"아니야, 거짓말이야. 말도 안 돼요. 이제 와서 왜? 대체 저와 니안이 뭘 그렇게 잘못했기에 이러세요?"

그가 양손을 모으고 밀랍인형처럼 무표정한 얼굴로 선 카트린느에게 소리쳤다. 그러나 카트린느는 그 질문에 대답할 수가 없었다.

'잘못이라면 진실을 감추고 결혼한 나한테 있는 거겠지.'

현실에서 도피하고픈 마음에 저절로 질끈 눈이 감기려는 것을 참아내며 카트린느가 속으로 조소했다. 모든 것을 초월한 듯 담담해진 초록 눈동자가 자신의 남편인 빌리어드 베오만을 좇았다.

그는 아무 말도 하지 않고 서 있었다. 충격받은 얼굴엔 분기탱천한 두 눈만이 뜨거운 불처럼 활활 타오르고 있었다. 마치 한밤중 숲속에서 마주친 늑대 눈동자만큼이나 오금이 저리고 무서운 것이었다.

니안 역시 어떤 말도 할 수가 없었다. 이제는 카트린느를 '후작 부인'이라 부를 수도 없었고, '엄마'라고 부를 수도 없었다. 그녀가 이렇게 공개적인 장소에서, 많은 사람 앞에서 자신과의 관계를 밝힐 거라고는 생각하지 못했다.

진실에 대한 폭로는 그저 파티가 진행되는 동안 셋만 모인 조용한 곳에서 은밀히 진행될 것이라 막연히 짐작했었는데.

"니안!"

에이든이 달려와 니안의 손목을 붙들었다.

"믿을 수 없어요. 대체 무슨 이유로 어머니가 나와 니안 사이를 갈라놓으려 하는지 알 수 없지만 그런다고 포기하지 않을 거예요."

당장 어디론가 사랑의 도주라도 하려는 듯 니안의 손목을 거칠게 움켜잡고 사람들을 틈을 헤치려던 에이든을 아름다운 금발 머리의 청년이 저지했다. 데릭이었다.

"비켜, 데릭!"

"……."

"비키라고!"

에이든이 위협적으로 버럭 소리를 질렀다. 그런데도 데릭이 바위처럼 꿈쩍도 하지 않자 에이든도 이성의 끈을 놓아버리고 말았다. 니안의 손목을 놓은 오른손이 맹렬한 기세로 주먹을 날렸다.

"꺅, 에이든!"

놀란 니안의 두 손이 자신의 입을 가렸다. 사람들 틈에서도 여기저기서 비명이 터졌다. 갑자기 벌어진 몸싸움을 말리느라 일대 소동이 벌어졌다.

그 혼란한 틈을 타 이번에는 파티 주관자이자 가문의 주인인 빌리어드가 카트린느의 손목을 낚아챘다. 그가 사람들이 없는 복도를 지나갔다. 상당히 거친 움직임이었으므로 손목에 통증을 느낀 카트린느는 크게 신음을 흘렸지만, 빌리어드는 아랑곳하지 않았다. 그가 이 층에 있는 침실로 카트린느를 끌고 가 침대에 집어 던지고는 문을 꼭 잠가 버렸다.

"이게 대체 다 무슨 소리야, 카트린느! 어서 말해!"

"내가! 거짓말을 했어요. 돈이 필요해서요. 기억해요? 가정교사 조건. 돌봐야 할 딸이 있다고 하면 채용되지 않을 것 같았어요. 당시 이 집만큼 보수와 환경이 좋은 직장은 없었어요. 대부분의 일자리에서는 귀족 여성을 원하지 않았다고요. 하지만 당신은 달랐죠. 굶어 죽지 않으려면 이 일이 꼭 필요했어요."

"그래서? 날 속이고 내 집에 들어왔단 말이야?"

"어쩔 수 없었어요."

어느 틈에 카트린느의 얼굴에선 눈물이 철철 흘러나오고 있었다.

"좋아! 그땐 그랬다고 쳐. 내가 생각해도 대우는 나쁘지 않았으니까. 그리고 혼담이 오가는 아가씨가 당신 딸인 걸 알았을 때도 바로 말하지 못했던 것도 어느 정도는 이해할 수 있어. 말하기 무서웠겠지. 그런데, 왜? 왜, 꼭 오늘이어야 했어? 왜 꼭 아르본의 귀족들이 대부분 모인 앞에서 진실을 폭로해야만 했냐고? 그렇게 나와 내 가문의 얼굴에 먹칠하고 싶었어? 사는 동안 내가 부족하게 해줬나? 그래서 불만이 많았어? 하…… 난 당신도 나와의 결혼 생활을 만족하는 줄 알았는데 그게 아니었나 보군. 난 호구 잡힌 거로도 모자라 내 마누라가 날 사랑한다고 착각하며 살고 있었던 정신 빠진 미친놈이었네!"

"내가 당신을 사랑하는 건 맞아요, 빌리어드. 당신도, 로렌과 에이든도요. 하지만, 이렇게 하지 않으면 당신이 절대로 니안을 포기할 것 같지가 않았어요. 아벨 백작으로부터 무언가 큰 것을 받지 않았다면 이렇게나 기우는 결혼을 받아들이지 않았을 테니까. 당신은 가족들에겐 한없이 너그럽지만, 다른 이들에겐 그렇지 않잖아요."

"대단한 모성이군. 돈 때문에 딸을 버린 것도 모자라, 이젠 자신의 안위 때문에 그 딸의 결혼까지 막으려고 이런 쇼를 벌이다니 말이야. 에이든을 사랑한다면서 그 아이가 받을 상처는? 이 많은 사람들 앞에서 사랑하는 여자를 놓치고 결혼이 파투나게 생겼는데! 대체 그 아이한테 이 상처를 어떻게 수습하라는 거야, 응?"

"미안해요, 여보……."

"마음에도 없는 소리는 집어치워! 그래, 당신이 제대로 봤어. 당신이 내게만 조용히 진실을 말했다면, 난! 당신을 내치고라도 이 결혼을 강행했을 테니까. 내가 아벨 백작으로부터 받을 게 뭔지 알아? 도저히 돈 주고는 살 수 없는 엄청난 권리야! 황실조차도 어찌하지 못하는 거라고! 내 사업을 계속 유지하고 번창시키려면 그게 꼭 필요하단 말이야!"

그가 쾅 소리가 나도록 발로 마룻바닥을 구르며 소리쳤다.

"젠장! 황실에다 내가 갖다 바치는 돈이 얼마나 되는지 당신이 알아? 그 돈이 하늘에서 뚝 떨어지는 줄 알았어?"

그가 화를 참기 힘들다는 듯 거칠게 머리를 쓸어 올리며 안절부절못했다. 이런 모습을 볼 것을 각오하고 있었던 카트린느였지만, 막상 자신에 대한 분노로 어쩔 줄 모르는 남편을 보고 있자니 가슴이 찢어지는 것만 같았다. 눈에서는 쉼 없이 폭포 같은 눈물이 쏟아져 나오고 있었다. 하지만 니안이 용이라는 사실도, 그래서 결혼시키면 에이든이 죽을지도 모른다는 사실도 말을 할 수도 없었다. 그가 자신에 대해 어떤 오해를 하든 그녀로서는 자식들을 지키는 것이 더 중요했으니까.

모든 귀족이 자신과 니안의 관계를 알게 된 이상 이 결혼을 진행하려 하면 그는 사회로부터 도덕적 비난을 피해갈 수 없게 된다. 황제조차 결혼을 허락하지 않을 게 분명했다.

지금 그가 선택할 수 있는 길은 단 하나, 공식적으로 이 혼담을 파기하는 것뿐이었다. 아니, 그것뿐이라고 카트린느는 생각했다.

한참 동안 간간이 괴성을 지르고 머리를 쥐어뜯으며 빌리어드는 침실 안을 왔다 갔다 했다. 아무리 생각해 봐도 디올란 가문의 항구 관리권을 포기할 수가 없었다. 그렇다고 결혼을 강행할 수도 없었다.

이제 와 로렌과 데릭의 결혼으로 딜을 할 수도 없었다. 로렌은 이미 황실 사람이나 다름없었으니까. 혹시나 하는 마음에 자신이 아직 온전히 허락만 하지 않았을 뿐, 이변이 없는 한 로렌이 황태자 로이드의 짝이 되는 것은 거스를 수 없는 운명이었다. 어떡한 다? 이제 대체 어떻게 해야 한다?

하지만 오래지 않아 초조하게 옮겨 다니던 그의 걸음이 우뚝 움 직임을 멈추었다. 당장에라도 카트린느를 죽일 것처럼 살의로 번 뜩이던 눈빛에 어느 틈에 환희가 차오르고 있었다.

도대체 왜? 대체 무슨 생각을 떠올린 거지?

그것은 그것대로 카트린느에겐 또 다른 공포였다. 환하게 그가 카트린느를 향해 씨익 미소 지어 보였다.

"하, 방법이…… 방법이 전혀 없는 건 아니지. 내겐 아직도 아벨 백작과 딜 할 수 있는 것이 남아 있다고……."

그의 말에 너무 놀라 카트린느는 자신의 남편을 멍하니 바라봤 다. 갑자기 눈물마저 말라버렸다. 남편이 이토록 무섭기는 처음이 었다. 그의 비틀린 입매를 올려다보는 그녀의 등 뒤로 길게 소름이 뻗어 나갔다.

"이해가 안 되는 건 아니지만…… 정말 속상해 죽겠어."

니안이 데릭의 부은 얼굴 위에 찬물에 적신 수건을 가져다 대며 중얼거렸다. 에이든이 어찌나 세차게 주먹을 휘둘렀던지, 몇 대 맞지도 않았는데 얼굴이 엉망이었다. 그런데도 뭐가 좋은지 데릭은 연신 싱글벙글했다. 그 태도가 괜히 얄미워 터진 피부 위를 수건으로 꾹 누르자 그가 아파서 눈살을 찌푸렸다.

"살살해, 니안. 아프잖아."

"내 결혼이 깨진 게 그렇게 좋아? 이렇게 얻어맞고도 웃음이 나올 만큼?"

그러자 그가 더는 참을 수 없다는 듯 큰소리로 웃음을 터트렸다.

"아무리 빌리어드 베오만이라도 이젠 어쩔 수 없을 거야. 수많은 사람 앞에서 너와 에이든의 새엄마가 친 모녀지간으로 밝혀졌으니까. 아무리 빌리어드에게 재정을 의존하고 있는 오스만이라 하더라도 귀족들의 여론을 무시하고 빌리어드의 손을 들어줄 수는 없어. 이 혼담은 깨졌어."

그렇다고 한들 무슨 의미가 있을까? 어차피 용의 숙명대로라면, 인간 그 누구와도 맺어질 수 없는 건데. 에이든뿐만 아니라 데릭도 그녀에겐 똑같이 넘보지 못할 산이었다. 데릭이 기뻐할수록 니안의 가슴속은 더욱 휘영해졌다.

"유치해."

"뭐가?"

"남의 아픔을 이렇게 기뻐하는 게 꼭 철없는 아이 같아."

그 말에 데릭의 푸른 눈동자가 못마땅하게 도르륵 굴러 니안을
향했다.

"아니면 내가 손해를 보잖아."

"어째서? 어차피 오빠도 에이든과 마찬가진 걸. 오빠도 인간이
잖아."

그가 갑자기 젖은 수건을 든 니안의 손을 꽉 움켜쥐었다. 그 바
람에 놓친 수건이 그의 뺨을 타고 아래로 툭 떨어져 버렸다.

"정말 그렇게 생각해?"

그녀에게 시선을 맞춰오는 로열 블루색의 눈동자는 시리다 못
해 오히려 뜨겁게 느껴지는 파란색이었다. 니안이 저도 모르게 움
찔 어깨를 떨었다.

"그렇다고 오빠가 용은 아니잖아."

"너도 완전한 용은 아니지. 엄밀히 말하면 반룡. 기억 안 나? 메
이가 했던 말. 어차피 죽고 살 확률은 반반이라고."

"그 50퍼센트의 확률에 목숨을 걸겠다고?"

"응! 그 50퍼센트의 확률에 목숨을 걸겠다고!"

그가 확고한 목소리로 대답했다. 한 치의 흔들림도 느껴지지 않

았다. 순간 니안의 얼굴이 확 달아올랐다. 그녀가 자신의 손을 잡은 데릭을 뿌리치며 냉정하게 눈을 내리깔았다.

"말도 안 되는 소리 하지 마."

"약속해. 내가 복권하면 반드시 널 황후로 맞을 거야."

말도 안 되는 소리라고 생각하면서도 니안의 심장이 빠르게 박동했다. 그가 진심을 드러낸 이후, 이렇게 노골적이고 구체적으로 니안에게 미래를 제시한 건 처음이었기 때문이었다. 안 돼, 안 될 일이다. 그런 헛된 희망을 품게 놔둬서는 안 된다.

"오빠가 죽을 줄 알면서 내가 그걸 받아들일 거라고 생각해?"

"너야말로 황명을 어길 수 있겠어? 네가 싫다고 하면 나와 결혼하라고 황명을 내려버릴 거야."

데릭이 승리에 젖은 미소를 지어 보였다. 하지만 니안은 웃을 수 없었다. 그가 없는 세상은 상상하고 싶지도 않았다.

"난 앞으로 얼마나 오래 살게 될지 알 수가 없어. 오빠 없이 남은 생을 보내는 게 내게 있어서 얼마나 끔찍한 고문일지 생각해 봤어?"

그제야 그의 얼굴에 퍼져 있던 장난기가 사라졌다. 니안이 두려워하는 게 무엇인지 그 역시 충분히 이해했다. 하지만 두렵다고 니안을 포기할 수는 없었다. 붉은 용인 니안에게 자신이 기나긴 인생에 하나뿐인 반려라면, 자신 역시 니안을 제 평생의 유일한 반려로 삼고 싶었다. 설사 그것이 죽음을 부르는 행위라 할지라도, 페르난디 가문의 최초의 페르난디처럼, 그렇게 죽는 것이 더 의미 있는 일이었다. 하지만 아직 복권하기까지는 많은 시간이 남았다. 설득할 시간은 충분했다.

"그렇다고 지금부터 날 밀어내진 마, 니안. 그동안 우리가 서로 마음을 나누는 것은 상관없잖아. 죽을 것이 두려워 서로에 대한 마음조차 나누지 못할 필요는 없잖아."

"……."

"혼담이 깨졌어. 이제 누굴 바라보든 네 자유야. 가질 수 없다면 마음껏 바라보기라도 해. 나도 그럴 테니까."

"……."

본래 속내를 잘 드러내지 않는 사람이었기에 데릭이 사랑에 이렇게 적극적일 수 있다는 사실이 놀라웠다. 자신이 감당하기 힘들 정도로 노골적으로 다가오는 그가 니안으로서는 조금 벅차기까지 했다. 하지만, 마음은…… 심장은…… 감정을 속일 줄을 몰랐다. 그가 이렇게 제게 다가오면, 도저히 제어할 수 없을 정도로 날뛰었다. 두근대는 심장 소리는 어찌어찌 숨길 수 있다 쳐도, 붉어지는 낯빛만큼은 감출 수가 없었다. 그러면 그의 눈빛은 더욱 만족스럽게 변하곤 했다. 바로 지금처럼.

"뭐? 니안이 떠나?"

소피아는 갑작스레 방문한 감시책의 보고를 받고 눈을 크게 떴다.

"네. 같이 살던 남자 둘도 함께요. 꽤 멀리 가는지 짐이 많았습니다."

"어디로 간 거지?"

"모르겠습니다. 분명한 건 그들이 통행이 금지된 아르본 숲길로 들어갔다는 겁니다."

오랜만에 다시 보는 아르본 숲은 정말로 아름다웠다. 오랫동안 사람들의 발길이 끊겼던 길은 잡초로 무성했지만, 아직 길로 이용하기엔 무리가 없었다.

황실에서 도로를 통제했어도 분명 용기 있는 누군가는 이 길을 이용해 쿠커스의 다른 지역으로 넘어갔거나 숲에서 사냥을 했을 테니까. 비록 거래량이 현저히 줄어 가격이 상당히 오르긴 했어도 시장에서 아르본 숲에서 사냥 된 동물이 지금까지 유통되는 게 그 증거였다.

아르본에서 아르모트가 있는 한스넬까지는 말로 달려 대략 한 달 정도가 걸리는 거리였다.

하지만 모두가 여자인 니안을 위해 시간이 조금 더 걸리더라도 마차를 이용하자고 주장했다. 니안이 아무리 말을 타고 갈 수 있다고 말해도 소용이 없었다. 결국 니안은 강수를 두기로 했다.

"세상에! 니안 머리가!"

"이게 대체 뭐하는 짓이야?"

"너 머리에다 무슨 짓을 한 거야?"

바로 남자아이처럼 머리를 짧게 잘라 버리는 것이다. 그녀가 머리를 자르고 처음 나타났을 때의 그 놀란 표정들이라니.

니안은 경악한 데릭과 멜드린, 그리고 메이에게 아무렇지도 않게 말했다.

"나 때문에 마차로 이동하면 3일에서 일주일 정도는 속도가 더 늦어질지도 몰라. 안 그래도 여러 가지 일들을 해결해야 해서 출발이 늦어졌는데 그렇게까지 하고 싶진 않아. 이러고 남자 옷을 입으면 여행하는데 그렇게 큰 짐이 되지는 않을 거야."

결국, 니안의 고집에 모두가 손을 들고 말았다. 그들은 말 네 필에 필요한 모든 짐을 나눠 실었다.

"그렇게 입고 있으니 얼핏 보면 아직 어린 소년 같구나."

떠나는 날, 남자 복장을 한 니안의 모습을 훑으며 멜드린이 말했다. 여전히 걱정이 가시지 않은 눈이었다. 데릭이 그 모습에 크게 한숨을 쉬었다.

막 출발하려는 니안에게 아멜리아가 무언가를 내밀었다.

"니안, 가는 동안 이건 니안이 가지고 있도록 해요."

보라색 돌이 달린 목걸이였다.

"이게 뭐죠?"

니안이 기다란 가죽끈에 달린 보라색 돌을 요리조리 돌려보며 메이에게 물었다.

"마정석이에요. 통신용이요. 이게 있으면 여러분들과 저, 그리고 아르모트와 소통할 수 있어요. 그걸 니안이 관리했으면 하는 이유는…… 만일에 있을 불미스러운 일에 대비해 제가 부족하나마 약간의 보호 마법을 걸어놓았기 때문이에요. 니안, 항상 멜드린, 데릭과 붙어 있어야 해요."

애써 불안함을 감추는 청회색 눈동자를 바라보며 니안이 환하게 미소 지었다.

"네. 너무 걱정하지 말아요. 조심해서 잘 다녀올게요."

말을 타고 천천히 아르본 숲길을 걸으며 니안은 제 목에 달린 목걸이를 만지작거렸다. 니안을 걱정하던 메이의 따뜻한 마음이 전해져 괜스레 기분이 좋았다. 오히려 메이가 엄마보다 더 엄마 같이 느껴졌다.

"오늘 날씨가 진짜 좋네. 이 익숙한 냄새…… 정말 오랜만이다."

데릭이 니안과 속도를 맞춰 나란히 걸으며 말했다. 깊게 숲을 들이쉬었다 내쉬는 얼굴엔 상쾌함이 가득했다. 어딘지 아련한 추억이 어린 듯한 눈빛. 그건 니안도 마찬가지였기에 그의 기분에 충분히 공감할 수 있었다.

"나도 그래. 이 향기…… 정말 오랜만이야."

니안도 새삼스러운 얼굴이 되어 주변을 둘러보았다. 데릭을 따라 깊이 들이마시는 호흡을 따라 청량한 나무숲의 향기가 폐부로 스며들었다.

"왜 그렇게 쳐다봐?"

자신에게 시선이 고정된 데릭의 얼굴을 바라보며 니안이 물었다. 괜히 멋쩍어 짧아진 머리끝이 달라붙은 목덜미를 쓱 손으로 한 번 쓸면서.

"그렇게 어색해?"

그제야 데릭의 시선이 니안에게서 떨어져 앞서가고 있는 멜드린의 등을 향했다.

"아니. 나름 잘 어울려."

"그렇다면 다행이다."

니안이 바보처럼 헤, 하고 웃어 보이자 데릭의 입가에도 옅은 미소가 떠올랐다.

"그동안 어떻게 참았을까. 이렇게 자기주장도 강하고 고집도 센데 말이지."

"오빠가 생각하는 것처럼 그렇게 참을 일이 많지는 않았어."

"난 네가 루이스에게 고집부리는 모습을 한 번도 본 적이 없는데?"

"내가 무언가 고집을 부리거나 반대할 만한 결정을 엄마가 한 적이 없으니까. 최소한 엄마는 내가 쓸모없다거나 짐이 된다는 느낌이 들게 하진 않았거든."

의외의 대답이었다.

"그래서 불만이 없었다고?"

"불만이 없었다고는 하지 않았어. 단지, 엄마는 내가 가족들에게 짐이나 부담처럼 느껴지는 상황은 만들지 않았다는 뜻이야. 힘들긴 했어도 항상 내가 할 일이 있었고, 내가 그 일을 성실히 이행하는 한 별다른 말씀이 없었거든. 엄마가 딱히 살갑게 나만을 위하지는 않았어도 난 늘 가족에겐 필요한 존재였어. 엄마 혼자 하기엔 버거운 일들이 많았으니까. 그래서 얹혀살면서도 생각보다 눈치를 본다거나 죄책감 따위를 느끼진 않았던 것 같아. 오빠는 어떻게 생각하는지 모르겠지만, 덕분에 난 늘 당당할 수 있었어."

데릭은 뭔가 뒤통수를 얻어맞은 기분이 들었다. 생각해보니 항상 니안과 가족들에게 죄스러운 마음을 품고 있었던 건 정작 그였다. 황족이라는 이유로 가족들의 희생을 지켜보고만 있어야 했던 자신이 얼마나 답답하고 무력하게 느껴졌었는지. 그가 잠시 생각에 잠겼다가 말문을 뗐다.

"어떤 의미인지 알 것도 같다."

"난 지금도 오빠나 선생님께 필요한 존재가 되고 싶어. 날 걱정하고 보호해주려는 마음은 충분히 이해하지만, 내가 할 수 있다는 판단이 드는 일들은 다 하게 해줬으면 좋겠어. 난 오빠의 대업을 적극적으로 돕기로 마음을 먹었거든. 오빠가 하려는 일은 위험한 일이잖아. 그렇다면 내게도 그만한 위험이 따르는 게 당연하다 생각해. 그 과정에서 특별 취급받고 싶은 생각 없어. 내가 못하는 건 어쩔 수 없지만, 할 수 있는 건 다 해야 마음이 편할 것 같아."

니안이 데릭을 향해 환하게 웃어 보였다. 짧게 잘린 머리끝이 예쁘게 곱슬거렸다. 여성성을 상당 부분 잘라버려 다소 사내아이 같긴 했지만, 오히려 머리가 길었을 때보다 지금이 더 아름다워 보였다.

비단 타고난 외모 때문만이 아니었다. 어쩔 수 없이 뿜어져 나오는 내면의 강인함 때문이었다. 니안의 심성은 어쩌면 데릭 자신보다 더 강한지도 몰랐다. 10년이라는 오랜 인고의 시간을 보내고도 그녀는 자신을 잃지 않았으니까.

황궁에서 쫓겨난 좌절과 현실의 입지에 대한 고뇌에 빠져 허우적댔던 자신이 부끄러웠다. 따지고 보면 그녀 역시 집안에서 쫓겨나지 않았던가. 혈통에 대한 의심도 모자라 아버지의 성조차 물려받지 못했다. 나중에야 친엄마의 돈으로 가족들이 살아왔다는 걸 알게 되었지만, 그 사실을 모를 때는 그저 덤으로 얹혀사는 존재였을 뿐이었다.

그런데도 니안은 항상 반짝거렸다. 돈도 내지 않고 데릭이 듣는 수업을 귀동냥으로 듣는 처지였어도 그녀는 질문을 멈추지 않았었다. 손에는 항상 바느질감을 든 채로 말이다. 그녀의 말대로, 그녀는 가장 밑바닥에 있으면서도 항상 당당했다.

그래서 반했구나, 내가. 너에게.

난 대체 너에게 얼마만큼의 빚이 있는 걸까. 무엇으로 그걸 다 갚을 수 있을까.

쿠커스 황국 전체와 내 목숨이면…… 될까? 아니, 사실 그렇게 빚을 갚는다는 것조차 핑계다.

난 그저, 너를 원해, 니안 페르난디.

너를…….

"세상에, 여전하구나."

"그러게요. 우리가 떠나올 때 그대로예요."

"기분이 좀 이상하다."

길을 떠난 지 오래지 않아 그들은 예전에 살던 통나무집과 맞닥뜨렸다. 그 집 앞에서 셋은 말에 탄 채 한동안 멍하니 그 앞에 서 있었다. 오랫동안 사람 손을 타지 않은 집은 나무가 썩고 낡아 기묘하게 뒤틀려 있었지만, 어쨌거나 그들이 떠나올 때 남겨뒀던 모습 그대로였다. 데릭과 멜드린이 검술 연습을 하다 앉아서 쉬던 집 앞의 통나무 의자까지도.

"그냥 갈까?"

데릭이 물었다.

"아니, 잠깐 들어가 보고 싶어."

니안이 홀린 듯 중얼거리고 난 뒤 말에서 내렸다. 현관을 향해 걷는 발걸음이 조심스러웠다. 데릭 역시 복잡한 표정으로 말에서 내려 니안의 뒤를 따랐다.

현관문을 손으로 밀자 덜컹 소리를 내며 맨 위 경첩이 떨어져 나갔다. 손잡이를 잡고 삐딱하게 기운 문을 들어 올려 열자 녹슨 경첩과 나무에서 기이한 소리가 흘러나왔다. 난로 앞에는 이름 모를 누군가가 쉬어갔던 흔적이 남아 있었다. 그들이 집을 버리고 떠난 후, 지친 사냥꾼들이 잠시 쉬기 위해 드나들었는지도 몰랐다. 그나마도 아주 오래된 흔적이었다. 천장 곳곳에는 거미줄이 즐비했고 테이블과 침대엔 먼지가 뽀얗게 쌓여 있었다.

한때는 바델의 것이었다가 나중에는 루이스가 사용했던 커다란 침대를 니안이 아련한 눈길로 훑었다.

천천히 다가가 침대 끝의 투박한 나무판을 손으로 쓰다듬었다. 깊은 곳에 잠겨 있던 과거의 기억들이 낚싯줄에 걸린 물고기처럼 줄줄이 끌려 올라왔다. 처음 바델과 함께 이 집에 들어왔을 때부터 루이스와 데릭이 찾아오던 날 밤까지. 숨이 끊어지기 전 힘겹게 숨을 몰아쉬면 바델의 모습과 루이스가 집을 비웠을 때, 이곳에서 데릭과 함께 잠들었던 기억들도.

매 순간이 절박하고 치열했던 과거였다. 하나하나 기억을 밟아 나갈 때마다 당시 느꼈던 감정이 고스란히 되살아나 목구멍으로 무언가가 울컥 치밀어 올랐다. 눈시울도 뜨거워졌다. 아니, 솔직히 말하면 당시 느꼈던 감정보다 지금 기억을 되짚으며 곱씹는 감정이 더 격했다. 당시에는 미처 자각하지 못했던 것 하나가 추가되었기 때문이었다.

바로 연민이었다. 어린 자신을 향한 연민. 지금 눈앞에 떠오른 자신의 환영이 실제라면, 얼른 달려가 보듬어주고 싶었다. 얼마나 외롭냐고, 얼마나 무섭냐고 마음을 읽어주고 싶었다.

슬퍼도 살아남아야 했기에 마음껏 슬퍼할 틈도 없었던 어린 영혼에게 잠시나마 마음껏 응석을 부리며 울 기회를 주고 싶었다.

그런 복잡한 감정이 얼굴에 오롯이 드러났는지 데릭이 커다란 손을 들어 니안의 어깨에 얹고선 조심스럽게 물었다.

"괜찮아?"

순간 니안은 여덟 살 때의 그녀로 순식간에 작아진 기분이 들었다. 당장 누군가의 위로가 절실한 연약하디연약한 소녀.

목구멍을 가득 메웠던 습한 감정이 막을 틈도 없이 온몸의 구멍으로 터져버렸다. 눈물이 되고, 흐느낌이 되고, 밭은 호흡이 되었다. 빳빳하게 곤두선 온몸의 털로 습한 열기가 뿜어져 나왔다.

데릭이 안타까운 눈으로 그런 니안을 제 품에 당겨 안았다.

그 눈물의 의미를 알 것 같은 마음에 그의 마음도 찢어지는 것처럼 아팠다. 그의 눈에도 오만하고도 무력했던 어린 자신이 집안의 배경에 겹쳐 보였다. 힘없는 여자아이에게 남은 마지막 것들을 몽땅 뺏고도 제대로 된 위로조차 건네지 못했던 자신의 모습이…….

"미안해…… 미안해, 니안."

"……."

"다시는…… 울게 하지 않을게."

"……."

"다시는 뺏지 않아. 이제부터는 내가 줄게."

"……."

"내가 가진 모든 것…… 내 마지막까지…… 내 마지막까지 전부 다 네 거야, 니안."

출발하자는 말을 하려 문가로 다가왔던 멜드린이 부둥켜안고 울고 있는 둘의 모습을 보곤 씁쓸한 얼굴로 고개를 돌렸다.

통나무집은 그에게도 만감이 교차하는 장소였다. 계단을 내려와 말에게 다가간 그가 말의 목을 다정하게 톡톡 두드렸다. 입가는 웃고 있었지만, 두 눈가는 더없이 촉촉했다.

산 아래에 도착했을 땐 이미 캄캄해져 있었다.

그들은 아르본 숲을 넘다가 연어 계곡에서 잠시 과거를 추억하며 데니펫을 데리고 변신과 조종 마법을 연습했다.

사실 데니펫은 영혼의 동반자나 다름없어서 데릭이 마음먹은 대로 움직이는 것이 교감 덕분인지, 자신의 능력 때문인지 구분이 잘 되질 않았다. 새로운 엘카트를 이곳에서 맞닥뜨리면 그것만큼 좋은 것도 없으련만.

잠시 아르본 숲에 머물며 기다려볼까도 고민해봤다. 데니펫이 하나가 아니라 둘이라면 데릭과 니안이 잠시 떨어져 있더라도 수호수로 각각 한 마리씩 데리고 다닐 수 있을 테니까. 데릭이 멜드린에게 물었다.

"여기서 며칠 머물러볼까요?"

"그러기엔 시간이 충분치 않구나. 나중에 돌아오는 길에 한번 고려해 보자꾸나."

하지만 사람들 눈에 띄지 않고 연습하기에는 아르본 숲만큼 좋은 곳은 없었다.

그들은 계곡에서 잠시 쉬어가는 시간을 이용하기로 했다. 덕분에 데니펫이 고생했다. 그는 데릭의 힘으로 엘카트로 변했다가 니안의 힘으로 데니펫으로 변했고, 니안의 힘만으로 엘카트가 되었다가 데니펫이 되기를 반복해야 했다.

그리고 엘카트로 변했을 때는 데릭의 명령으로 물고기나 새 따위를 잡아 왔다. 모닥불에 데니펫이 잡아온 물고기를 구워 간단히 점심을 해결한 뒤 그들은 다시 길을 떠났다. 그리하여 산 아래에 있는 작은 마을에 도착했을 땐 이미 해가 기울어 어둑어둑해진 뒤였다.

"이 마을이 예전에는 이렇게 휑하지 않았는데……."

인적이 거의 끊긴 도로는 을씨년스러웠다. 초겨울의 차가운 바람이 휑한 도로를 거친 빗자루처럼 훑고 지나갔다.

아르본 산을 넘는 도로 폐쇄 이후, 지방과 수도를 넘나들던 사람들의 발길이 끊겨버린 이 작은 도시는 생기를 잃고 쇠퇴해버렸다는 소문이 돌았다. 그러나 실제 두 눈으로 확인한 마을은 소문으로 상상했던 것보다 훨씬 황량했다.

"그래도 여전히 운영하는 여관은 있겠죠!"

데릭이 주변을 둘러보며 말했다. 예전에는 성업했을 많은 상점이 간판을 내린 상태였고, 길 끝에 딱 한 집만이 불빛을 내뿜고 있었다. 문밖에 달린 숙박 간판이 바람에 흔들리며 삐걱삐걱 소음을 냈다.

그들은 불이 켜진 여관 앞에 말을 묶었다. 문을 열고 들어간 여관 안쪽에는 마을 사람들로 보이는 남자 몇 명만이 한쪽 테이블에서 술을 마시고 있었다.

멜드린이 가장 앞서 들어가 바 테이블 안쪽에 서 있는 깡마른 여자에게 말했다.

"하룻밤 묵을 방 두 개가 필요합니다."

주인으로 보이는 여자의 시선이 멜드린 뒤에 서 있는 니안과 데릭에게 잠시 닿았다 떨어졌다.

"남자 셋인데 방 하나도 아니고, 셋도 아니고 두 개를 달라고요?"

여자의 쉰 목소리가 몹시 컸으므로 손님이 적은 홀 안이 쩌렁쩌렁하게 울렸다. 술을 마시던 남자들의 이야기 소리가 순식간에 뚝 끊겼다. 니안은 굳이 고개를 돌리지 않고도 그들이 호기심 어린 눈으로 자신들을 바라보고 있다는 것을 느낄 수 있었다. 늘 익숙한 사람들에게만 둘러싸여 살아온 그녀로서는 낯설고 두려운 상황이었다.

"알 바 아니지 않소. 하나 쓰는 것보다야 두 개 쓰면 쥔장에게 더 좋은 일 아니오?"

멜드린이 못마땅한 표정을 짓자 테이블에 앉은 남자 중 한 사람이 낄낄 웃음을 터트리며 말했다.

"두 개보다야 세 개를 파는 게 더 나으니까 그렇지. 이해하슈. 워낙 여기 인심이 박해진 데다 쥔장 오지랖이 이 황국 땅보다도 더 넓어서 그런 거니."

"거 참, 시끄럽네! 여긴 신경 끄고 그냥 마시던 술이나 마시라고."

여자가 앙칼진 목소리로 핀잔을 줬지만, 남자들은 아랑곳하지 않고 더 크게 웃어댔다. 지저분하게 흘러내린 잔머리를 쓸어 올리며 여자가 걸걸하게 말했다.

"세 사람이니까 방 세 개. 싫으면 나가고."

"뭐요?"

"참고로 이곳은 대낮에도 종종 엘카트가 마을에 내려온다우. 오면서 느꼈는지 모르겠지만 개 짖는 소리 하나 들리지 않죠? 다 엘카트한테 잡아먹혀서 그런 거요. 그러니 살고 싶으면 방에 있을 때도 절대 불빛이 밖에 새어나가지 않도록 덧문을 닫고 커튼을 쳐요."

"하지만 이곳에 오는 도중 이 여관에서 불빛이 흘러나오는 걸 봤는데요?"

니안이 따져 묻자 홀은 또다시 조용해졌다. 짧은 침묵을 깨고 테이블에서 의외의 흥밋거리를 발견한 듯 상기된 목소리가 흘러나왔다.

"뭐야, 여자야?"

드르륵 의자 밀리는 소리가 나고 남자들이 자리에서 일어나는 소리가 들렸다.

니안이 몸을 돌려 그들을 바라보려 하자 데릭이 재빨리 그녀의 손을 잡아 저지했다. 쓸데없는 시비에 휘말리는 것은 특히 경계해야 할 일이었다. 멜드린이 서둘러 주인 여자에게 말했다.

"좋소. 방 세 개 주시오. 우리 셋의 저녁 식사는 한 방으로 가져다 줘요."

그제야 등불을 집어 든 주인이 부산스러운 소리를 내며 테이블을 돌아 나왔다. 마치 이 손님들을 보호하기라도 하려는 듯 다가오는 남자들을 향해 니안 일행을 막아서며 여자가 말했다.

"뭐 구경났어? 남 영업하는 데 웬 관심들이 이리 많아? 내 오지랖 걱정하기 전에 자네들 오지랖이나 단속 잘해."

"뭐야? 늙다리 여편네가 길은 왜 막아?"

"내 손님이니까 그렇지. 아까부터 왜 자꾸 시비야? 쓸데없는 관심 끄고, 가서 마시던 술이나 마저 마시라고. 오늘도 외상으로 마시고 가면 죽을 줄 알아."

깡마른 여자가 거친 사내들 앞에서도 전혀 기죽지 않고 으르렁거렸다. 억실억실한 눈을 부라리는 여자 앞에서 오히려 기가 죽은 것은 남자들 쪽이었다.

"메르네, 뭘 또 이렇게 예민하게 굴고 그래?"

"어서 썩 꺼지라니까."

숨이 죽은 남자들이 주춤주춤 뒤로 물러서자 메르네가 여전히 그들을 노려본 채 뒤에 선 니안 일행에게 말했다.

"계단으로 먼저 올라가시죠."

말이 끝나기가 무섭게 데릭이 니안의 손을 잡고 빠른 걸음으로 계단을 오르기 시작했다. 그 뒤를 멜드린이 따랐다. 싸우면 물론 검술을 배운 멜드린과 데릭 쪽이 월등히 유리하겠지만, 동행한 니안을 위해서도, 그리고 빠르고 무사한 여행의 목적 달성을 위해서도 골치 아픈 충돌은 피해야 했다.

여자는 남자들이 맥 빠진 얼굴로 테이블로 돌아가는 것을 확인한 후 그들을 따라 2층으로 올라왔다. 어느 방으로 들어가야 할지 몰라 복도에 서 있는 니안 일행을 지나친 여자가 마주한 방문 세 개를 차례로 가리키며 말했다.

"여기 이 방들이에요. 그리고 저 녀석들은 신경 쓰지 마요. 별일 없을 테니."

"알겠소."

미덥지 못한 표정의 멜드린이 마지못해 떨떠름히 대답했다.

그가 첫 번째 문을 열고 먼저 방에 들어서자 데릭과 니안이 뒤따랐다. 여자가 제일 마지막으로 따르던 니안의 팔을 붙잡았다. 그 바람에 걸음이 멈춰진 니안은 여관 주인의 얼굴을 의아한 눈빛으로 올려다봤다. 여자의 입에서 엄한 주의가 흘러나왔다.

"꼬맹이는 떠날 때까지 1층에 절대 내려오지 말고!"

여자는 니안을 '꼬맹이'라 지칭했지만 깊은 회색빛 눈동자는 마치 처음부터 네가 여자란 걸 알고 있었다고 말하는 듯했다.

니안이 께름칙한 얼굴로 고개를 끄덕여 보였을 때야 여자가 안심한 듯 팔을 놓아주었다.

니안은 잠시 그런 여자의 뒷모습을 응시하다 방에 들어가 문을 닫았다. 짐을 바닥에 내려놓은 멜드린이 침대에 앉아 두껍고 묵직한 부츠를 벗고 있었다. 머리를 덮었던 로브를 젖힌 채 테이블 의자에 앉은 데릭의 얼굴에 걱정이 가득했다. 니안이 겸연쩍게 어깨를 으쓱해 보이고는 로브의 모자를 뒤로 넘겼다.

"이래서 오빠랑 선생님이 그렇게 걱정을 하신 거였군요. 제가 여자라는 이유만으로 남자들의 관심을 끌어서요."

"차라리 마차를 타고 귀족 영애처럼 하고 다니는 게 더 안전하단다. 최소한 저런 양아치들은 감히 다가오지도 못하니까. 귀족을 건드려서 좋을 건 없기 때문이지."

멜드린이 무심함을 가장한 체 가볍게 말했다.

"이미 끝난 얘기인 걸요. 어쨌든, 아까는 제가 경솔했어요. 남자처럼 말했어야 했는데."

"아니. 그런 상황에서는 아예 말을 안 하는 게 나아."

데릭이 금방이라도 자리에서 일어날 것 같은 얼굴로 단호하게 말했다.

"니안, 약속해. 앞으로는 조금 더 조심하겠다고. 너한텐 엘카트보다 저런 인간들이 더 위험해."

"그냥 호기심에 다가온 걸 수도 있잖아. 남자애인 줄 알았는데 여자 목소리가 나서."

멜드린과 데릭은 어떤 대꾸도 하지 않았지만, 그것이 부정의 의미란 걸 모를 니안이 아니었다.

"알았어, 조심할게. 약속해. 상대가 내 마음 같지는 않을 테니까. 나를 위해서 뿐만이 아니라 모두의 안전을 위해서……."

"짐은 되도록 간단히 풀어라. 잠만 자고 내일 아침 일찍 출발할 테니."

"네."

멜드린의 말에 니안과 데릭이 거의 동시에 대답했다.

그리고 잠시 후, 각자의 방으로 흩어졌던 데릭과 니안이 저녁 식사를 하기 위해 다시 멜드린의 방으로 모였다. 고기 수프와 빵, 약간의 샐러드뿐인 간단한 식사였지만, 추운 날씨에 산을 넘어온 일행들에게 금방 끓인 뜨끈한 수프는 온몸의 피로와 긴장을 풀어주기에 충분했다.

행복한 표정으로 수프를 뜨는 일행을 바라보며 여주인이 불친절하게 툭 내뱉었다.

"다 드시면 벨을 울리세요. 가지러 올게요."

그러나 데릭의 질문이 나가려던 여자의 발목을 붙잡았다.

"엘카트가 종종 나타난다는데 문 앞에 매 놓은 저희 말들은 어떡합니까?"

그러자 여자가 몸을 돌려 삐딱하게 고개를 세우며 대답했다.

"걱정하지 말아요. 안채에 있는 마구간에 넣어 놨으니. 녀석들도 편히 쉬어야 내일의 여정을 시작할 것 아닙니까. 깨끗한 물이랑 건초도 충분히 넣어줬어요. 이래 봬도 평생 여관으로 밥 벌어먹고 온 사람이라우. 보세요. 망해버린 마을에서 끝까지 살아남은 것도 우리 여관뿐이잖우. 그런데……."

그녀의 시선이 편한 복장으로 음식을 입에 가져가고 있는 니안과 데릭에게 닿았다.

"……흠 하나 없이 곱상한 것이 아무렇게나 막 굴러먹던 양반들은 아닌 것 같고…… 아무리 허름하게 입어도 타고난 기품과 자라온 환경을 감출 수는 없는 법이랍니다. 어디로 가는지 모르겠지만 제대로 된 호위 하나 없이 다니려면 안전한 길로만 골라서 다니는 게 좋을 거요. 우리 여관에 온 걸 보면 아르본 숲을 넘어온 게 분명한데 댁들한텐 너무 위험한 코스를 선택하셨어. 이 마을도 이젠 예전 같지 않아서 제대로 된 경비대가 없어 치안이 형편없거든. 지금 주로 찾아오는 사람들은 장사꾼이나 평범한 여행객들이 아니라 도망자나 범죄자들이 대부분이라오. 마을에 남은 사람들도 능력이 안 되는 한량이거나 사정이 있어 어쩔 수 없이 남은 사람뿐이고……. 특히, 여자가 있을 곳은 못 되니 되도록 내일 일찍 떠나도록 하세요."

투박하지만 진심이 담긴 충고였다. 니안이 수프를 목 뒤로 꿀꺽 삼키곤 말했다.

"걱정해 주셔서 고마워요. 하지만……."

"……?"

"……주인장도 여자잖아요."

따지는 것은 아니었다. 오히려 걱정이 담긴 말이었다. 여주인의 얼굴이 묘하게 일그러졌다.

"……그러면 주인장도 위험할 텐데…… 왜 계속 여기 계시는 거죠?"

여자의 얼굴에 잠시 당황함이 번졌다. 하, 이 어린 아가씨에게 구구절절 개인사를 풀어 놓을 수도 없고. 그녀가 갑자기 웃음을 터트렸다.

"하, 이 여관을 드나드는 사람 중에 아직도 나를 여자로 보는 사람은 한 명도 남아 있지 않아요. 그리고……."

"……?"

"……여자라도 지키고 싶은 소중한 것은 있는 법이랍니다."

여자는 더는 대화하고 싶지 않다는 듯 고개를 까딱해 보이곤 미련 없이 문밖으로 나가버렸다.

"귀족인 걸 눈치챈 모양이군."

"그러면 좀 더 공손해야 하는 거 아니에요?"

멜드린의 말에 데릭이 못마땅한 얼굴로 미간을 구겼다.

"어디 보자……."

멜드린이 옆에 앉은 데릭의 얼굴을 양손으로 꽉 짓누르자 그의 하얀 볼이 밀가루 반죽처럼 우스꽝스럽게 찌그러졌다.

"이런…… 역시 이런 복색으로 여행하는 사람치곤 너무 흠 하나 없이 뺀질뺀질하군."

그의 말투가 짓궂고도 웃겨서 그만 니안이 픕, 웃음을 터트리고 말았다.

"선생님!"

데릭의 불만스러운 외침에 키득거리던 멜드린이 이번에는 니안을 바라보았다.

"넌 더 하고, 녀석아. 아무리 옷을 사내애처럼 입어도 그 곱상한 선이 어디로 가냐?"

네, 알아요. 그래도 어쩔 수 없죠. 니안은 어깨를 으쓱해 보이는 걸로 대답을 대신했다. 아무리 그래도 조만간 꼬질꼬질함이 더해지면 지금보다는 좀 더 나그네다워질 테니까.

그래도 괜한 문제가 생기지 않도록 행동에 좀 더 조심해야겠다 생각하며 니안은 수프를 담아 호호 불던 숟가락을 입안에 넣었다.

삐이…….

익숙한 날짐승의 소리였지만 문밖 가까이서 이토록 늦은 시간 들려온 것은 처음이었다. 날렵하고도 용맹한 맹금류의 소리가 니안의 창문에서 멀지 않은 곳을 스쳐 지나며 높은 고음을 뽑아냈다.

스르르 감기던 눈이 그 소리에 놀라 다시 뜨였으나 피곤함에 절은 몸은 금세 다시 잠에 빠져들었다. 마을 안의 누구도 그 새의 발목에 편지가 든 작은 통이 달려 있다는 것을 알지 못했다.

이미 잘 시간이 지난 새는 곧장 아르본 숲을 넘어 자신이 살던 익숙한 곳을 향해 날아갔다.

아르본의 황궁.

황후궁에 딸린 높다란 탑 꼭대기에 놓인 작은 횃대에 드디어 녀석이 내려앉았다. 검은 망토를 두른 누군가가 기다렸다는 듯이 지친 새의 발목에서 통을 풀어냈다. 그것을 은밀히 가슴에 품은 그가 향한 곳은 황후궁 꼭대기에서 멀지 않은 하녀 밀다의 방이었다.

하녀 밀다와 시녀장 로라의 손을 거친 통은 곧장 소피아에게로 신속히 전해졌다. 통을 열어 편지를 꺼내는 소피아의 손길이 초조하고 다급했다.

– 아르본 산을 통과한 니안 일행이 산 아랫마을에 있는 여관에 투숙했습니다. 오는 동안 특별한 일은 없었습니다. 다음 목적지에서 또 연락드리겠습니다.

발신자의 이름은 적혀 있지 않으나 소피아는 그게 누구인지 분명히 알고 있었다. 그녀의 얼굴에 짜증이 번졌다. 아르본 숲으로 들어갔다기에 엘카트에 관련한 특별한 사건이 벌어지지는 않을까 기대했더랬다. 꽉 깨문 입술이 하얗게 질려갔다.

'네가 협박한다고 물러설 줄 알았다면 오산이야, 니안. 도대체 네가 무슨 일을 꾸미고 있는지, 네 능력이 어디까지인지, 약점이 무언지 알고 나면⋯⋯.'

니안을 향한 그녀의 증오가 이전보다 훨씬 뜨겁게 불타올랐다.

감히 날 협박하고 내 권위에 도전해?

도저히⋯⋯ 도저히 용서할 수가 없었다. 반드시 이 수치와 모욕까지 더해 과거의 악연에 대한 값을 치르게 하리라. 마음속 깊숙이 다짐에 다짐을 거듭하는 그녀였다.

❧

니안 일행이 자신들 외에 다른 손님이 있었다는 사실을 알게 된 것은 참으로 우연이었다. 아쉬운 점이 있다면 그 의문의 사내를 직접 보지 못했다는 점일까?

아침 일찍 일어나 마구간의 말들을 살피러 나갔던 데릭만이 그자로 추정되는 자의 뒷모습만을 어렴풋이 봤을 뿐이었다.

그가 께름칙한 기분을 떨치지 못한 상태로 여관으로 돌아왔을 때, 여관 주인은 식어가는 아침 식사가 담긴 접시를 바 테이블 아래로 내려놓으며 투덜거렸다.

"아침도 안 먹고 갈 거면 미리 말을 할 것이지, 괜히 힘만 뺐 잖아."

"누구 말인가요?"

데릭이 홀로 들어서며 말했다.

"어제 투숙한 손님이요. 오래간만에 한꺼번에 두 팀이나 받아 이게 웬 횡재인가 했더니, 아침밥 전달하려고 방에 갔더니 돈만 침대 위에 남겨 놓고 사라졌지 뭡니까."

"식사비를 안 냈나 보죠?"

"아니요. 어차피 아침 식사비는 무조건 투숙비에 포함되어 있어요."

"그럼 퀸장이 손해 볼 건 없잖습니까."

데릭의 의아한 표정에 그녀가 못마땅한 얼굴로 한쪽 팔을 허리 위에 얹으며 삐딱하게 말했다.

"그래도 안 먹을 거면 미리 말을 해야 재료를 안 날리죠. 외지인의 출입이 거의 없는 이 지역에서 먹거리 재료가 얼마나 귀한지 알고나 하는 소립니까?"

사람의 욕심은 끝이 없구나 하는 생각에 데릭은 씁쓸해졌다.

"어젯밤 늦게 나타나서는 다른 여관은 없냐고 묻질 않나, 얼굴도 안 보고 새벽같이 사라지질 않나……. 그리 돈 있어 보이는 행색도 아니더구먼. 뭐가 그렇게 마음에 안 들었는지…… 어휴…… 그러면 뭣 하러 이런 동네로 기어들어 와, 기어들어 오길."

데릭은 주인에게 무성의한 미소를 지어 보이곤 2층으로 올라갔다. 말들이 무사한 것을 확인했으니 이제 챙겨놓은 짐을 들고 떠나기만 하면 되었다.

"다음 행선지는 어디죠?"

"타트라운이라는 마을이란다. 여기도 마찬가지로 부지런히 가면 하루면 도착할 수 있어. 가는 길도 수월한 편이고. 이후가 문제지. 그다음 마을까지 이틀 정도가 걸리거든. 중간에 나그네들이 쉬어가는 공동 숙소가 있긴 한데 사람들이 있을지는 모르겠구나. 그곳 역시 이곳처럼 공동화되어 있을 게 뻔해서……."

"우리끼리만 이용하면 더 좋죠, 뭐."

데릭이 짐을 집어 들며 씩씩하게 말했다.

마을의 아침 모습은 전날 저녁보다는 그래도 조금 더 생기 있어 보였다.

덕분에 아무도 배웅해주는 이 없이도 마음도 가볍고 발걸음에도 힘이 났다. 말을 타고 외진 갈울 달리다 걷다를 반복하다 시내나 호수가 나오면 잠시 휴식을 취했다.

메이가 니안에게 준 통신석은 몹시도 유용해서 하루에 한 번씩은 긴밀히 연락을 취할 수 있었다. 덕분에 몸은 멀리 떨어져 있어도 어쩐지 니안은 안심이 되는 기분이었다.

마법이란 게 이렇게 편리한 거라면 마수들과 함께 살아가게 되더라도 두 세계가 합쳐지는 것도 나쁘지 않겠다는 생각이 들 정도였다.

타트라운의 여관은 아르본 산 아래에서 묵었던 여관보다 훨씬 크고 깨끗했다. 그곳 역시 아르본 숲을 향하는 길목에 있는 마을이다 보니 상당히 쇠퇴해 있었고, 엘카트의 출현 빈도도 높은 편이라고 했다. 마구간 깊숙이 말들을 묶어두고 전날 밤과 다르지 않은 저녁 시간을 보냈다.

삐이……

잠자리에 드는데 가까운 곳에서 맹금류의 울음소리가 높게 들려왔다. 익숙한 만큼 몹시 어색하게 느껴지는 소리였다. 하지만 니안은 그 이유를 정확히 알 수가 없었다. 매 울음소리는 아르본 숲에 있을 땐 자각하지 못할 정도로 자주 듣던 것이었는데 도대체 왜…….

'너무 오랜만에 들어서 그런가……?'

지친 니안은 더 생각할 겨를도 없이 또다시 꿈속으로 빠져들었다.

그렇게 한동안 그 일을 잊고 지내던 니안에게 매의 소리가 다시 들려온 건 그들이 아르본을 떠나온 지 일주일쯤 된, 처음으로 여관이 아닌 노숙을 하게 된 첫날밤이었다.

아르본과 멀어질수록, 그리고 한스넬과 가까워질수록 마을 간의 간격이 점점 더 벌어져 노숙을 피할 수 없게 되었기 때문이었다. 한스넬은 쿠커스의 타지역과 달리 호전적이기로 유명한 네오포르족의 땅과 국경을 맞닿고 있었기에 더욱 인적이 드문 곳이기도 했다.

"아르본 시내에까지 엘카트가 등장했는데 어떻게 우린 가는 내내 한 마리도 마주치지 못하는 걸까요?"

"그러게 말이다."

니안의 질문에 멜드린이 모닥불에 나뭇가지를 던져 넣으며 심드렁한 목소리로 말했다.

겨울 초입의 날씨는 노숙하기에 적절하지 않았다.

이럴 때를 대비해서 네 마리의 말 중 사람이 타지 않는 말에 모피와 담요 같은 방한용 물건들을 잔뜩 싣고 왔다. 아직은 견딜 만하지만, 아르모트를 만나고 아르본으로 돌아가는 길은 추위로 꽤 혹독한 여정이 될 것 같았다.

쌓여 있는 나뭇가지 더미를 살펴보던 멜드린이 자리를 털고 일어났다.

"아무래도 밤새 견디려면 나뭇가지를 더 모아와야겠구나."

"제가 도울게요."

니안과 데릭이 동시에 일어났다.

"아니야, 아니야. 날이 어두워서 위험하구나. 너희 둘은 여길 지키는 게 좋을 것 같다."

멜드린이 니안 몰래 데릭에게 눈짓을 해 보였다.

누군가는 모닥불을 지켜야 하고, 그건 가장 약자인 니안이어야 하며, 그녀 혼자 두는 것은 불안하니 함께 남아 있으라는 뜻이 분명했다. 니안은 폐 끼치는 것을 그다지 좋아하지 않으므로 괜히 그 뜻을 말로 꺼냈다간 그녀가 부담을 느낄 것이 분명했기에 눈짓으로만 표현한 것이리라.

"네……."

그가 얌전히 대답하며 자리에 앉자 니안의 눈이 동그래졌다.

"왜 그래? 우리까지 도우면 금방 끝날 텐데."

"조금 시간이 더 걸리더라도 이럴 땐 한 사람만 나가는 게 더 나아. 그래서 비상시에 대처할 수 있으니까. 앉아, 니안."

차분한 데릭의 설명에 멜드린이 말을 보탰다.

"데릭 말이 맞다. 혹시 무슨 일이 생길지도 모르니 둘 다 여기 있어라."

곧, 어둠 너머로 바스락거리는 발소리가 멀어졌다. 주위는 순식간에 정적에 휩싸였다.

타닥거리는 모닥불 소리와 멀리서 부는 차가운 바람 소리, 구슬픈 밤 부엉이 소리만이 간간이 들려왔다.

을씨년스러운 숲 소리와는 다르게 까만 하늘엔 반짝이는 별들이 당장에라도 쏟아질 듯 빼곡하게 박혀 있었다.

"아르본 숲에 살 때는 이맘때쯤이면 늑대 울음소리가 들려오곤 했는데 이 근처에는 늑대가 없나 봐. 울음소리가 안 들리는 걸 보면…… 혹시 오빠가 한 거야?"

데릭이 어깨를 으쓱해 보였다.

"가까이 오지 못하게 한 건 맞는데 우는 것까지 막진 않았어."

"그래?"

"응. 그것까지 신경 쓰려면 에너지 소모가 너무 많은 데다 난 밤에 들리는 숲의 소리를 좋아하거든. 넌 안 그래?"

얼굴을 마주친 데릭의 얼굴 한쪽이 모닥불 빛에 주황빛으로 물들어 있었다. 순간 니안은 괜히 멋쩍은 나머지 다시 불빛을 향해 얼굴을 돌리고 말았다.

"나도 그래. 그럼 늑대들은 지금 뭘 하는 걸까? 이쪽으로 못 오니 반대쪽으로 멀리 가버린 걸까?"

"글쎄……."

대답하며 하늘을 올려다본 데릭이 꺾일 듯 고개를 잔뜩 뒤로 젖혔다.

"기억나? 숲에 있을 때 내가 했던 말."

"어떤 말?"

"이렇게 하늘을 올려다보면 꼭 내가 밤하늘 한가운데에 있는 것 같다고. 마치 나도 별이 된 것처럼."

니안의 고개도 데릭을 따라 자연스레 뒤로 젖혀졌다. 당연히 기억하고 있었다. 집 앞 통나무 의자에 앉아 함께 밤하늘을 올려다보며 감상적인 목소리로 그가 종종 했던 말이었다.

"그럼 내가 했던 말은? 내 몸이 비눗방울만큼 가벼워지기 전에는 절대 그런 착각이 들 것 같지 않다고. 별이 되기엔 내 몸이 너무 무겁게 느껴져."

그러자 데릭이 쿡쿡 웃음을 터트렸다.

"그땐 지금보다 훨씬 가벼웠을 텐데……."

니안의 얼굴이 순간 화르르 달아올랐다. 모닥불의 열기 사이로 볼을 스치던 초겨울의 차가운 바람이 실감 나지 않을 정도였다.

"그때나 지금이나 비눗방울보다 무겁기는 마찬가지거든."

샐쭉해진 니안의 볼멘소리에 장난기 가득한 푸른 눈동자가 그녀를 향했다. 껄껄 웃는 소리가 탁탁거리는 모닥불 소리와 어우러져 불꽃의 뜨거운 열기를 타고 위로 피어올랐다.

"넌 날 웃게 하는 유일한 사람이야."

데릭의 말투가 진지해졌다. 그제야 뾰로통하던 니안의 얼굴이 새침하게 바뀌었다. 뿌듯함을 억지로 감추려다 보니 지어지는 표정이었다. 그 모습을 바라보는 데릭의 얼굴에 슬며시 다시 미소가 떠올랐다.

무릎을 꼭 당겨 안은 니안이 고개를 기울여 머리를 세운 무릎 위에 올려놓았다. 짧아진 머리카락은 아래로 흘러내릴 것이 없는데도 니안은 습관처럼 귀 뒤로 머리카락을 넘기는 시늉을 했다. 덜 자란 사내아이 같던 분위기가 순식간에 여성스럽게 돌변했다.

그녀를 바라보는 데릭의 눈동자에 사랑스러움이 가득했다. 그의 얼굴이 저도 모르게 니안을 향해 천천히 다가갔다. 머릿속이 온통 불빛을 받아 진하게 빛나는 입술로 가득했다.

그때였다.

삐이……. 멀지만 선명하게 들리는 맹금류의 울부짖음.

행복에 젖어 몽롱하게 풀어졌던 니안의 동공이 선명해졌다. 번뜩 섬광 하나가 뇌리를 내리쳤다. 데릭의 입술이 닿을락 말락 그녀의 입술 주변을 맴도는 순간이었다. 그녀가 벌떡 고개를 들었다.

"그래! 바로 그거야."

깜짝 놀란 데릭의 얼굴이 그녀에게서 멀어졌다.

"뭐가?"

"저거! 저 소리 말이야."

"뭐……?"

그녀가 눈을 빛내며 데릭의 얼굴을 뚫어지라 바라봤다.

"모르겠어? 이상하잖아."

"뭐가 이상하다는 거야?"

"방금 들린 새소리. 매나 수리 같은 새 소리 아니었어?"

"응?"

니안만 바라보느라 주변에서 무슨 소리가 들리는지, 무슨 일이 벌어지는지 인지할 겨를이 없던 데릭이었다. 그때, 또다시 삐이, 하는 새 울음소리가 길게 늘어졌다. 데릭의 눈도 둥그레졌다.

"저거…… 말이야?"

"그래. 이상하잖아."

갑작스러워 뭐가 이상한 건지 데릭도 미처 깨닫지 못하고 있었다. 하지만 니안의 말대로 굉장히 어색했다. 무언가 이 모든 분위기와 어울리지 못하고 겉도는 느낌…….

니안이 하는 말의 의미를 알아내려고 인상을 잔뜩 찌푸렸던 데릭의 미간이 순간 활짝 펴졌다.

"아!"

그가 깨달음의 외마디 소리를 질렀다.

"저건 매과의 소리야. 주행성이고. 그런데 밤에 울다니 정말 이상한데?"

"그것뿐이 아니야. 난 저 소리를 아르본 숲 아래에 있는 마을에 머물 때부터 들어왔었어. 그것도 밤에."

니안이 몸을 일으키려 하자 데릭이 재빨리 니안의 옷자락을 잡았다.

"뭘 하려고?"

"잠깐만……."

니안이 숲 주변을 둘러보며 대답했다. 그녀가 무엇을 생각하는지 안다. 데릭이 크게 한숨을 내쉰 뒤 말했다.

"기다려 봐."

데릭에게 붙잡힌 옷자락을 타고 따끔한 온기가 넘어오고 나서야 니안이 고개를 돌렸다. 니안의 시선과 부딪친 데릭의 파란 눈동자가 시리도록 선명했다. 그의 몸 여기저기에서 형광의 푸른 기운이 흐릿하게 일렁이다 사라졌다. 주의 깊게 관찰하지 않으면 알아보기 힘들 정도로 옅고도 작은 움직임이었다.

"아……."

그가 무엇을 하는 것인지 깨달은 니안의 입에서 탄성이 터졌다.

순간 머리 바로 위에서 '삐이' 하고 새의 울음소리가 길게 울렸다.

니안이 고개를 쳐든 순간 별들이 수 놓인 어둠 한복판에서 갑자기 커다란 새 한 마리가 모습을 드러냈다. 그것은 내리꽂힐 듯 맹렬히 하강하다가 몸을 틀어 발을 드러냈다. 그러곤 조금만 팔을 뻗으면 닿을 위치에 있는 작은 바위 위에 내려앉았다. 데릭이 새를 부른 거였다.

"저기······."

니안이 새의 발목에 달린 작은 통을 가리키자 데릭이 뛰어가 얼른 통을 풀어냈다. 통 안에서 나온 것은 작은 메모 한 장. 데릭이 인상을 찌푸리며 침음을 흘렸다.

"황후야. 황후가 사람을 보내 우리를 감시하고 있었어."

니안이 다가와 데릭의 손에 들린 메모를 빼앗았다. 짧은 글이지만 현재 그들의 위치와 동태가 간결하고도 명확하게 적혀 있었다. 그리고 맨 마지막에 쓰인 의미심장한 문장.

'언급하신 작업은 언제든 시작 가능합니다. 시기만 말씀해 주십시오.'

"여기서 말하는 작업이 뭘까?"

"글쎄······."

니안이 고개를 갸웃거렸다.

"또다시 널 죽이려 든다면 이번에는 내가 가만두지 않을 거야. 당장 아르본으로 돌아가는 한이 있더라도 말이야."

데릭이 분한 얼굴로 이를 갈았다.

니안은 무언가 이상한 기분을 떨칠 수가 없었다. 황후가 여전히 감시하고 있다는 사실에 대한 불쾌감 때문만은 아니었다.

그것은 말로는 표현할 수 없는 아득한 불안이었다. 그 순간 어디선가 비명이 들려왔다. 남자의 짧은 비명이었다. 니안은 곧장 숲으로 뛰어들어가기 시작했다. 당황한 데릭의 목소리가 뒤에서 울려왔지만 이미 달리기 시작한 걸음을 멈출 수 없었다. 정신없이 풀숲을 헤치며 숲을 달리고 또 달렸다.

"니안! 니안! 기다려!"

달빛 아래 펼쳐진 음산한 공터에 다다라서야 니안은 우뚝 발걸음을 멈추었다. 밑도 끝도 없이 밀려들던 불안의 원인과 마주한 순간이었다.

"니……."

곧장 뒤따라 온 데릭이 니안의 이름을 부르려다가 멈추곤 숨을 흡 들이켰다. 놀란 동공이 크게 벌어졌다.

크르릉. 시린 달빛 속에 살기를 내뿜는 짐승이 있었다.

'늑대인가?'

데릭은 그리 생각했다가 작게 도리질을 쳤다. 늑대라면 아르본 숲에 사는 동안 숱하게 봤다. 생김새는 늑대와 비슷하지만, 몸집의 크기도, 털이 자란 결과 빛깔도 달랐다. 특히 눈에 띄는 것은 유난히 기다란 송곳니였다. 그것의 길이가 보통 늑대의 세 배는 더 길었다.

그제야 데릭은 이 이질적인 녀석이 다른 세계에서 넘어온 마수라는 사실을 깨달았다. 그리고 녀석 앞에 피를 흘리며 위태롭게 서 있는 낯선 남자.

어두워 정확한 인상착의는 알 수 없으나 짙은 색깔의 짧은 머리를 가진 남자는 30대쯤으로 보였다. 남자가 짐승을 노려보며 피가 흐르는 팔로 검을 단단히 고쳐 잡았을 때, 니안이 소리쳤다.

"소용없어요!"

남자의 길고 가느다란 눈이 매섭게 니안을 쏘아봤다.

"상관하지 마시오. 늑대 따위에 쓰러질 사람은 아니니."

그가 퉁명스럽게 응수했다. 상당한 저음이었다.

"그건 그냥 늑대가 아니에요."

니안이 소리쳤지만, 남자의 호전적인 태도는 변함이 없었다. 그는 아직도 자신이 그 짐승을 제압할 수 있다고 믿는 게 분명했다.

인내심이 한계에 다다랐는지 짐승이 기세등등하게 몸을 날렸다. 남자의 칼이 호선을 그리며 짐승의 몸에 깊은 상처를 그렸다. 짐승은 고통스러운 소리를 내며 땅에 착지했다. 비틀거리는 모습을 보니 타격의 충격이 꽤 큰 듯했다.

남자의 입가에 회심의 미소가 떠올랐다. 자신의 칼날이 짐승에게 치명타를 입혔다는 자부심에 찬 미소였다. 하지만 미소는 이내 사라졌다. 땅 위에 힘없이 앞다리 하나를 꺾고 앉았던 녀석이 언제 그랬느냐는 듯 다시 일어나 천천히 선회하며 움직이기 시작했기 때문이다.

녀석은 분명 상처를 입은 모습이 아니었다. 피 냄새도 나지 않았다. 남자만을 주시하는 녀석의 눈빛은 맛있는 먹이를 목전에 둔 맹렬한 야수의 것이었다. 노련하게 빈틈을 노리는 건강한 사냥꾼이었다.

니안은 남자가 작게 전율하는 것을 느꼈다.

"가요. 위험하니까."

남자가 니안과 데릭에게 말했다. 그 사이 녀석이 다시 한번 몸을 날렸다. 이번에 남자는 타이밍을 놓친 나머지 때맞춰 칼을 휘두르지 못했다. 찰나의 순간이었으나 짐승의 공격이 이대로 남자의 숨통을 끊을 일격이 될 것이 자명했다.

위기를 느낀 니안의 심장으로 뜨거운 기운이 몰려들었다. 뜨거운 물결은 용암처럼 들끓으며 심장에서 머리끝까지 차올라 눈동자를 새빨갛게 달궜다.

니안의 능력이 감정에 따라 저절로 작동하기 시작한 거였다. 니안의 손끝이 짐승을 향하자 붉은 불꽃이 새까만 공기를 가르며 뻗어 나갔다. 그리곤 그대로 짐승의 목덜미에 화인을 새기기 시작했다. 매캐한 냄새가 진동하고, 짐승이 고통스러운 비명을 내지르며 땅으로 추락했다. 그 모습을 정면으로 목격한 남자의 두 눈이 화등잔만 하게 커졌다. 경이로 물든 눈빛은 바람 앞의 불꽃처럼 일렁거렸다.

남자는 작은 모습으로 변한 짐승이 어디론가 달아나버리고 나서도 쉽게 말문을 떼지 못했다. 멍하니 넋을 놓은 채 니안만 뚫어지게 바라보았다. 데릭이 먼저 그에게 다가가며 물었다.

"괜찮습니까?"

"……"

"여보세요. 괜찮으냐고요?"

데릭이 걱정스러운 목소리로 재차 물었을 때야 남자가 움찔 놀라며 더듬거렸다.

"방금 그건 뭡니까? 도대체 이게 무슨……."

"마수입니다."

데릭의 확신에 찬 대답에 그의 동공이 벌어졌다.

"엘카트라고요?"

"아니요, 아니에요. 엘카트는 훨씬 더 크고 힘이 세요."

이번에는 니안이 심각한 얼굴로 대답했다.

"그럼…… 아까 그 짐승이 뭐라고 생각하는 겁니까?"

"글쎄요. 저희도 잘 모르겠어요. 그저 한 가지 확실한 건 그게 이쪽 세계의 짐승은 아니었다는 거죠."

니안을 바라보는 남자의 눈빛은 여전히 경이로 가득했다. 그가 여전히 이해할 수 없다는 목소리로 물었다.

"당신들은 그게 마수란 사실을 어떻게 그렇게 빨리 알아차렸습니까? 그리고 무슨 방법을 사용했기에 내 칼로도 물리치지 못했던 짐승을 없애버린 겁니까?"

질문을 하는 남자의 목소리는 생각보다 차분했다.

"그 답은 당신이 앞으로 어떤 대답을 하느냐에 달렸지."

데릭이 의미심장한 얼굴로 그의 머리 넘어 먼 곳을 응시하며 툭 내뱉었다.

무례하고도 냉정한 데릭의 말투에 당황한 니안이 고개를 돌렸다. 데릭은 밤하늘을 올려다보고 있었다. 그런 데릭의 시선을 따라 니안의 눈동자가 움직인 곳엔 검은 물체 하나가 별빛 사이에 원을 그리고 있었다. 그러더니 점점 그들이 있는 곳을 향해 다가오기 시작했다.

"저건⋯⋯."

니안이 입을 떡 벌렸다.

"밤하늘을 나는 매."

데릭의 목소리는 세상을 얼려버릴 듯 싸늘하기만 했다. 아니나 다를까. 여유 있는 속도로 느긋하게 다가오던 새는 남자의 어깨 위에 사뿐히 내려앉았다.

새의 날카로운 발톱이 어깨를 파고들진 않을까 했던 걱정이 무색할 만큼 가볍고 능숙한 몸놀림이었다. 검술을 익힌 성숙한 남자의 어깨는 커다란 새가 충분히 내려앉을 수 있을 정도로 넓고도 탄탄했다.

"뭐가 문제요? 이 새?"

남자가 굳게 다물어진 데릭의 입매를 보며 다시 물었다.

"이 새가 그쪽을 불편하게 한 겁니까?"

"그래. 엄밀히 말하면 그 새가 아니라 그 새가 갖고 있던 편지지."

데릭의 대답에 그의 표정이 더욱 어두워진 듯 느껴지는 것은 착각일까. 남자의 얼굴은 흡사 굳어버린 석상 같았다.

"무슨 말인지 모르겠군요. 당신이 내 새가 갖고 있던 편지를 봤단 말입니까? 마요는 주인에게만 편지를 내어줍니다. 실수란 걸 모르는 아이요."

마요는 새의 이름인 것 같았다. 그의 입에서 '마요'라는 단어가 나오는 순간 새가 알아들은 듯 머리를 작게 흔들며 깃털을 다듬었기 때문이었다.

"그럼 당신이 그 새가 왜 편지를 전달하러 떠나지 않고 지금 당신 어깨에 앉았는지 설명해보시지."

"그건……."

그는 말문이 막힌 나머지 말끝을 흐리고 말았다. 몹시 혼란스러운 눈빛이었다. 그때 새가 날개를 크게 펴더니 점프하듯 가볍게 뛰어올랐다. 푸드덕거리는 소리와 함께 새는 눈 깜짝할 새에 데릭이 내민 팔 위에 내려앉았다.

"그럼 이건 또 어떻게 설명할 건데? 다른 사람을 따르지 않는 새가 내 팔 위에 앉은 것 말이야."

의기양양한 데릭의 질문에 남자는 충격받은 표정을 지어 보였다. 거기에 더해 데릭은 아까 새의 발에서 풀어냈던 통을 주머니에서 꺼내 보였다. 남자의 표정은 좌절을 거쳐 점점 분노의 빛을 띠었다.

잠시 데릭을 노려보던 남자가 들고 있던 칼을 휘두른 건 순식간이었다. 니안은 저도 모르게 비명을 질렀고, 놀란 새는 거칠게 허공으로 날아올랐다. 그 바람에 새의 발톱에 상처를 입은 데릭의 팔에서 피가 났다. 제때에 피하지 않았다면 새의 몸은 두 동강이 나 버렸을 것이 분명했다. 더불어 새를 앉혔던 데릭의 팔 역시 떨어져 나갔을 게 분명했다.

"무슨 짓이에요?"

니안이 버럭 소리를 질렀다.

"주인에게 복종하지 않는 짐승은 필요 없으니까. 실수 역시 용납 못 합니다."

니안은 어이없는 표정으로 입을 떡 벌렸다.

"그럼 지금, 당신이 키우고 돌봐 온 새를 진짜 죽이려고 했단 말이에요? 그리고 그 편지를 우리에게 전한 건 당신 새가 실수해서가 아니에요. 그건……."

니안은 그 순간 입을 꾹 다물어 버렸다. 데릭이 조종한 것이라는 사실을 첩자에게 제 입으로 말할 수는 없는 노릇이었으니까. 하지만 이 일로 믿고 따르던 주인에게 버림받게 된 새를 생각하니 미안한 마음이 들었다. 매를 길들이는 일은 몹시 힘든 일이다. 더구나 밤낮을 가리지 않고 하늘을 날 수 있는 매라니.

사냥꾼으로서의 본능을 가진 짐승은 고집과 자존심이 세서 교감이 충분하지 않다면 절대 길들일 수 없다. 그런 경지에 이르기까지 주인과 매 사이에 형성되었을 두터운 신뢰를 깨뜨려버린 죄책감이 밀려왔다.

하지만 데릭은 전혀 다른 관점으로 이 사건을 바라보고 있었다. 그가 매를 죽이려고 했다는 사실 따위는 중요하지 않았다. 그보다는 생명의 은인이나 다름없는 니안과 자신에게 아무렇지도 칼을 휘두를 수 있었던 남자의 본성이 미치도록 알고 싶었다. 그래야 그의 마음이 황후를 향한 충성과 생명의 은인과의 보은 사이에 어느 쪽으로 기울게 될지 가늠될 테니까. 그래야 편지에 쓰여 있던 '작업'이라는 것이 무엇인지 알 수 있게 될 테니까.

"이제 실수든 아니든 중요하지 않습니다. 어쨌든 가지 말아야 할 사람에게 편지가 간 것이 결과니까."

그가 씁쓸하게 웃음을 흘리곤 말을 이었다.

"만약 내가 매의 주인이라는 사실을 알았다면 이렇게 날 구하진 않았겠군."

"그러니 은혜를 모르는 인간이 되고 싶지 않다면 우리가 당신을 구한 다음에 찾아온 매에게 감사해야지, 죽이려고 하면 쓰나. 더불어 내 팔까지 날려버리려고 하다니."

데릭이 쏘아붙였다. 그러자 조소를 머금고 있던 남자의 얼굴이 차분해졌다. 남자는 그렇게 잠시 데릭을 응시하다가 니안에게로 진지한 시선을 돌렸다.

"고맙습니다."

남자의 인사에 니안의 입에서 작게 한숨이 흘러나왔다. 진심이 느껴지는 한마디였지만, 노골적으로 니안만을 향한 인사이기도 했다. 데릭의 미간이 팍 구겨졌다. 동시에 남자는 당장 그 자리를 뜰 것처럼 몸을 돌렸다.

"서!"

데릭이 외치자 남자가 고개를 돌렸다. 어느새 그의 입가엔 다시금 조소가 떠올라있었다.

"막을 테면 막아보시오. 하지만 어떻게 막지? 당신은 빈손이지만, 내게는 검이 있는데."

데릭은 명확히 느낄 수 있었다.

'도발이다!'

남자가 무언가를 알고 그러는 건지 모르고 그러는 건지는 분명치 않았지만…… 아니, 그가 데릭의 능력에 대해 눈치를 챘다는 편이 더 심정적으로 설득력 있었다. 모르고 하는 행동이라 하기엔 그의 태도가 지나치게 음흉했다. 남자는 그의 속셈을 뻔히 알면서도 데릭이 힘을 쓸 수밖에 없는 상황을 만들어가고 있었다. 니안의 불안한 눈동자가 숨죽인 채 데릭을 뚫어지라 바라봤다.

훗.

남자는 마치 일격을 가하듯 마지막 콧방귀를 날리곤 유유히 등을 돌렸다. 동시에 데릭도 선택을 굳혔다.

"거기 서라고!"

순간 땅이 울리는 커다란 굉음과 함께 푸른 빛이 번개처럼 땅과 나무를 훑고 지나갔다. 마치 숲에 거대한 운석이라도 떨어진 것 같았다. 지축이 흔들리고 나뭇가지가 요동치며 그 사이로 무언가가 요란한 소음을 내며 벌떼처럼 날아올랐다.

"앗……."

니안이 탄성을 내질렀다. 새였다. 숲의 온갖 새들을 몽땅 깨운 것 같았다. 남자를 향한 괘씸함의 크기를 가늠할 수 있을 만큼 규모가 컸다. 어둠 속에 새까맣게 떠오른 수많은 새가 정면으로 날아드는 모습은 흡사 악마의 무리를 연상케 했다. 커다랗게 벌어진 남자의 동공이 속절없이 흔들렸다. 남자는 순식간에 날아든 새 무리 속에 그대로 파묻혔다.

"이게 바로 내가 당신 매에게서 편지를 가로챌 수 있었던 이유라고!"

데릭이 소리쳤다. 그러나 새 소리가 워낙 시끄러웠기 때문에 남자가 그 말을 들었는지는 알 수 없었다. 바로 옆에 서 있는 니안에게조차 희미하게 들렸기 때문이었다.

"니안! 데릭!"

그때 바로 등 뒤에서 멜드린의 다급한 목소리가 들렸다. 니안은 그 소리를 듣고 바로 고개를 돌렸지만, 데릭은 그가 팔을 뻗어 어깨를 잡았을 때야 그의 존재를 깨달았다.

"멜드린!"

"데릭! 이게 무슨 일이냐? 일단 멈추거라. 어서!"

흐릿한 의식 너머로 남자가 가장 먼저 인지한 것은 무언가의 거친 숨소리였다. '쎄애액- 크응, 쎄애액- 크응' 하는 커다란 숨소리엔 짜증마저 다분했다. 그제야 온몸을 휘감는 자잘한 통증이 느껴졌다. 마치 칼로 여기저기 벤듯한 쓰라림과 함께 복부와 가슴엔 숨이 막힐 만큼의 압박도 느껴졌다. 머리는 터질 듯했고, 몸은 하염없이 흔들거리고 있었다.

"어머, 정신이 들었어요?"

은근한 걱정이 담긴 여자의 목소리를 들었을 때야 남자는 기억을 되살릴 수 있었다. 숲에서 마수를 맞닥뜨렸던 일과 자신이 감시하던 데릭과 니안의 도움을 받았던 일, 그리고 새 떼의 공격.

그의 기억은 새들의 무차별 공격을 받는 와중에 끊겼었다. 그리고 지금은 온몸을 밧줄로 꽁꽁 묶인 채 짐을 잔뜩 지고 있는 말 등에 업혀 있는 중이었다. 말은 가뜩이나 무거운데 왜 너까지 얹혔느냐고 불만을 터뜨리는 것 같았다. 과하게 몰아쉬는 숨은 나머지 당장에라도 넘어갈 것 같았고, 발걸음은 유난히 거칠게 터덜거렸다. 덕분에 상처 입은 몸이 더욱 욱신거렸다. 구토도 밀려왔다.

"으윽…… 자…… 잠깐만…… 잠깐만 멈춰……."

남자가 가까스로 말을 내뱉고 나서야 일행은 움직임을 멈췄다. 데릭이 짐을 실은 말에서 남자를 끌어내리자 말이 홀가분한 듯 푸르르 소리를 내며 꼬리를 휘둘렀다. 데릭이 무거운 짐짝을 던지듯 남자를 바닥에 툭 내팽개쳤다. 덕분에 그는 앓는 소리를 내며 바닥에 엉덩방아를 찍었다. 말 위에 앉아 그런 그를 바라보는 니안의 얼굴엔 안쓰러움이 가득했고, 데릭과 멜드린은 못마땅한 표정이었다.

"사람을 죽일 셈이오?"

남자가 볼멘소리로 말했다.

"당신이 한 짓을 생각하면 아직까지 살아 있는 게 기적이지."

"내가 무슨 짓을 했길래? 난 그저 돈을 받고 당신들의 동태를 살펴서 보고한 게 다요. 당신들을 해치려 한 적도, 일을 방해한 적도 없습니다!"

그러자 데릭이 으르렁거렸다.

"그게 바로 우리를 위협한 거라고. 꼭 사람을 칼로 찔러야 해하는 건 아니란……."

"우엑!"

남자는 데릭의 말을 끝까지 듣지 못하고 바닥에 구토하고 말았다. 남자를 태우고 온 말이 더럽다는 듯 머리를 흔들며 뒤로 물러났다. 니안이 말에서 뛰어내려 남자에게 다가가 등을 두드려줬다.

"괜찮아요?"

가까스로 진정된 남자가 붕대가 감긴 왼쪽 팔을 들어 보이며 말했다.

"그래도 이 팔을 보니 안심이 되는군요. 당장 죽일 사람을 치료하진 않을 테니."

"응. 말 그대로 당장 죽이면 안 될 일이 있어서."

"그게 뭐요?"

그러자 데릭이 무언가를 툭 던졌다. 매의 발목 통에서 빼낸 편지였다.

"거기에 쓰인 '작업'이 뭔지 알아야겠어."

남자가 바닥에 펼쳐진 편지를 빤히 쳐다보다 어이없다는 듯 너털웃음을 터뜨렸다.

"내가 이걸 말할 거라고 생각합니까?"

"말 안 할 이유도 없지. 당신 말대로 그저 돈 때문에 황후의 밀정 노릇을 한 거라면."

"당신이 황후보다 더 많은 돈을 줄 거란 말이오?"

"아니, 겨우 그런 관계인 사람과의 비밀을 지키느라 개죽음하진 않을 거란 뜻이야."

피식 코웃음 치는 남자의 한쪽 입매가 기묘하게 비틀어졌다.

"사람을 죽여보기는커녕 실전 한 번 치르지 못한 애송이 주제에…… 날 죽여?"

"하지만 검을 든 쪽이 나라면 이야기가 달라지지. 난 경험이 아주 많거든."

"선생님!"

니안과 데릭이 동시에 소리를 질렀다. 어느 틈에 다가온 멜드린이 남자의 목에 칼을 겨누고 있었다. 뛰어난 검술사다운 빠르고 조용한 움직임이었다. 남자가 작게 욕을 뇌까렸다. 그는 멜드린이 겨눈 칼날에 최대한 살이 닿지 않게 하려고 뻣뻣하게 턱을 치켜들어야 했다.

"밤에 전서응을 날려 보내다니 어리석었어. 자신은 밤에도 소식을 전할 수 있으니 더 효율적이라고 믿었겠지."

"그게 오히려 의심을 살 거라고는 미처 생각하지 못하고 말이죠."

멜드린의 말에 니안이 단호한 얼굴로 말을 보탰다. 그 순간 그녀의 가슴에 달린 목걸이에서 보라색 빛이 깜빡거렸다. 덕분에 모두의 시선이 일시에 그쪽을 향했다. 메이에게서 온 연락이었다. 어떻게 해야 하지? 니안은 조언을 바라는 눈으로 멜드린을 바라봤다. 그가 허락의 의미로 고개를 끄덕이고 나서야 니안은 빛나는 돌을 한 손으로 꽉 움켜쥐었다.

"메이?"

"니안, 별일 없어요? 어젯밤 연락이 오지 않아 걱정했어요."

남자의 처리 문제를 놓고 데릭, 멜드린과 설전을 벌이느라 그만 메이에게 연락할 타이밍을 놓치고 말았다. 그녀를 더욱 걱정하게 할 순 없었다. 멜드린과 데릭을 한번 흘긋 쳐다본 후 니안이 대답했다.

"미안해요. 숙소가 아니다 보니 할 일이 많아서 깜빡했어요. 별일 없어요."

마정석 너머로 그녀가 안도의 숨을 내쉬는 것이 느껴졌다.

"그럼 다행이에요. 정말 걱정 많이 했거든요. 혹시라도 내가 먼저 연락을 했다가 곤란한 상황이 되는 건 아닐까 걱정되어 고민 많이 했어요. 그러다 해가 뜨고 나니 도저히 견딜 수 없어서……."

"정말 미안해요. 다음에는 놓치지 않을게요."

"아니요, 별일 없었다니 다행이에요. 사실 어제 뜻밖의 소식을 들었거든요. 얼마 전 황실 정예부대 중 일부가 은밀히 한스넬 쪽으로 떠났다는……."

니안의 얼굴이 창백해졌다. 데릭과 멜드린의 표정도 딱딱하게 굳긴 마찬가지였다. 모두의 머릿속에 온갖 가능성과 가정이 동시다발적으로 떠올랐다.

"도대체 왜……? 설마 아르모트를 노리고……?"

니안이 더듬거리는 목소리로 물었다.

"모르겠어요. 만약 황제가 동굴의 위치를 알고 있었다면 지금껏 한 번도 아르모트의 죽음을 확인하러 오지 않았다는 사실이 설명

안 되니까요. 그는 아르모트가 갇힌 위치를 정확히 모르고 있는 게 분명해요. 그보다는 빈번한 마수 출현에 불안해진 왕이 뒤늦게 나마 그의 죽음을 확인하려는 것이거나, 아니면…….”

“아니면?”

“황제가 니안이나 데릭의 정체에 대해 알게 되어서 추격을…… 시작했다거나…….”

일순 모두가 숨을 멈췄다. 숲의 나뭇가지를 쓸고 지나가는 겨울 바람이 더욱 을씨년스러운 소리를 냈다. 메이가 말을 이었다.

“……동굴에는 제가 떠나올 때 은둔 마법을 걸긴 했었어요.”

‘마법’이라는 단어가 나오자 니안은 저도 모르게 움찔하고 말았다. 이미 마정석으로 아르본 시내에 있는 메이와 대화를 하고 있음에도 정체를 모르는 남자 앞에서 마법 운운하는 것이 신경 쓰였다.

“……하지만 워낙 이쪽 세계에는 마나가 적어서 충분한 마력을 확보하지 못했죠. 그래서 그 마법이 아직도 효험이 있는지는 장담할 수가 없네요.”

“어쨌든 여유가 없는 것은 분명하군…….”

멜드린이 중얼거렸다.

“네. 이미 서두르고 있지만, 더 서둘러야 해요. 더 조심하시고요. 어쨌든 지금으로선 황제가 우리와 전혀 상관없는 일로 병사를 보낸 것이길 기도하는 수밖에요.”

메이의 경고를 뼈에 새겨야 했다. 멜드린은 여전히 남자를 칼로 겨눈 채 낮게 읊조렸다.

"더는 씨름할 시간이 없어. 겁에 질린 황후보다는 황제 쪽이 훨씬 더 위험하니까."

멜드린은 당장이라도 남자를 죽일 것 같았다. 놀란 니안의 호흡이 빨라졌다. 아무 상관도 없는 남자가 너무 많은 것을 보았다는 것에는 동의하지만, 누군가를 죽인다는 건 한 번도 생각해 본 적이 없던 그녀였다. 데릭 역시 긴장하긴 마찬가지였다. 멜드린의 눈빛에 떠오른 것은 분명 살기였기 때문이었다.

"잠깐!"

멜드린이 일격을 위해 검을 뒤로 뺐을 때 남자가 비장한 목소리로 그를 저지했다.

"아직 내게 알아낼 것이 있지 않습니까?"

"상관없소. 어차피 그 '작업'이라는 걸 할 작자는 죽어 있을 테니까. 뒤늦게 자신의 밀정이 잘못되었다는 것을 깨달은 황후가 다른 누군가를 보냈을 땐 우린 이미 황제의 병사들과 접전을 벌이고 있겠지. 아니면 무사히 목적을 달성하고 돌아가고 있거나."

멜드린이 다시 검 손잡이를 잡은 손에 힘을 주자 남자가 크게 외쳤다.

"상관있소!"

"발악하는군."

"상관있다니까!"

"왜죠?"

니안이 참지 못하고 물었다.

"내가 당신의 동굴 친구를 꺼내줄 수 있는 유일한 사람이거든!"

그러자 모두의 동작이 일시에 얼어붙었다. 전혀 예상치 못했던 말을 듣고 나니 현실감이 떨어졌다. 진짜 마법사인 메이조차 하지 못했던 것을 이 자가 할 수 있다고? 황후의 첩자가?

가장 먼저 정신을 차린 건 니안이었다. 그녀가 여전히 매섭게 남자를 노려보며 검을 겨누고 있는 멜드린의 손을 지그시 눌렀다.

"선생님. 일단 들어 봐요."

"말도 안 돼. 저자가 지금 우릴 농락하려는 거야. 방금 우리 대화를 들었기 때문에!"

멜드린의 눈은 금세 분노로 불타올랐다. 멜드린에게 데릭과 니안은 아직 세상의 때에 물들지 않은 순진한 아이들이었다. 그 어느 때보다 남자가 위협적으로 느껴지는 건, 그가 뱀 같은 혀로 자신이 지켜야 할 아이들을 현혹하려 하는 것으로 보였기 때문이었다.

"당신 말을 어떻게 믿지?"

이번에는 데릭이 물었다.

"동굴에 갇혔다고 하지 않았소?"

"그런데?"

"당신들이 그를 빼내지 않고 만나러 가는 것으로 보아 물리적으로 갇힌 것은 아닌 것 같고…… 주술에 걸린 것 아니오?"

"이 세계에 마법이 없어진 지가 얼만데 주술 운운하다니…… 어이가 없군."

멜드린이 혀를 찼다.

"이미 이 세상에 마법이 있다는 것은 당신들이 보여주지 않았습니까?"

그가 니안의 가슴에 달린 목걸이를 향해 턱짓했다.

"당신들이 보통 사람이었다면 내 생각이 거기까지 미치지 않았겠지만, 그런 희한한 물건을 사용하는 사람들이라면…… 그리고 어제 내가 봤던 것이 꿈이 아니라면 아주 불가능한 이야기도 아니지."

그가 확신에 찬 어투로 말했다.

니안 일행은 그의 말을 어떻게 받아들여야 할지 여전히 판단할 수가 없었다. 그저 말과 동작을 멈춘 채 뚫어지게 그를 바라만 보고 있을 뿐. 의논이 필요했다. 아니, 지금 이 상황에서 의논이란 게 가능하기나 한 건가?

"지금, 주술……이라고 했나?"

멜드린이 믿기지 않는 얼굴로 힘겹게 입을 떼자 그가 고개를 끄덕였다.

"그럼 당신이 주술을 쓸 수 있다는 뜻이오?"

"그렇소."

남자가 자랑스러운 얼굴로 당당히 가슴을 폈다.

"그 말을 어떻게 믿지?"

데릭이 묻자 그가 씨익 미소 지어 보였다. 혼란으로 가득 찬 얼굴들을 훑는 남자의 표정엔 즐기는 기색마저 떠올랐다.

"내 매를 떠올려 보시오. 낮에 나는 새인 매가 과연 훈련만으로 밤하늘을 날 수 있다고 생각합니까?"

그러자 일행의 얼굴은 더욱 멍해졌다. 훈련으로 가능할 수도 있는 거 아닌가? 안 되는 거였나? 그러고 보니 단 한 번도 매를 훈련해 밤에 날 수 있게 했다는 이야기를 들어보질 못한 것 같았다. 그럼 남자에게도 데릭이 가진 능력처럼 동물을 조종하는 능력이 있다는 뜻인가?

"좋아, 당신에게 주술 능력이 있다고 치자. 하지만 보지도 못했는데 동굴에 걸린 주술을 풀 수 있다고 어떻게 자신하지?"

"그야 그 주술을 건 사람을 내가 알고 있으니까."

뒤통수를 가격당한 것 같았다. 데릭은 자신이 무슨 표정을 짓고 있는지조차 의식할 수 없었다. 혼이 빠진 것만 같은 얼굴은 니안도 멜드린도 마찬가지였다. 그 얼굴들을 마주하자니 남자는 묘한 감회에 젖어들었다.

기억이 화살처럼 빠르게 과거로 날아갔다.

"마법이로구나!"

남자가 자신의 능력을 설명했을 때 황후는 이렇게 말하며 탄성을 내뱉었다. 두 손을 모으고 공손히 머리를 조아린 뒤 남자가 대답했다.

"엄밀히 말하면 술법이지요."

"마법이나 술법이나 그게 그거지. 천박한 데다 불법이란 건 매한가지 아니더냐."

황후의 비웃음에 그의 입매가 조용히 뒤틀렸다.

'그래…… 뭘 모르는 네 눈에는 그렇게 보이겠지.'

그러나 황후에게는 공손히 땅으로 시선을 깔고 있는 남자의 정수리만이 보일 터였다. 그 순간 그는 마음을 다잡으며 조용히 노파의 말을 되새겼다.

'앞으로 내게 무슨 일이 생기든 넌 절대 관여치 말거라.'

노파가 남자의 미래와 관련해 의미심장한 말을 한 것은 그것이 처음이었다. 노파를 본 마지막 밤이었다.

'어떤 결말이든 그건 오롯이 내가 짊어지고 가야 할 내 운명이니까. 네겐 네 길이 따로 있단다.'

노파는 유능한 예언가였다. 그것은 특출함을 타고난 남자조차 가지지 못한 능력이었다. 그녀는 마법이 씨가 말라버린 세상에서도 타고난 영험함으로 미래를 내다봤고, 모두가 손가락질하는 음지를 찾아다니며 까다롭고 어려운 주술을 섭렵한 여인이었다.

'내게 보은을 하고 싶다면 동굴에 갇힌 남자를 찾아라. 생전에 풀지 못하고 가는 내 업이다. 그를 풀어주는 것이야말로 내게 은혜를 갚는 길이며, 너 자신을 찾는 지름길이다.'

도무지 뜻 모를 그녀의 말에 미간에 새겨진 남자의 주름이 깊어졌다. 목소리도 까슬해졌다.

'어딜 가야 그를 찾을 수 있습니까?'

'네 힘을 필요로 하는 곳.'

'……!'

'명심하렴. 그곳이 어디든, 그게 어떤 일이든 우리는 세상의 잣대로 옳고 그름을 판단해선 안 된다는 걸 말이다.'

그 말을 떠올린 남자가 데릭을 똑바로 바라보며 말했다.

"내 이름은 제이디입니다. 아마 이 세계에 남은 유일한 술법사가 아닐까 싶습니다만."

"술법사라고?"

"어젯밤 봐서 알겠지만 제 검술은 나쁘진 않지만, 그렇다고 뛰어나지도 않습니다. 그런데도 황후가 왜 고용했을 거라 생각합니까? 당신들에게 이렇게나 쉽게 제압당하는데 말이지요."

"주술도 우리한테 제압당할 만큼 형편없다는 걸 몰랐던 게지."

멜드린이 어처구니없다는 표정으로 비꼬았다.

"뭐 이런 꼴이 된 걸 보면 그것도 틀린 말은 아니군요."

남자는 민망한 표정으로 어깨를 으쓱해 보였다.

"주술이 마법을 이기긴 어렵죠. 그것도 이렇게 미량의 마나만이 존재하는 곳에서 그렇게 큰 마력을 운용할 수 있는 마법사한테라면요. 그렇다 해도 마법과 술법의 차이를 안다면 당신들이 결코 동굴에 걸린 주술을 깰 수 없다는 것도 알 텐데 말입니다."

'마법과 술법의 차이?'

데릭은 스스로에게 질문을 던지며 제 뒷덜미를 가볍게 쓸었다. 장담하건대 지금 이 자리에 있는 세 사람 중 그 차이를 제대로 아는 사람은 단 한 명도 없을 것이다. 언젠가 메이도 비슷한 이야기를 한 적이 있었다.

이곳의 주술은 자신들이 사용하는 마법과 공식이 다르다고 했던가. 그런데 남자는 어떻게 마법에 대해서도 저렇게 잘 아는 거지? 술법사여서인가?

그의 마음을 꿰뚫기라도 한 듯, 제이디가 설명을 이었다.

"마법은 마법사가 타고난 기운으로 마나를 끌어모아 마력을 운용하는 것이고, 술법은 대부분 수식과 공식으로 발현됩니다. 그래서 마력은 아주 소량만 소요되고요. 대신 복잡한 수식과 공식을 다 익혀야 하고, 약간의 오차만 생겨도 효력을 발휘하지 못합니다. 아주 치밀하고 정확하게 계산해야 해서 하나의 주술을 사용하기 위해서는 많은 노력과 시간이 필요합니다."

모두의 눈이 휘둥그레졌다. 이 세상에 이렇게 주술에 해박한 자가 있다는 것이 믿기지 않았다. 메이조차 이 둘의 차이를 제대로 설명 못 하지 않았던가.

"얼핏 보면 술법이 마법보다 약해 보이지만 술법에는 마법에는 없는 강점이 있습니다. 마법은 아무리 큰 마법이라도 더 큰 힘을 가진 마법사가 나타나면 기존에 걸린 마법을 깨트릴 수 있습니다. 반면, 술법은 마법보다 힘은 약하지만, 주술사가 설계한 고유한 공식을 알지 못하면 절대 풀지 못한답니다."

제이디의 얼굴에 의기양양한 미소가 떠올랐다.

"저는 그 주술을 건 술법사를 알고 있습니다. 물론 그 주술에 사용된 공식도 알고 있죠. 설사 이 세상에 나만큼이나 능력 있는 술법사가 또 존재한다고 해도, 그 주술을 바로 풀어낼 수 있는 사람은 나, 제이디가 유일하단 말입니다."

"그렇다면…… 당신이 그 주술을 건 장본인일 수도 있겠군."

거기까지 생각이 미치자 멜드린은 부아가 치밀어 저도 모르게 목소리가 사나워졌다.

"워워, 진정하세요. 아닙니다. 하늘에 맹세하죠. 하지만 이대로 절 죽이면 당신 친구는 영원히 그 동굴을 빠져나오지 못할 겁니다. 확실해요."

"그럼 편지에 적힌 '작업'이란 건 뭐죠?"

니안이 물었다.

"결국, 우리한테 뭔가 사악한 주술을 걸려고 했다는 거겠지."

데릭이 대신 대답했다. 회의적이 목소리였다. 그예 제이디가 설명을 덧붙였다.

"이래 봬도 양심 있는 사람인지라 내 입으로 황후와의 약속을 깨고 실토할 수는 없습니다. 하지만, 약속하죠. 동굴에 갇힌 친구에게 날 데리고 가다 보면 그게 뭔지 자연스럽게 알게 될 거라고 말입니다."

"……."

"자, 그러니 선택하시죠. 이 자리에서 절 죽이고 친구를 구할 기회를 영영 날려버리겠습니까? 아니면 속는 셈 치고 절 데리고 그곳까지 가시겠습니까?"

지혜의 여신도 이 순간만큼은 쉽게 답을 택하긴 어려울 게 분명했다.

오스만이 무언가 이상하다 느끼기 시작한 건 황후의 태도에서 시작되었다. 물론 소피아는 평상시에도 몹시 예민하고 신경질적인 사람이었다. 도도하고 거만하면서도 때로는 안쓰러울 정도로 눈동자가 불안하게 흔들거렸다. 그렇다고 그 불안정한 눈동자에 두려움이 스민 적은 없었다. 최소한 지금까지는 그랬었다.

"……."

마주 앉아 식사하는 도중에도 그의 본능이 감지한 묘한 이상 기운은 소피아에게 '어디 불편한 곳이라도 있소?' 하는 따위의 가벼운 안부 인사조차 묻지 못하게 했다.

마치 그 질문조차 절대 하지 말아야 할 불문율처럼 느껴졌다. 그녀를 위해서가 아니라, 자신을 위해서.

화려하게 차려진 식탁 위로 고기 써는 칼날 소리만이 싸늘하게 공기를 채웠다. 화병에 꽂힌 장미의 따뜻한 분홍색마저 얼음으로 덧칠된 것만 같았다.

그날 식사 후, 오스만은 그 더러운 기분을 떨쳐내려 홀로 산책을 시작했다. 생각에 잠겨 하염없이 걷다 보니 말단 하녀들의 숙소와 멀지 않은 호숫가 끝에 다다랐다. 그러자 고단한 일과를 호수에서 자신들의 속옷을 빠는 것으로 마무리하는 몇몇 하녀들의 수다 소리가 작지만 정확하게 들려왔다.

"그게 정말이야?"

"그렇다니까."

"세상에 그게 사실이면 그 여자는 얼마나 억울할까? 진짜 미칠 만도 하다."

"그런데 난 그 여자가 왜 그게 자기 남편이랑 아들이란 사실을 혁명군에게 말하지 않았는지 이해가 안 돼."

"난 이해가 되는데? 말해 봐야 뭐해, 이미 남편이랑 아이는 죽었는데. 찾아가 말한다고 한들 죽은 사람들이 살아 돌아오는 것도 아니잖아. 난 그때에도 아르본 시내에서 살았기 때문에 정확히 기억해. 얼마나 살벌했는지 아니? 매일매일 광장에서 사람들이 죽어나갔다고. 귀족들은 물론이고 전 황제를 옹호한다고 생각하면 평민이고 하인이고 가리지 않았어. 자기도 오해를 받고 억울하게 죽을까 봐 겁이 났겠지. 그리고 그때 죽은 게 진짜 황태자가 아닌 엉뚱한 사람이었다는 걸 황제가 알아봐. 더 많은 사람이 죽게 될 것 아냐. 나라도 억울하다고 가서 따지지 못했을 것 같아."

"그럼 평생 혼자만 알고 있지, 그걸 왜 자기 동네에 가서 떠들어?"

"어머, 너 여태 뭘 들은 거니? 여자가 혼자 삭이고 참다가 결국 미쳐버렸다잖아."

"그래. 떠들고 다닌 게 먼저가 아니라 미친 게 먼저라고. 여자가 미쳐 길거리를 떠돌면서 소리치고 다닌 거라잖아."

"모르는 사람들은 그냥 미친 여자가 떠드는 소리라고 무시하지만, 나처럼 그 여자 주변에서 살았던 사람들은 그게 사실이라는 걸 정황상 아는 거지. 갑자기 남편하고 아들이 행방불명이 됐었으니까. 내가 똑똑히 기억해. 그 여자가 자기 아들이 황실하고 똑같은 머리카락 색과 눈동자 색깔을 가졌다고 얼마나 자랑했었는지. 내 동생하고 그 여자 아들하고 칼싸움하고 같이 놀기도 해서 잘 알지. 정말 황제 폐하나 로이드 황태자님처럼 눈부신 금발에 얼음 호수처럼 투명하고 파란 눈동자를 가지고 있었다니까. 가난한 평민 집 출신답지 않게 귀티가 좔좔 흘렀다고!"

걸음을 멈추고 몰래 이야기를 듣던 오스만의 손끝이 점차 분노로 덜덜 떨렸다.

자신의 손이 떨린다는 사실조차 용납할 수가 없을 만큼 수치스럽고 화가 났다.

격노한 그는 체통도 잊은 채 천진하게 수다를 떨고 있는 어린 하녀들 앞으로 뛰어들었다.

"모두 손에 든 것을 내려놓고 당장 일어나라."

그의 목소리는 작고 낮았지만, 천둥처럼 무서웠다. 곧 쉴 수 있다는 기대감에 편안하게 수다를 떨던 하녀들의 얼굴이 공포로 창백하게 질려갔다. 이후 그녀들은 그대로 궁 안에서 사라졌다. 그녀들을 관리하던 상급 하녀와 시녀들은 황궁 안에서 벌어진 이 이상한 실종 사건이 황제에 의한 것이라고는 꿈에도 생각하지 못했다.

'황태자가 살아 있어. 황태자가……'

반란 이후 한 번도 느껴보지 못했던 공포가 그를 휩싸 안았다. '쿠커스 황국의 주인은 나, 오스만'이라는 사실에 단 한 치의 의심도 하지 않았던 남자의 가슴에 주인의식이 사라졌다.

그의 정신은 자신도 모르는 사이에 주인이 아니라 주인의 것을 탐한 개가 되어 있었다. 그제야 소피아의 눈동자에 떠오른 두려움의 실체가 보이기 시작했다.

그것은 제 것이 아닌 다른 자의 것을 몰래 차지한 자들끼리만이 알아볼 수 있는 감정이었다. 붉은 꽃이라 믿었던 여자에게 스멀스멀 불신이 스며들었다.

'아르모트가 없으면 헤이드는 결코 내게 도전할 수 없어. 아르모트가 죽었는지 확인해야 해. 그를 가둔 동굴을 찾아서 다시 확인

해야 해.'

아르모트를 가두고 반란에 성공한 후 황실 비자금의 위치를 확인하려 다시 동굴을 찾았을 때, 동굴 입구는 산사태로 무너져 내린 돌무더기에 막혀 있었다. 동굴 입구는 산사태가 일어나기 전까지 자신의 병사들이 쉬지 않고 지키고 있었으므로 산사태 전에 그가 주술을 깨고 빠져나갔을 리는 만무했다. 동굴 입구에 쌓인 돌무더기는 어마어마한 규모였으니 오스만은 당연히 아르모트가 그 안에서 죽었을 거라 확신했었다.

'직접 얼굴까지 확인했던 황태자도 가짜였어. 아르모트도…… 확인하지 않으면 안 돼.'

그 순간 늘 께름칙하게 가슴에 남았던 예언이 떠올랐다.

'향후 10년. 매해 쉬지 않고 천운이 들었습니다. 그동안엔 무엇을 하시던 원하는 것이 있으면 다 얻을 것이고 바라는 것은 모두 이루게 될 것입니다.'

멧드라하가 오스만의 세상이라 정확히 예언한 것은 오로지 10년 뿐이었다. 그리고 돌아오는 그의 즉위 기념식이 올해로 꼭 열 번째였다. 시간이 없다는 것. 그것이 그가 가진 붉은 꽃이 절대 가짜여서는 안 되는 절실한 이유였다.

5장

미혹의 시간

"뭐지? 이건 도시나 마찬가지잖아?"

"그러게. 꼭 아르본 사람들을 보는 것 같아."

빰에 홍조를 띤 니안의 목소리는 어딘지 모르게 벅찬 느낌마저 들었다.

"지도에서는 너무 작아서 완전히 시골 마을인 줄 알았는데……."

이렇게 말한 멜드린이 내내 쥐고 있던 지도를 말아 안장 주머니에 밀어 넣었다.

루드빌. 한스넬로 향하는 여행객들이라면 대부분 건너뛰는 이 마을로 일행이 흘러든 것은 순전히 새로운 동행인, 제이디 때문이었다.

"이놈의 말은 성질이 왜 이 모양입니까?"

이동하는 내내 제이디가 툴툴거렸다. 일행이 이끄는 말은 총 네 필이었는데 그중 짐만 나르는 말인 캐피의 등에 제이드를 태웠더니, 녀석이 처음과 마찬가지로 콩콩 숨을 몰아쉬거나 쿵쿵 발을 구르며 계속 성질을 부리는 거였다. 결국, 보다 못한 멜드린이 한숨을 푹 내쉬었다.

"아무래도 새 말이 한 필 더 필요하겠구나."

당시 지도에서 경로를 크게 이탈하지 않고도 말을 구할 만한 곳은 루드빌뿐이었다. 니안은 회색 벽돌이 깔린 깔끔한 중심 대로를 지나며 제이디의 얼굴을 흘긋 쳐다봤다.

"얼굴이 빨리 나아야 할 텐데 말이죠……."

처음 봤던 제이디의 얼굴은 어둠 속이라 자세히 보이지는 않았어도 꽤 미남이라 할 만한 수준이었다. 하지만 새카맣게 둘러싼 새들을 몰아내고 기절한 그를 꺼냈을 땐 심하게 얻어맞은 듯 얼굴이 퉁퉁 부어 있었다.

"네."

퉁명스러운 제이디의 목소리에는 책망이 그득했다. 그 목소리에 반응한 캐피가 다시 짜증스러운 소리를 내며 발굽을 요란하게 따각거렸고, 아슬아슬하게 정수리에 걸쳐 있던 제이디의 로브가 뒤로 흘러내렸다.

빗자루처럼 푸석거리는 제이디의 머리카락과 햇살 아래 윤기를 발하는 니안의 머리카락을 번갈아 보며 데릭이 들으란 듯이 중얼거렸다.

"같은 검은색인데 어떻게 저렇게 느낌이 다를 수 있는 건지."

머리 색깔만큼이나 검은 제이디의 눈동자가 찌릿 데릭을 쏘아봤다. 그런 두 남자의 신경전을 구경하던 니안은 문득 떠오른 생각에 고개를 갸웃거렸다.

'이상하네……'

정확히 기억한다. 아르모트 구출이란 협상 카드로 자신의 목숨을 구하려던 그때도 제이디는 의심할 여지없이 지금과 같은 모습이었다는 걸.

"자, 그러니 선택하시죠. 이 자리에서 절 죽이고 친구를 구할 기회를 영영 날려버리겠습니까? 아니면 속는 셈치고 절 데리고 그곳까지 가시겠습니까?"

"좋아. 그럼 어디 증명해 봐!"

결연한 얼굴로 그의 몸을 두르고 있던 밧줄을 푼 것은 데릭이었다. 일행들 사이에 그가 도망가지 않을 거라는 무언의 공감이 형성된 후였다.

"어어, 이제 좀 살 것 같네!"

풀려난 제이디는 크게 기지개를 켜며 요란스럽게 팔을 돌려댔다. 그 모습을 바라보며 데릭과 멜드린이 잔뜩 눈썹을 찌푸렸지만,

그는 아랑곳하지 않고 의기양양하게 왼손을 들어 오른쪽 검지를 훑었다. 그가 만진 손가락에는 화려한 검은 무늬가 각인된 은색 반지가 끼워져 있었는데, 그가 왼손으로 훑어내자 반지는 끝이 뾰족한 나뭇잎처럼 쭉 늘어나 손가락과 손톱을 덮었다.

"와!"

자신도 모르게 바보 같은 탄성을 터뜨린 니안은 부끄러워 얼른 입을 가렸다. 회심의 미소를 지었던 것도 잠시, 제이디는 언제 그랬느냐는 듯 금세 진지한 얼굴로 변했다. 그리곤 손가락을 세워 뾰족한 반지 끝으로 자신의 주변에 둥그런 원을 그리고는, 그 중앙에 무릎을 꿇고 양손을 모아 쥔 채 눈을 감았다.

빛의 실선.

거미줄처럼 가늘게 빛나는 선들이 제이디를 둘러싼 공기 흐름을 타고 춤추듯 너울거리기 시작했다. 처음엔 한두 가닥이던 그것들은 어느새 이곳저곳에서 흘러들어 점점 많아지기 시작했다. 그 중 가장 진한 가닥이 반지 끝으로 흘러들었다. 검은색이던 반지 문양이 불을 켠 듯 환하게 빛난 건 바로 그 순간이었다.

니안은 두 눈을 깜빡거렸다. 허공을 부유하던 빛줄기들이 마치 물레에서 실을 뽑아낼 때처럼 반지 끝으로 쉼 없이 흘러들고 있었다. 땅바닥에 그려진 원에서도 안개처럼 흐릿하게 빛 가루가 떠오르기 시작했다. 그제야 제이디가 눈을 뜨고 말했다.

"지금부터 절대 절 건드리면 안 됩니다. 눈앞에 보이는 빛에도 닿지 않게 조심해주십시오."

그는 빛이 흘러드는 반지로 원 안의 땅바닥에 무언가를 쓰기 시작했다. 처음 보는 기이한 문자들이었다. 마치 반지에 스민 빛을 잉크 삼아 쓴 듯, 글자에서도 환하게 빛이 났다.

그때였다. 그의 모습 위로 또 다른 모습이 겹쳐 보인 것은.

니안은 외마디 소리를 지르며 그를 가리켰지만, 어느새 그의 모습은 처음과 같았다.

'잘못 봤나?'

니안이 두 눈을 비볐다가 다시 떴다. 하지만 아무리 눈을 부릅떠도 방금 봤던 모습이 다시 보이진 않았다.

"오빠, 방금 봤어?"

"응?"

"방금 그 은발."

"은발? 무슨 은발?"

의아한 표정을 지은 것은 데릭만이 아니었다. 둘의 대화를 들은 멜드린도 궁금증이 가득한 얼굴이었다.

"아…… 아니야. 잘못 봤나 봐."

니안은 고개를 가로저었다.

'분명 은발이었어. 눈도 투명할 정도로 연한 색이었고. 회색? 파란색?'

그사이 제이디가 써 내려 간 문구는 주술진의 3분의 1을 채우고

298

있었다.

"지금 주술을 설계하고 있습니다. 거의 다 끝나갑니다. 이제 마지막 문양 하나만 넣으면 되⋯⋯."

얄궂다는 건 바로 이럴 때 하는 이야기일지도 모른다. 제이디가 필살의 한 획을 그으려는 순간, 그 위로 밤송이가 하나가 떨어졌다. 그러자 '펑'하는 폭발음과 함께 주술진이 빛을 터트렸다. 일행들은 뿌옇게 피어오른 연기에 시야가 가려 무슨 일이 벌어진 건지 알게 되기까지는 약간의 시간이 필요했다.

잠시 후 연기가 사라진 곳엔 엉망으로 타버린 주술진과 망연자실한 얼굴로 그 안에 앉아 있는 제이디가 있었다. 무언가 잘못된 것을 직감한 니안의 시선이 자연스레 데릭과 멜드린을 찾았다.

"꺅! 서⋯⋯ 선생님!"

니안이 입을 가리며 비명을 질렀다. 멜드린의 코 양옆으로 하얀 수염들이 길게 뻗어 있었기 때문이다. 꼭 생기다 만 커다란 고양이 같았다. 데릭이 화난 얼굴로 달려가 제이디의 멱살을 잡아 일으켰다.

"너 이 자식. 지금 무슨 짓을 한 거냐?"

"무슨 짓이라니? 보고도 모릅니까? 저 빌어먹을 밤송이가 설계 중인 내 진 위로 떨어지는 바람에 주술이 완성되기도 전에 터져버렸잖소! 내가 아까 다가오지 말라고 경고한 거 기억 안 납니까? 이래서 그런 겁니다."

그의 설명은 이러했다.

이 세계에서의 주술은 주로 누군가를 저주하기 위해 발전되어 왔다. 저주는 아무도 없는 조용한 음지에서 은밀하게 진행해야 했고, 나쁜 짓이다 보니 병사나 자객에게 쫓기는 일도 많았다. 그래서 발현을 아주 손쉽게 만들어놨다. 약간의 충격만으로도 진이 효력을 발휘하도록. 설사 설계가 잘못되거나 미완성 되더라도 주변을 충분히 어지럽혀 술법사가 쉽게 도망칠 수 있도록 말이다.

"또 다른 이유도 있습니다. 술법사는 마법사가 아니라서 마나를 잡아두는 힘이 턱없이 부족합니다. 조금만 집중력이 떨어져도 운용하던 마력을 놓쳐버려요. 거기에 도망쳐야 하는 숙명마저 따라다니니 약간의 충격에도 주술 설계가 터지게끔 된 겁니다."

"그래도 저 수염은 설명이 안 돼. 저주라고 했어? 도대체 우리한테 무슨 저주를 걸려고 한 거야?"

그래도 데릭의 낮은 으르렁거림은 멈추지 않았다.

"저자는 날 죽이려고 검을 들이댔으니 약간 골탕을 먹이려 한 것뿐입니다. 몇 시간 동안만 고양이로 만들어 말을 뺏어 탈 작정이었어요."

"뭐라고?"

그때 데릭의 그 무시무시한 낯빛이라니. 당장에라도 제이디를 죽일 것만 같았다.

"됐습니다. 수염이야 자르면 되죠."

멜드린의 공손하고도 차분한 목소리가 데릭의 살기를 가라앉혔다. 멜드린이 신발 뒤에 끼워 넣은 단검을 꺼내 수염이 난 뺨을 밀었다. 그러자 하얀 수염들이 우수수 바닥으로 떨어져 내렸다. 꼭 비가 내리는 것 같았다.

"아, 그…… 그게……."

제이디는 더듬거렸고, 데릭과 니안의 눈은 다시 휘둥그레졌다. 밀었던 자리에서 순식간에 하얀 수염이 다시 자라난 것이었다.

"걱정하지 마세요. 어차피 실패한 주술이라 한두 시간 후면 사라질 겁니다."

제이디가 황급히 설명했지만, 데릭의 화는 다시 머리끝까지 치밀고 말았다.

"너, 이 자식! 한 번만 더 우리 앞에서 이따위 거지같은 주술을 썼다간 죽을 줄 알아!"

회상을 마친 니안의 시선이 다시금 푸석한 제이디의 검은색 머리카락에 닿았다.

'내가 본 건 뭐지?'

하지만 그 생각은 곧 멜드린의 기쁨에 찬 외침에 끊겨 버렸다.

"저기 여관이 있구나."

"워낙 작은 데다 길목에 있는 마을이 아니어서 없을까 걱정했는데 다행이군요. 좀 쉬어갑시다."

제이디가 여전히 신경질을 부리는 캐피 위에서 털럭털럭 흔들리며 말했다. 분명 여관 표시가 되어 있지만 작은 식당이라는 편이 더 어울리는 곳이었다. 보통 여관에서 말 관리와 거래도 겸하기 마련인데 너무 작은 곳이라 가능할지 은근 걱정이 밀려들었다.

"말을 좀 구하고 싶소만."

안으로 들어가 한쪽 테이블에 자리를 잡은 후 멜드린이 주인에게 말했다.

"말이오?"

주인 남자의 눈이 동그래졌다.

"죄송하지만 저희는 말을 취급하지 않습니다."

"그럼 말 거래소가 따로 있소?"

"저희 마을에는 말 거래소가 없습니다."

주인장의 목소리는 테이블에 앉아 있는 일행들에게도 선명히 들렸다.

"보통 말 관리장에서 거래도 함께하고 있지 않습니까? 그럼 관리만 하고 거래는 하지 않는다는 겁니까?"

"저희는 말 관리장도 따로 없습니다."

"그럼 이 마을 사람들은 말 관리를 어떻게 합니까? 각자 집에서 알아서 하나요?"

"네."

모두의 인상이 일그러졌다. 말 한 필 구하겠다고 반나절의 시간을 버려가며 루드빌로 왔는데 말을 팔지 않는다니!

"그럼 다른 마을로 가야 하는 겁니까?"

"촌장님 댁으로 가 보십시오. 도움을 주실 겁니다."

일행에겐 날벼락 같은 대답을 주인 남자는 참으로 해맑게 했다. 게다가 친절하기까지 하니 무언가 불만을 터뜨리기도 어려웠다.

"어떻게 하죠?"

테이블로 돌아온 멜드린에게 니안이 걱정이 담긴 목소리로 물었다.

"그냥 다음 목적지까지 캐피에 태워서 가요."

"싫습니다! 촌장에게 가 봅시다!"

"캐피가 싫으면 내려서 뛰어!"

데릭과 제이디의 설전에 멜드린이 크게 한숨을 내쉬곤 팔짱을 꼈다.

"어차피 들어온 마을이니 말 상태도 점검받을 겸 촌장에게 가 보면 어떻겠니? 일단 여기서 밥을 먹으면서 좀 더 생각해 보자꾸나."

촌장의 집으로 가는 내내 일행들은 작지만 깔끔하게 정비된 마을의 모습에 계속 혀를 내둘렀다. 니안이 어렸을 때 살던 베른 지방은 비록 시골이었어도 루드빌과는 비교도 할 수 없을 만큼 큰 마을이었다. 그런데도 벽돌 포장된 도로는 거의 본 기억이 없었다. 멀끔한 간판을 단 상점이 도로를 따라 죽 늘어선 곳도 없었다. 지금껏 들렀던 마을들과도 사뭇 다른 모습이었다.

"촌장이 귀족일까요?"

"촌장이 귀족이 아니어서 이런 것 같은데? 아무래도 수탈이 적을 테니까."

"들판이 보이지 않는 걸 보니 이곳은 농사가 주가 아닌 모양이구나. 뭔가 가격이 나가는 특별한 특산품이 있나 보다."

거리를 오가는 사람들의 손에는 먹을 것이나 생필품들이 가득했다. 모두 표정이 밝은 것이 부유한 마을임이 틀림없었다.

"없을 것 없이 다 있는 것 같은데 가장 흔한 말 거래소가 없다니 특이하네요."

니안이 중얼거렸다. 그러고 보니 도로에서 말을 타고 가는 사람들은 오직 일행들뿐이었다. 촌장의 집은 벽돌 도로 끝, 언덕 꼭대기에 있었다. 사실 언덕이라기에도 턱없이 낮은 곳이었지만, 집 자체가 다른 건물보다 커서 유난히 높아 보였다.

"빨리 말만 구해서 마을을 떠나야지."

멜드린의 목소리에서 어딘지 조급함이 묻어났다. 하지만 막상 촌장의 집에 도착했을 때, 일행들은 뜻밖의 사실을 알게 되었다.

"네? 말이 내일 도착한다고요?"

지난여름 전염병이 돌아 말을 포함한 마을의 가축들이 거의 도살당하거나 폐사했다는 거였다. 촌장은 자신의 잘못이 아닌데도 몹시 미안한 표정을 지어 보였다.

"다행인 건 겨울이 시작되면서 가을까지 기승을 부리던 병이 거의 사라졌다는 거지요. 이제는 안전해졌다는 판단하에 이번에 큰 마을의 마시장에서 종마와 여분의 말 몇 마리를 사 오기로 했습니다. 이변이 없는 한, 아마 내일쯤 이곳에 도착할 것 같습니다."

모두 할 말을 잃었다. 전혀 예상치 못한 결과였다.

"괜찮으시면 우리 집에서 하루 묵었다가 내일 말이 도착하면 그중 한 마리로 골라보시면 어떻겠습니까?"

60대쯤으로 보이는 촌장은 사람 좋은 얼굴로 웃으며 권했다. 그리고 그런 그의 권유는 몹시도 달콤해서 일행 모두를 갈등에 빠뜨렸다.

"저희 마누라 칠면조 요리가 아주 기가 막힙니다. 둘이 먹다 하나가 죽어도 몰라요. 오늘, 마침 제 아들 녀석 생일이라 칠면조 요리를 비롯해 메뉴가 꽤 화려합니다. 손님방도 넓겠다, 따끈한 목욕도 가능하겠다, 이렇게 된 김에 우리 집에 묵으면서 축하해주시면 더할 나위 없이 기쁠 것 같습니다만."

그의 눈동자는 선량하고 순박했다. 미소는 친절하고 따뜻했다. 목소리엔 신뢰감이 묻어났다. 그냥 그렇게 그의 제안대로 주저앉고 싶은 마음이 퐁퐁 샘솟았다.

"지름길을 이용한다고 노숙이 좀 길긴 했지."

데릭이 니안의 얼굴을 살피며 중얼거렸다. 누구보다 니안이 걱정인 데릭이었다. 니안도 이틀이나 더 가야 하는 다음 경유지까지의 길이 까마득했다. 걱정할까 봐 내색하지만 않을 뿐. 지금 이 순간 깨끗한 목욕과 푹신한 침대 생각이 얼마나 간절한지!

"말씀은 감사하지만, 그런 호화로운 숙박을 누릴 만한 형편이 아닙니다. 겨우 말 한 필 사들일 돈밖에 없거든요. 저희는 마을 여관으로 가는 게 나을 것 같습니다만."

격식을 차리는 건지 머물 생각이 없는 건지, 멜드린은 돈이 없다는 거짓 핑계를 대며 그의 제안을 에둘러 거절했다. 하지만 촌장은 물러서지 않았다.

"부담 갖지 마십시오. 숙박비는 필요 없습니다. 그저 말값이나 후하게 쳐주십시오."

"그래도……."

"아닙니다. 말을 구하러 저희 마을까지 오셨는데 이런 불편을 드리게 돼서 오히려 송구스러운걸요. 이 마을엔 외부인이 거의 들어오지 않는지라 이렇게 가끔 찾아주시는 여행객들이 그렇게 반가울 수가 없습니다. 마침 저희에겐 기쁜 날이기도 하니 편히 머무르십시오."

촌장은 기분이 좋은지 큰 소리로 허허 웃은 뒤 소리쳤다.

"이벨다, 어서 이분들을 손님방으로 안내해드리게."

"……."

"말 걱정도 하지 마세요. 우리 집 마구간에서 잘 먹고 푹 쉬게 될 테니까요."

그가 멜드린과 데릭의 어깨를 가볍게 두드렸다. 더는 거절하기가 곤란했다.

"설마 우리 말을 노리고 있는 건 아니겠죠?"

집 안으로 따라 들어가며 제이디가 속삭였다. 보기보다 경계심이 많은 남자 같았다.

"설마. 그런다고 가만히 있을 우리도 아니고."

별일 아니라는 듯 데릭이 여상하게 대꾸했다. 하지만 속으로는 그가 제기한 의문을 마음에서 완전히 지우지는 못했다. 그리고 그런 께름칙한 기분은 촌장의 집 안으로 들어서면서 더욱 짙어졌다.

도저히 일반인의 집이라고 볼 수 없는 규모와 실내장식.

그곳은 차라리 저택이라 칭하는 것이 더 어울릴 뻔했다. 권력을 등지고 재야에 묻힌 돈 많은 귀족 가문의 저택 같달까. 집 안 군데군데 귀족 예법을 따른 흔적은 완전히 지워지지 않고 남아 있었다.

이벨다의 뒤를 따라 이 층을 향하며 니안이 물었다.

"촌장님이…… 원래 귀족이신가요?"

"아니요. 하지만 이 집의 전 주인이 몰락한 귀족이라는 이야기를 들었어요. 아시잖아요. 10년 전, 황제가 바뀌면서……."

그러던 이벨다가 황급히 말을 돌렸다.

"여깁니다. 이 방과 맞은편 끝 방이요. 지금 사용 가능한 손님방은 이 두 개뿐이에요. 두 분씩 사용하시면 될 거예요."

니안은 무언가 말을 하려다 입을 합 다물고 말았다.

'아, 이 사람들은 날 남자로 생각하고 있는 모양이구나.'

불편하거나 불쾌한 건 없었다. 처음부터 그걸 노리고 머리를 짧게 자른 거니까. 딱 한 명, 이 사실을 알지 못하는 제이디만 빼고.

"아, 이쪽은 여자입니다만."

그만하라는 표정을 담아 일행들이 일제히 제이디를 바라봤지만, 이미 뱉은 말을 주워 담을 수는 없었다. 이벨다의 눈이 둥그렇게 커졌다.

"어머나, 세상에. 큰 실례를 했습니다. 그럼, 촌장님께 말씀드리고 방과 목욕물을 따로 준비해야겠네요. 그럼, 저녁 식사 때 입을 옷은……."

니안이 얼른 끼어들었다.

"아니요, 괜찮아요. 설마 식사 때 드레스를 입어야 하는 건가요?"

"어…… 아니요. 꼭 그렇진 않아요."

"그럼……."

니안은 얼른 고개를 까딱해 보였다.

"방은 저희가 알아서 나눠 쓸게요. 저희 같은 뜨내기손님에게 방을 두 개나 내어주실 줄은 기대도 못 했는데, 감사하다고 전해주세요."

"그럼, 목욕물만 따로 준비해드릴게요."

"네. 고마워요."

이벨다가 몸을 돌려 복도 끝으로 사라지자 제이디가 삐딱하게 팔짱을 끼며 불만을 터트렸다.

"니안, 나한테 너무한 거 아닙니까?"

니안이 의아한 눈을 떴다.

"이렇게 셋이 한 방이면 바닥 차지는 누굴지 불 보듯 뻔한 거 아닙니까?"

그가 못마땅하게 입을 다문 채 거칠게 엄지손가락으로 자신을 가리켜 보였다.

"그 또라이 말로도 모자라 이젠 잠도 혼자만 바닥입니까? 일행으로 인정했으면 좀 공평하게 대해주시죠."

"그럼 누구보고 바닥에서 자라고?"

못마땅한 표정을 짓는 질문의 당사자를 향해 제이디가 턱짓을 해 보였다. 너! 바로 너!

"데릭을 바닥에 재울 수는 없소."

멜드린이 단칼에 잘랐다.

"그럼 그쪽이 내려가시든가."

제이디가 멜드린에게 쏘아붙였다.

"선생님은 안 돼!"

데릭이 차갑게 받아쳤다.

"것 봐! 역시 답은 정해져 있잖아. 바로 나!"

그가 또다시 거칠게 엄지손가락으로 자신을 가리키며 씩씩거리자 잠시 싸늘한 침묵이 흘렀다. 데릭이 마지못한 척 니안의 옆으로 슬쩍 몸을 옮겼다.

"정 그렇다면…… 좋아, 제이디. 침대에서 자게 해줄게."

"어떻게?"

제이디가 의심 가득한 목소리로 물었다.

"방법이 없잖아. 내가 내 여동생이랑 같은 방을 쓰는 수밖에."

그럴 줄 알았다는 듯 멜드린의 눈이 가늘어졌다.

"그렇게 말하면 보내줄 거란 생각은 착각이다."

그러자 이번에는 니안이 정색했다.

"무슨 생각을 하시길래요?"

그 반응에 놀란 건 오히려 데릭이었다. 설마 너도 나랑 같은 생각? 하지만 그런 설렘은 오래가지 못했다. 바로 그때 촌장이 나타났기 때문이었다.

"이런, 이런…… 괜한 곤란을 만들었군요. 다행히 시집간 제 딸 방이 남아 있습니다. 아가씨는 그 방에서 주무십시오. 욕실도 딸려 있으니 훨씬 더 편하실 겁니다. 따라오세요."

데릭이 누군가의 웃는 얼굴을 보고 때리고 싶다는 생각을 한 건 그때가 처음이었다. 눈썹이 주저앉고 눈빛이 더욱 푸르게 가라앉았다. 제이디가 참지 못하고 기침하는 척 웃음을 터뜨리자 보다 못한 멜드린이 명랑한 목소리로 말했다.

"그럼 다 해결됐군. 이번 독방은 특별히 제이디에게 선물하는 게 좋겠다. 혼자서 캐피 신경질을 다 받아내느라 고생했으니."

제이디의 웃음이 뚝 끊겼다.

"지금 저 왕따시키는 겁니까?"

"피해망상이 지나치군. 이런 특별 대우를 받았을 땐 그냥 조용히 입꼬리를 잡아당기고는 고맙다고 하는 걸세."

툭 뱉듯이 말한 멜드린은 바로 앞에 있는 방문을 열고 안으로 성큼성큼 들어갔다. 데릭이 제이디를 한번 흘긋 쳐다보곤 그 뒤를 따랐다. 그러자 제이디의 얼굴이 붉으락푸르락해졌다. 그는 그들의 뒤통수에 대고 분통을 터뜨렸다.

"그럼 내 반지를 돌려줘야지!"

하지만 문은 냉정하게 쿵 소리를 내며 닫혀버렸다.

"젠장."

제이디가 커다란 가방을 제 어깨에 둘러메며 못마땅하게 욕을 뇌까렸다. 복도 끝 방으로 터덜터덜 걷는 발걸음엔 짜증이 넘쳤다.

"선생님도 아직 제이디를 믿긴 어려우신 거죠?"

방 안에서 데릭이 묻자 멜드린이 고개를 끄덕여 보였다.

"녀석과 둘만 자다가 무슨 봉변을 당할지 알 수 없는 노릇이니까."

"그렇죠. 우리가 뺏은 반지를 자는 동안 훔쳐 저주를 걸 수도 있고……."

수염 사건 이후 멜드린과 데릭은 제이디에게서 주술 반지를 빼앗았었다. 아무리 그를 일행으로 받아들이기로 했어도 그의 주술은 확실히 위협적이기 때문이었다.

"어쨌든 오늘은 녀석을 따로 재울 수 있어서 다행이구나. 밖에서 잘 때처럼 불침번을 설 수도 없는 노릇이니."

멜드린은 옷장 앞에 가방을 내려놓고는 코트를 안에 걸었다. 그 모습을 바라보며 데릭이 소파에 편하게 몸을 묻었다. 코트는 이미 소파 등받이에 가볍게 걸쳐놓은 후였다.

"그런데, 귀족 집에 사는 마을 촌장이라…… 뭐랄까…… 굉장히…… 흥미롭네요."

마음속 그늘과는 다르게 소파의 푹신한 감촉은 꽤 기분이 괜찮았다.

"일단 이걸로 몸부터 덥혀보자."

바깥바람에 차가워진 몸을 덥히기 위해 멜드린이 한쪽 테이블에서 술을 따라 왔다. 데릭은 주저 없이 그가 내민 술잔을 입안에 털어 넣었다. 목구멍으로 넘어간 알코올의 뜨거운 기운은 순식간에 얼굴을 덮었다.

"호의가 넘치다 못해 지나친 감이 있어, 되도록 숙박 제의를 거절하려 했다만……."

멜드린이 데릭의 맞은편에 자리를 잡으며 말을 이었다.

"딱히 거절할 핑계가 없더구나."

"제이디 말처럼 우리 말을 노리는 걸까요?"

"글쎄다."

"말도 안 되는 호의가 진심처럼 보이기도 했어요."

"그게 더 걸린다. 후한 대접을 하면서도 너무 완벽할 정도로 다른 저의가 느껴지지 않아서."

잠시 고뇌의 침묵이 흘렀다.

그러나 저녁 식사를 할 때까지도 그 고뇌가 무색할 정도로 평온한 시간이 이어졌다. 니안은 꽃잎과 향료가 섞인 욕조 안에서 두하녀의 시중을 받으며 그 어느 때보다 호화로운 목욕을 마쳤다. 제이디는 목욕 후 방 안에서 오래간만에 푹 숙면을 취했고, 멜드린과 데릭은 저택 주변을 산책하며 동태를 살폈지만, 어딜 가나 촌장 아들의 생일 파티를 준비하는 고용인들의 밝고 씩씩한 모습들뿐이었다.

목욕을 마친 니안은 침대 위에 예쁘게 놓인 드레스를 보며 잠시 고민에 빠졌다. 이 드레스를 거절하는 것이 예의에 어긋나는 걸까, 입는 게 예의에 어긋나는 걸까 같은 따위의 고민. 결국, 니안은 결정을 미룬 채 남자아이 같은 자신의 옷을 꿰어 입고 산책을 하기로 했다. 그녀 역시 추운 겨울, 하얀 입김을 뿜어내면서도 깔깔거리며 활기차게 주변을 지나다니는 하녀들을 발견했다. 그러자 불안은 차츰 가라앉고 마음이 편해졌다. 어느덧 눈꽃이 사라지지 않은 저택 뒤의 나무들에 눈길이 닿는 여유도 생겼다.

'이곳은 눈이 왔었구나.'

촌장의 저택은 후원이 따로 없었다. 울창한 숲으로 이어지는 짧은 길에 줄지어 늘어선 가로수만 있을 뿐이었다. 저택 앞쪽과 달리 저택 뒤에는 오래전 내린 눈이 녹지 않고 그대로 쌓여 있었다. 앙상한 나뭇가지에 꽃처럼 피어 있는 눈꽃들도, 발자국 하나 찍히지 않은 눈밭도 그대로였다. 스산하면서도 운치 있었다. 니안은 저도 모르게 어린아이 같은 천진한 미소를 띤 채 길을 따라 걸으며 자신의 발자국을 천천히 공들여 찍었다. 숲으로 이어진 짧은 가로수길 중앙에 니안의 발자국만이 한 줄로 예쁘게 남았다. 어느덧 숲 입구에 다다랐지만 멈추고 싶지 않았다. 니안은 안쪽으로, 안쪽으로 계속 발자국을 남기는 자신의 발만 바라보며 걸어 들어갔다.

"누구냐?"

낯선 남자의 목소리.

그제야 자신이 너무 외진 곳까지 홀로 들어왔다는 사실에 깜짝 놀라 니안이 고개를 들었다.

"누구냐?"

남자의 목소리는 낯설고 날카로웠다. 내가 너무 외진 곳까지 들어왔나? 니안이 화들짝 고개를 들었다.

"입이 붙었어? 누구냐고 물었…… 콜록, 콜록."

비쩍 마른 몸매, 금속처럼 날카로운 허스키 보이스.

데릭에 필적할 큰 키를 가진 남자의 첫인상은 마치 기다란 쇠꼬챙이 같았다. 심상치 않은 기침 소리에 니안이 튕기듯 달려나갔다.

"괜찮아요?"

"어딜 만져?"

남자가 등에 닿은 니안의 손을 거칠게 뿌리쳤다.

"너! 누구야?"

"아, 저…… 저는……."

뭐라고 자신을 소개해야 할지 금세 정리되지 않아 머뭇거렸다. 마치 피를 몽땅 뽑아버린 듯 창백한 얼굴에 시선을 뺏겨 그랬는지도 몰랐다. 가는 콧날과 단정하게 빗어 넘긴 짧은 블론드 계열의 머리카락이 그를 더 괴팍하고 고집 있어 보이게 했다. 얼굴 정 중앙에 비율 좋게 자리한 높은 콧대가 그나마 그를 조금은 호감형으로 보이도록 만들었다.

"……촌장님의 배려로 하룻밤 이 저택에 묵게 된 여행객이에요."

남자는 길 끝 중앙에 자리한 작은 동상 뒤에서 갑작스럽게 나타났다. 동상 뒤는 울창한 숲이었고, 저택에서 숲으로 이어진 길의 오래된 눈밭 위에는 니안의 발자국뿐이었으므로 니안은 그가 저택 사람이 아닐지도 모른다고 생각했다. 문득 불쾌한 기분이 들었다.

"그러는 그쪽은 누구시죠?"

"……."

남자는 니안의 질문을 무시한 채 조심스럽게 한 걸음 물러났다. 그리곤 마치 신기한 물건이라도 구경하는 양 니안을 중심으로 원을 그리며 천천히 돌았다. 처음에 띠었던 경계의 눈빛은 어느새 이채로 변해 있었다.

"분명 남자만 넷이라고 들었는데."

"네?"

피식. 남자의 한쪽 입매가 비틀렸다.

"……그런데…… 여자네?"

새빨간 입술이 만드는 비릿한 미소.

"그것도…… 아주 특별한……."

덜컹, 심장이 얼어붙었다. 탐색의 시선은 개처럼 그녀 몸 구석구석에 코를 대고 냄새를 맡는 것만 같았다. 수치스러웠다. 니안은 얼른 몸을 움츠려 돌렸다.

"이곳 분들이 착각하신 거예요."

"흥…… 쓸모없긴……."

그가 중얼거렸다. 알아듣기엔 너무 작은 소리였다. 니안은 그저 그가 몹시 신경질적이며 이 상황에 불만을 터뜨리고 있다는 것만 눈치챘다.

"그럼 조용히 안에나 있을 것이지 여긴 왜 어슬렁거려?"

"……그건 저한테만 해당하는 건 아닌 것 같은데요?"

"뭐?"

"그러는 그쪽은 누구길래 남의 저택으로 몰래 들어온 거죠?"

무례한 남자의 태도는 니안을 점점 당돌하게 만들었다. 그런데도 그의 말투엔 여전히 비웃음이 묻어났다.

"내가 이 저택에 몰래 들어왔다고?"

그는 대답 대신 나무에 열린 눈꽃을 창백한 손끝으로 살짝 건드렸다. 후두둑. 가느다란 가지에 아슬아슬하게 쌓여 있던 눈들이 둔탁한 소리를 내며 땅으로 떨어졌다. 니안의 눈이 커졌다. 눈을 떨군 앙상한 가지엔 니안이 미처 보지 못했던 굵은 가시들이 비죽비죽 솟아 있었다. 크림 셔츠에 화려한 은 자수가 놓인 감색 재킷의 남자는 코트를 입지 않아 몹시 추워 보였는데, 그래서일까. 창백한 얼굴은 하얗게 눈 쌓인 가시나무 배경과 어우러져 묘하게 치명적이었다. 니안은 저도 모르게 침을 꿀꺽 삼켰다.

"그럼, 아닌가요?"

"왜 그렇게 생각하지?"

"왜냐하면, 숲으로 이어지는 이 길엔 내 발자국밖에 없으니까요. 눈이 내린 지는 꽤 된 것 같은데."

니안이 자신이 남긴 발자국을 가리키며 보란 듯 대답했다.

"내가 외부 사람이라면 너희 일행이 넷이라는 사실을 알 리가 없잖아."

"알 수도 있죠. 이 집엔 고용인들이 많으니까. 어디든 입 가벼운 사람은 있기 마련이잖아요."

그가 음흉하게 키득거렸다가 입을 다물었다. 니안은 부글부글 끓어오르려는 화를 누르며 침착하게 그의 다음 말을 기다렸다.

"탱자나무야."

"네?"

니안이 도르륵 눈을 굴렸다. 하지만 남자는 아랑곳하지 않고 이야기를 계속했다.

"봄이면 이 눈처럼 하얀 꽃이 피고, 가을 열매에선 더없이 상큼한 향기가 나지. 그래서 가을이면 이 길이 탱자 향기로 가득해. 입 안에 침이 고일 정도로."

그제야 니안은 그가 말하는 나무가 숲으로 이어진 길목에 가로수로 사용된 가시나무란 사실을 깨달았다. 니안은 남자를 똑바로 응시했다. 어느덧 그의 눈빛은 알 수 없는 우수에 젖어 있었다. 마치 오래전 추억을 회상하듯 아득하고 아련한.

"하지만 한 입만 베어 물면……."

우아하던 손가락이 갑자기 우뚝 움직임을 멈췄다.

"……결국, 욕을 중얼거리며 땅바닥에 던져버리고 말지."

그의 손이 가시 가득한 가지를 거칠게 움켜쥐었다. 꽉 쥔 주먹 안에서 붉은 피가 새어 나와 하얀 눈 위로 뚝뚝 떨어져 내렸다.

"무슨 짓이에요?"

놀란 니안이 반사적으로 남자의 팔을 붙잡았다. 마주친 자줏빛 눈동자가 핏빛처럼 보였다.

옅은 미소와 함께 남자가 속삭였다.

"세상은 아름다운 미혹으로 가득하지."

"……"

"조심해. 홀리지 않으려면……"

의미심장한 미소. 창백한 피부와 비틀린 체리 빛 입술은 눈밭을 물들인 붉은 핏방울을 연상케 했다. 니안은 화들짝 놀라 그에게서 떨어졌다.

"에르디안! 에르디안!"

"……!"

뒤에서 들려오는 다급한 목소리에 니안이 몸을 돌렸다. 커다란 담요를 들고 허겁지겁 달려오는 촌장의 가슴에는 요란한 모양의 목걸이가 거칠게 흔들리고 있었다. 어찌나 서두르는지 집채만 한 몸을 뒤뚱거리는 폼이 우스꽝스러워 보이기까지 했다.

"에르디안! 도대체 언제 나온 거냐? 옷도 이렇게 얇게 입고. 어서 안으로 들어가자, 어서."

"……"

그가 들고 있던 담요를 남자의 어깨에 두르며 변명하듯 말했다. 남자는 말없이 담요를 받아들었다.

"제 아들입니다. 오늘이 스물세 번째 생일날이죠. 몸이 안 좋아

이렇게 함부로 밖을 다니면 안 되는데……."

그가 에르디안을 저택 쪽으로 떠밀면서 채근했다.

"아가씨도 감기 걸리기 전에 얼른 돌아가시죠. 방에서 조금만 더 기다리시면 금세 저녁 준비가 될 겁니다. 네? 자자, 어서, 어서요."

촌장의 재촉에 들어오면 안 될 곳에 있는 기분이 들어 그녀는 순순히 뒤를 따랐다. 그런데도 이상하게 뒤통수가 당겨 잠시 발걸음을 멈추고 길 끝 너머를 돌아봤다.

지금까지와는 달리 새롭게 보이는 숲의 전경.

중앙 어디선가 피어오른 듯한 우울한 잿빛 하늘은 그 자체가 안개인지 먹구름인지 분간할 수 없었다. 기묘하게 뒤틀린 거목들과 그 위에 실타래처럼 엉겨 붙은 덩굴식물의 흔적들. 가지치기 한번 없이 자연 그대로 펼쳐진 가지들이 겹겹이 뒤엉켜 있는 그곳은 암흑처럼 어둡고 섬뜩할 만큼 음산했다. 마치 마수가 아니라 그보다 더 사특한 무언가가 어둠 깊은 곳에서 똬리를 틀고 있는 것만 같은……. 니안은 알 수 없는 전율을 느끼며 몸을 돌렸다.

촌장의 말은 과장이 아니었다. 칠면조 요리는 더없이 맛있었고, 식탁은 풍요로웠다. 특이할 만한 점은 한겨울인데도 채소와 과일이 가득했다는 점이었는데, 촌장은 그것을 자신들만의 특별한 저장법 덕분이라며 자랑을 늘어놓았다.

"저희에게는 1년 내내 같은 온도와 습도를 유지하는 땅굴 저장소가 있습니다. 그곳에다 그해에 수확한 과일과 곡식들을 저장해놓죠. 간단한 채소는 실내에서 키울 수 있습니다. 판매는 어려워도 가족들이 먹을 만큼의 수확은 가능하죠."

말주변이 좋아 그의 이야기는 주제가 무엇이든 간에 지루하지 않았다. 일행은 간만에 마음 편히 우아한 식사를 할 수 있었다. 식탁에서 다시 만난 에르디안은 여전히 창백했지만, 붉었던 입술은 거무튀튀하게 색이 바래 있었다. 게다가 말 한마디 없이 어찌나 조용한지 탱자나무 길에서 봤던 날카로운 기개 따위는 눈을 씻고 찾아도 볼 수 없었다. 덕분에 그는 안타까울 정도로 병약해 보였다.

"그런데 아드님은 무슨 병인지 여쭤봐도 되겠습니까?"

멜드린의 질문에 한참 유쾌하게 떠들던 촌장의 낯빛이 어두워졌다.

"저희도 정확히 모르겠습니다. 3년 전 어느 날, 반나절 정도 실종되었다가 숲에 쓰러져 있는 걸 발견했습니다. 그때부터였습니다. 조금만 무리하면 얼굴이 창백해지고 숨을 잘 못 쉬게 된 것이……. 특히 상처가 나면 피가 잘 멈추지 않습니다."

니안의 시선이 칭칭 붕대를 감은 에르디안의 오른손에 닿았다. 붕대에 스며든 피가 살짝 배어 나와 있었다. 니안은 가시에 찔린 주먹에서 뚝뚝 떨어져 내리던 에르디안의 선혈을 떠올렸다. 자기 몸 상태는 자신이 잘 알고 있을 텐데. 대체 왜 그랬을까?

궁금한 것은 그것뿐이 아니었다. 그는 마치 니안을 이 식당에서 처음 만난 것처럼 행동하면서도 틈틈이 훔쳐보고 있었다. 그의 자주색 눈동자는 이상하게 부담스러워 니안은 어쩌다 눈이 마주치면 데릭의 푸른 눈을 찾아 고개를 돌려버리곤 했다. 그렇게 데릭의 눈동자를 마주하고 나서야 에르디안으로 인해 불안하게 쿵쿵거리던 심장이 제 속도를 찾는 것이었다.

설탕에 절인 체리와 분홍 크림으로 장식된 생일케이크를 나눠 먹고 나서야 저녁은 끝이 났다. 특이할 만한 점은 없었다. 단지 제이디가 나이프를 든 채 몸을 돌리다가 하녀 한 명의 팔뚝에 상처를 낸 거로도 모자라 갑자기 어느 순간부터 입을 꾹 다물고 인상을 잔뜩 찡그리고 있었다는 것만 빼면은…….

"도대체 뭐가 불만이야?"

"뭘 말입니까?"

"식사 내내 인상을 찡그리고 있었으니 하는 말이야."

식사 후 방에 모였을 때 데릭이 제이디에게 따져 물었다. 제이디는 한참을 대꾸도 없다가 뜬금없는 질문을 던졌다.

"만약 제가 캐피를 계속 타겠다고 하면 오늘 밤 그냥 이 마을을 떠나겠습니까?"

모두가 깜짝 놀랐음은 당연했다. 그가 캐피를 벗어나 새 말을 얻기 위해 얼마나 땡깡을 부려왔는지는 모두가 잘 알고 있는 사실 아니던가.

"아니."

데릭이 단칼에 거절했다.

"어째서죠?"

"그건 캐피한테 너무 잔인하잖아."

제이디의 눈빛이 싸늘하게 식었다.

"나 때문이 아니라 캐피가 걱정돼서 그렇단 말입니까?"

"그래."

"정말 너무하는군."

"우릴 죽이려고 했던 자니까 이 정도도 후한 대접이야."

"당신 친구를 구하려는 자니까 그따위 또라이 말보단 더 대접받을 권리는 있는 거 아닙니까?"

보다 못한 니안이 나섰다.

"그만, 그만요. 지금 말장난할 때가 아니에요. 제이디, 딱히 이유가 있어요?"

"그냥…… 느낌이 좀 이상하다고만 해 놓죠. ……멜드린."

의심과 호기심이 떠오른 헤이즐넛 눈동자가 조용히 제이디를 향했다.

"오늘 당장 떠나는 건 정말 무리입니까?"

어딘지 간절한 목소리. 멜드린은 의견을 바라는 눈으로 데릭을 바라보았다.

"……사실…… 하아……"

데릭이 잠시 주저하다 말을 이었다.

"……저도 조금 석연찮은 구석이 있어서…… 안 그래도 내일 상황을 보고 되도록 일찍 떠나자고 할 참이었어요."

멜드린이 그 어느 때보다 고민스러운 얼굴로 팔짱을 꼈다. 잠시 입을 꾹 다물고 무언가를 치열하게 생각하다 니안을 돌아봤다.

"니안. 넌 어떠니?"

탱자나무의 하얀 눈꽃, 가시, 피, 창백한 얼굴의 에르디안, 그리고 의미를 알 수 없는 경고…….

"뭐라 표현할 순 없는데…… 저도 딱히 기분이 좋진 않았어요. 뭔가…… 찜찜해요."

"무슨 일이 있었는데?"

데릭의 얼굴이 더욱 심각해졌다.

"별일은 아니었어. 그냥…… 저녁 전에 저택 뒤쪽에 갔다가 우연히 에르디안을 마주쳤을 뿐이야."

"에르디안? 그 병약한 녀석?"

니안은 잠시 주저하다 그와 나눴던 대화를 모두 이야기했다. 다들 묘한 표정이 되었다. 에르디안의 행동은 상식적으로 생각해 봐도 도무지 이해할 수가 없었다. 그가 한 말의 의미도…… 포괄적인 의미로는 이해가 되어도 대체 무얼 염두에 두고 한 이야기인지

도무지 종잡을 수가 없었다.

"데릭. 넌 어디서 이상한 걸 느꼈니?"

"마구간이요."

"마구간?"

일행이 모두 되물었다.

"말들이 잘 있나 살피러 마구간을 갔었어요."

"말에게 무슨 이상이라도 있었니?"

"아니요. 말들은 멀쩡했어요. 상태도 좋아 보였고."

"그런데?"

제이디가 호기심 어린 목소리로 물었다.

"그곳에 걸려 있는 마구가······."

"마구가?"

"······마구가······ 너무 낡았더라고요. 마치 몇 년은 사용하지 않고 방치한 것처럼."

흥미를 보이던 제이디가 김샌다는 듯 잔뜩 추켜올렸던 어깨에 힘을 뺐다.

"그야······ 여름부터 전염병이 돌았다잖습니까. 한동안 마구를 사용할 일이 없었겠지요."

"대체 뭘 들은 거야? 몇 달이 아니라 몇 년이라고 했어. 몇 달 만에 쇠로 된 마구들이 그렇게 낡게 녹슬어 있진 않을 것 아냐."

다들 표정이 멍해졌다. 각자 사용 가능한 뇌 용량을 총동원해 이 이상한 현상에 대한 이유를 가정해 보느라 정신이 없었다.

"그럼 촌장이 우리를 속이고 있다는 건가?"

한참 만에 데릭이 입을 열었다.

"어쩌면 마을 전체일지도 모르지."

제이디가 심각한 얼굴로 대답했다.

"도대체 왜? 무엇 때문에?"

"그건 알 수 없죠. 중요한 건 이곳이 뭔가 상식적인 느낌은 들지 않는다는 거고, 우리는 그 이유를 정확히 알 수 없다는 겁니다. 잘 모를 때는 그냥 피하는 게 장수의 비결입니다. 잽싸게. 토끼는 거죠."

"일리 있어. 하지만, 당장 실행하기엔 현실적으로 무리가 있다는 건 알지?"

"그래. 지금 떠나는 건 호의를 베풀어준 사람에 대한 예의가 아닌 것 같다. 그것도 확실치도 않은 억측으로 우리 편의대로 움직일 순 없어."

멜드린이 고심 끝에 힘겹게 입을 뗐다. 하지만 제이디는 주장을 굽힐 줄을 몰랐다.

"그럼, 좋습니다. 새 말을 구하든 못 구하든 상관없이 내일 아침 일찍 떠나도록 하죠. 적당한 핑계를 대고."

"제이디. 아직 당신 이야기를 하지 않았어. 당신 말을 사려고 여기까지 왔는데 새 말까지 포기하고 말이지. 지금 가장 강력하게 이

326

마을을 떠나자고 주장하고 있잖아."

데릭이 지적했다. 제이디는 난감한 표정을 감추지 못하고 더듬 거렸다.

"아, 그…… 그게 말입니다……."

지독한 갈등이 제이디의 얼굴에 떠올랐다. 그는 한 손으로 팔꿈 치를 받치고, 다른 한 손으로는 턱을 문지르며 이야기를 할지 말지 진지하게 고민했다. 평소와 다르게 데릭마저 그가 결정을 내릴 때 까지 침착하게 기다려주었다. 마침내 결심한 듯, 그가 입을 뗐다.

"……제가 좀 특별한 주술을 촌장에게 걸려고 했는데, 통하지 않았습니다."

데릭과 멜드린의 얼굴에 경악이 번졌다.

주술! 주술이라니! 이 위험한 사내 같으니라고!

니안의 눈도 휘둥그레졌다.

"주술을? 언제?"

"아까 저녁 테이블에서요."

"그게 가능해? 반지는 우리한테 있는데!"

데릭이 외치듯 물었다.

"미리 주술을 걸어 만들어 두었던 물약이 있었습니다. 자주 사용 하는 거라 그때그때 주술진을 그려 해결하기는 곤란해서요. 아시 다시피 제 주술은 작은 충격에도……."

"안다, 알아."

멜드린이 밤송이 사건을 떠올리며 인상을 찌푸렸다. 한편으론 그 물약마저 뺏어버려야겠다는 생각을 하면서.

"하여튼…… 그래서 그 물약을 촌장의 술에 몰래 탔습니다. 직접 와인을 따라 줄 때요."

"그런 짓을 하는데도 우린 아무것도 못 보다니."

멜드린이 작게 신음을 흘렸다.

"당연하죠. 몰래 했으니까. 그런 게 제 전공인걸요."

그가 어깨를 으쓱해 보였다. 제이디가 이런 말을 할 땐 과연 저주에 능한 음흉한 주술사인가 싶어 섬뜩한 기분이 들었다. 하지만 지금은 그런 걸 따져 물을 때가 아니었다.

"그런데?"

"그런데……."

"……?"

"……주술이 듣질 않는 겁니다!"

"……!"

갑자기 조용해졌다. 문제의 심각성을 깨달았기 때문이 아니었다. 사실 그 순간 모두의 가슴에는 같은 질문이 떠올랐다.

'그래서? 그게 어떤 의미인 건데?'

마법이라면 메이를 통해 얻은 약간의 정보가 있었지만, 주술은 완전히 낯설었다. 그것이 같은 차원의 세계에서 발전해 온 것이라는 게 믿기지 않을 만큼.

"그게…… 흔하지 않은 일인가?"

한참 만에 멜드린이 조심스럽게 물었다.

"당연하죠. 제 주술은 틀림이 없으니까요."

"당신이 그랬잖아. 약간의 충격이나 잘못된 설계에도 주술은 실패한다고."

"제가 미리 만들어 두었던 거라고 하지 않았습니까. 그 말인즉슨 이미 실험까지 마쳤다는 뜻이겠죠?"

제이디의 반박에 데릭이 입을 꾹 다물었다.

"수차례 사용해 오던 겁니다. 분명 그 전까지 강력한 효력을 보이던 물약이었어요. 잘못되었을 리 없죠."

제이디의 이야기까지 듣고 나니 이야기는 점점 더 미궁에 빠지기 시작했다.

"그래서 다른 방식으로 같은 주술을 하녀에게도 시도해 봤습니다. 혹시 물약이 잘못된 걸까 하는 의심에서요. 하지만 결과는 마찬가지였어요."

"아…… 혹시 나이프로 하녀에게 상처 줬을 때……."

"네."

"다른 방식이라니! 반지를 뺏어도 끝도 없이 나오는군."

데릭이 어이없는 표정으로 혀를 찼다. 그때 제이디가 확고한 목소리로 얼어붙은 분위기에 더욱 찬물을 끼얹었다.

"완벽히 설계된 주술은 빗나감이라는 게 없어요. 그게 마법과 다른 점이죠. 단언컨대 제 주술은 절대 피해갈 수 없습니다. 사람이 라면 말입니다!"

다시 또 침묵. 모두 정신이 너무나 혼란스러워 쉽게 정리가 되지 않았다.

"……허……차원의 경계 붕괴가 코앞이니 별일이 다 일어나는 구나……. 도대체 이 상황을 어떻게 받아들여야 하는 거냐?"

멜드린이 걱정스러운 얼굴로 데릭을 바라보며 말을 이었다.

"사실 나도 한 가지 이상한 점을 발견하긴 했단다. 아무리 전염병이 유행했다고는 하나 길가에 지나가는 개 한 마리 없더구나. 날아가는 새도 보지 못했다."

"못 보진 않았죠. 식탁에 칠면조와 소고기 요리가 올라왔잖아요."

니안의 목소리가 떨려왔다. 말이 몰살할 정도로 지독한 전염병 속에서 살아남은 칠면조와 소라니. 아무리 저장소 성능이 좋기로서니 여름에 저장해둔 고기를 아직까지 먹을 수 있을 리가 없지 않은가.

"그러고 보니 이 마을은…… 대체 농사는 어떻게 짓는 거죠? 우리가 지나오면서 봤던 루드빌은 완전한 도시 마을이었어요. 그런데 저장소까지 이용할 정도로 작물 수확이 많다뇨."

데릭이 또 다른 의문을 제기했다.

"이 근처에 제대로 된 마을을 가려면 최소 이틀은 가야 해요. 애초 외진 곳에 도시가 있다는 것 자체가 말이 안 돼요. 농사를 짓지 않고도 식재료 공급이 가능하다는 건 이웃 마을에서 들여온다는 건데 그러기에는 이웃 마을과의 거리가 너무 멀어요. 뭔가 앞뒤가 맞지 않아요!"

모골이 송연하다는 건 이럴 때 쓰는 말일 것이다. 약속이나 한 듯 일시에 대화가 뚝 끊겼다. 뱀이 지나는 것처럼 찌릿한 전류가 등 척수를 타고 빠르게 흘러내렸다.

"말을 확인해 봐야겠어요."

데릭이 자리에서 벌떡 일어났다.

"이유가 뭐든 간에 선생님 말씀이 맞는다면 이 마을에 남은 동물은 우리가 데려온 말 네 필뿐이니까."

"제이디와 니안은 가서 짐을 싸거라."

멜드린이 결연하게 말했다.

"지금 떠나시게요?"

"그게 좋겠다. 내게는 너희들이 안전이 가장 중요하다. 너희들을 안전하게 한스넬로 데려가는 게 내 책무야."

그들은 각자의 임무를 완수하기 위해 빠르게 방을 빠져나갔다. 제이디와 니안은 자신의 방으로, 데릭은 저택 밖 마구간으로. 마지막으로 빠져나간 니안의 뒤로 문 닫히는 소리가 '탁'하고 울렸다.

혼자 방에 남은 멜드린은 옷장에 넣어놨던 몇 가지 옷가지들과 잡다한 짐을 싸기 시작했다. 그때였다.

"멜드린!"

옷장을 향해 있던 멜드린이 손에 옷을 든 채 우뚝 움직임을 멈췄다. 어째서? 절대 들을 수도, 들어서도 안 되는 목소리!

하지만 잘못 들었을 리가 없었다. 목소리 주인이 누구냐를 떠나 그 부름의 첫 느낌은 아주 또렷하고 선명하다는 거였다. 그럴 리가…… 그럴 리가 없는데.

"멜드린!"

이어진 부름에 멜드린이 혼란스러운 얼굴로 뒤를 돌았다. 소파 넘어 벽난로 옆에 한 여인이 단정하게 서 있었다. 꼿꼿하게 핀 허리, 아랫배 앞에 고집스럽게 모아 쥔 두 손. 멜드린의 두 눈이 화등잔만 하게 커졌다. 비명처럼, 그녀의 이름이 터져 나왔다.

"루이스!"

저택 밖으로 나간 데릭은 알 수 없는 조급함에 숨이 차 왔다. 저택 현관을 여는 순간 이미 밖은 안개가 자욱해 한 치 앞을 볼 수가 없었다. 데릭은 한숨을 내쉬며 이마에 난 땀을 훔쳤다.

"하아…… 도대체, 왜……."

마구간은 저택에서 100걸음도 떨어지지 않은 곳에 있었다. 아무리 안개가 짙어도 한 번 가본 그곳을 못 찾을 데릭이 아니었다. 벌써 현관을 나선 지 한참이 지났는데 눈에 보이는 건 자신이 딛고 선 정원 바닥의 판석 무늬뿐이었다. 불안이 엄습해 왔다.

'안 되겠어. 방법을 바꿔야지.'

최후의 수단으로 눈을 감았다. 말의 위치는 대략 알고 있으니 자신이 갈 수 없다면 말을 이쪽으로 부르면 되었다. 그러나 잠시 후,

"……젠장!"

그가 분한 목소리로 욕을 내뱉으며 발을 굴렀다. 푸른 오라가 몸 밖으로 눈 부신 빛을 뿜을 때까지 마력을 돌렸지만, 말의 위치를 찾을 수가 없었다. 저택 주변을 배회하고 있을 이름 모를 새나 생쥐, 다람쥐 따위도 찾아봤지만 소용없었다. 그는 완전히 고립되어 버렸다. 그것도 자신이 머물던 저택 정원에서.

제이디는 제 방에 늘어놓을 짐 따위도 딱히 없었기에 가볍게 검과 작은 가방 하나만 어깨에 둘러메고 막 자신의 방문 손잡이를 돌리던 참이었다.

철컥.

응? 철컥……. 철컥, 철컥.

누군가 밖에서 문을 잠가 버린 모양이었다. 갑자기 열리지 않는 문에 살짝 당황스러웠지만, 제이디는 능숙하게 그 상황을 받아들

였다. 그는 뛰듯이 창가로 걸어갔다. 문을 잠갔다면, 창문으로 나가면 될 터. 도망에 능한 주술사에게 창문으로 탈출하는 건 일도 아니었다. 하지만 무슨 일인지 빗장 열린 창문은 창틀에 딱 달라붙어 버린 듯 꿈쩍도 하지 않았다. 문득 뜻하지 않은 생각이 떠올랐다.

'주술…… 인가?'

그 질문을 떠올리기가 무섭게 창틀을 잡은 손을 통해 옅은 전류가 흘러들었다. 그가 화들짝 놀라 얼른 손을 떼어냈다. 술력이 분명했다. 정황상 감금술이다. 만약 자신이 감금술에 빠진 거라면 제 힘으로는 결코 이 방을 나갈 수 없을 터였다.

"마…… 말도 안 돼……."

그가 멍한 얼굴로 중얼거렸다. 황국은커녕 대륙 전체를 통틀어도 자신만큼 주술을 구가하는 술법사는 없다고 자신해 왔었다. 그런데 창문으로 전해지는 주술의 기운은 자신이 아직까지 접해보지 못한 강력한 것이었다. 어쩌지? 그러나 고민의 시간은 오래가지 못했다.

지이이잉.

낯익은 떨림. 해묵은 기억이 그의 뇌리를 강타했다. 두 번 다시 볼 일이 없을 거라 생각했던 바로 그것.

'이…… 이건…….'

정확히 15년 만이었다. 열세 살 이후 15년 만에 감지한 강력하고도 음습한 기운에 제이디의 얼굴이 사색이 되었다. 그가 공포에 질린 얼굴로 소리쳤다.

"란크렌!"

입술에서 그 이름이 떨어지자마자 갑자기 방 안의 모든 가구가 어둠에 잠식당하기 시작했다. 마치 시커먼 물감이 묻은 거대한 붓으로 그 위를 덧칠해 지우는 것처럼. 그는 그곳에서 도망치려 미친 듯이 창문에 몸을 던지기 시작했다.

"어서 문 열어! 어서! 이 빌어먹을 자식아!"

니안은 짐을 챙기다 말고 침대 위에 예쁘게 펼쳐져 있는 드레스를 물끄러미 바라보았다. 황송할 정도의 극진한 시중을 받으며 호화로운 목욕을 끝내고 나왔을 때 가장 먼저 눈에 띈 것이 바로 저 드레스였다.

하늘하늘한 시폰 소재의 복숭앗빛 드레스는 어깨를 휘감은 천을 당겨 가슴 중앙에 피워낸 커다란 꽃이 화사하고도 사랑스러웠다. 아래로 흐르듯 떨어지는 우아하고 단아한 치마 선은 신들의 잔으로 흐르는 향기로운 과즙을 연상케 했다. 부담스러워 저녁 식사에는 입고 나가지 않았어도 여자라면 누구나 입고 싶은 욕망이 일만큼 예쁜 옷이라는 점은 인정하지 않을 수 없었다. 하지만 아무리 생각해도 지금 계절과는 맞지 않는 옷이었다. 연둣빛 새순과 봄꽃 가득한 날 햇볕 아래 입고 서 있으면 딱 맞을 그런 옷. 처음엔 그저 결혼해 나갔다는 딸이 남기고 간 드레스가 저것뿐이었나 하는 단순한 생각을 했더랬다. 집 안 공기도 퍽 따뜻한 데다 격식을 중시하는 귀족도 아니기에 그럴 수도 있다고……. 하지만 촌장의 모든 말을 믿기 어려워진 지금은 아무리 사소한 것이라도 상식과 맞지 않는다면 다 의심이 들 수밖에 없었다.

니안은 천천히 드레스가 놓친 침대로 다가갔다.

"예쁘긴 한데……. 왜 봄 드레스를 줬을까?"

호기심이 그녀의 손을 잡아당겼다. 마지막으로 드레스의 촉감을 느껴보고 싶기도 했다. 그리고 그 부드러운 감촉이 손끝에 닿는 순간이었다.

팟- 갑자기 들이닥친 눈부신 백광에 니안이 손을 들어 얼굴을 가렸다. 따스한 기운이 온몸을 휘감았다.

햇빛.

햇빛이 분명했다.

'어…… 어째서?'

니안은 팔로 제 눈을 가린 채 생각했다.

'여긴 지금 방이잖아!'

빛에 적응한 동공이 차츰 시력을 회복하고 나서야 니안은 자신이 탱자나무 길 위에 서 있다는 사실을 깨달았다. 가지에 하얗게 쌓여 있던 눈은 온데간데없이 사라져 있었다. 내리쬐는 햇살은 봄날처럼 따뜻하고 눈부셨다. 초록빛으로 반들거리는 나뭇가지에는 가시 사이사이에 피어난 작고 하얀 탱자꽃이 앙증맞고 사랑스러웠다.

'왜…… 내가 여기에 있지?'

귀신에게 홀린 걸까? 그래, 알고 보니 촌장의 저택은 귀신들린 집이었던 거야.

급작스럽게 계절이 바뀐 것도 혼란스러운데, 고개를 내려보니 제 손에는 침대 위에 놓여 있던 복숭앗빛 드레스가 들려 있지 않은가.

니안이 미간을 찡그렸다.

드레스에는 그냥 살짝 손만 댔던 것 같은데.

그 순간 남녀의 알 수 없는 대화가 니안의 귓속을 파고들었다.

"에르디안…… 제발, 그레고리를 구해 줘."

"안 그래도 아버지께 이미 여러 차례 말씀드렸어. 그런데 꼼짝도 안 하셔."

정신을 차려 고개를 들어보니 다섯 걸음쯤 떨어진 곳에 에르디안의 뒷모습이 보였다. 니안은 본능적으로 몸을 숨겨야겠다는 생각이 들었다. 하지만 촘촘하게 늘어선 탱자나무 사이에는 아무리 눈을 씻고 찾아봐도 사람이 비집고 들어갈 틈이라곤 없었다. 니안은 무력한 얼굴로 쩔쩔매다가 결국 저택으로 돌아가기 위해 몸을 돌렸다. 최소한 남의 이야기를 엿듣는 파렴치한은 되고 싶지 않았으니까.

그녀가 전력으로 도움닫기를 하는 순간이었다.

마치 투명한 무언가가 앞을 막은 듯 니안을 튕겨냈다.

"아!"

니안은 외마디 비명을 지르며 바닥에 쓰러졌다.

'……이제 저 사람들이 날 돌아보고 깜짝 놀라겠지?'

하지만 그들은 아무런 기척도 느끼지 못한 듯, 돌아보기는커녕 그대로 대화를 이어나가는 것이었다. 니안은 멍한 얼굴이 되어 본의 아니게 그들의 이야기를 경청하게 되었다.

"그레고리가 없다면…… 난 사는 의미가 없어. 에르디안! 내가 어떻게 해야겠니? 내가 어떻게 해야 너희 아버지께서 그레고리를 살려주실까?"

"르웬나……."

"말해 봐, 응? 대체 내가 어떻게 하면 되겠어?"

"……."

에르디안은 여자가 안타까워 어쩔 줄 몰라 했다. 분명 에르디안은 그레고리를 살려달라는 저 여자를 사랑하고 있는 게 틀림없다. 니안이 넘어진 곳에서는 에르디안의 몸에 가려 여자의 얼굴이 보이지 않았지만, 그래도 여자가 지금 몹시 슬픈 얼굴로 눈물을 철철 흘리고 있다는 것쯤은 알 수 있었다.

"르웬나…… 아무리 우리 아버지가 힘이 있다고 해도 겨우 작은 마을 하나를 하사받은 하급 귀족에 불과해. 이미 황실에서 반역죄로 살생부에 오른 가문의 장남을 마음대로 살려 둘 수는 없어. 시간도 끌만큼 끌었잖아. 솔직히 말하면 너도 위험해. 넌 그레고리의 약혼녀니까."

"난 어찌 돼도 좋아, 그레고리만 살 수 있다면…… 에르디안! 무엇이든 시키는 대로 다 할게, 무엇이든! 그러니 제발…… 부탁해. 아버님께 잘 말씀드려서 그레고리를 살려줘. 응? 그레고리는 네 가장 친한 친구이기도 하잖아……."

여자의 부탁이 너무도 간절해서 니안의 마음마저 쓰라려 왔다. 에르디안은 견디지 못하고 우는 여자를 끌어안았다.

"제발, 르웬나. 울지 마. 네가 우니까 어떻게 해야 할지 모르겠어."

"흑흑…… 에르디안…… 제발…… 그레고리를 살려 줘……."

에르디안의 품에 안긴 여자, 아니 르웬나는 더욱 목놓아 울기 시작했다. 도대체 이게 어떻게 돌아가는 상황인지! 니안은 당황스럽기만 했다. 그러면서도 에르디안의 품에 안겨 슬피 우는 르웬나가 궁금했다.

르웬나는 과연 에르디안이 자신을 특별하게 생각하고 있다는 사실을 알고나 있는 걸까? 어떻게 자신을 사랑하는 남자에게 다른 남자를 구해달라고 저리 애절하게 매달릴 수가 있을까?

니안은 들킬지도 모른다는 걱정도 잊은 채 바닥에서 일어나 그들에게로 천천히 다가갔다. 그리고 막 그들 옆에 서는 순간, 에르디안의 가슴팍에 얼굴을 묻고 있던 르웬나가 고개를 들었다.

"앗!"

여자의 얼굴을 확인한 니안이 저도 모르게 소리를 지르며 입을 막았다.

'나…… 나…… 나랑 얼굴이 똑같아.'

마치 거울을 보듯 똑같은 얼굴.

다른 점이라곤 그녀의 머리카락과 눈동자 색뿐이었다.

그녀는 순진해 보이는 부드러운 적안에 타오르는 노을 빛깔의 머리카락을 가지고 있었다. 만약, 니안이 페르난디 가문의 외양을 그대로 물려받았더라면 가졌을 법한 바로 그런 붉은 색. 게다가 르웬나가 입은 드레스는 촌장에게 받았던 바로 그 복숭앗빛 드레스였다. 니안은 깜짝 놀라 제 손을 내려다보았지만, 어느 틈에 드레스는 온데간데없이 사라진 뒤였다.

그제야 니안은 그들이 왜 자신을 알아보지 못하는지 깨달았다.

'꿈……? 아니면, 환상……?'

니안은 두근대는 가슴을 한 손으로 누르며 에르디안에게 더욱 가까이 다가섰다. 에르디안의 얼굴은 이전과 다르게 혈색이 넘쳤고, 입술은 부드러운 분홍빛이었다. 퇴폐미 가득했던 자줏빛 눈동자엔 순수한 열정과 말 못 할 슬픔이 그득했다.

그때였다. 맞은편 동상 뒤에서 또 다른 에르디안이 나타난 것이.

니안은 설명을 바라는 눈으로 자신을 향해 똑바로 걸어오는 에르디안을 바라봤다. 그의 얼굴은 저녁 식사 전 만났던 모습과 같이 창백했고, 입술은 소름 끼칠 만큼 붉었다. 그가 두 걸음 정도 남기고 니안의 앞에 섰을 때, 니안은 분홍과 하양의 리시안셔스로 장식된 작은 부케를 들고 의자에 앉아 있었다. 절절한 대화를 나누던 남녀는 이미 사라지고, 주변은 격식 있는 장식이 가득한 작은 방으로 모습이 바뀐 뒤였다.

니안은 깜짝 놀라 자신의 몸을 훑어봤다. 어찌 된 일인지 입고 있는 옷도 하얀 웨딩드레스로 바뀌어 있었다.

"지금 이게 다 뭐죠? 환상인가요? 꿈? 그것도 아니면 마법?"

니안은 최대한 침착한 목소리를 내려 노력하며 눈앞의 에르디안에게 물었다.

"기억."

그가 간결하게 대답했다.

"네?"

"너와 나의 기억. 그리고 르웬나와 에르디안의 기억."

"무슨 말인지 모르겠어요."

"난 네가 날 사랑하지 않는다는 걸 알면서도 너랑 결혼했어. 그레고리가 죽으면 네가 너무 슬퍼할 것 같아서……. 네가 슬퍼하면 내가 너무 아파서 견딜 수가 없었거든. 우리 아버지는 내가 널 사랑하면서도 청혼 한 번 못해보고 그레고리에게 빼앗긴 걸 분해하셨어. 그래서 내가 그레고리를 살려달라고 부탁했을 때, 네가 나와

결혼하면 그레고리를 살려줄 뿐만 아니라 너희 가족의 반역 혐의
도 벗겨주신다고 했지. 내가 그 말을 전하자 넌 무척 기뻐하며 기
꺼이 나와의 결혼을 수락했어."

"……도대체 그게 무슨……."

"기억해 봐, 르웬나. 우리한테 도대체 무슨 일이 있었던
건지……."

그가 슬픈 눈으로 흰 장갑이 끼워진 손을 내밀었다. 니안이 웨딩
드레스를 입은 것과 마찬가지로 에르디안 역시 결혼 예복을 입고
있었다. 망설이던 니안은 결국 의심과 경계를 지우지 못한 채 그
의 손을 조심스럽게 잡았다. 그러자 잊혔던 기억이 떠오르듯, 르웬
나와 에르디안의 과거가 밀물처럼 머릿속으로 들이닥치기 시작했
다. 니안의 입에서 신음과도 같은 이름이 흘러나왔다.

"그레……고리……."

그러자 금방이라도 뚝 떨어질 것 같은 눈물이 두 눈에 가득 고
였다. 그런 니안을 바라보는 에르디안의 낯빛이 더욱 어두워졌다.

"그레고리…… 빌카인 3세의 추종자…… 넌…… 너는……."

중얼거리던 니안이 고개를 들어 에르디안을 똑바로 바라봤다.
에르디안이 무겁게 입술을 뗐다.

"……우리 아버지는 혁명 전부터 오스만 대공의 은밀한 세력 중
하나였어. 1대 종신 자작에 불과해 귀족 신분을 물려줄 수 없었던
아버지는 그 일로 루드빌 영토 전체와 세습 가능한 남작 작위를

받았지."

"……원래는……그레고리 가문 거였는데……."

니안이 가쁜 숨을 몰아쉬며 중얼거렸다.

"박탈당했잖아. 오스만 대공이 황제로 등극한 후에……."

에르디안의 대답에 니안의 인상이 더욱 일그러졌다.

"아…… 그레고리……."

"……."

"……그레고리가…… 저택 지하 감옥에 갇혔어. 가족들이……
그가 보는 앞에서 모두 처형당했어."

두 눈 가득 고였던 눈물이 결국 볼을 타고 턱밑으로 떨어져 내
렸다. 분명 눈을 뜨고 있는데도 눈앞에 보이는 것은 그날의 장면
뿐이었다. 에르디안의 아버지인 버나드 템프셔가 그레고리 앞에
서 직접 검을 뽑아 그의 가족들의 목을 하나하나 쳐 내려갔다. 아
름다운 저택 마당이 사람을 죽이는 잔인한 간이 처형장이 되었다.
르웬나는 몇몇 호기심 많은 마을 사람들 틈에서 그 모습을 지켜봤
다. 절규하는 그레고리의 모습을 바라보며 그녀 역시 눈물을 흘리
며 가슴을 쥐어뜯었다.

"내가…… 내가…… 너랑 결혼한다고 해서……."

"……."

"그래서…… 그레고리의 가족들을 그가 보는 앞에서 죽
였어……."

니안은 흐느끼며 중얼거렸지만, 돌아온 것은 에르디안의 차분한 목소리였다.

"틀려. 네가 나랑 결혼한다고 해서…… 그레고리만 살려준 거야."

니안이 여전히 눈물을 뚝뚝 흘리며 애원했다.

"날…… 날…… 만지지 마. 에르디안. 내 몸에 손대면 안 돼……. 난 그레고리의 여자야."

"알아……. 네가 원하지 않으면 난 네게 아무것도 하지 않아, 르웬나."

"왜…… 넌 이렇게 불행한 결혼생활을 받아들인 거지? 도대체 왜?"

"아니야, 르웬나. 난 절대 불행하지 않아."

"어째서? 난 이렇게 불행하고 또 불행한데."

"왜냐하면……."

"……?"

"……난 ……널 진심으로 사랑하니까."

울먹이던 니안이 갑자기 숨을 뚝 멈췄다가 크게 들이마셨다. 눈물에 젖어 퉁퉁 부은 눈을 더욱 동그랗게 뜨면서.

"나를……? 언제부터?"

"네가 태어나는 순간부터."

에르디안의 목소리는 더없이 부드럽고, 따뜻했으며, 몹시도 슬펐다.

"……아니 어쩌면 네가 태어나기 전부터. ……르웬나, 난 단 한 순간도 널 사랑하지 않은 적이 없었어. 네가 나 아닌 그레고리를 선택한 순간에도 난, 너를 사랑하고 있었어."

니안은 거세게 머리를 흔들었다.

"하지만 난 널 사랑하지 않아, 에르디안."

"알아……. 하지만 괜찮아. 내가 더 사랑하면 되니까."

니안의 눈에서 다시금 굵은 눈물방울이 뚝뚝 떨어져 내렸다.

"바보, 에르디안……."

"바보, 르웬나……. 그레고리가 풀려나자마자 널 놔두고 마을 밖으로 달아났는데도 원망할 줄 모르고……."

정말 이상했다. 그 이야기를 듣는데 니안은 안도의 미소가 떠오르는 것을 막을 수 없었다. 제 의지가 아니면서도 제 의지인…… 이상하리만치 내면 가까이에서 우러나오는 감정이었다.

"괜찮아. 그가 살았으면 됐어. 이제 내가 할 일은 끝났어."

"끝나지 않았어. 나는…… 나는……."

에르디안은 감정이 북받치는지 한동안 차마 말을 잇지 못했다.

"……널 살리고 싶었어."

그의 눈에서 눈물이 또르르 흘러내렸다.

니안은 아무런 말도 할 수가 없었다. 에르디안의 마지막 순간이 선명히 뇌리에 떠올랐기 때문이다.

그레고리가 풀려 난 다음 날 저녁.

르웬나는 에르디안이 침실에 도착하기 전 서랍에 준비해 뒀던 단도를 꺼내 들었다. 금빛 손잡이에 색색의 유리알이 박힌 단도는 투박하면서도 화려했다. 르웬나는 그 길로 단도를 가슴에 품은 채 저택 밖으로 나왔다. 전력을 다해 뛰는 그녀의 얼굴엔 비장함과 더불어 조급함마저 묻어났다. 숲길로 향하는 탱자나무길 끝에서, 르웬나는 걸음을 멈춘 채 가슴에 품었던 단도를 꺼내 들었다.

"에르디안…… 미안……."

그녀가 중얼거렸다. 에르디안은 그녀를 너무나 사랑한 나머지 그레고리가 떠나는 날까지 손끝 하나 대지 말아 달라는 그녀의 부탁을 들어줬다. 그리고 그레고리가 풀려난 지금, 그녀는 세상에 더는 미련이 없었다. 그녀의 마음속에는 오로지 그레고리밖에 없었으므로 그를 놔두고 다른 남자에게 몸을 허락한다는 건 상상조차 할 수 없는 일이었다. 그녀는 에르디안이 자신을 취하러 침실로 오기 전 스스로 목숨을 끊을 작정이었다. 그리고 그레고리가 자신에게 청혼했던 탱자나무 길이야말로 죽기에 최적의 장소라 생각했다. 마음을 굳힌 르웬나가 마침내 자신의 심장을 겨눈 채 칼을 높이 치켜들었다.

"안 돼!"

언제부터 쫓아온 걸까? 에르디안의 목소리가 울려 퍼졌다. 그는 바람처럼 재빠르게 달려와 막 그녀의 심장을 파고들려는 단도를 쳐냈다.

투둑. 단도는 둔탁한 소리를 내며 땅바닥으로 떨어져 버렸다.

르웬나는 좌절한 나머지 무력한 얼굴로 바닥에 주저앉았고, 손으로 얼굴을 감싸 쥔 채 슬피 통곡했다. 그런 그녀를 바라보는 것은 에르디안에게 언제나 심장이 찢기는 듯한 고통을 안겨주었다.

미어지는 가슴을 힘겹게 움켜쥐며 그가 까슬한 목소리로 말했다.

"그렇게 나와 함께 하기 힘들면 보내줄게. 가, 르웬나! 네가 죽는 모습을 보니 차라리 널 그레고리에게 보내는 게 나아."

그러자 르웬나가 울면서 소리쳤다.

"내가 널 놔두고 그레고리를 따라가면 너희 아버지가 그레고리를 가만 둘리 없어. 황실에 고해서 끝까지 그를 추격해 죽일 거야. 사지를 갈가리 찢어 죽일 거야. 하지만, 난 그가 없으면 살 수 없어. 나한텐 선택의 여지가 없다고!"

르웬나는 다시금 크게 울음을 터뜨렸다. 에르디안의 얼굴은 더욱 참담해졌다. 가만히 르웬나를 내려다보던 에르디안이 조용히 바닥에 떨어진 단도를 집어 들었다.

"그럼……."

"……."

"내가 어떻게 해야 널 웃게 할 수 있을까?"

"……."

"내가 과연 널 행복하게 해 줄 수 있을까?"

"……."

음울한 그의 시선이 단도의 날카로운 칼날에 닿았다. 그렇게 한참을 노려보던 에르디안이 마침내 입술을 뗐다. 결연하고도 비장했다.

"네가 그레고리를 따라가도 아버지나 황실이 추적하지 않게 하는 방법이 있어."

그 순간 세상이 무너질 듯 공기를 울리던 르웬나의 울음이 잦아들었다. 얼굴을 가렸던 손을 떼어내고 르웬나가 눈물로 얼룩진 고개를 들었다.

"어떻……게?"

다 죽어가던 목숨에 생명이 스미듯 그녀의 얼굴에 희망이 떠올랐다.

"네 남편인…… 내가 사라지면 돼."

그가 아프게 말했다.

"넌 이제 자유야."

르웬나가 미처 상황을 파악하지 못한 사이, 에르디안은 손에 쥐고 있던 단도를 자신의 가슴에 겨눴다.

그리곤, 쿡. 있는 힘껏 날카로운 칼날을 제 심장에 박아 넣었다.

"꺅, 에르디안!"

르웬나가 찢어지는 듯한 톤으로 소리를 질렀지만, 이미 단도는 그의 가슴에 깊숙한 상처를 낸 후였다. 에르디안은 울컥 피를 토하며 바닥에 쓰러졌다.

마침 뒤뜰을 지나던 하녀 하나가 그 소리를 듣고 그들에게로 뛰어왔다가 쓰러진 에르디안을 보고 비명을 질렀다.

"세상에, 맙소사. 주인님. 이 일을 어쩌면 좋아요?"

에르디안은 필사의 힘을 다해 몸을 일으키려는 하녀의 팔뚝을 붙잡았다.

"내 의지다. 르웬나가…… 작은 마님이 제일 먼저 날 발견한 것뿐이야. 아버지께 전해. 내겐 귀족 가문을 이끌 능력도…… 자신도 없었다고……. 죄송하다고……. 르웬나는 남편을 잃었으니 친정으로 돌려보내라고 해. 이제 더는 템프셔 가문과 상관없는 사람이니까……."

힘을 잃은 에르디안의 손이 하녀의 어깨에서 미끄러지자, 그녀는 미친 듯이 비명을 지르며 저택으로 달려갔다.

그때였다. 르웬나의 눈에서 눈물이 마른 것이.

에르디안이 그녀를 템프셔 가문과 상관없는 사람이라고 하는 순간, 그토록 주체 없이 흘러내리던 눈물이 뚝 그쳐 버린 거였다.

그의 심장에서 흘러나온 피가 땅을 적시고, 그 옆에 주저앉은 르웬나의 복숭앗빛 드레스를 붉게 물들였다. 에르디안의 입가에 희미한 미소가 떠올랐다.

"드디어…… 멈췄네."

그가 피가 묻은 손을 들어 눈물이 말라버린 르웬나의 뺨을 훑으며 힘없이 말했다.

"그래도…… 날 위한 눈물 한 방울은…… 남겨주지……."

"에르디안!"

"네가 행복했으면 좋겠어, 르웬나……."

잠시 후 탱자나무 길로 아들을 보러 허겁지겁 달려온 버나드 템프셔는 가슴에 칼이 꽂힌 채 눈을 감은 아들을 보고는 분노로 눈이 돌아버렸다. 그는 에르디안 옆에서 마른 얼굴로 멍하니 앉아 있는 르웬나의 뺨을 호되게 후려치는 것으로 그 화풀이를 대신했다.

"이 잔인하고 요망한 년! 그렇게 에르디안에게 곁을 주지 않더니 결국 죽게 만들었어!"

그가 미친 듯이 소리쳤다.

"내 아들의 유언이 아니었다면 넌 당장 내 손에 죽었을 거다. 어서 내 아들에게서 떨어져, 어서! 지금 당장 네 집으로 돌아가 두 번 다시 내 눈앞에 나타나지 말아라!"

사납게 울부짖는 그의 목소리는 마치 포효하는 사자와도 같았다. 그러나 르웬나는 눈 하나 깜짝하지 않았다. 그녀는 마치 아무 일도 없었던 듯 여전히 마른 뺨으로 미련 없이 자리를 털고 일어섰다. 그토록 자신을 위해주었던 남자가 죽었으니 마음이 아플 만도 하건만, 르웬나는 버나드와 에르디안에게 눈물 한 방울 보여주지 않았다.

반면 하얀 웨딩드레스를 입은 니안은 여전히 눈물을 뚝뚝 떨어뜨리고 있었다. 그녀는 에르디안의 진심을 제대로 받아들이지 못했던 과거의 르웬나를 후회하고 있었다. 니안의 치마 밑단이 르웬나의 것처럼 점점 붉게 물들어 가고 있었다.

"난…… 네 장례식도 보지 않고 그 길로 그레고리를 찾아 나섰어."

"……알아……."

창백한 얼굴의 에르디안이 조용히 대꾸했다.

"그레고리는……."

니안이 고개를 떨구며 힘겹게 말을 이었다.

"……그레고리는…… 날 용서하지 않았어……."

"그것도…… 알아……."

에르디안의 목소리에선 여전히 슬픔이 묻어났다.

르웬나는 자신의 친정에서 단 하룻밤도 보내지 않고 바로 그레고리를 찾아 나섰다. 버나드가 언제 마음이 바뀌어 그녀와 그레고리를 추적할지 몰랐기 때문이었다. 그는 이미 먼 곳으로 달아나 숨어버렸으므로, 르웬나가 그를 수소문해 찾기란 몹시도 어려운 일이었다. 그러나 반드시 그레고리를 찾고야 말겠다는 강한 의지가 결국 황국의 반에 반을 돌아 그레고리를 찾도록 만들었다.

"그레고리!"

"르웬나!"

아, 그를 다시 만났을 때의 그 주체할 수 없는 기쁨이란! 그레고리를 만나자마자 르웬나는 주저하지 않고 달려가 그의 품에 몸을 던졌다. 분명 자신을 격하게 환영하며 따뜻하게 안아줄 거라는 기대를 마지않으며.

"무슨 짓이야?!"

그러나 그것이 헛된 바람이었다는 걸 깨닫기까지는 오랜 시간이 걸리지 않았다. 그레고리가 화들짝 놀라며 자신의 품에 뛰어든 르웬나를 냉정하게 밀쳐냈기 때문이었다.

"그레고리!"

"미쳤어? 여기까지 날 찾아오게."

그는 르웬나가 마치 더러운 벌레라도 되는 양 혐오스러운 표정을 지으며 그녀가 닿았던 곳의 먼지를 털어냈다. 르웬나는 혼란스러운 얼굴로 더듬거리며 말했다.

"그레고리, 무슨 소리야. 나야, 나. 르웬나. 혹시 내가 에르디안과 결혼했기 때문에 그래? 걱정하지 마. 에르디안과는 아무 일도 없었어. 에르디안은 내 몸에 손끝 하나 대지 않고 네가 풀려나길 기다렸어. 그리고 네가 충분히 마을을 벗어났을 때쯤, 날 보내준 거야. 너한테 갈 수 있도록 말이야. 내가 행복하길 바란다고 했어."

그러나 그레고리의 얼굴에 떠오른 것은 오싹할 정도의 냉소였다.

"하…… 가증스럽긴."

"……뭐 ……뭐라고?"

르웬나가 두 눈을 동그랗게 떴다.

"르웬나! 넌 가문의 원수와 결혼한 거로도 모자라 내게 죽어가는 가족들 앞에 홀로 살아남는 치욕까지 안겨줬어."

"……뭐?"

"넌 아직도 내가 널 사랑할 거라고 생각하니? 천만에. 난 널 사랑했던 과거의 나를 치가 떨리도록 저주해. 할 수만 있다면 그때의 기억을 모두 지워버리고 싶어. 널 영원히 내 인생에서 없애버리고 싶어!"

"그레고리!"

당황한 르웬나가 그레고리의 팔을 잡으려 했지만, 그는 또다시 잔인하게 그녀를 뿌리쳤다.

"그 가증스러운 미소와 미모에 홀려 가문을 멸문의 길로 보내버린 내 우매함을 얼마나 탓하고 살았는지 몰라. 그런데 또다시 네게 홀리라고?"

"그레고리…….'

어느샌가 르웬나의 두 눈엔 눈물이 그렁그렁하게 가득 고였다. 그는 르웬나가 기억하던 당당하고 듬직한 그레고리가 아니었다. 그는 멸문의 충격, 죽음에서 살아난 트라우마, 오랜 도피 생활로 마음이 비틀리고 몸과 정신이 피폐한 폐인이 되어 있었다. 그는 이 모든 비극에 대한 비난의 화살을 다른 남자에게로 떠나버린 르웬나에게 돌리며 근근이 버티는 중이었다. 그래서 다시는 돌아오지 않을 거라고 믿었던 르웬나가 돌아오자 너무나 당황했고, 원망의 대상을 잃게 될까 봐 두려웠다. 그러나 그는 그러한 자신의 본심조차 제대로 깨닫지 못하고 있었다.

"이 사악한 마녀! 어서 내게서 떨어져!"

내면의 혼란에 이성을 잃은 그가 발악하듯 검을 뽑아 들었다. 낡아빠진 검집에서 뽑힌 검이라는 게 믿기지 않을 만큼 날카롭게 잘 벼려진 검이었다.

공포에 질린 르웬나가 주춤주춤 뒤로 물러섰다. 마침내 그레고리가 두 눈을 질끈 감고 검을 휘둘렀을 땐, 그녀는 본능에 따라 그 자리를 도망치고 말았다. 그의 분노의 크기로 봐선, 세상 끝까지 쫓아와 르웬나를 죽일 것 같았지만, 정작 그는 달아나는 그녀를 뒤쫓지 않았다. 그래서 그가 진심으로 자신을 죽이려 했던 게 아니라는 건 알 수 있었지만, 르웬나가 받은 마음의 상처는 너무도 컸다.

그레고리가 사는 마을과 멀지 않은 강가에서, 르웬나는 붉게 타오르는 석양을 바라보며 주저앉아 울고 또 울었다. 마치 자신의 몸이 몽땅 물로 이루어져 끝없이 끝없이 눈을 통해 새어 나오는 것만 같았다.

무릎에 올려진 니안의 손이 마음의 고통을 이기지 못하고 드레스를 꽉 움켜쥐었다. 눈에서 뚝뚝 떨어져 내리는 눈물이 구겨진 웨딩 드레스 위를 축축하게 적셨다.

"……난…… 난……."

니안이 꺽꺽 억지로 울음을 삼키며 힘겹게 말을 이었다.

"……네 마지막 말을 잊을 수가 없었어……에르디안."

"……."

"……나한텐…… 널 위해 흘려줄 눈물조차 없었는데…… 내 모든 것들은…… 심지어 눈물방울조차 모두 그 사람을 위해 써버렸는데……."

"……."

"……그는 내게 변명할 시간조차 주지 않고 쫓아버렸어……."

"……."

"……날 그곳에 보내주기 위해 네가 어떤 희생을 치렀는데……. 미안해 ……미안해 ……에르디안. 무슨 말로도 너한테 용서를 구할 수 없어."

니안은 흐느꼈다. 한쪽 손은 여전히 창백한 에르디안에게 잡힌 채였다. 이미 니안으로서의 기억과 자아는 어디로 갔는지 몽땅 사라져버린 후였다.

"널 구하지 못한 건…… 내 탓이야. 네가 너무 멀리 있어서, 강에 몸을 던진 걸 미처 알아채지 못했어. 네 숨이 완전히 끊어지고 나서야…… 겨우 널 느꼈어. 네가…… 완전히…… 죽어버렸다는 걸."

에르디안의 두 눈이 투명해졌다.

"널…… 정말 살리고 싶었어……."

그가 중얼거렸다. 니안은 완전한 르웬나가 되어 진심으로 에르디안에게 죄책감을 느끼며 흐느꼈다. 심장이 미친 듯이 옥죄어 왔다. 니안의 손을 잡은 에르디안의 손에 꾹 힘이 들어갔다.

"르웬나…… 고개를 들고 날 좀 봐봐, 응?"

거대한 마음의 빚을 고스란히 안은 채, 니안은 간신히 얼굴을 들었다. 마주친 에르디안의 시선이 더없이 포근했다. 창백한 에르디안에게서는 상상도 할 수 없었던 눈빛이었다. 그가 천천히 한쪽 무릎을 꿇었다.

"이제…… 날 좀 바라볼 마음이 생겼니?"

"……."

"……날 좀…… 바라봐 줄 수 있겠어?"

울컥, 목구멍으로 감동이 치밀었다. 배신에 배신을 거듭하는 자신에게 그레고리처럼 칼을 겨눠도 모자랄 판에, 에르디안은 아직도 제게 사랑을 갈구하고 있었다. 이전보다 더 따뜻하고 포근한 얼굴로, 그동안의 잘못을 다 용서할 테니 자신을 받아달라고 애원하는 거였다.

그래, 그레고리는 이제 깨끗이 잊는 거야. 내 행복을 위해 목숨을 버렸던 에르디안에게, 내게 남은 모든 걸 다 줄래. 하나도 남김없이, 전부다!

니안은 기쁨과 슬픔, 미안함과 고마움을 담아 있는 힘껏 에르디안의 목을 끌어안았다.

"물론. 물론이야, 에르디안. 너만 받아준다면…… 너만 받아준다면 죽는 날까지 너만 사랑할게. 죽어서도 너만 사랑할게. 약속해!"

에르디안이 자연스럽게 제게 안겨오는 니안의 등에 팔을 둘렀다. 그녀를 꼭 당겨 안는 몸짓에선 절절한 감격마저 묻어났다.

'그가 날 용서했어. 이런 날, 아직도 사랑하고 있어!'

세상을 다 가진 것 같은 행복감이 밀려들었다. 그렇게 니안의 심장에 따스한 기운이 마구 퍼져나갈 때였다.

에르디안이 자연스럽게 제게 안겨 오는 니안의 등에 팔을 둘렀다. 그녀를 꼭 당겨 안는 몸짓에선 감격이 절절히 묻어났다.

'그가 날 용서했어. 이런 날, 아직도 사랑하고 있어!'

감동이었다. 세상을 다 가진 것 같은 행복감이 밀려들었다. 그렇게 니안의 심장에 따스한 기운이 마구 퍼져나갈 때였다.

[키스해……]

"……."

[어서 키스해……]

"……."

[얼른 키스하란 말이야, 이 멍청한 자식아!]

마치 작은 지렁이가 고막을 기어가는 듯한 작고 허스키한 쇳소리. 행복에 겨워 감겼던 니안의 두 눈이 번쩍 뜨였다.

'뭐지?'

이상함을 느낀 니안이 에르디안의 품에서 빠져나오려 몸을 움찔거렸다. 그러자 에르디안이 그녀를 더욱 꼭 끌어당기며 속삭였다.

"사랑해, 르웬나."

"르웬……나……?"

"우리 조금만 더…… 조금만 더 이러고 있자. 제발……."

그의 목소리가 너무나 간절하고도 슬펐기 때문에 니안은 다시금 울컥, 에르디안에 대한 감정이 북받쳤다. 그를 놓고 싶지가 않았다. 그렇게 니안으로서의 자아를 잊고 다시 르웬나가 되어 에르디안을 향한 마음이 안정을 찾아갈 때였다. 또다시 이상한 목소리가 고막을 긁듯 귓속을 스쳤다.

[더 이상은 안 돼! 어서 키스하라고!]

"에르디안……?"

"……."

"무슨 소리 안 들려?"

[이런 젠장! 용이 내 목소리를 들었어!]

'용…… 용이라니?'

'용'이라는 단어에 찬물이라도 맞은 듯, 니안의 정신이 맑아졌다. 하지만 그 단어가 왜 그토록 신경이 쓰이는지는 도통 기억이 나질 않았다. 자신이 용이라는 사실조차도 선뜻 떠오르지 않았다.

그저 뿌연 안갯속에 모든 진실이 침잠해 있는 기분.

니안이 인상을 찡그렸다. 그때 에르디안이 키스를 하려는 듯 얼굴을 돌리려는 게 느껴졌다.

"에르디안, 누군가 날 용이라고 했어."

우뚝, 에르디안의 움직임이 멈췄다.

"에르디안, 너랑 난 죽었는데 어떻게 지금 이렇게 같이 있는 거지? 내 몸도 네 몸도 모두 따뜻해. 마치 살아 있는 것처럼."

잠시 후, 에르디안이 천천히 몸을 떼어내고는 니안의 눈을 똑바로 바라보며 말했다.

"난 죽지 않았어."

"……."

"죽지 않았다고."

말도 안 돼. 그의 말이 바로 이해가 되질 않아 니안이 두 눈을 깜빡였다. 곧 정신을 차린 니안이 얼른 그의 가슴께로 손을 가져다 댔다. 분명…… 분명 심장이 있는 왼쪽 가슴에 그가 단도를 꽂아 넣었는데! 온 땅을 붉게 물들일 정도로 피가 많이 나왔었는데!

하지만 손에 느껴지는 것이라곤 매끈하고 부드러운 실크 연미복의 감촉뿐.

"그날 이후로 내 심장에서는 계속 피가 흘러."

그가 여전히 멍한 표정으로 두 눈을 깜빡이는 니안의 얼굴을 어루만졌다.

"······피가 멈추질 않아······."

무슨 말인지 도통 알 수가 없었다.

"심장에서 피가 멈추지 않는다면 누구도 살 수 없어, 에르디안."

"보통 사람이라면 그렇지."

"그럼 넌 보통 사람이 아니란 거야?"

"내 영혼은 어떤 고결한 힘 덕분에 몸에서 분리되지 않았거든. 네가 지금 그 안에 들어 있는 것처럼 말이지."

그가 자랑스럽게 미소 지었다.

[멍청한 자식. 그걸 용에게 말하면 어떡해? 일을 다 망칠 셈이야?]

니안의 눈이 휘둥그레졌다.

"이 목소리······."

"······."

"이건 누구야?"

에르디안이 놀란 듯 슬쩍 뜸을 들이다가 대답했다.

"······미트라야."

"미트라?"

"응. 내 안의 미트라. 나의 신, 나의 주인. 내게 르웬나 널 돌려줄 위대한 존재······. 그리고······ 미트라는 오랫동안 널 기다려왔어. 니안 페르난디."

쿠쿠쿵. 굉음과 함께 머릿속에 번개가 쳤다.

니안 페르난디, 니안 페르난디, 니안 페르난디······.

그 이름이 메아리처럼 커다랗게 귓전을 때리고, 눈앞에 보이던 모든 것들이 사라졌다. 일순 니안은 제 몸의 존재조차 느낄 수가 없었다. 그저, 어디론가 빨려 가듯, 빛의 회로를 타고 끝없이 끝없이 빠르게 날기만 할 뿐.

'콰쾅' 하고 또 한 번 굉음이 터지고 나서야 니안은 제 몸의 무게를 되찾았다. 그리고 들려온 낯선 여자의 목소리.

"미트라!"

주변은 어느새 너른 들판이었다. 에르디안은 사라지고 없었다. 소리가 난 쪽으로 고개를 들었더니 여자 한 명이 웃으며 천천히 다가오고 있었다.

"······누구?"

수수한 흰 드레스를 입고 긴 머리를 흩날리며 다가오는 여자는 키가 크고 팔다리가 길었다. 허리까지 닿는 머리카락도, 지혜로워 보이는 두 눈동자도 모두 용암처럼 붉은색이었다. 신비롭고 아름다웠다. 그녀가 니안 앞에 와 서더니 조용히 손을 내밀며 다시 그 이름을 불렀다.

"미트라······."

"······?"

"미트라······."

음성이 부드럽고 따뜻했다. 그녀가 자신을 부르는 것 같기도 해서 뭐라 대답하려고 입술을 달싹이는데, 뒤에서 작은 공 같은 무언가가 쏜살같이 튀어나왔다. 발랄하게 통통 튀는 그것은 마치 갈색 솜뭉치 같기도 했다. 그것이 기쁜 듯이 여자 주변을 빙빙 돌면서 춤추자 여자의 얼굴에 잔잔한 미소가 번졌다.

"미트라…… 미트라……."

그녀의 목소리에 사랑이 가득했다.

그제야 니안은 작은 공 같은 그것이 살아 있는 생물이라는 것을 깨달았다. 두 개의 다리와 두 개의 짧은 팔이 달린 그것은 눈도 코도 너무 작은 데다 북슬북슬한 털에 묻혀 잘 보이지가 않았다. 귀도 잘 보이지 않았다.

'마수……인가?'

처음 보는 짐승이다 보니 제일 먼저 떠오른 것이 마수였다. 하지만, 그것은 마수라 하기엔 너무 작고 귀엽고 사랑스러웠다. 니안조차 팔을 뻗어 그것을 가슴에 폭 안고 싶은 충동이 일만큼.

"너, 또 영혼을 수집해 왔구나!"

미트라가 기쁜 듯 더욱 통통거렸다.

"어디 보자…… 이번엔 어떤 것을 가져 왔니?"

그녀가 미트라라는 것의 엉덩이에 손가락을 집어넣어 푸른빛이 감도는 작은 연기 덩어리를 꺼냈다.

"여자네……."

통- 통-

"몹시 아팠구나…… 죽는 것보다 사는 게 더 고통일 만큼…….

충분히 살 만큼 살기도 했고……."

통- 통-

그녀가 영혼을 다시 미트라의 엉덩이에 밀어 넣으며 말했다.

"이건 다시 돌려주마. 아껴서 잘 써야 한다."

통- 통-

"그리고 이건 선물이야."

여자가 손을 들어 올리자 주변의 풀과 나무에서 옅은 붉은색의

작은 빛 덩어리들이 그녀의 손바닥 안으로 모여들었다. 그렇게 모

인 빛 덩어리들은 흡사 커다란 구슬과도 같았다. 그녀가 그것을 미

트라 앞에 내밀자 미트라가 넙죽 받아 삼켰다. 먹이를 받아먹는 애

완견 같았다.

"이제 조금 기운이 나니?"

그러자 미트라가 다시 신나게 이리저리 뛰어다니기 시작했다.

니안은 기분이 이상했다. 분명 처음 보는 여자고, 생김새도 다

른, 완전한 별개의 존재인데 그녀에게서 묘한 동질감이 느껴졌기

때문이다. 특히 그녀를 둘러싸고 있는 붉은 기운이 그랬다. 마치

자기 것인 양 너무도 편안했다.

통통거리던 미트라가 어디론가 사라지고, 그녀도 다른 곳으로

가려는 듯 몸을 돌렸다. 하지만, 무언가가 마음에 걸리는지, 여자

는 몇 걸음 가지 못하고 멈칫 걸음을 멈추었다. 그녀가 천천히 뒤

를 돌자 멍하니 앉아 있던 니안과 두 눈이 마주쳤다.

'어? 날 못 알아보는 거 아니었나?'

니안이 놀라 움찔거리자, 그녀가 작게 중얼거렸다.

"내가…… 성공했구나."

"……?"

니안이 말귀를 못 알아듣고 두 눈을 동그랗게 뜨자, 그녀가 부드럽게 미소 지어 보였다.

"널 보니 알겠다. 내가 성공했다는 걸……. 나의 미트라가 마침내 해냈다는 걸……."

"무슨 말씀이세요?"

그녀가 천천히 다가오더니 니안의 손을 잡았다. 그녀의 손을 타고 강한 기운이 파도처럼 들이닥쳤다. 온몸을 녹일 것 같이 뜨겁고 강한 열기였다.

"넌 원래의 내 모습을 알아보겠지?"

그녀의 말이 끝나기가 무섭게 거대한 형체 하나가 여자의 모습 위로 오버랩되었다. 미끈하고 커다란 날개, 반짝이는 붉은 비늘, 날카로운 발톱.

니안이 휘둥그런 눈을 뜬 채, 천천히 입술을 벌렸다.

"부……붉은…… 용……."

"그래."

그녀가 빙긋 웃었다.

"⋯⋯어떻게?"

니안이 더듬거렸다.

"⋯⋯말도 안 돼. 어떻게 이런 일이⋯⋯."

니안과 같은 반룡이 아니었다.

온전한 힘과 모습을 지닌 완전체의 붉은 용!

그녀의 몸에 담긴 에너지는 니안이 가진 것과는 비교도 할 수 없을 만큼 크고 강력했다. 거대한 양의 마나들이 작은 인간의 몸속에 잔뜩 압착되어 있었다. 마치 증기가 가득 찬 압력솥처럼.

니안은 어쩌다 붉은 기운을 돌리면서도 자신의 몸에 담긴 에너지가 얼마나 되는지 자각하지 못했었다. 하지만 그녀의 손을 잡고 나니 알 것 같았다. 자신이 가진 에너지가 얼마나 볼품없이 적은 양인지를⋯⋯. 왜 자신의 의지대로 에너지가 쉽게 가동되지 않았었는지⋯⋯.

"기특하구나. 연약한 인간의 몸에 용의 기운을 담아내다니. 수대를 거치면서 그 누구도 이뤄내지 못했던 일인데."

"⋯⋯."

"나는 네가 자랑스럽다, 니안 페르난디."

"⋯⋯."

니안은 무슨 말을 해야 할지 알 수가 없었다.

"미트라는 자신이 만든 환상 속에서 내가 널 알아볼 거라는 건 꿈에도 생각하지 못했을 거야. 그것도 1000년이라는 시간을 뛰어

넘어서 말이지…… 후후. 아마 너와 내가 이렇게 만났다는 사실을 알면 기절초풍하겠지?"

"환……상이요? 지금 보이는 이게 다 환상인가요?"

"그래. 그게 미트라의 특기거든. 인간에게 자신이 만들어낸 환상을 보여주어 유혹하는 거. 물론 그 아이가 만들어내는 환상에는 현실과는 조금 동떨어진 구석이 있긴 해. 인간과 살아본 경험이 없어서. 온전히 자신이 수집한 영혼들의 기억과 염원에만 의지하고 있거든."

그녀가 또 웃었다.

"미트라가 인간 영혼을 수집하나요?"

이어진 니안의 질문에 여자가 고개를 끄덕여 보였다.

"그래. 미트라는 제 자신이 가진 마나도, 자연에 흩어진 마나를 모으는 능력도 미미하거든. 싸움도 잘 못 해. 워낙 신체 조건이 마수답지 못해서. 그 아이가 할 수 있는 일이라곤 인간의 마음이 약해졌을 때 영혼을 빼내어 자유자재로 다루는 일뿐이란다."

"살아 있는 인간의 영혼을요?"

"인간도 대자연의 일부이기 때문에 몸에 가지고 있는 마나가 있거든. 미트라는 인간의 몸에서 영혼을 빼낼 때 마나도 함께 담아서 꺼낼 수 있어. 그래서 늘 주머니에 보관해 뒀다가 비상시 에너지로 쓰지."

"살아 있는 인간에게서 영혼을 꺼내면, 그 인간은 어떻게 되죠?

영혼이 없으면 인간은 죽는 거잖아요."

"보통은 영혼 없이 돌아다니는 시체가 되지. 그러니 귀엽다고 함부로 가까이해서는 안 된다. 아무리 귀여워도 마수는 마수거든."

그녀가 찡긋 윙크를 해 보였다.

"그런 위험한 짐승을 왜 데리고 다니세요?"

니안이 물었다.

"필요해서."

그녀의 눈빛이 어두워졌다.

"필요하다고요? 사람을 해쳐야만 살 수 있는 저 마수가요?"

"그래……. 슬프지만, 난 그 미트라의 도움이 절실히 필요하단다. 아마 지금의 넌…… 잘 이해되지 않을 거야."

그때였다. 갑자기 지진이 일어난 듯 세상이 마구 흔들리기 시작한 것이. 붉은 용의 표정이 급격히 어두워졌다.

"시간이 다 됐구나. 설명할 틈이 없어."

그녀가 재빨리 자신의 팔에 채워진 팔찌를 풀어 니안의 팔목에 끼워주었다. 은색과 금색 선이 기묘하게 꼬인 금속성의 팔찌는 크기에 비해 상당히 묵직해 보였다. 그것이 니안의 하얀 팔목에 닿자마자 붉은빛을 뿜어내더니 그녀의 팔목 굵기에 맞추어 적절히 조절되었다. 무게도 가벼워졌다.

"네가 가지지 못한, 나머지 절반의 힘이야. 미안해. 내가 널 위해 해 줄 수 있는 것이 이것밖에 없구나."

그러더니 그녀가 니안의 얼굴을 양손으로 잡고는 이마에 부드럽게 키스했다.

"네게는 더 많은 선택의 기회가 있기를."

지진은 더욱 심해졌다. 그제야 니안은 이것이 단순한 지진이 아니라는 사실을 깨달았다. 눈에 보이는 허공이 종이처럼 찢겨 나가기 시작했기 때문이다. 붉은 용의 몸이 오래된 벽지처럼 빛이 바래가고 있었다. 세상이 쿵쿵 요동치고 거칠게 찢겨 나가는 소음 속에서 그녀가 다급하게 소리쳤다.

"미트라 덕분에 너와 내가 만나게 됐으니 녀석을 용서해 주렴. 그가 없었다면 너도 없었으니."

"네? 그게 무슨 말이죠?"

그러나 니안은 그녀로부터 질문의 답을 듣지 못했다. 마치 커다란 짐승의 앞발이 긁고 지나간 듯, 그녀의 몸이 날카로운 무언가에 종이처럼 북 찢겨졌기 때문이었다. 그녀의 안타까운 두 눈 사이에는 코와 입이 사라지고 없었다.

그때였다. 니안이 딛고 선 바닥이 갈라지면서 천길 낭떠러지가 드러나기 시작했다. 니안은 갈라지는 좁은 바닥에 발을 모으고 떨어지지 않으려 필사적으로 노력했지만, 결국 끝도 모를 시커먼 어둠 속으로 떨어져 내렸다.

"까아악!"

니안의 비명이 어두운 허공 속을 길게 갈랐다.

루드빌의 최후

쿵. 커다란 소리를 내며 니안은 땅바닥으로 떨어졌다. 천길 낭떠러지에서 떨어진 것치고는 말도 안 되게 고통이 없었다. 니안은 하늘을 바라보며 두 눈을 끔뻑이다가 소란스러운 소리에 몸을 일으켰다.

'응? 저건……'

교회를 울리는 커다란 종소리, 허공에 흩날리는 색색의 가루 종이. 교회의 현관 앞에는 이미 꽃으로 장식된 마차가 대기 중이었고 그 사이로 하객이 빼곡했다.

결혼식이었다.

그리고 계단 위에 선 신랑, 신부는 아이러니하게도 니안이 너무나 잘 아는 얼굴이었다.

'……에르디안? 그리고…… 나??'

이것도 미트라가 만들어 낸 환상일까? 그래서 데릭이 아닌 에
르디안과 결혼하는 내 모습을 보고 있는 걸까? 하지만 왜? 도대체
왜? 머릿속으로 끊임없이 의문이 떠올랐지만, 정확히 알 수 있는
것은 아무것도 없었다.

그때 밝게 웃으며 손을 흔들던 에르디안과 눈이 마주쳤다. 순식
간에 그의 얼굴에서 행복한 미소가 지워지고 사나운 눈빛만이 남
았다. 그런 그가 낯설어 니안이 어쩔 줄 몰라 하는 사이, 그의 몸에
서 '슈욱' 소리를 내며 무언가가 빠르게 빠져나오더니 니안 쪽으
로 날아왔다.

"도대체 어떻게 빠져나왔어? 그것도 한낱 인간 따위가."

니안의 등 뒤에서 들려오는 쇳소리 섞인 목소리는 결코 처음 듣
는 것이 아니었다. 붉은 용을 만나기 직전, 에르디안의 품에 안긴
니안에게 키스하라며 고막을 긁던 작은 벌레 같은 목소리와 똑같
았다. 다른 점이 있다면 지금은 아주 선명하고 우렁찬 소리라는
것뿐.

"이게 대체 어떻게 된 일이야, 응? 어째서 네가 여기 있는 거야?"

그것이 발을 쿵쿵 구르며 계속 소리치고 있었으므로 니안이 놀
라 뒤를 돌았다. 그곳엔 생전 처음 보는 해괴하고 흉측한 짐승이
하나 서 있었다. 마치 오래되어 털이 빠지고 색깔이 바래 버린 먼

지떨이 같은 녀석이. 시커먼 입술 사이로 드러난 이빨은 어찌나 누런지 한 발이라도 더 다가갔다간 진정한 악취가 뭔지 경험하게 될 것만 같았다.

"미트……라?"

니안이 중얼거리자 그것의 높아진 목소리에서 쇳소리가 더욱 세차게 끽끽 흘러나왔다.

"네가 대체 어떻게 여기에 있냐고!!"

녀석은 더이상 붉은 용과 함께 있던 그 귀엽고 사랑스러운 모습이 아니었다. 그동안 도대체 무슨 일이 있었던 건지 묻고 싶을 정도였다.

"분명히 내가 차원의 틈새에다 단단히 가뒀는데. 어떻게 내 환상에서 빠져나온 거지? 넌 이제 아무 힘도 없는 인간일 뿐인데!"

그 순간 용이 미트라에 대해 했던 말이 생각났다. 환상으로 인간을 유혹해 영혼을 빼낸다는 그 말. 그녀의 말대로 지금껏 니안이 보아온 것이 모두 미트라가 만들어 낸 환상이라면 정말로 큰일 난 것이 아닐까. 니안의 얼굴에서 핏기가 사라졌다.

"환상……. 네가 만든 환상이었다고? 그게 다?'

"그래! 모두 다 내가 만들었어. 얼마나 공들여서 탄탄히 만들었던 줄 알아? 내 환상의 결계는 아무도 깰 수 없어. 절대. 아무도. 못 빠져나간단 말이야. 그런데 어떻게 인간 영혼 따위가 깨고 나오냔 말……."

갑자기 미트라가 말을 멈췄다. 그의 날카로운 시선이 니안의 팔찌에 고정되어 있었다. 조금 전, 미트라의 환상 속에서 붉은 용이 직접 니안에게 채워줬던 바로 그 팔찌였다.

"라우라아아아ー!"

미트라가 비명처럼 소리를 질렀다.

"라우라! 라우라! 라우라! 라우라! 젠장! 이게 어떻게 가능해? 이게 어떻게 가능하냐고?!"

미쳤다는 표현이 어울릴 만큼 미트라는 길길이 날뛰고 있었다. 붉은 용 앞에서 그렇게 애교를 부리며 귀엽게 뛰어다니던 미트라와 이 짐승이 진짜로 동일한 녀석인지 의심이 들 지경이었다. 더구나 귀여웠던 미트라는 인간의 말이라곤 한마디도 하지 못했었는데, 어찌 된 일인지 이 녀석은 사람의 말을 아주 유창하게 구사했다.

미트라가 하도 폭주를 하니까, 결국 에르디안과 가짜 니안은 꽃마차에 오르지 못하고 불안한 눈으로 계속 이쪽을 주시하고 있었다. 순간, 화난 공처럼 날뛰던 미트라가 눈을 부릅뜬 채 쏜살같이 달려와 팔찌가 채워진 니안의 팔을 물었다. 그러자 팔찌에서 붉은 광선이 눈부시게 뿜어져 나와 그대로 미트라를 튕겨냈다. 그 바람에 녀석은 터진 공처럼 구겨진 채 저쪽으로 날아가 땅바닥에 철퍼덕 떨어졌다.

니안은 깜짝 놀라 자신의 팔을 이리저리 살폈지만, 다행히 상처

난 곳은 하나도 없었다.

"이게 다 에르디안 너 때문이야! 내가 그래서 꼭 키스해야 한다고 그랬지? 네가 빌빌대는 바람에 산통이 다 깨져버렸잖아. 이 바보, 천치, 에르디안!"

미트라는 마치 떼쓰는 어린아이처럼 하늘을 보고 누운 채 짧은 팔다리를 마구 흔들어대며 고래고래 소리를 질렀다. 에르디안 옆에서 그 모습을 불안하게 지켜보고 있던 가짜 니안이 결국 참지 못하고 부케를 집어 던졌다. 그리곤 걱정스러운 얼굴로 미트라를 향해 뛰어갔다.

"미트라! 미트라! 괜찮아?"

하아, 난 여기에 있는데. 쟨 대체 뭐지?

니안으로선 기막힌 노릇이었다. 분명 붉은 용은 미트라가 인간의 영혼을 자유자재로 다루는 능력이 있다고만 했지, 사람을 똑같이 복제하는 능력이 있다고는 하지 않았었다. 그런데 눈앞에서 미친 듯이 발광하는 미트라를 달래고 있는 것은 니안의 모습 그대로였다. 그때였다. 세차게 휘둘리는 미트라의 짧은 다리에 가짜 니안이 얼굴을 퍽 맞고 만 것이. 에르디안이 놀라 소리를 질렀다.

"르웬나!"

에르디안은 웨딩드레스를 입은 니안을 분명 그렇게 불렀다. 그제야 니안은 미트라가 자신을 향해 '한낱 인간 영혼' 운운하던 이유를 깨달았다. 미트라에 의해 자신의 영혼이 몸에서 분리되어 떨어져 나왔고, 영혼이 비어버린 자신의 몸에는 지금 르웬나의 영혼이 들어가 있다는 걸. 미트라는 그렇게 몸에서 분리되어 영혼이 된 자신을 붉은 용이 있던 환상 속에 가두려 했음이 틀림없었다.

'이 괘씸한 털북숭이!'

니안은 당장 달려가 땅바닥에 처박힌 미트라를 발로 뻥 차버리고 싶은 충동이 일었다. 하지만 꾹 참을 수밖에 없었다. 만약 니안 자신의 추측이 맞는다면, 지금 몸을 장악하고 있는 건 바로 에르디안의 첫사랑 르웬나라는 뜻이고, 그 몸에서 르웬나를 꺼내고 다시 자신을 넣을 수 있는 건, 역시 미트라뿐이기 때문이었다. 어쩐지. 에르디안과 르웬나의 과거를 보여주더라니!

니안은 일단 심호흡을 했다. 대체 이 일을 해결하려면 어떻게 해야 할까? 니안은 에르디안이 했던 말을 기억해 냈다.

'미트라는 널 기다려왔어, 니안 페르난디!'

에르디안과 르웬나, 붉은 용과 미트라 사이에는 어떤 연관성이 있는 게 분명했다. 그렇지 않고서야 에르디안과 르웬나의 과거에 이어 니안을 가두려고 했던 환상에서 미트라가 자신과 붉은 용을 등장시켰을 리가 없지 않은가.

니안은 여전히 발악하고 있는 미트라를 향해 천천히 다가갔다.

"미트라!"

"으악! 분해!"

"미트라! 넌 내 팔찌의 비밀을 알고 있는 거지?"

"끄오 어어 억!"

"이제 그만하고 어서 말해 봐. 도대체 나한테 무슨 짓을 하려고 했는지. 그리고 대체 이 팔찌와 네가 무슨 상관이 있는지."

그러나 미트라는 꿈쩍도 하지 않았다. 니안이 다시 부드럽게 목소리를 높였다.

"미트라! 미트라야! 제발 말해줘. 너와 붉은 용의 이야기를. 난 정말로 알고 싶어. 네 이야기가!"

그 어떤 말로도 발악을 멈추지 않던 미트라가 그제야 움직임을 뚝 멈췄다. 그는 여전히 터진 공 같은 모습으로 땅바닥에 멍하니 누워있다가 갑자기 벌떡 몸을 일으켰다.

"알고 싶다고? 내 이야기가? 네가?"

그가 어이없다는 듯이 피식, 웃음을 터트렸다.

"하, 붉은 용이 미트라의 이야기에 관심이 생겼다고?"

니안이 긍정의 의미로 고개를 끄덕여 보이자 미트라가 홋-하고 비웃었다.

"라우라를 만났을 때 내 환상이 어떤 건지 못 들었어?"

"라우라?"

"그 빌어먹을 이기적인 붉은 용 말이야."

"아아…… 들었어. 영혼을 빼내기 위해 인간을 유혹할 때 쓴다고……."

"그런데도 내 이야기를 듣겠다고? 난 환상으로밖에 이야기 못하는데?"

"……."

니안은 잠시 주저했다. 하지만 자신의 몸을 되찾으려면 일단 미트라를 이해해야 했고, 그러려면 그의 사정을 알아야 했다. 직전 환상에서 붉은 용을 만나고 왔기 때문에, 미트라가 자신에게 이런 짓을 한 배경에는 붉은 용과 어떤 사연이 있을 거라는 막연한 생각이 들었기 때문이었다.

니안은 붉은 용이 끼워 준 팔찌를 마지막으로 한번 만지작거린 다음 강하게 고개를 끄덕여 보였다. 그러자 미트라의 얼굴에 음흉한 미소가 떠올랐다.

"후후, 정 그렇다면!"

팟- 순식간에 눈앞의 장면이 바뀌었다. 땅바닥에 주저앉은 흉측한 모습의 미트라도, 에르디안도, 그리고 르웬나의 영혼을 담은 가짜 니안도 눈앞에서 사라져 보이지 않았다. 지금 니안은 차원의 틈새에서 봤던 배경 속에 다시 서 있었다. 푸른 들판이 펼쳐져 있고, 들판의 끝엔 우거진 숲이 자리한.

바람이 쏴아아 모래알 같은 소리를 내며 니안의 짧은 머리카락을 쓸고 지나갔다. 한참을 기다려도 아무 일도 일어나지 않자, 니안은 미트라에게 속은 건 아닐까 잠시 걱정했다. 하지만, 곧 들판 넘어 숲 경계 사이에서 통통거리며 튀어 다니는 작은 물체를 발견했다.

'미트……라?'

니안은 녀석의 이름을 부를까 하다가 그만두었다. 미트라가 환상을 통해 제 이야기를 들려준다고 했으니, 어차피 말을 걸어도 못 알아들을 것 같았기 때문이었다.

아니나 다를까, 하얀 드레스를 입은 라우라가 미트라가 있는 들판 끝에 나타났다. 그러자 시야가 그들 가까운 곳으로 순식간에 훅 당겨졌다. 마치 순간이동을 한 것처럼.

"미트라, 준비는 다 됐니?"

그러자 미트라가 기쁜 듯이 통통 튀어 올랐다.

"하아…… 그렇다면 정말 다행이야. 곧 그가 올 거거든."

'그'라는 말을 듣고 나서야 니안은 라우라가 입은 하얀 드레스가 지난번에 봤던 것과 퍽 다른 스타일임을 인지했다. 게다가 그녀의 붉은 머리카락 위에는 초록 풀줄기로 촘촘하게 짜인 관이 씌워져 있었는데, 그 둘레엔 온통 하얀 탱자꽃이 별처럼 가득 박혀 있었다. 또한, 그녀의 한쪽 손에는 갖가지 색깔의 이름 모를 들꽃들로 만들어진 작은 꽃다발마저 들려 있었다. 결혼식에서 신부가 들고 있는 부케를 연상시키는 꽃다발이었다.

'설마…… 결혼? 붉은 용이 결혼을 하는 건가?'

그러자 주변의 모든 것들이 범상치 않게 보였다.

주례석으로 써도 손색이 없어 보이는 커다란 바위, 그 옆에 길게 늘어진 하얀 천으로 둘러싸인 작은 천막.

천막의 구조는 간단했지만, 그것을 지탱하는 틀에는 군데군데 들꽃이 장식되어 있었다. 마치 신방이 연상될 정도로.

니안에게는 이런 결혼식이 퍽 로맨틱하게 느껴졌다. 하객 하나 없는 조촐한 결혼식이었지만, 신랑을 기다리는 그녀의 기대에 찬 얼굴이 너무 행복해 보였기 때문이었다. 그렇게 라우라가 얼굴에 홍조를 띤 채 초조하게 서성이는데, 숲 뒤쪽에서 젊고 잘생긴 남자 하나가 나타났다.

"라우라!"

그 역시 라우라와 마찬가지로 행복에 겨워 상기된 얼굴이었다. 수수하지만 깨끗하게 차려입은 모습이 퍽 신랑다웠달까. 라우라가 기쁜 듯 그에게로 달려가 안겼다.

"페르난디!"

라우라가 소리쳤다. 니안은 순간 자신의 귀를 의심했다.

페르난디! 페르난디라고?

하지만 그의 모습은 아무리 봐도 전형적인 페르난디 가문의 외양과는 달랐다. 구불거리는 검은 머리카락에 맑은 녹색 눈동자를 가진, 보통의 남자와 다를 바 없는 평범한 외모. 오히려 라우라의 외모 쪽이 페르난디 가문과 가까운······.

갑자기 묵직한 무언가가 뒤통수를 때려왔다. 그렇게 순식간에 그녀의 뇌리를 강타하며 떠오른 생각은 단 하나.

'최초의 페르난디와 붉은 용?'

확실했다.

지금 니안은 자신의 조상인 최초의 페르난디와 붉은 용의 결혼 장면을 보고 있는 게 틀림없었다. 그리고 그들 주변을 정신 사납 도록 통통거리며 뛰어다니고 있는 귀엽게 생긴 미트라 한 마리.

그토록 위험한 미트라를 왜 데리고 다니냐는 니안의 질문에 붉은 용이 했던 대답이 떠올랐다.

'필요해서.'

'슬프지만, 난…… 그 미트라의 도움이 절실히 필요하단다.'

'그 녀석을 용서해 주렴. 녀석이 없었다면 너도 없었을 테니.'

니안은 자신이 떠올린 가정에 너무도 충격을 받아 다리가 후들거렸다.

'맙소사. 붉은 용은…… 페르난디와의 결합에…… 미트라를 이용한 거였어.'

니안은 천진한 얼굴로 라우라와 페르난디 주변을 뛰어다니는 깜찍한 미트라를 안타까운 눈으로 바라보았다. 알 수 없는 연민이 파도처럼 밀려와 그녀의 심장을 억눌렀다.

주례가 누구인지 니안은 정확히 알 수가 없었다. 분명 누군가 커다란 바위 뒤에 서 있는데, 투명한 움직임만 있을 뿐 모습이 보이지 않았다. 중저음의 둥근 목소리는 마치 이 세상의 것이 아닌 양 울림을 머금고 있었다.

그가 짧은 주례사와 함께 붉은 용을 축복해줬다.

"네 선택을 진심을 존중한다. 명심하렴. 네가 가는 길에 항상 신의 가호가 함께한다는 걸. 사랑한다, 내 딸아. 언제나 지켜보고 있겠다."

그리곤 보이지 않는 그것이 라우라의 양 볼에 키스했다. 그의 모습은 보이지 않았지만, 그녀의 움직임으로 알 수 있었다. 곧, 남자의 기운은 사라졌다.

그가 사라지자마자 페르난디와 라우라는 행복에 겨운 얼굴로 서로를 끌어안았다. 하객 하나 없는 결혼식이었지만, 그 어떤 결혼식보다 의미 있고 축복이 가득한 결혼이었다.

그들의 신혼여행 역시 근처에서 이뤄졌다. 그들은 한적한 숲길을 걷기도 하고, 시냇가에서 물장난하기도 하면서 시간을 보냈다. 그리고 매 순간 그들 주변엔 미트라가 있었다.

어느덧 서산에 해가 걸리고, 둘은 결혼식이 열렸던 장소로 돌아왔다. 웃음이 만연한 얼굴이 마주치자 의미심장한 눈빛이 오고 갔다. 마침내, 페르난디가 라우라를 번쩍 안아 들고 천막 안으로 들어갔다. 마치 경계라도 서는 양, 미트라가 천막 주위를 빙글빙글 돌았다.

"윽!"

그 순간, 니안은 자신의 몸을 덮쳐오는 고통을 견디지 못하고 허리를 굽혔다. 온몸을 팔로 감싸 안았지만, 고통은 쉬이 가시지 않고 벌벌 떨려왔다.

"아아…… 아악……."

어느 틈에 장면이 바뀌어 있었다. 자신의 앞에 땅바닥에 모로 누워 숨을 헐떡이고 있는 미트라의 모습이 들어왔다. 거대한 붉은 기운이 천막을 감싸고 미트라마저 삼키고 있었다.

'아아…… 이건…….'

미트라가 느끼는 고통이야!

결국, 니안도 서 있기를 포기하고 땅바닥에 주저앉았다. 제 안에 있는 모든 장기가 몸 밖으로 튀어나가 버릴 것만 같았다. 저절로 눈에서 눈물이 줄줄 흘러나왔다.

니안은 간신히 고개를 들고 미트라를 바라봤다. 숨을 쌕쌕 몰아쉬고 있는 미트라의 눈은 초점이 흐릿했다. 그런데도 그가 필사적으로 무언가를 붙들고 있다는 것은 또렷이 느낄 수 있었다. 아마도 육체를 이탈하려는 페르난디의 영혼일 테지. 녀석의 몸 주변으로 흐릿한 안개 같은 것이 엷게 퍼져 있었다. 하지만, 그 위를 감싸고 있는 붉은 기운이 너무나 두터워 미트라의 기운은 계속 모습을 감췄다 드러냈다를 반복하고 있었다.

미트라의 단춧구멍 같은 눈에서 눈물 한 방울이 흘러 바닥으로 떨어졌다.

"미트라…… 그만둬. 그만……."

니안이 고통을 삼키며 중얼거렸다. 그가 붉은 기운에 대항하면 대항할수록 몸으로 들이치는 고통은 극한으로 치닫고 있었다. 이대로 가다간 미트라가 견디지 못하고 어떻게 될 것이 분명했다. 니안은 미트라를 말리기 위해 손을 뻗었으나, 그녀의 손은 허무하게도 미트라의 몸을 통과해 땅으로 툭 떨어졌다.

"미트라……."

가슴으로 울컥 설움이 들이닥쳤다. 그 역시 니안의 것이 아니라 미트라의 것이 분명했다.

녀석의 가슴에 갖지 못하는 것에 대한 동경과 맹목적 사랑, 그리고 그녀를 위한 희생에 대한 자부심, 충성의 보상으로 받게 될 애정과 사랑에 대한 기대가 복잡하게 얽혀 있었다.

그는 라우라가 페르난디를 사랑하는 만큼, 자신을 사랑하리라는 믿음이…… 아니, 바람이 충만해 있었다. 그래서 지금…… 제 목숨이 왔다 갔다 하는 상황에서도 기꺼이, 그녀의 목적을 위해 모든 것을 불사르고 있는 거였다.

"미트라……."

이제 니안의 눈 밑으로 흐르는 눈물은 육체적 고통 때문이 아니었다. 미트라가 앞으로 받게 될 상처가 안타까워서였다. 붉은 용과 피로 연결된 니안은, 미트라의 마음뿐만 아니라 라우라의 마음도 읽을 수 있었기 때문이었다.

지금 라우라에게 있어서 가장 큰 관심사는 페르난디뿐이었다.

그가 온 세상의 중심이고, 우주였다. 그녀에게는 미트라에게 던져 줄 작은 동정 한 자락의 여유도 없었다. 자신과 몸을 섞고, 곧 죽음을 맞이할 페르난디에 대한 연민과 사랑이 전부였다.

절정에 이른 사랑에 천막을 감쌌던 붉은 기운이 폭발했다. 그녀의 기운이 터져 나가면서 페르난디의 숨이 끊어졌다. 그리고, 미트라의 영혼마저 몸에서 튕겨 나갔다. 구슬픈 울음소리가 천막 안에서 흘러나왔다. 모르는 사람의 심장마저도 움켜쥘 만큼, 서글프고 안타까운 울음소리였다.

거대한 에너지가 휩쓸고 지나간 자리엔 쓸쓸한 바람만이 간간이 불어와 돌처럼 미동도 하지 않는 미트라의 털을 어루만졌다. 한참 만에 밖으로 나온 라우라는 조용히 천막에 불을 붙였다. 뜨겁게 타오르는 불길에 페르난디의 육신이 한 줌의 재가 되어 사라져 가고 있었다. 그녀는 타오르는 불꽃을 하염없이 바라보며 눈물을 흘렸지만, 자신의 뒤에 쓰러져 있는 미트라에겐 시선조차 주지 않았다.

밤새 타오르던 불꽃이 사그라들었을 때야, 라우라는 자리를 떠났다. 하지만, 그녀가 떠난 자리에 미트라는 여전히 누워 있었다. 그녀는 제 안의 슬픔이 너무나 커서 자신의 사랑을 위해 기꺼이 목숨을 바친 미트라를 까맣게 잊었다.

아니, 처음부터 미트라에겐 그리 큰 애정을 주지 않았는지도 몰랐다. 그저 사람을 해친 에너지로 살고, 저보다 크고 힘 있는 생물에 기생해야만 삶을 유지할 수 있는 미트라에게 당연한 결말이라고 생각했는지도……. 그 미트라가 단지 살기 위해서가 아니라, 진심으로 주인을 따를 수도 있다는 가정 따윈 처음부터 하지 못했던 게 분명했다.

차츰 주위가 어두워졌다. 눈앞에 보이던 환상도 모두 사그라졌다. 어느새 오래된 먼지떨이 같은 모습의 미트라가 니안의 앞에 서 있었다. 단춧구멍 같은 눈에 슬픔이 가득했다.

"내가 바란 것은 별것 아니었어."

"……."

"그저…… 날 위한 눈물 한 방울이면…… 충분했어."

"……."

"딱 한 방울의 눈물……."

"……."

"……그거면 기꺼이 내 죽음을 받아들였을 거야."

그때 니안은 에르디안이 죽어가며 르웬나에게 했던 말이 떠올랐다.

'그래도…… 날 위한 눈물 한 방울은…… 남겨주지…….'

어떤 전율 같은 것이 느껴졌다. 미트라가 붉은 용에게 간절히 바랬던 것, 그것은 기꺼이 그의 곁을 떠나려는 르웬나에게 에르디안이 바라던 것과 똑같았다. 어쩌면 그 말이 미트라를 끌어당겼던 걸까?

"마수는…… 원래 죽으면 어떻게 돼?"

니안이 눈물로 얼룩진 눈을 들어 미트라를 바라보며 물었다.

"마수에게도…… 영혼이 있어?"

"몰라."

미트라가 간단히 대답했다.

"그래도 네가 이렇게 존재하는 걸 보면 마수도 영혼이 있는 게 맞겠지?"

"지금껏 인간이 아닌 다른 존재의 영혼을 만난 적은 없어."

지금껏? 지금껏 이라면…… 페르난디 가문이 생긴 지 1000년이라 했는데, 그동안 단 한 번도 마수는커녕 다른 존재의 영혼조차 만난 적이 없다고?

"말도 안 돼……."

니안이 고개를 절레절레 저었다.

"다른 존재에게도 영혼이 있었다면 내가 만든 마을에 짐승이 한 마리도 없진 않았을 거야."

"그건…… 네가 인간의 영혼만을 다룰 수 있기 때문이 아닐까?"

"몰라…… 그것도……."

미트라가 쓸쓸하게 머리를 저었다.

"난 아무것도 아는 게 없어. 내가 아는 건······ 내가 그 빌어먹을 붉은 용을 너무나 사랑했었다는 거랑. 그 빌어먹을 용이 죽고 나서 1000년이 지난 후에야 다시 깨어났다는 것뿐이야."

미트라의 기억이 다시금 니안의 머릿속으로 밀려들었다. 자신의 존재를 자각하지 못한 채 바람에 실려 이리저리 세상을 떠돌던 미트라. 그가 따뜻한 봄날 미풍에 실려 탱자꽃 위에 살포시 내려앉았을 때였다. 죽어가면서도 르웬나를 향한 간절한 사랑을 품은 에르디안의 피 냄새가 미트라의 콧속으로 스몄다. 그 순간 그는 1000년의 오랜 잠에서 깨어났다.

아, 눈을 떴을 때 파도처럼 밀려들던 그 감정의 격통이라니.

미트라는 죽기 직전처럼 요동치는 감정에 제 심장을 움켜잡았다. 그때였다. 죽어가던 에르디안에게서 그 말이 들린 것이.

'그래도······ 날 위한 눈물 한 방울은······ 남겨주지······.'

미트라는 탱자나무 아래를 내려다보았다. 한 젊은 인간 남자가 피를 흘리며 죽어가고 있었다. 제가 사랑하는 여자를 놓아주며 속으로 아프게 오열하고 있었다. 그리고 그 앞에 그의 영혼을 데려가려는 죽음의 사자들이 대기하는 것이 보였다.

미트라는 훌쩍 탱자나무에서 뛰어내린 후 으르렁거리며 사자들을 내쫓았다. 그리고 분리되어 떨어진 에르디안의 영혼을 자신의 힘으로 육신에 붙들어 맸다.

"너무 고통스러워······ 날 놓아줘."

"넌 이렇게 죽는 게 억울하지도 않니? 네가 죽으면서까지 행복하게 해주려 했던 여자는 널 위해 눈물 한 방울 흘리지 않는데! 그 여자는 네가 죽자마자 기뻐하며 떠나갔어. 저가 사랑하는 남자를 찾아서."

"상관없어…… 그러니 이제 그만 날 보내 줘. 아파……."

그러자 미트라가 안타까운 목소리로 혀를 끌끌 찼다.

"아아, 저런. 그렇게 잔인하게 널 버리고 가 놓고도 결국 죽고 마는구나."

죽음만을 기다리며 모든 것을 포기하고 있던 에르디안은 그제야 정신을 차리곤 두 눈을 번쩍 떴다. 르웬나가 죽었다고?

"남자가 그녀를 받아주지 않았어. 너와 결혼했었기 때문에. 결국, 여자가 자괴감을 이기지 못하고 물에 뛰어들었어."

"아…… 안 돼. 르웬나. 죽으면 안 돼."

에르디안이 미트라를 붙들며 애원했다.

"제발…… 제발 르웬나를 살려 줘. 르웬나를…… 살려 줘."

기다렸던 답이었다. 미트라가 씨익 음흉한 미소를 지었다.

"그럼 나와 계약해."

"계……약?"

"르웬나는 너와 달리 이미 영혼이 육신에서 분리되어 버렸어. 그리고 물에 퉁퉁 불어버린 그 몸은 이제 쓸모가 없지. 네가 르웬나의 영혼을 담을 새로운 그릇을 찾아오면 그녀의 영혼을 넣어줄게.

그럼 그녀도 새로운 인생을 시작할 수 있어. 그리고 그 새 인생 옆에는…… 아마도 네가 있게 되겠지?"

에르디안이 철철 눈물을 흘렸다.

"뭐든…… 뭐가 됐든…… 다 할게. 그러니 르웬나를 살려 줘."

"그럼 넌 나한테 뭘 줄래?"

"내가 죽지 않고 이 몸에 남아 있는 거로는 모자라니?"

"응. 그건 그저 너와 계약하고 싶어서 내가 잠시 붙잡고 있는 거였으니까."

"네가 원하는 게 뭔데?"

"복수."

"복수?"

"나와 널 이렇게 만든 모든 생명들에 대한 복수. 그 복수를 하게 해 줘. 그러면 네가 데리고 온 그릇 중에 가장 쓸 만한 그릇에 네가 사랑하는 르웬나를 담아줄게."

"쓸 만한…… 그릇은 어떤 건데?"

"인간, 그 이상의 존재."

"뭐?"

"붉은 용!"

콰콰쾅. 갑자기 천둥이 일었다. 번쩍이는 번개가 탱자나무길 뒤로 보이는 숲으로 무섭게 내리꽂혔다. 그리고 그 앞에…… 미트라가 서 있었다. 그 어느 때보다 흉측하고 포악한 모습으로.

"에르디안과 난 그렇게 계약으로 하나의 존재가 되었어. 그리곤 다 죽여 버렸지. 루드빌의 모든 사람들을."

그가 음산하게 킬킬거렸다.

"깨어나는 순간 느꼈어. 어디선가 그 빌어먹을 붉은 용의 피가 살아 숨 쉬고 있다는 걸. 그래서 기다렸지. 기다리고 또, 기다렸지. 마을 전체를 집어삼키고, 내가 죽인 모든 인간의 영혼들을 저 숲에 가둬 놓고. 너 같은 반쪽짜리 용 따위는 절대 내 힘을 이길 수 없도록. 들려? 저 안에서 포효하는 영혼들의 소리가. 모두가 생전의 고통을 삼키며 네가 오기만을 기다렸어. 오랫동안 굶주린 저들에게 네 영혼을 잡아 갈가리 찢어 던져주기로 했거든."

니안은 너무 놀라 그 앞에 주저앉은 채 아무 말도 못 하고 입을 쩍 벌렸다.

"내가 없었으면 너도 없었어, 니안 페르난디. 하, 그 재수 없는 이름이라니. 내 손으로 만든 핏줄이니 내 손으로 거두는 게 맞지. 최초의 페르난디도, 최후의 페르난디도 모두 내 손에서 만들어지는 거야. 그리고 네 몸은…… 그 빌어먹을 붉은 용 라우라의 피가 흐르는 몸뚱이는…… 에르디안이 된 내가 가질 거야. 날 무시하고 버린 널, 이제 인간이 되어서 마음껏 유린할 거야. 예전처럼 바라만 보고 있지 않을 거라고!"

숲에서 우우웅 하는 영혼들의 포효가 들려왔다. 그 가운데서 검은색 안개가 피어올랐다. 수십 갈래로 갈라진 안개 줄기는 다시 손가락처럼 여섯 줄기로 갈라졌다.

그것들이 니안을 향해 길게 뻗어 나오자, 니안은 본능적으로 몸을 돌려 달리기 시작했다. 뒤에서 미트라의 웃음소리가 들려왔다. 마치 미친 것처럼 광기 어린 웃음소리였다.

니안은 어떻게든 눈앞에 보이는 저택 뒤쪽으로 돌아가려고 했다. 하지만, 아무리 발을 놀려도 저택은 가까워지기는커녕 점점 더 까맣게 멀어지고만 있었다. 무력과 좌절이 밀려드는 순간 뒤에서 뻗어 나온 검은 손에 팔뚝을 잡혔다. 수십, 수백 개의 손이 니안의 몸 여기저기를 붙들었다.

"꺅!"

그녀의 몸이 안개에 휩싸여 공중으로 부웅 떠올랐다. 아무리 몸부림치려 해도 꼼짝할 수가 없었다. 안개 손에 붙들린 부위들이 너무나 아파 눈물이 날 것만 같았다. 그것들이 각기 다른 방향으로 니안을 잡아당기기 시작했기 때문이다.

과연 갈가리 찢어 숲의 영혼들에게 던져버리겠다던 미트라의 말은 과장이 아니었다. 지금 자신의 몸으로 가해지는 압력은 족히 자신을 갈가리 찢고도 남을 정도였기에.

"하······ 하지······ 마."

니안이 고통에 가쁜 숨을 몰아쉬며 말했다.

"하······ 하지······ 말라고."

부욱. 북. 날카로운 손톱에 여기저기 옷이 찢어지고, 연한 피부가 터지기 시작했다. 갈라진 피부 틈새로 반짝이는 미립자들이 새어 나왔다. 사람의 몸이었다면 아마 그곳에서 피가 났겠지. 그러나 지금 니안이 가진 것은 사념체, 즉 영혼뿐이었다.

그녀는 흩어지려는 정신을 어떻게든 잃지 않으려고 안간힘을 썼다. 고통을 이기지 못하고 포기하면 정말로 몸이, 아니 영혼이 갈가리 찢어져 흩어져버릴 것만 같았기 때문이었다.

"니안-! 니안-! 정신 차려!"

어디선가 익숙한 목소리가 들려왔다. 언제 들어도 편안하고 의지가 되던 바로 그 소리.

몽롱해지던 정신이 다시 또렷해졌다.

보고 싶다. 어서, 보고 싶다. 그의 얼굴을 보면 조금은 더 힘을 낼 수가 있을 텐데.

머리채까지 붙들려 고개를 돌릴 수 없던 니안은 간신히 눈을 굴려 소리가 나는 쪽을 돌아보았다. 자신을 휘감은 검은 덩어리 너머로 저택이 보이고, 푸른 검을 휘두르며 힘겹게 다가오는 데릭의 모습이 보였다.

"데…… 데릭……."

"니안! 정신 차려. 정신 잃으면 안 돼."

검은 안개 손들이 그를 잡으러 다가갔지만, 그는 실체가 있는 사람이라 잡지 못하고 그대로 통과해 버렸다. 그럴 때마다 안갯속에

선 분에 찬 비명이 깨어지는 유리처럼 날카롭게 새어 나왔다. 얼굴 하나 없는데도 데릭을 놓칠 때마다 부르르 떠는 검은 손의 모습으로도 얼마나 약이 올라있는지 충분히 알 수 있었다.

그런데도 데릭이 니안 쪽으로 쉽게 다가오지 못했던 이유는 에르디안과 르웬나의 결혼식에 참가했던 하객들 때문이었다. 분명 니안이 처음 봤을 땐 멀끔한 사람들이었건만, 지금은 살아 있는 사람이라 보기 힘들 정도로 몸이 심하게 상해 있었다.

니안은 그 안에서 요란스러울 정도로 크고 화려한 목걸이를 한 남자를 발견하고는 경악했다. 촌장이었다. 에르디안과 처음 만났을 때, 허겁지겁 달려와 그의 등에 담요를 덮어주던 촌장의 그 유별난 목걸이가 얼굴도 알아보기 힘들 정도로 썩어 문드러진 남자 목에 걸려 있었던 것이다.

촌장과 똑 닮은 그것의 풍채를 보고서 니안은 깨달았다. 자신과 일행이 루드빌에서 만났던 사람들이 그저 단순한 환상만은 아니었다는 걸.

"흥! 피라미 주제에 저도 마법사라고."

미트라가 데릭을 향해 분한 목소리로 으르렁거렸다. 그도 그럴 것이 데릭의 검기에 미트라에게 조종당하는 것이 분명한 시체들이 댕강댕강 잘리며 나가떨어지고 있었기 때문이었다.

"젠장. 대체 어디서 저렇게 마나를 끌어다 쓰는 거야? 마력이 없으면 하나도 못 없애는 애들인데!"

쓰러진 시체에서는 검은 연기가 피어올랐다간 사라졌다. 검은 손들이 그것을 보고 더욱 광분해서 날뛰었다. 마치 동료의 죽음을 억울해하기라도 하는 것처럼.

데릭의 기세가 워낙 드셌으므로 그쪽으로 신경이 쏠린 덕에 니안을 잡은 손의 힘이 조금 느슨해진 기분이 들었다. 니안은 다시 눈을 도르륵 굴려 뜯겨나가기 일보 직전인 자신의 왼팔을 바라보았다. 머리카락이든 옷이든, 몸과 붙어 있는 것이라면 실오라기 하나조차 몽땅 당겨 지고 있는데 팔찌만큼은 그대로 손목에 걸린 채 달랑달랑 흔들리고 있었다. 어쩌다 검은 손이 팔찌에 닿기라도 할라치면 팔찌에선 금세 붉은 기운이 푸스스 솟아났고, 그러면 검은 손은 화들짝 놀라 다른 곳으로 멀어졌다.

'라우라…… 붉은 용의 팔찌…….'

저들이 저 팔찌만 손대지 못하는 거라면…… 진짜 그런 거라면 뭔가 방법이…… 방법이 있을 것도 같은데!

데릭이 엄청난 기세로 시체들을 해치우고 있었지만, 그럴수록 미트라의 얼굴은 분노로 더욱 붉으락푸르락해졌다. 그러면 어디선가 새로운 시체들이 또 꾸역꾸역 몰려들었다. 기세 좋게 방어막을 뚫던 데릭도 점차 감당하기 버거워졌다. 걱정스러운 눈으로 데릭을 좇던 니안의 심장도 긴장과 걱정으로 미친 듯 조여왔다.

그때 어디선가 미트라를 부르는 소리가 들렸다.

"미트라-! 미트라-!"

니안과 똑같은 목소리. 니안과 미트라 사이로 웨딩드레스를 입은 여자가 갑자기 끼어들었다. 르웬나의 영혼이 들어 있는 니안이었다. 애절하고 또 애절한 목소리였다.

그게 꽤 신경에 거슬렸는지 미트라가 르웬나를 향해 날카롭게 고개를 돌리더니 신경질적으로 말했다.

"왜 자꾸 불러? 시끄럽게!"

"미트라. 미트라 제발…… 그만둬. 응? 난 이런 식으로 살고 싶지 않아."

"닥쳐! 넌 그저 구경이나 하고 있으면 돼! 하마터면 레테 강을 건널 뻔한 걸 힘들게 구해줬더니 무슨 헛소리를 지껄이는 거야?"

"미트라! 내가 살았던 인생에 후회가 남는 건 사실이지만, 이렇게 누군가를 죽이면서까지 바로잡고 싶진 않아. 그러니까 그만둬. 다 포기할래, 전부 다. 그러니까 제발 이제 그만하고 이 몸을 원래 주인에게 돌려줘."

"미쳤어? 너만 괜찮으면 다야? 난 절대 포기 못 해. 이 순간을 얼마나 기다려왔는데."

"네가 그렇게 안 하겠다면, 내가 이 몸을 포기할 거야. 이 몸을 죽을 만큼 해치면 내가 다시 몸에서 분리되겠지. 그러면 어차피 넌 네가 원하는 걸 못 얻어."

르웬나가 부케를 땅으로 내던지자 어디서 구해왔는지 그 안에서 시퍼렇게 날이 선 단도가 드러났다. 그 모습을 본 에르디안이 깜짝 놀라 달려왔다. 그는 단도를 잡은 르웬나의 팔을 붙들며 소리쳤다.

"르웬나. 안 돼. 이번에도 날 버릴 셈이야?"

"에르디안……."

에르디안을 바라보는 르웬나의 얼굴에 슬픔이 가득했다. 녹색 눈에 고였던 눈물이 그와 눈을 마주치자마자 주르륵 볼을 타고 흘러내렸다.

"나한테 다시 기회가 생긴다고 했을 때 정말 기뻤어. 이번엔 진짜 잘해 봐야지…… 정말 잘해 봐야지. 너한테도, 나한테도 후회 없는 삶을 살다 가야지……. 그런데…… 이렇게 누군가의 삶을 빼앗아 새 인생을 시작한다면 난 어떻게 살든 또 죄책감을 느끼며 미안해하면서 살아야 해. 분명히 후회할 거야. 절대 행복할 수 없을 거야."

"르웬나!"

"에르디안! 죽은 사람은 죽은 사람이야. 죽은 자의 길을 가야 하는 게 맞아. 살았을 때 어떤 미련이 남든, 어떤 후회가 남든. 나머지는 산 사람의 몫으로 남겨놓아야 해. 삶에 미련을 버리지 못하고 산 사람의 인생을 망가뜨리고 빼앗을 권리는 없어."

"하지만……!"

"날 보내 줘, 에르디안. 넌 할 만큼 했어. 내가 너한테 진 빚은 다음 생에서 갚을게. 꼭 갚을게. 그러니 그만하자. 응? 에르디안……."

르웬나가 애원하며 에르디안을 강하게 끌어안았다. 그녀의 눈에서 떨어져 나온 눈물방울이 별처럼 흩어졌다.

"에르디안, 미안해. 그리고…… 사랑해."

에르디안의 동공이 크게 벌어졌다.

사랑.

그녀에게서 절대 들을 수 없으리라 생각했던 단어였다. 아주 어린 시절부터 그레고리, 르웬나와 함께 울고 웃었던 시간이 주마등처럼 지나갔다. 이번에는 절대 보내지 않겠다고, 절대 양보하지 않겠다고 다짐했던 각오가 파도에 쓸린 모래성처럼 스르륵 무너지려 했다.

그의 약한 마음을 눈치챈 듯, 미트라가 소리쳤다.

"에르디안. 멍청한 생각 하지 마. 이번에도 또 이용만 당하고 놓쳐버릴 셈이야? 진짜 호구가 될 거냐고?"

"미트라…… 난…… 나는……."

자신의 품에 안긴 르웬나의 어깨를 주저하듯 감싸며 에르디안이 머뭇거렸다. 그러자 르웬나가 말했다.

"미트라 말 듣지 마. 미트라는 너와 날 위해서 그러는 게 아니야. 자기 욕심, 자기 복수를 위해서 그러는 거야. 미트라 말을 듣는 거야말로 미트라한테 이용당하는 거라고."

에르디안에게 떨어져 나온 르웬나가 칼을 고쳐 잡았다.

"그러니까 에르디안. 이제 결단을 내리자. 응? 네가…… 네가 날 보내 줘."

그녀가 에르디안에게 칼 손잡이를 쥐여 주며 말했다. 에르디안의 눈에서 참았던 눈물이 터졌다.

이번에는…… 이번에는…… 정말 잘해 보려고 했는데.

다시는 그런 식으로 허무하게 보내고 싶지 않았는데.

에르디안이 치미는 울음을 참지 못하고 어깨를 들썩거렸다. 눈물이 너무 많이 흘러 앞이 잘 보이지 않았다. 그러자 르웬나가 손을 들어 에르디안의 눈물을 닦아주었다. 눈이 마주쳤을 땐 편안한 미소마저 보여주었다.

"괜찮아, 에르디안."

그녀의 미소에 힘을 얻은 에르디안이 단도를 쥔 손에 꼭 힘을 주었다. 그는 언제나 그랬다. 르웬나가 원하는 일이라면, 그게 무슨 일이든 다 들어주고 싶었다. 이번에도 마찬가지였다. 그녀가 슬퍼하는 걸 보는 게 죽는 것보다 힘들었다.

그는 르웬나, 아니 니안의 심장을 향해 칼을 힘껏 찔러 넣었다.

쨍-

니안의 심장을 향하던 칼이 날카로운 마찰음과 함께 공중으로 튀어 올랐다. 르웬나와 에르디안의 시선이 포물선을 그리는 칼을 따라 땅으로 떨어졌다.

"꿈도 꾸지 마!"

거친 숨소리, 진한 피비린내, 형형하게 빛나는 파란 눈동자. 푸른 빛이 감도는 칼은 어느 틈에 에르디안의 목을 겨누고 있었다.

"······니안 몸엔 ······손끝 하나 못 대."

"······."

"······내 허락 없이는!"

데릭 르윈느, 아니 헤이드 멜롯.

그가 거친 파도처럼 몰려드는 좀비 떼들을 뚫고 어느 틈에 에르디안과 르웬나에게 다가와 있었다. 피와 땀에 젖어 엉망으로 흐트러진 그의 모습에서 그가 얼마나 필사적으로 적진을 뚫었는지 알수 있었다. 그의 기세가 너무도 흉흉해서 르웬나와 에르디안은 잠시 다른 생각을 할 수가 없었다.

미트라가 그 모습을 보고 웃음을 터뜨렸다.

"하하하, 그래서 뭐 어쩌려고? 여기저기 온통 사랑놀음에 빠진 어리석은 것들뿐이군! 그거 알아? 이런 싸움에선 지킬 게 없는 쪽이 훨씬 유리하다는 걸!"

미트라가 인상을 구기며 땅을 힘껏 굴렀다. 그러자 마치 지진이 난 듯 땅에 쩍쩍 금이 갈라졌다. 안에서 무언가가 올라오려는 듯 바닥이 요동치자 짜증스러운 얼굴이 된 데릭은 씩씩거리며 서 있는 미트라에게로 검을 던졌다. 검은 마치 자석처럼 미트라를 향해 곧장 날아갔다.

"아악!"

고통에 찬 비명과 함께 미트라가 땅으로 넘어졌다. 르웬나와 에르디안의 두 눈이 휘둥그레졌다. 마치 베어 문 사과처럼, 미트라의 한쪽이 뭉텅 잘려나가 있었다. 땅을 굴렀던 짧은 다리도 함께였다. 용솟음치던 땅이 조용해졌다.

"으아아악! 으악! 이 나쁜 마법사 새끼! 저주할 거야. 죽여버릴 거야."

그가 바닥에 누운 채 발악을 하며 발버둥을 쳤다. 데릭이 천천히 그에게 다가가 바닥에 떨어진 검을 주워 들며 말했다.

"미안하지만, 난 마법사가 아니야."

"그럼 뭐냐? 이 나쁜 놈! 나쁜 자식!"

여전히 욕을 퍼붓는 미트라를 위압적으로 내려다보며 데릭이 낮게 읊조렸다.

"마법사, 그 이상!"

"……?"

"이 세상의 주인이다."

그 말에 발악하던 미트라가 움직임을 뚝 멈췄다. 단춧구멍 같은 눈은 여전히 데릭을 무섭게 노려보면서. 몸 일부가 뭉텅 떨어져 나간 곳에서는 빛가루 같은 미립자가 끊임없이 흘러나왔다. 그 역시 실체가 없는 영혼이라는 방증이었다.

잠시 입을 다물었던 미트라가 '흥' 하고 콧방귀를 끼더니 독설을 퍼붓기 시작했다.

"아, 그러셔. 세상의 주인! 이미 1000년 전부터 예정된 일이었지. 그 영악한 멜롯가에서 멍청한 붉은 용 한 마리를 꼬드겨 세상을 제멋대로 좌지우지하는 거 말이야."

"뭐?"

데릭이 인상을 찌푸렸다.

"그런데 그 세상의 주인께서 유일하게 갖지 못하는 게 하나 있었는데. 그게 뭐더라?"

능글맞게 비아냥거리던 미트라는 대답 대신 검은 손들에 붙들려 공중에 떠 있는 니안을 바라봤다. 데릭의 미간이 더욱 심하게 구겨졌다. 미트라는 그런 데릭의 표정을 놓치지 않고 큰 소리로 비웃었다.

"하하하, 세상의 주인이라고? 네가 이 세상 모든 걸 다 가진대도, 딱 하나 가질 수 없는 게 있지. 붉은 용! 넌 죽는 날까지 절대 붉은 용을 가지지 못할 거야, 헤이드 멜롯. 니안을 제 몸에 돌려달라고? 못 할 것도 없지. 그러면 뭐 어쩔 건데? 넌 어차피 손끝 하나 못 건드리고 평생 구경만 하고 있어야 할 텐데. 하하하하하하……."

데릭이 분을 참지 못하고 입술을 깨물었다. 터진 입술에서 찝찔한 피 맛이 새어 나왔지만, 자각하지 못했다.

"세상의 주인? 진짜로 원하는 건 못 가지는데, 세상의 주인씩이나 되셔?"

데릭을 조롱한 미트라가 이내 자조적으로 웃었다.

"어차피 너나 나나 똑같아. 가지지 못할 것을 마음에 품고 있기는! 이제 너도 겪어 봐! 심장이 아프다 못해 갈기갈기 찢어지는 그 고통을 말이야."

그가 저주처럼 사납게 으르렁거렸다. 데릭은 여전히 검을 거두지 않고 그런 미트라를 계속 노려보았다.

지금 이 순간, 미트라가 가장 원하는 것이 뭘까? 진짜로 자기를 죽이는 거? 아니면, 꼬리를 내리고 그에게 니안의 목숨을 구걸하는 거? 이 상태로 미트라가 사라지면 무슨 일이 벌어지게 될까?

어차피 미트라에게 고개를 숙여도 미트라는 절대 니안을 저 몸에 돌려놓지 않을 게 뻔했다. 어떻게든 더러운 수단을 사용해 자신을 현혹하려 하겠지.

마침내 결심이 선 데릭이 거만하게 말했다.

"안됐군. 내 심장이 갈기갈기 찢어지는 걸 못 봐서. 내 심장이 찢어지든 터지든 너 죽은 다음이잖아."

"……뭐…… 뭐야?"

미트라의 작은 눈이 찢어질 것처럼 커졌다.

"그럼 아듀! 나머지는 산 사람들끼리 알아서 해결할게."

"아니, 자…… 잠깐만 기……."

하지만 미트라는 말을 끝맺지 못했다. 내내 그것을 겨누고 있던 데릭의 푸른 검이 그의 몸을 완벽히 갈라놓았기 때문이었다.

"으어어어."

날카로운 비명과 함께 미트라는 한 무더기의 빛무리가 되어 허공으로 사라졌다.

거기에 꽤 충격을 받은 듯, 다리가 풀려버린 르웬나가 에르디안에게 안긴 채 땅바닥에 주저앉았다. 니안을 잡은 검은 손들이 감전이라도 된 듯 일제히 몸을 떨면서 끔찍한 비명을 질러댔다. 그 바람에 잡은 손에 힘이 빠져버렸는지, 니안이 검은 덩어리를 쑥 통과해 아래로 떨어져 내렸다.

"앗, 니안!"

니안 일에 있어서만큼 데릭의 반사신경은 남달랐다. 그는 재빠르게 몸을 날려 떨어져 내리는 니안을 받아냈다.

"니안…… 괜찮아? 다친 데 없어?"

데릭의 품에 안긴 니안은 마치 오래되어 너덜거리는 종이 인형 같았다. 여기저기 찢어진 틈새로 여전히 빛가루가 새어 나왔다.

그사이 검은 손들은 마치 주인 잃은 강아지처럼 사방으로 흩어져 정신없이 날아다녔다. 끔찍한 비명도 계속되었다. 비명은 꼬리에 꼬리를 물고 숲속으로 이어져 거대한 함성이 되었다.

그리곤 '웅웅웅' 세상의 종말이 온 것처럼 무섭게 공기를 두드려댔다. 죽일 듯이 덮쳐오던 시체들은 이미 일제히 바닥으로 쓰러져 일어나지 못하고 있었다.

"에르디안……"

"르웬나……"

그 와중에 서로를 부르는 두 남녀의 애달픈 목소리가 들려왔다. 르웬나가 간절한 목소리로 에르디안에게 부탁했다.

"니안과 데릭에게 가고 싶어."

에르디안이 르웬나를 안아 일으키려다 맥없이 주저앉았다. 놀라 동그란 눈을 뜬 르웬나가 고개를 내리자 에르디안의 심장에서 붉은 피가 콸콸 흘러나오고 있었다.

"미안…… 르웬나. 저쪽까지 못 데려다줄 것 같아. 날 지탱하던 미트라가 사라져서……."

그의 눈동자에 눈물이 고였다.

이런 결말을 바란 것은 아니었는데.

괜히 르웬나에게 상처만 더해준 것 같아 에르디안은 가슴이 미어지듯 아팠다. 영혼이 몸에서 막 분리되려 하고 있었다. 눈앞이 흐릿했다. 그리고 르웬나 역시 그의 마지막을 감지했다. 그녀가 눈물 젖은 눈으로 그의 입술에 작별 키스를 했다.

"잘 가, 나의 에르디안. 이제부턴 부디 편안하길."

에르디안의 슬픈 눈이 더는 참지 못하고 스르륵 감겼다. 르웬나를 잡았던 손에서도 힘이 빠졌다. 르웬나는 쓰러지는 그의 어깨를 힘겹게 잡아 조심스럽게 땅에 눕혔다. 그리곤 천천히 자리에서 일어나 니안의 영혼을 안고 있는 데릭에게 다가갔다.

"헤이드 멜롯이 누군지 알고 있어요. 그 이름을 어떻게 잊겠어요……."

"……."

"……황태자 전하……."

그녀의 슬픈 눈에 희미하게 경의가 떠올랐다. 그러고 보니 그녀
가 사랑했던 그레고리는 전 황실의 지지자였다고 했다. 그렇다면
르웬나의 가족도 그랬을 확률이 높았다.

"최소한 누구를 위해 우리가 희생되었는가는 알게 되어서 다행
입니다. 이렇게 얼굴을 뵙게 됐으니까요."

"미안하구나. 힘이 없어 너희 가족들을 죄없이 죽게 했어."

"아닙니다. 죽은 자에겐 이미 다 지난 일인걸요."

그녀의 시선이 푸른 검기가 담긴 데릭의 칼에 멈췄다.

"황태자 전하의 칼은 신비한 힘을 갖고 있군요. 미트라도 죽이
고, 시체들도 죽이고……. 그 어떤 검술사도 미트라의 움직이는
시체들을 죽이지 못했었어요."

"내 칼은 마수를 물리칠 수 있기 때문이야."

"그렇다면 제 영혼도 사라지게 만들 수 있을까요?"

"모르겠어."

"전 미트라의 힘으로 이 몸에 붙어 있는 거니, 전하의 검기가 닿
는다면 이 몸에서 분리되거나 아예 사라질 수 있을 것 같아요."

"그게 무슨 뜻이지?"

"보통의 칼로 이 몸을 죽을 만큼 해하는 것보다는 약간의 상처
로도 절 이 몸에서 빼낼 수 있지 않을까 해서요. 니안은 죽은 게 아

니니, 이 몸에서 저만 빠져나가면 따로 조치를 취하지 않아도 자연스럽게 영혼이 자기 몸에 담길 거란 뜻이에요. 지금도 느껴져요. 니안의 몸이 그녀의 영혼을 계속 잡아당기고 있는 걸요."

"널 빼내는 건 괜찮지만, 소멸시키고 싶진 않아."

"그건 신만이 아시겠죠. 그리고 소멸한다 해도 상관없어요. 이젠 아무 미련도 없어요. 미트라만큼이나…… 죽어서도 죽지 못하고 있었던 시간이 힘들고 지루했어요."

"잠시만요……."

그때 니안이 끼어들었다.

"……이것 좀 봐봐."

니안이 왼손을 살짝 들어 올리자 동그란 팔찌가 마치 망치로 계속 두들겨 맞는 듯 심하게 진동하고 있었다. 데릭의 눈이 동그래졌다.

"이게 뭐야?"

"붉은 용의 팔찌야."

"붉은 용?"

"내가 미트라의 환상에 갇혔을 때, 그곳에서 만난 붉은 용이 줬어. 내 조상이었어. 최초의 페르난디와 결혼했던."

"뭐어?"

니안은 아까부터 진동하던 팔찌가 자신의 몸을 가진 르웬느가 다가오자 더 격렬하게 반응하는 것을 느끼고 있었다.

이상한 일이었다. 아무도 이야기해 준 사람이 없는데 본능은 계속 자신의 몸에 그 팔찌를 끼우라고 받아들였다. 니안이 손을 뻗어 제 몸의 팔을 잡으려 했지만 그대로 통과해버렸다. 역시 영혼으로 실체를 잡을 순 없는 걸까? 니안은 자신을 안은 데릭을 바라봤다. 그렇다면 그는 어떻게 날 이렇게 안고 있는 거지?

"데릭, 이 팔찌를 빼서 르웬느의 팔에 끼워 줘."

"무슨 소리야?"

"내가 하려니까 안 돼. 잡을 수가 없어. 그런데 오빠는 지금 날 안고 있잖아. 어쩐지 오빠는 할 수 있을 것 같아."

잠시 놀란 눈으로 니안을 바라보던 데릭이 곧 니안의 손목에서 팔찌를 빼냈다.

역시 된다. 그리곤 르웬나의 왼팔을 잡아당겨 손목에 그 팔찌를 끼웠다.

기우우웅.

팔찌는 옅게 몸을 떨더니 곧 니안의 팔에서 자리를 잡았다. 그러자 붉은빛이 뿜어져 나오고 르웬나가 비명을 지르며 몸에서 튕겨 나갔다.

"꺄악!"

"르웬나!"

니안의 몸에서 그 이름이 튀어나온 건 동시에 이뤄졌다. 그제야 데릭은 자신의 무릎 위에 느껴지던 무게감이 사라진 것을 깨달았다.

"니안!"

니안이 두 눈을 동그랗게 떴다.

"니안! 니안 맞지?"

니안이 멍한 얼굴로 고개를 끄덕이자 데릭이 그녀의 머리를 제 품에 잡아당겼다.

"아, 다행이다. 정말 다행이야. 널 다치게 하지 않아도 돼서. 네가 무사해서. 정말 다행이야."

그러나 기쁨을 누리는 것도 잠시, 끔찍한 일이 벌어졌다. 니안의 몸에서 튕겨 나간 르웬느의 영혼에 검은 손들이 무섭게 달려들기 시작했기 때문이다.

"꺅! 하지 마! 하지 마! 꺅!"

검은 손들은 처음 니안의 영혼에게 그랬던 것처럼 르웬나를 둘러싸고 공중으로 떠올랐다. 데릭이 얼른 검을 들고 자리에서 일어나 날이 닿는 대로 검은 손들을 잘라냈지만, 어찌 된 일인지 르웬나는 니안보다 훨씬 참기 힘들어 보였다. 그녀가 다급한 목소리로 외쳤다.

"아아, 견딜 수가 없……어요. 견딜 수가……."

그녀의 몸에 새겨지는 수백, 수천 개의 실금이 선명하게 보였다. 갈라진 틈새로 빛나는 미립자들이 속절없이 흘러나갔다.

"아아…… 미안해요…… 미안…… 꺄아악!"

"안 돼!!"

마치 폭탄이 터지는 것처럼 르웬나의 영혼이 산산이 찢어졌다. 검은 손들은 르웬나의 일부로 보이는 빛 자락들을 들고 마치 축제라도 벌이는 것처럼 신나게 움직이다 검은 숲으로 날아갔다.

숲속에서 들리는 비명은 이제 분노의 소리가 아닌 기쁨의 환성처럼 들렸다. 보지 않아도, 그것들이 르웬나의 영혼을 나누며 기뻐 날뛰는 것을 알 수 있었다. 검은 숲 중앙에서 희미하게 불빛이 터졌다 사라지기를 반복했다.

니안은 부들부들 떨리는 손으로 왼팔에 채워진 팔찌를 꽉 쥐었다. 어쩌면 저 사나운 검은 손아귀에서 그토록 오래 버틸 수 있었던 것이 이 팔찌 때문인지도 몰랐다. 달랑거리는 팔찌에 닿을 때마다 소름 끼치듯 경련하던 검은 손들의 모습이 뇌리에 다시 떠올랐다.

"니안! 데릭!"

자신들을 부르는 소리에 니안과 데릭이 저택 쪽으로 시선을 돌렸다. 멜드린과 제이디가 쓰러진 시체들을 밟고 뛰어오고 있었다. 그동안 대체 무슨 일을 겪었던 건지 상태가 몹시 안 좋아 보였다. 멜드린의 눈은 퀭했고, 제이디는 격투라도 벌이고 온 듯 매무새가 심하게 흐트러져 있었다.

"너희들 괜찮은 거냐?"

멜드린이 자신이 밟고 지나온 시체들을 흘긋 돌아보곤 물었다.

"네. 다행히 다친 곳은 없어요. 선생님 얼굴빛이 굉장히 안 좋으신데 괜찮으세요?"

그러자 제이디가 바닥에 철퍼덕 주저앉으며 한탄했다.

"아…… 정말 죽다 살아났다. 십 년 감수했어. 보아하니 선생님도 만만치 않으셨던 것 같아."

"그런데 저게 다 뭐냐?"

"네?"

"저 숲 말이다."

숲 위로 여전히 날아다니는 일부 검은 손의 그림자가 보였다. 이제 숲 중앙에서 터지던 빛은 완전히 사라져 있었다.

비명은 여전했지만, 아까와는 또 사뭇 달랐다. 뭔가 충분히 채워지지 않는, 결핍이 느껴지는 소리였다. 그래서일까. 숲 위로 떠 오르는 손의 숫자가 점점 늘어나는 기분이었다.

"제 영혼이 아닌 걸 안 것 같아요."

니안이 불안한 목소리로 말했다. 지금까지의 상황을 모르는 멜드린과 제이디의 눈이 크게 떠졌다.

"그게 무슨 말입니까?"

"제 영혼인 줄 알고 다른 사람의 영혼을 가져갔거든요. 그런데…… 이제 아닌 걸 안 것 같아요."

데릭이 답답한 한숨을 푹 내쉬었다.

"그렇다 해도 이제 어쩔 수 없을 거야. 검은 손들은 실체가 있는 몸은 그냥 통과해 버려. 내가 아까 겪었잖아."

숲의 비명이 다시 점점 높아지고 있었다. 일행들의 불안도 점점 높아졌다. 숲 위로 다시 검은 안개가 피어오르기 시작한 것은 순식간이었다. 마치 끓는 물에서 증기가 피어오르듯, 까맣게 피어오르는 안개. 이미 한 번 겪은 일이라 니안은 그게 뭘 의미하는지 알았다.

검은 손!

그것들이 니안을 찾아 이쪽으로 몰려오는 중이었다.

"아, 어떡하지?"

니안이 공포에 절은 목소리로 중얼거리자 바닥에 주저앉아 있던 제이디가 벌떡 일어서며 소리쳤다.

"일단은 도망쳐야 하지 않겠습니까?"

당장 튀어나갈 듯한 자세였다.

"우릴 잡을 수 없을 거야. 봤잖아. 날 그대로 통과하는 거."

"잡을 수 있으면?"

낙관적인 데릭의 말에 니안이 불안하게 물었다. 사실 데릭 역시도 확신할 수 없었다. 니안의 영혼을 잡지 못한다는 걸 뻔히 안다면 저것들이 저리 성이나 새카맣게 달려들지는 않을 텐데. 긴장감이 치솟고, 모두 자신들의 무기를 고쳐잡았다.

"일단 마구간으로 가자!"

멜드린이 한 말을 신호로 모두가 저택을 향해 뛰기 시작했다.

410

제발…… 제발…… 우리를 잡지 못해야 할 텐데.

데릭에게 손목을 잡혀 달리면서 니안은 빌고 또 빌었다. 그러면서도 도무지 이해할 수 없는 상황은 미트라가 죽었는데도 여전히 검은 손들이 움직이고 있다는 거였다.

저들이 숲의 영혼이 아니었던 걸까? 움직이는 시체들은 다 쓰러져 버렸는데. 왜 저것들은 풀려나 흩어지지 않고 저렇게 계속 날 찾는 거지? 저택은 왜 또 그대로일까? 그럼, 마을도 그 모습 그대로 있을까?

가장 먼저 마구간에 도착한 것은 제이디였다. 그는 정확하고 민첩하게 우리 안에 갇혀 있는 말들을 빼냈다. 위기를 느낀 말들이 가만히 서 있지 못하고 불안하게 움직이는데도 억지로 고삐를 붙잡고 정신없이 올라탔다.

그리곤 마을 밖을 향해 질주하려는데 뒤에서 캐피에 올라탄 제이디가 짜증 내는 소리가 들렸다.

"이 미친 말 새끼! 빨랑 안 가!!"

있는 대로 화난 그가 인정사정없이 배를 걷어차자 캐피가 비명처럼 '히힝' 소리를 내더니 총알처럼 맹렬하게 튀어나갔다. 그러자 다른 말도 덩달아 속도를 내어 뛰기 시작했다. 뒤에서 검은 손들이 다가오며 내는 '우우우' 소리에 등골에 소름이 오소소 돋았다.

"이상해. 이 마을이 이렇게 컸어?"

데릭이 소리쳤다.

"……그러게 말이다. 벌써 마을을 벗어나고도 남아야 하는데."

그들은 여전히 마을 중앙에 있는 대로를 달리고 있었다. 길 양쪽에 서 있는 상점들도 끝없이 늘어서 있었다.

"아, 틀렸어요!"

니안이 소리침과 동시에 그들 주변으로 검은 손들이 덮쳤다. 앞이 보이지 않을 정도로 엄청난 숫자였다. 니안은 두 눈을 질끈 감았다.

"아악!"

가장 먼저 들린 것은 멜드린의 비명이었다. 그제야 니안이 실눈을 떴다. 반투명한 검은 손들이 정신없이 자신을 덮쳐다가 그대로 통과해 지나갔다. 니안의 왼쪽 손목에 걸린 팔찌에서는 붉은빛이 쉴 없이 명멸하고 있었다. 과연 데릭의 말대로 그들은 실체가 있는 사람은 잡지 못하는 건가? 그런데 선생님은 왜……?

"앗, 저리 가! 이 썩을 귀신들아!"

이번에는 제이디의 목소리가 들렸다.

니안은 소리가 나는 쪽을 돌아보았다. 검은 손이 빽빽이 들어찬 사이로 데릭의 푸른 검기가 나타났다 사라지기를 반복했다. 그가 열심히 칼을 휘두르고 있는 게 분명했다. 불안으로 심장이 터질 것 같았다.

"선생님! 제이디! 데릭! 다들 무슨 일이에요? 어디에요?"

그러나 선생님과 제이디는 대답할 겨를이 없어 보였다. 계속 내지르는 비명에 당황해 날뛰는 말발굽 소리가 섞여들었다.

"선생님! 제이디!!"

"내가…… 내가…… 지키고 있어……."

힘겹게 몰아쉬는 데릭의 목소리가 들려왔다. 니안은 소리가 나는 쪽으로 말머리를 돌렸다. 그리고 마침내 그녀가 발견한 것은 검은 손들에 잡아 뜯기며 춤추듯이 발광하는 멜드린과 제이디였다. 분명 데릭과 니안은 그대로 통과해 버리는 검은 손들이 어찌 된 일인지 멜드린과 제이디를 잡아 뜯고 있었다.

어떻게 실체를 잡는 거지? 어떻게?

놀란 눈으로 자세히 들여다보니 검은 손에 잡히는 건 그들의 몸이 아니었다. 몸속에서 빛나는 무엇. 그 빛이 손에 잡혀 밖으로 슬쩍 끌려 나올 때 보이는 흐릿한 형체가 겉모습과 똑같았다.

"아니, 이게 대체 어떻게……."

"아악…… 영혼을…… 영혼을 잡아당기고 있습니다. 이 미친 것들이. 빨려 나갈 것 같아요!"

제이디가 소리쳤다. 그 사이에서 데릭이 어떻게든 영혼이 뽑히는 걸 막으려고 정신없이 칼을 휘두르고 있었다. 검은 손들은 데릭의 칼에 몸이 갈릴 때마다 끔찍한 비명을 질렀다가도 다시 제 모습을 갖춰 공격하기를 계속했다.

데릭의 칼로는…… 검은 손을 완전히 소멸시킬 수 없는 듯했다.

미트라에게는 효력이 있던 데릭의 검이 왜 저 검은 숲의 영혼들에겐 통하지 않는 거지?

니안은 속이 타들어 가는 것 같았다. 르웬나의 영혼이 검은 손들에게 잡혀 어떤 꼴을 당했나를 머리에 떠올리자 몸서리가 쳐졌다.

한참 씨름하던 제이디가 갑자기 욕설을 퍼부으며 소리쳤다.

"에이씨, 이러면 어쩔 수가 없잖아."

그가 날뛰는 말 위에서 격하게 흔들리면서도 칼을 뽑았다. 니안의 심장이 졸아붙었다. 그래 봐야 소용없을 텐데. 마수의 힘은 마력이 실린 무기가 아니면 물리칠 수가 없으니까.

하지만 신기한 일이 벌어졌다. 그가 휘두르는 칼에 검은 손들이 비명을 지르기 시작한 거였다. 동시에 검은 손들은 더이상 제이디의 영혼에 손을 대지 못했다.

니안의 눈이 커졌다. 그의 칼에서 보라색 기운이 희미하게 비쳤다. 데릭의 푸른빛보다 훨씬 약하고 흐릿해 자세히 보지 않으면 잘 보이지는 않지만⋯⋯.

어떻게 저게 가능하지? 주술로도 물리칠 수 있는 건가? 주술? 주술이라고? 여기에서? 어떻게?

곧 제이디도 멜드린을 보호하는 데 합류했다. 하지만 검은 손을 완전히 소멸시키지 않는 한 이 싸움은 끝이 보이질 않았다. 하지만 인간인 우리는 머지않아 지쳐갈 거다. 이미 데릭과 제이디의 몸에선 땀이 비 오듯 흐르고 있었다. 얼마 버티지 못할 게 분명했다.

니안의 속이 새카맣게 타들어 갔다.

막아야 해. 꼭 막아야 해. 하지만 어떻게?

그때 자신의 이름을 부르는 소리가 들렸다. 밖에서 들리는 소리가 아니라, 머릿속에서 울리는 소리.

[니안!]

"……?"

[니안!]

"……누…… 누구?"

그제야 니안은 자신의 팔찌가 몸을 떨며 자신에게 말을 걸고 있다는 걸 깨달았다.

"라우……라?"

[아니. 난 라우가 남긴 기핵이야. 붉은 용의 힘의 원천.]

"응?"

[이제 넌 반룡이 아니야. 아니, 반룡이긴 해도 나로 인해 완전체와 똑같은 힘을 쓸 수 있어.]

"그…… 그래서? 난 용이 무슨 힘을 쓸 수 있는지도 모르는데."

[미트라의 세상을 깨뜨릴 수 있지.]

"미트라의…… 세상……. 우리 아직도 환상에 갇혀 있는 거니?"

[미트라의 세상은 결계로 이루어져 있어서 미트라가 죽는다고 사라지지 않으니까. 그보다 강한 마력으로 충격을 주지 않으면 깨지지 않지.]

"그럼…… 어떻게 해야 해?"

[그 답은…… 네 안에 있어…….]

"뭐라고? 그게 무슨 소리인데? 이것 봐!"

하지만 머릿속에서는 더이상 아무런 소리도 들려오지 않았다.

"내 안에…… 내 안에 답이……."

니안이 붉은 용으로서 할 줄 아는 거라곤 마수의 몸에 화인을 찍는 것뿐이었다. 그럼 저 손들에게 일일이 다 화인을 찍으라는 뜻인가? 저렇게 정신 사납게 날아다니는 것들에게? 도저히 가능할 것 같지 않았다. 얼마나 숫자가 많은지 셀 수도 없는데…… 자신이 화인 하나를 찍기 위해 마력을 돌리는 데 드는 힘과 시간을 생각하면…….

그 순간 니안의 뇌리를 때려오는 깨달음이 있었다.

'이 마을을 향해 내 기운을 모두 쏘아버리면……?'

니안은 두 눈을 감았다. 엘카트에게 화인을 찍을 때처럼 제 몸속의 뜨거운 기운을 느끼려 노력했다.

하지만 잘 집중되지 않았다. 검은 손들이 계속 비명을 지르며 정신 사납게 자신의 몸을 통과해 날아다니는 데다 옆에서 그들과 싸우는 일행들의 소리가 신경 쓰였다. 마력은 극적인 순간에 저도 모르게 저절로 발현되었거나, 아니면 연습하느라 완전히 집중했을 뿐이었다. 하지만 그럴 때는 보통 주변이 조용했다. 이렇게 산만한 곳에서는 도저히…….

니안은 다시 눈을 떴다. 점점 지쳐가는 데릭의 모습이 보였다. 사색이 되어 흔들리는 멜드린도 힘겨워 보였다. 시간이…… 얼마 남지 않았다.

니안은 다시 눈을 감았다.

'라우라…… 제발 도와줘요.'

니안은 마지막으로 그녀의 이름을 간절히 부르며 제 안의 기운을 심장으로 끌어모았다.

"하아……!"

간절한 기도가 먹힌 걸까? 뜨겁게 차오르는 붉은 기운에 니안이 옅게 탄성을 질렀다. 익숙하지만 그 어느 때보다 강력하게 그것은 심장으로 스며들어와 핏줄을 타고 온몸을 돈 후 더욱 달궈져 다시 심장으로 들이닥쳤다.

마치 항아리에 물이 차듯, 발끝부터 머리끝까지 차올랐다. 그리곤 머리끝에서 분수처럼 흘러나와 발밑으로 떨어졌다가 회오리처럼 몸을 감싸며 다시 용솟음쳤다.

이전에는 한 번도 느껴보지 못했던 강력한 기운.

그것은 끝도 없이 그녀를 휘감으며 점점 몸집을 부풀렸다. 예전 같으면 진즉 지치고도 남았을 시간임에도 붉은 기운은 끝도 없이 뿜어져 나왔다. 그 기세가 거대한 파도처럼 너무 크고도 강력해서 오히려 제 몸이 휩쓸려 어디론가 날아가 버릴 것만 같았다.

붉은 기운은 그렇게 니안의 몸을 감싸고, 옆에 있는 검은 손과 일행들을 휘감고, 저택을 집어삼킨 다음 마을 전체를 뒤덮었다. 그리고도 뻗치는 에너지는 힘을 주체하지 못하고 미트라의 결계를 밀어냈다.

마을 위로 돔 형태의 붉은 막이 형성되었다. 자신의 세계를 유지하려는 결계의 막과 그것을 뚫고 튀어나가려는 붉은 기운이 팽팽하게 대립했다. 그럴수록 니안의 심장으로 통증이 밀려왔다.

니안은 저절로 인상을 찌푸렸다. 그 힘에 압도되어 그대로 정신을 잃을 것 같았다. 이제 더는 견디지 못하겠다는 생각이 드는 순간.

드디어 돔이 폭발했다. 엄청난 소음과 함께 붉은 기운은 미트라의 막을 뚫고 용암처럼 터져나갔다.

마치 세상의 종말이 온 것 같았다.

"니안?"

"……."

"니안……? 정신이 들어?"

"……."

"니안!"

누군가 자신의 뺨을 두들기고 있다. 부드럽고 낮은 저음. 익숙한 체취. 그가 부드럽게 자신에 입에 무언가를 흘려 넣었다. 그제야 입안으로 밀려드는 청량한 물맛에 니안이 옅게 신음을 흘렸다.

"으음……."

"드디어 정신을 차렸구나! 다행이야."

그가 감격에 겨운 목소리로 자신을 끌어안는 게 느껴졌다. 여전히 넓고 따뜻하고 편안한 그의 가슴. 니안은 팔을 둘러 그를 더욱 꼭 안고 싶었지만, 손가락 하나 움직일 기운이 없었다. 몸에 쇠붙이를 단 듯 너무도 무거웠다. 대신 니안은 떠지지 않는 눈을 억지로 떴다.

차츰 돌아온 시력에 제일 먼저 보인 것은 나무로 된 천장이었다. 마지막 기억이 루드빌에서인데…… 어째서 밖이 아니라 실내지?

"우리…… 지금 어디……?"

"한스넬이야."

"으……응?"

놀란 나머지 니안의 목소리가 더욱 까슬하게 갈라졌다.

"한스넬에 도착했다고, 니안. 너 일주일이나 정신을 잃고 있었어."

"……."

그때 옆에서 멜드린의 목소리가 들려왔다.

"허허벌판에서 네가 깨어나길 마냥 기다릴 수가 없어서 데릭이 널 안고 여정을 계속했다. 다행히 다치진 않았더구나. 그래도 깨어

나질 않길래 뇌에 큰 충격이 간 건 아닐까 걱정 많이 했다. 이렇게 깨어나서 정말 다행이다.”

“……”

맙소사……. 이게 대체 뭐가 어떻게 된 거지?

그때 익숙한 녀석이 침대 위로 뛰어 올라와 정신없이 니안의 얼굴을 핥아댔다.

“데니펫!”

니안이 기쁨의 소리를 질렀다. 윤기가 잘잘 흐르는 부드러운 털의 감촉이 여전했다. 니안은 행복한 표정으로 데니펫의 등에 얼굴을 비벼댔다.

“한동안 안 보여서 정말 걱정했었어, 데니펫. 어떻게 돌아왔니? 난 중간에 네가 아르본으로 돌아간 건 아닐까, 아니면 영원히 우리 곁을 떠난 건 아닐까 했어.”

“나도 처음엔 그랬어.”

데릭이 웃었다.

하긴, 초반에 의욕에 불타 연습을 한다고 데니펫을 좀 혹사시켰었나. 어느 날 갑자기 모습을 감췄길래 엘카트로 변신했다 다시 데니펫이 되는 그 과정이 너무 힘들어 그런 줄 알았었다.

“대체 어디서 찾은 거야?”

“루드빌!”

“뭐? 루드빌이라고?”

그러자 제이디가 식겁한 얼굴로 한탄했다.

"그때 얼마나 놀랐는지 아십니까? 갑자기 커다란 엘카트 한 마리가 나타나서……."

"엘카트라니?"

니안이 제이디의 말을 자르곤 데릭을 돌아보며 물었다.

"그때, 루드빌의 결계가 깨지자마자 데니펫이 뛰어왔어. 그것도 엘카트의 모습으로. 처음엔 나도 얼마나 놀랐는지 몰라."

"미처 피할 틈도 없이 말입니다. 그때 데릭이 니안을 안고 있었는데 갑자기 뛰어들어서 니안도 데릭도 둘 다 죽는 줄 알았어요!"

"그런데 그렇게 뛰어든 엘카트가 애교를 부리는 거야. 그 커다란 덩치로, 막 들이밀면서. 그제야 목에 있는 표식이 보이더라고."

데릭이 어이없다는 듯 웃었다.

그때 멜드린이 나섰다.

"허겁지겁 달려오는 모양이 아마 우리가 결계에 있는 동안 몹시 찾았던 것 같더구나. 그 주변을 돌면서 말이다."

"니안, 난 내가 힘을 쓰지 않으면 데니펫이 엘카트로 변하지 못할 거라고 생각했었거든. 그런데 녀석이 혼자 힘으로 엘카트 모습이 되어서 우리를 찾았다는 사실이 너무 놀라웠어. 하, 도대체 어떻게 된 건지……."

그러자 제이디가 잘난 척하듯 팔짱을 끼며 콧대를 세웠다.

"제가 이야기하지 않았습니까. 용에게 길들여진 엘카트는 제 주인의 위험을 감지하면 저절로 본래의 모습을 되찾는 것 같다고요. 수호를 위해서."

"그게 꼭 정확한 건지는 아직 잘 모르겠고."

데릭이 까칠한 목소리로 덧붙였다. 루드빌 이후 벌써 일주일이나 지났는데도 둘 사이는 아직도 티격태격했다. 니안은 그런 그들이 유치하면서도 귀여워 입가에 살짝 미소가 걸렸다.

멜드린이 말했다.

"엘카트로 변한 데니펫은 니안 네가 안전한 것을 확인하고 난 후에는 도로 작아져 버리더구나. 신기하게도."

"그럼 루드빌은 어떻게 됐어요? 나 때문에 마을 전체가 다 날아가 버린 건 아니에요?"

니안이 걱정스러운 얼굴로 물었다.

"붉은 폭발로 마을이 다 날아가 버릴 정도였으면 그 안에 있던 우리도 멀쩡하진 않았겠지. 안 그러니?"

이렇게 말하며 멜드린이 환하게 웃어 보였다. 데릭이 덧붙였다.

"아마 네 힘은 다른 건 건드리지 않고 미트라의 힘만 파괴했던 것 같아. 폭발이 일어난 직후는 정말 대단했어. 미트라의 결계가 깨어진 건 물론이고…… 그, 검은 숲 있지? 그 안에서 영혼들이 탈출하기 시작했거든. 꼭 하늘로 거꾸로 떨어지는 유성처럼 말이야. 대체 다 어디로 가는 건지는 모르겠지만."

"결계가 깨지고 나서 알았습니다. 이미 마을은 우리가 도착하기 전부터 폐허였다는 사실을요. 우리가 봤던 루드빌의 모습이 몽땅 다 가짜였더라고요. 그 상점들 있잖습니까? 무슨 아르본이나 큰 도시 상점 같았던. 그건 아예 흔적도 없이 사라졌어요."

"맞다. 잡초 무성한 허허벌판이랑 다 무너져가는 집들만 드문드 문 남아 있더구나. 얼마나 황당하던지……."

멜드린이 어처구니없다는 얼굴로 혀를 끌끌 찼다. 그러자 데릭 이 다시 말했다.

"촌장 저택도 눈 뜨고 볼 수 없을 정도로 망가져 있었어. 그래도 그 안의 가구나 장식들은 우리가 봤던 그대로였어. 완전히 낡고 헐 었지만……."

"집 안에 다시 들어갔었어?"

니안이 두 눈을 동그랗게 떴다.

"응. 짐을 다 못 가지고 나왔었잖아. 경황이 없어서."

데릭의 대답에 여전히 무릎 위에서 애교를 부리는 데니펫의 등 을 쓰다듬으며 니안이 중얼거렸다.

"정말 모든 게 미트라의 환상이었구나. 라우라의 말처럼……."

라우라는 그랬었다. 미트라의 환상은 자신이 모은 인간 영혼의 기억을 토대로 만들어진다고. 그래서 어딘가 구멍이 있다고. 루드 빌 역시 그랬던 거였다. 시골 마을에 도시에서나 볼 수 있는 벽돌 중앙도로가 깔렸던 것도, 그 옆으로 늘어선 상점들도…….

사람들의 모습은 대부분 세련되고 도회적이었지만, 드문드문

농민으로 보일 만큼 허름한 옷을 입은 사람들도 섞여 있었다. 굉장히 풍요로운 마을처럼 보이는데도 농사짓는 땅 한 뙈기를 보지 못했다. 정말 앞뒤가 맞질 않았었다.

"그런데 니안. 라우라가 누굽니까?"

제이디의 질문에 니안은 미트라의 환상 속에서 만났던 최초의 페르난디와 붉은 용 라우라의 결혼식 이야기를 들려주었다. 모두가 흥미진진하게 그 이야기를 경청했다.

"최초의 페르난디가 검은 머리에 녹색 눈동자였다고? 너처럼?"

"응."

"그럼 조금 더 이해가 되네. 왜 하필, 너한테서 붉은 용의 능력이 발현됐는지 말이야."

"그게 무슨 말이야?"

"아마 네 외모가 최초의 페르난디를 닮았기 때문이 아니었을까 하는 생각이 들어서. 외모를 따라가는 데 힘을 들일 필요가 없으니까."

"아……."

하지만 1000년이라는 긴 시간 동안 과연 페르난디 가문으로 시집온 여자 중에 검은 머리에 녹색 눈동자가 단 한 명도 없었을까? 니안은 고개를 갸우뚱했다. 데릭이 니안의 손을 잡더니 손목에 걸린 팔찌를 만지작거렸다.

"여기에 붉은 용의 힘이 들어 있단 말이지? 그래서 완전체가 될 수 있다고?"

"응. 아주 강력해. 이게 없었으면 루드빌에 걸린 미트라의 결계를 깨지 못했을 거야. 우리도 빠져나오지 못했을 거고."

"……"

"그리고 뭔가…… 내 힘을 움직이는 데 조금 더 수월한 느낌이야. 전에는 발동을 거는 것부터 이미 많이 힘들었거든."

그때 제이디가 무언가 생각난 듯 손가락을 튕겼다.

"아, 그리고…… 마요가 돌아왔습니다."

"마요……요?"

니안은 선뜻 생각이 나지 않아 눈썹을 살짝 찡그렸다.

"아, 제 매 말입니다. 황후와 연락을 주고받던."

"아……"

그제야 니안이 알겠다는 듯 흐릿하게 탄성을 내뱉었다. 피식, 데릭의 입가에서 바람 빠지는 소리가 났다.

"덕분에 저 사악한 주술사 녀석이 우리한테 무슨 짓을 하려고 했는지 알게 됐지."

제이디의 얼굴이 붉게 변했다.

"어쨌든 제 입으로 말한 건 아니니 황후와의 약속을 깬 건 아닙니다."

"이미 네가 우리 편이 되겠다고 했을 때 배신한 거야. 그러니 깨도 상관없어. 신경도 안 쓴다고."

데릭이 콧방귀를 뀌었다.

"그래서, 그게 뭔데? 대체 우리한테 무슨 짓을 하려고 했던 건데?"

데릭은 니안에게 작은 종이쪽지를 하나 전했다. 낯익은 재질이었다. 예전 숲에서 마요의 발목에서 찾아낸 황후의 편지와 같은 재질의 종이. 니안은 얼른 접힌 종이를 펴곤 안에 쓰인 내용을 읽어보았다.

[매개 작업은 완료되었겠지? 한스넬에 도착하는 대로 니안과 녀석들의 시야를 내게 터놓도록 하여라.]

"이게 도대체…… 무슨 소리죠?"

니안이 고개를 들고 제이디에게 물었다. 그러나 제이디는 우물쭈물 바로 대답을 하지 못했다. 데릭이 분한 목소리로 말했다.

"우리 예상이 맞았어. 우리한테 주술을 걸려고 했던 거야. 말 그대로, 우리가 보는 것을 황후도 그대로 볼 수 있게 해 달라는 뜻이야."

"그게 대체 무슨……."

그제야 제이디가 자포자기한 목소리로 입을 뗐다.

"눈을 조종하는 건 제 특기입니다. 매개로 삼는다면 짐승이든 사람이든 가리지 않고 다 통하죠. 그래서 마요가 밤에도 일할 수 있었던 겁니다. 동공을 인위적으로 조작해 눈으로 들어오는 빛의 양을 조절할 수 있었거든요. 그럼 고양이처럼 밤에도 세상을 훨씬 밝고 선명하게 볼 수 있습니다."

"요점 흐리지 말고. 우리한테 하려고 했던 건 그게 아니잖아."

"네…… 그야 그렇죠."

데릭의 핀잔에 제이디가 떨떠름하게 대답했다.

"조금 전 설명은 제 능력에 대한 이해를 돕기 위한 거였고요…… 사실 여러분에게 걸려고 했던 주술은 일종의 매개 투시 같은 건데……."

"어렵게 설명하지 말고 쉽게 말해."

데릭이 또다시 딴지를 걸자 제이디가 '후우' 하고 깊게 한숨을 내쉬었다.

"매개를 이용해 내가 보지 못하는 곳을 볼 수 있게 하는 겁니다. 제가 정한 매개가 보는 내용을 저도 똑같이 볼 수 있게. 즉, 염탐이 가능하죠."

"세상에…… 신기해요. 어떻게 그런 일이 가능하죠? 하지만 그런 거라면…… 그건 제이디만 볼 수 있는 거 아니에요?"

"이게 매개와 주체 사이에서도 가능하지만, 매개와 매개 간에도 가능합니다. 제가 두 매개를 잇는 연결고리가 되면요. 즉, 황후와 제가 매개와 주체로 연결되어 있고, 여러분과 제가 매개와 주체로 연결되어 있으면 제 눈을 통해 여러분이 보는 걸 황후도 볼 수 있게 전달할 수 있습니다."

"아, 정말 신기한데…… 좀 소름이 끼치기는 하네요. 나도 몰래 누군가가 내가 보는 것들을 훔쳐볼 수 있다는 게요."

니안은 괜히 솜털이 부스스 일어나는 기분이 들어 팔을 문질렀다.

"그런데 왜 한스넬부터죠? 그 전부터도 염탐이 가능했을 텐데."

"글쎄요. 저도 잘 모르겠습니다. 무슨…… 운명 같은 걸 느꼈나 보죠."

그가 찡긋 한쪽 눈을 찡그려 윙크를 해 보였다. 데릭의 눈썹이 화난 듯 꿈틀거렸다.

"그럼 그 매개는 대체 어떻게 만들죠?"

제이디가 또 쭈뼛거렸다. 그러자 멜드린이 괘씸하다는 듯 그의 정강이를 발로 찼고, "악!" 하고 억눌린 소리가 제이디에게서 튀어나왔다.

"다 말해 놓고 이제 와 왜 뜸을 들이나? 빨리 말해."

이럴 때마다 니안은 제이디가 동료인지 포로인지 헷갈렸다.

"괜찮아요, 제이디?"

니안이 걱정과 미안이 담긴 목소리로 물었다.

"역시 절 생각해 주는 사람은 니안밖에 없네요."

"시끄러워! 빨리 말해."

데릭이 다시 한번 핀잔을 줬을 때야 제이디는 천천히 다시 설명을 시작했다.

"매개를 만드는 방법은…… 상대의 피를 제가 먹거나, 제 피를 상대에게 먹이는…… 두 가지 방법이 있습니다."

"피…… 피요? 주술 약이 아니었어요?"

"그게…… 주술 약 맞죠. 제 피를 섞어 상하지 않게 적당히 방부 처리를 해둔 거였으니까. 마을에서 촌장에게 제가 먹인 것도 그거였고요."

"그래서 주술이 듣지 않았다고…… 그럼 촌장이 보는 걸 제이디가 볼 수 없었단 뜻이군요."

"네. 아무래도 수상쩍어서 좀 엿보려고 했는데 전혀 듣질 않았어요."

"그럼 하녀에게 상처를 냈던 것도……."

"네. 피를 얻으려고 일부러 그랬던 거예요. 그런데 소용이 없었어요. 산 사람이라면 절대 연결이 안 될 리가 없을 텐데…… 정말 소름 돋았어요."

"그래서, 제이디! 우리한테 그 작업을 걸었어요? 이미 매개로 만들었어요?"

니안이 걱정스러운 목소리로 물었다.

"아…… 아니요. 작업하기 전에 잡히지 않았습니까."

"솔직히 믿긴 힘들어. 우리한테 그 약을 먹이려고 일부러 잡힌 거 아니야?"

데릭이 또다시 쌍심지를 켰다.

"아니요, 아니라고요! 일단 전 여러분 편에 서기로 했으니 황후와의 계약은 지킬 수가 없죠."

"제가 잠든 사이에 혹시 황후에게 계약 파기를 통보했어요?"

"아니요. 전에도 말씀드렸지만, 그랬다가는 또 다른 사람을 보 낼 겁니다. 또 그럴 땐 제일 먼저 제거 대상이 되는 건 표적인 니안 보다 배신자인 제가 먼저일 테니까요."

"그럼 이제 어쩌면 좋아요? 황후에게 약속한 시간이 됐잖아요. 한스넬에 도착했으니."

"안 그래도 그것 때문에 고민 중에 있었다."

걱정스러운 니안의 질문에 멜드린이 진지한 어조로 말했다.

"그것뿐이 아니야. 이미 황실 기사단이 도착해서, 병사들 군기가 아주 바짝 들어갔어."

이런 걸 바로 산 넘어 산이라고 하는 건가? 목적지인 한스넬에 도착해서도 그들의 마음은 편할 수가 없었다. 황후의 요구에 황실 기사단까지…… 뚫어야 할 벽들이 너무 많았다.

−3권에서 계속−

붉은 꽃 페르난디 2

초판 1쇄 인쇄 2019년 3월 5일 **초판 1쇄 발행** 2019년 3월 12일

지은이 월강
펴낸이 연준혁

웹소설사업분사 이사 정은선
책임편집 오가진 **디자인** 조은덕

펴낸곳 (주)위즈덤하우스미디어그룹 **출판등록** 2000년 5월 23일 제13-1071호
주소 경기도 고양시 일산동구 정발산로 43-20 센트럴프라자 6층
전화 031-936-4000 **팩스** 031-903-3893
홈페이지 www.wisdomhouse.co.kr

값 12,800원
ISBN 979-11-89709-77-8 04810
       979-11-89709-75-4 (세트)

* 이 도서의 국립중앙도서관 출판예정도서목록(CIP)은 서지정보유통지원시스템 홈페이지(http://
  seoji.nl.go.kr)와 국가자료종합목록시스템(http://www.nl.go.kr/kolisnet)에서 이용하실 수 있습니
  다. (CIP제어번호 : CIP2019005706)